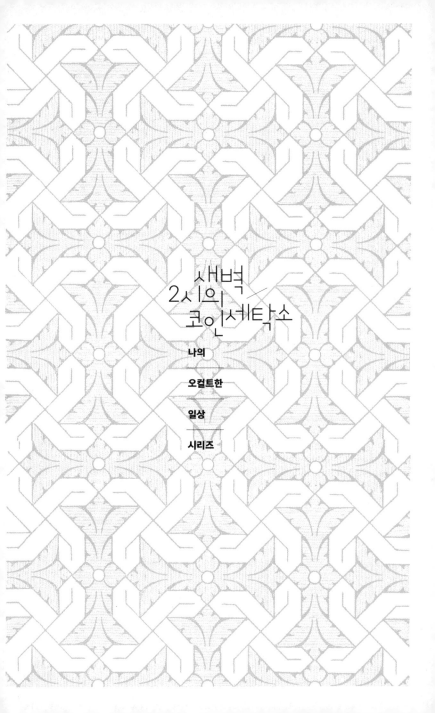

새벽 2시의 코인세탁소

나의

오컬트한

일상

시리즈

나의

오컬트한

일상

시리즈

새벽
2시의
코인세탁소

박현주 연작 미스터리

엘릭시르

나의
오컬트한
일상
시리즈

일러두기
이 책에 나온 예언과 예측과 진단은 모두 허구입니다.

프롤로그

새벽 2시, 빨래를 하기 좋은 시간이다. 이때는 쓰던 원고가 지겨워지고, 눈이 피로하며, 어깨가 뻐근하다. 좁은 방 안에서 벗어나고 싶지만 갈 데도 마땅치 않은 시간. 그러나 우리 건물 1층에는 빨래방이 있었고, 건물 안쪽으로 이어지는 문이 있어서 카드 키가 있는 사람은 언제라도 드나들 수 있다. 새벽에는 바깥쪽 문을 잠근다.

그렇지만 공교롭게도 오늘은 작동하는 세탁기 두 대가 모두 쉭쉭 소리를 내며 돌아가고 있었다. 그중 한 대는 잔여 시간이 이십삼 분이었고, 다른 한 대에는 이미 세탁을 마친 옷들이 그대로 들어 있었다. 역시 두 대인 건조기 옆에 더 커다란 대형 세탁기가 하나 더 있지만, 그건 망가져서 쓰지 못한다. 앞에는 '고장'이라는 표시가 붙어 있다.

세탁 바구니를 내려놓고 돌아서는 순간, 처음에는 내 착각인 줄 알고 눈을 비빌 뻔했다. 그도 그럴 것이 새벽 2시의 빨래방에 자수가 놓인 흰 블라우스에 황금 꽃 장식이 있는 빨간 원피스를 입은 외국인 여자라니. 검은 머리에는 역시 황금 자수가 놓인 베일을 쓰고 있었다. 다음 순간 나는 여자가 입은 의상이 러시아 전통 의상인 사라판이라는 것을 알아차렸다.

나는 믿을 수가 없어서 주위를 둘러보았다. LED 조명 아래, "WASH LIFE / 당신의 가장 깨끗한 선택"이라는 문구가 반대로 비치는 유리창 위에 나와 나처럼 당황한 러시아 의상의 여자가 떠올랐다. 봄의 녹색 어린 어둠이 내려앉은 창밖의 거리에는 잠들어 있는 차들만 있을 뿐 지나가는 사람도 없었다.

"저, 여기 사세요?"

여자는 키가 컸기 때문에 질문을 하기 위해선 올려다보아야 했다. 나는 질문을 하면서도 내 자신이 바보 같다고 느꼈다. 물론 빨래방에는 누구나, 아무 때나 빨래를 하러 올 수 있다. 하지만 여기는 내가 사는 빌라의 1층에 있는 빨래방이고, 여기 거주민 외에는 이용하는 사람이 거의 없었다. 동네 골목 초입에 여기보다 더 최신식이고 규모가 큰 빨래방이 따로 있기 때문이다. 빌라는 지하철역에서는 약간 거리가 있었고, 바로 옆은 옛날에 폐장한 놀이공원이 있는 산이었다. 애초에 지나다니는 사람들이 드문 곳이었다.

러시아 의상의 여자가 머뭇거리자 혹시 한국어를 못 하는 사람은 아닐까 싶어졌다. 갑작스럽게 경계심이 들었다. 하기는 지금 옷차림도 빨래를 하기에 적당한 복장은 아니었다.

"아, 그럼 밖에서 오셨구나." 나는 이렇게 중얼거리고 세탁기를 흘끔 살폈다. "빨래하시는 거예요?" 나는 순서를 가늠하려고 물으면서도 스스로 멍청하다고 생각했다. 여자가 내 말을 알아듣는지도 알 수 없으니까.

"타로예요."

여자는 외국어 억양이 있지만 똑똑하게 말했다.

"네?"

"타로라고요. 저는 타로를 봐요."

내가 영문을 몰라하며 눈만 크게 뜨고 있는 동안 빌라 내부로 이어지는 문이 열리더니 트레이닝복을 입고 쇼핑백을 든 단발머리의 여자가 들어왔다. 여자는 나를 보더니 화들짝 놀랐다.

"어, 도재인 씨?"

"안녕하세요, 사장님."

자그마한 체구에 트레이닝복을 입은 여자는 세탁물을 넣을 크고 하얀 가방을 들고 있었다. 나는 그녀의 이름이 황윤정이고, 올해 서른여덟 살이라는 사실을 전세 계약서에서 보고 기억해두었다.

이 년 전 이사할 집을 찾던 도중에, 부동산에 밝은 (부동산뿐만 아니라 세상 물정 모든 것에 밝지만) 친구 경은이 이쪽 지역이 비교적 집값이 싸고 신축 빌라가 많다는 정보를 주었다. 또 지금은 역세권은 아니지만 근처에 새로 지하철역을 건설중이기 때문에 앞으로 교통은 더 편리해질 예정이라고도 했다. 그렇게 이 동네 부동산에 왔다가 소개받은 곳이 바로 이 빌라, 문워터였다. 새로 지어 깨끗하고, 1층의 안전 택배함이나 보안문 등 여성들이 살기 편리한 시설이 마음에 들었다. 그 편리한 시설에는 거실 벽 한구석에 달린 기묘한 스위치 같은 기계도 포함되었다. 작은 LED 램프가 둘 달린 은색 상자 같은 기계는 언뜻 보기에는 가스누출 탐지기처럼 생겼지만, 나중에 경은이 알려준 바로는 소위 수맥 차단기라고 했다. 그야말로 다양한 편의 시설을 갖춘 집이었다. 또한, 집주인이 내가 사는 집 바로 건너편 301호에 살기 때문에 불편이 있으면 언제든지 편리하게 얘기할 수 있다는 점도 좋았다. 즉, 윤정이 바로 이 건물의 건물주였다. 비교적 젊은 나이에 건물주라니 부럽다고 말하니 남편의 유산과 보험금이었다고 경은이 귀띔해 주었다.

"사고였어?"

내가 경솔한 말을 반성하며 물으니, 어깨를 으쓱했다.

"아마도? 나도 정확히는 모르고. 아무튼 남편 유산과 보험금 때문에 시댁과 법정 다툼이 있었다고는 들었는데, 결국 윤정 씨가 이기고 건물을 사버렸나 봐."

한밤에 만난 건물주와 러시아 타로 리더, 그리고 겨울 이불 빨래를 해야 하는 세입자.

새벽의 빨래방은 내가 좋아하는 곳이다. 보통은 집에 있는 세탁기를 돌리거나 손빨래를 하지만 가끔 이불이나 인형처럼 부피가 큰 빨랫감이 있을 때는 한밤에 건물 1층에 있는 빨래방을 찾곤 했다. 우리 주택에 사는 주민들에게는 할인도 해주기 때문에 빨래 양이 많을 때면 종종 들렀다. 아무도 없는 빨래방에서 세탁기 속의 물이 파도에 부딪치는 배처럼 식식 소리를 내며 돌아가는 동안 창가에 놓인 테이블에 앉아 책을 읽거나 글을 쓰는 시간은 즐겁다. 불면의 밤을 보내기에 적절한 활동이었다.

지금은 그런 즐거움을 느끼기에는 빨래방이 너무 좁은

데다 사람도 많았다. 빨래를 하기에도.

"빨래 찾으러 오셨어요?"

나는 윤정을 보고 물었다. 윤정은 나와 러시아 의상의 여자를 번갈아 보더니, 고개를 끄덕였다.

"아뇨…… 네."

두 사람이 서로 교환하는 시선을 보고 깨달았다.

"아아. 사장님이 타로 선생님 부르신 거예요?"

"아."

윤정은 늘 차분한 사람이고 말수도 적어서 복도에서 마주칠 때도 간단한 눈인사 이상 나눈 적이 없었다. 하지만 세대마다 수백 차단기가 놓여 있는 걸 보면 한밤에 빨래방으로 타로 리더를 부를 만한 사람일지도 몰랐다. 내가 윤정에 대해서 아는 건 거의 없었다. 출근을 하는 것 같지도 않으니 프리랜서인가 생각할 뿐이었다. 고양이 한 마리 말고는 다른 가족은 없었다.

"네, 맞아요."

윤정은 한 손을 뻗어 러시아 의상의 여자에게 테이블 앞 의자를 권했다.

"워낙 유명하고 인기가 많은 분이라 한밤중 외에는 시간이 나지 않는다고 하셔서…… 이렇게 한밤에 저희 건물로 모셨답니다. 그럼 저희 집으로 가실까요, 율리?"

율리라고 불린 여자는 그 말을 잘 알아듣지 못한 듯 멍하니 서 있다가 고개를 끄덕였다. 두 사람이 건물 안쪽으로 이어지는 문으로 향할 때 나는 불쑥 그들을 불렀다.

"저기…… 저도 타로 좀 볼 수 있을까요?"

율리와 윤정은 키 차이가 이십 센티미터는 났지만, 글로벌 밴드의 듀오처럼 동시에 싱크가 딱 맞는 동작으로 멈췄다. 율리는 윤정의 허락을 구하는 듯 내려다보았다.

"그러지 않아도 저도 점을 보러 갈 생각을 하고 있었거든요. 괜찮으시면 제가 좀 기다렸다가 볼 수도 있고……."

세상에 점술사는 많다. 하지만 대부분의 점은 맞지 않는다. 나도 그 정도는 알고 있었다. 하지만 어딘가에 정말 나의 삶의 방향을 맞힐 수 있는 단 한 명의 점술사가 있지 않을까 하는 헛된 희망을 품고 사람들은 점을 보러 간다. 나 또한 그런 사람이었다. 그리고 율리가 그런 점술사일 수도 있다. 왠지 무례함을 무릅쓸 가치가 있다는 예감이 들었다.

윤정은 순간 망설이는 것 같았다. 빨래방 안을 둘러보더니 창가 테이블을 가리켰다.

"그럼 여기서 보면 어떨까요? 괜찮으세요?"

나는 빨려고 가져온 보라색의 폴리에스테르 머플러를 테이블 위에 쭉 폈다. 테이블이 좁았기에 율리와 나는 모서리를 사이에 두고 앉아야만 했다. 율리는 능숙한 손길로 머플러 위에 황금 카드를 쭉 펼쳤다.

"왼손으로 세 장을 뽑아보세요."

보통 차례대로 세 장을 뽑으라고 하면 사람들은 왼쪽에서 오른쪽으로 고르는 경향이 있다. 그리고 되도록 가장자리에서 하나, 가운데에서 하나, 다시 가장자리에서 하나를 고르려 한다. 그래야 인생의 균형이 맞춰진다는 듯.

나는 한가운데에서 세 장의 카드를 골라 한 장씩 율리에게 건넸다. 율리는 자신의 왼 손바닥 위에 내가 건넨 카드를 조심스레 놓으며 오른손으로 그 위를 덮었다. 마치 오른손으로 카드의 기를 흡수하는 것만 같은 태도였다. 그 후에는 그 카드를 다시 내 앞에 내려놓았다. 그렇게 세 번을 반복했다.

카드는 보통 익숙히 보는 타로와는 달랐다. 카드의 네 모서리에는 별자리점에서 볼 수 있는 기호들이 그려져 있고, 한가운데에는 중세풍 의상을 입은 사람들의 일러스트가 그려져 있었다. 율리는 잠깐 아무 말도 없이 카드를 들여다보았다.

첫 번째 카드 안에는 여자와 남자가 마주 서 있었다. 두 사람 사이에는 큰 틈이 벌어져 있고 그 사이에는 검이 놓였다. 둘은 서로 마주 보지 않았다.

율리는 햇볕에 탄 기다란 손가락을 뻗어 이 카드를 가리켰다.

"불화의 카드예요. 이전에 누군가 제부시카(아가씨)와의 약속을 깼네요. 거짓말? 아니면 배신."

그 말에 나는 누군가를 떠올렸다. 이 년 전 봄, 내게 거짓말을 했던 사람.

"하지만 죄책감은 제부시카의 마음속에도 있어요. 그 때문에 마음을 닫아버렸죠. 그래서 다음 카드가 나온 거예요."

다음 카드는 구름 낀 밤하늘에 뜬 달과 달에서 흐르는 빛이 유리관을 비추는 그림이었다. 나는 설명 없이도 그게 무엇인지 알 수 있었다. 슬리핑 뷰티, 잠자는 여인.

"이건 물고기자리와 달의 카드예요. 또한 고독의 카드예요. 지금 제부시카 마음은 잠들어 있어요. 그렇다고 죽은 것은 아니죠. 깨어날 날을 기다리는 것. 진정한 모습을 감추고 숨어 있지만, 꿈속에서 곧 발견하게 돼요."

남들이 다 잠든 시간에 깨어 있는 사람들. 그러나 사실은 죽어 있다니, 흥미로운 해석이었다.

"세 번째 카드는……." 거울에 비친 자기 모습을 바라보는 한 여자. 그러나 거울에는 두 가지 다른 모습이 비춰져 있다. 한 사람은 아이를 안은 어머니이고, 다른 하나는 화려한 치장을 하고 왕관을 쓴 여자이다.

율리는 손가락 두 개를 펴 보였다.

"사람에게는 누구나 두 가지 얼굴이 있고, 선택 사이에서 갈등하죠. 제부시카는 조만간 두 가지 사이에서 고민하게 될 거예요."

"두 가지요?"

점의 내러티브는 뻔했다. 사실 이렇게 양가적인 고민이 없는 사람이 어디 있겠는가. 지금도 나는 예의 바른 세입자로서의 예의와 오컬트 신봉자로서의 호기심 사이에서 갈등했는데.

"삼각관계 같은 거 아닐까요?"

세탁기 쪽에서 무심한 목소리가 날아왔다. 나는 뒤를 돌아보았다. 윤정은 세탁물을 가방에 넣으면서 무심하게 말을 이었다.

"보통 인생의 고민은 일 아니면 인간관계니까. 이직 같은 문제가 아니라면, 연애 아닐까요?" 윤정은 소복처럼 보이는 흰 치마를 탁탁 털다가 고개를 들었다. "미안, 제가 괜히 끼어들었네요. 계속하세요."

율리는 윤정의 말을 잘 이해하지 못한 사람처럼 빤히 쳐다보다가 한 박자 늦게 맞장구를 쳤다.

"맞아요. 두 명의 남자일 수도. 아내의 모습과 연인의 모습. 한 사람의 몸에 두 개의 영혼이 있기도 해요. 각각 다른 사람에게 끌릴 수도 있어요."

"그럴 리가요. 그럴 만한 사람 없어요. 애초에 남편도 남자 친구도 없어요."

점을 칠 때 예언을 부정하는 건 의미가 없다. 다시 만날 일이 없는 사람에게 사생활을 말해도 소용없고, 다시 만날 점쟁이라면 정보를 주지 않는 편이 낫다. 그렇지만 왠지 이런 얘기를 하면 부인하게 되고 만다.

율리는 하얀 손가락을 재게 놀려 카드를 그러모으며 무심하게 말했다.

"그건 제부시카도 알 수 없는 일이죠."

카드를 챙기는 율리의 분위기로 봐서는 점은 이것으로 끝이었다. 나는 자리에서 어설프게 일어서며 지갑을 꺼냈다.

"저기, 복채를 드려야……."

율리가 다시 윤정을 바라보았다. 윤정이 고개를 끄덕였다.

"하나만 봐드렸으니 만 원만 주세요."

율리가 손바닥을 내밀었다. 그때 소맷자락이 들리면서 손목 안쪽의 멍이 눈에 띄었다. 푸른 기운이 아직도 남아 있는 걸로 봐서는 최근에 다친 듯했다.

하얀 세탁물 가방을 어깨에 멘 윤정과 기다란 사라판 자락을 휘날리는 율리가 나간 후에 빨래방 문이 잠시 흔들렸다. 그들이 지난 흔적을 잠시 바라보던 나는 다시 세탁기 쪽으로 돌아섰다. 왼쪽의 한 대는 아직 돌아가고 있었고 오른쪽에 있는 다른 한 대는 비어 있었다. 나는 비어 있는 세탁기에 동전을 넣다가 문득 세 가지를 깨달았다.

첫 번째, 좀 신경이 쓰이지만 그렇게까지 특이하진 않은 일. 아까 내가 처음 봤을 때 세탁기는 멈춰 있었지만 빨래는 들어 있었다. 지금 그게 비어 있으니, 윤정은 세탁기에서 빨래를 바로 꺼내서 건조도 하지 않고 가방에 챙겨 넣었다는 뜻이다.

물론 집에 가져가서 건조할 수도 있다. 빨래방을 이용하는 사람들이 보통 하지 않는 일이었지만, 이상하다고 할 정도는 아니다. 퀴퀴한 냄새가 날 순 있겠지만 집에서 빨래를 말릴 거라면 굳이 빨래방까지 올 필요는 없다.

두 번째, 특이하지 않을 수도 있지만 신경이 많이 쓰이는 일. 아까는 미처 깨닫지 못했는데 세탁기 아래에 검은 얼룩이 떨어져 있었다. 나는 무릎을 꿇고 얼룩을 가운뎃손가락으로 닦아보았다. 피 같기도 하고, 아닌 것 같기도 했다. 아직 찐득했다.

세 번째, 가장 특이하고 이상하지만 지금까지 생각하지 않았던 일. 러시아 의상의 여자는 어디서 나타난 걸까? 건물 안으로 연결되어 있는 문으로는 내가 들어왔고, 바깥으로 난 문은 잠겼다. 윤정 씨가 열어줬을 수도 있지만, 윤정 씨는 나중에야 건물 안쪽의 문으로 들어왔다.

이 세 가지 수수께끼의 답을 완전히 깨닫게 되는 건 일 년 후의 일이었다.

아름다운
꿈
깨어나서

1

Beautiful
Dreamer

바람이 바다에서 불어오는 시간, 먼바다의 소리를 실어 오듯 희미한 뱃고동 소리 같은 것이 들리는 듯하다. 한 발짝, 그리고 또 한 발짝. 모래에 찍힌 발자국을 보면서 걷는다. 마치 열 살 어린이, 아버지와 함께 손을 잡고 백사장을 걸으며 부러 모래 위에 발자국을 찍던 그때로 돌아간 것 같다. 아버지와 자신, 그 두 사람 발자국을 종종 따라오는 작은 발자국도 보일 것만 같다. 그러나 지금 모래에 찍힌 발자국은 하나이고, 열 살 어린이의 것보다도 작고 희미하게 보인다.

벌써 사십오 년도 넘은 옛날의 일이네, 새삼 자기 나이에 놀라다니 그것도 참 이상한 일이다. 어느 시점부터는 자기 나이를 떠올릴 때마다 '이렇게나 시간이 흘렀나' 생각하곤 했다. 그럼에도 익숙해지지 않다니, 사람이 시간과 타협하게 되는 건 언제부터일까. 이제는 그나마 익숙해질 시간도 얼마 남지 않았다. 사람이 삶의 끝까지 익숙해질 수 없는 게 자기 몸에 담긴 시간인지도 모른다.

갑자기 메스꺼리는 기운이 치밀어 올라, 목적지를 바꾸어 집으로 돌아가기로 한다. 머릿속에서 무언가 작은 전쟁이 일어난 것 같은 고통. 길에서 쓰러지기라도 하는 꼴을 남에게 보이기는 싫다. 평생을 살아온 마을, 이곳의 토박이들은 할아버지 때부터 자신의 얼굴을 안다. 그들은 혀를 차며 내 사정을 안타까워하겠지. 아버지가 혼자 두고 떠나는 게 못내 안타까워 눈도 제대로 못 감고 돌아가실 만큼 애지중지하던 딸인데, 이렇게 외롭고 쓸쓸하게 되었다고들 말하겠지. 할아버지의 평생, 아버지의 평생, 자신의 평생이 한꺼번에 묶여서 쓸쓸한 실패로 취급당할 것이다. 그것만은 싫다.

집으로 올라오는 길에 수영복만 걸치고 해변으로 향하는 젊은이들과 마주친다. 곧 해가 질 텐데 괜찮나, 하는 생각이 들지만 그들은 언제까지나 영원히 살 것처럼 빛나고 있어서 걱정은 부질없는 것만 같다. 이전에는 사람 없는 횟집이었는데 최근에는 전면이 유리창인 햄버거 집이 된 이 층 건물을 지나친다. 이게 들어선 지가 몇 년 되었더라? 삼 년? 그러고 보니 고요하고 적적하던 이 동네에 젊은이들이 부쩍 많아졌다. 이 동네에서 나고 자란 아이들이 아니라, 타지에서 놀러 온 사람들이다. 이 바닷가가 관광지가 되리라고 예상해본 적이 없었다.

걸음이 느리니 생각이 많아진다. 집으로 들어서는 언덕 입구에 있는 카페를 지나칠 때는 일부러 속도를 높인다. 형광 노란색과 시원한 파란색을 대비하여 칠한 널따란 창고형 카페는 서핑 숍의 용도도 겸하고 있다고 들었다. 카페 앞에는 알록달록한 보드들이 죽 늘어서 있고, 잠수복이라고 하나, 서핑복을 입은 젊은이들이 그곳으로 향하는 것을 여러 번 보기도 했다. 카페에서는 꽤 맛있는 케이크와 건강 음료를 판다고, 집에 와서 일을 도와주는 향미 씨가 말했다. 한번 호기심에 들어가보고 싶기는 했지만, 젊은이들만 가는 곳 같아서 선뜻 들어설 용기가 나지 않는다.

젊었을 때는 이 동네에 있는 가게 어디든 혼자 들어갈 수 있었다. 아무도 이상하게 여기지 않았다. 언덕 위 푸른 지붕 집 아가씨니까, 아버지의 딸이었으니까.

지금 그 서핑 숍 마당과 대로에 면한 입구 앞에는 수영복 바지 위에 긴팔 래시가드를 입거나 그대로 맨몸을 드러낸 남자애들이 모여 있었다. 서핑을 준비하거나 갓 돌아온 듯하다. 저녁 햇빛에 잠긴 그들의 얼굴은 더 앳되고 진지해 보인다. 그런 아이들 앞에서 괜히 어색해하는 모습을 보이고 싶지 않아서 허리를 펴고 더 꼿꼿하게 걸었다. 길가에 서서 담배를 피우던 남자애 한둘이 황급히 담배를 감추더니 고개를 끄덕하며 인사한다. 이전에 나한테 배웠던 학생들이었던 것 같다. 학교를 졸업한 지 서너 해는 넘었을 텐데도 아직도 나와 눈을 마주치면 잘못한 학생 같은 표정을 짓는 것이 우습다. 힘든 표정을 감추며 웃음을 얼굴로 밀어 올린 후 고개를 마주 끄덕여준다.

서핑 숍의 마당을 보다가 누군가와 눈이 마주친 기분이 든다. 저 멀리 창고 앞에 있던 젊은 남자애들 무리 중의 한 명이 고개를 돌리고 있다. 보드를 한쪽 팔에 끼고 이쪽을 빤히 쳐다보고 있는 것만 같다. 또 하나의 학생이겠거니 싶은데 웬일인지 보드를 내려놓고 손을 흔든다. 그 모습이 어딘가 눈에 익은 듯도 하다. 잠시 머뭇거리긴 했지만 젊은이가 곧 이쪽으로 뛰어와서 인사라도 할 기세라서 걸음을 빨리해서 지나간다.

언덕 위까지 빨리 걸어와서 힘들게 숨을 고르며 돌아보니, 길 위에 길게 깔린 자줏빛 어린 어둠 속에 잠긴 형체가 이쪽을 한참 바라보는 것도 같다. 누구일까? 나는 왜 피했을까? 그냥 인사 받아주는 게 뭐 어렵다고. 하지만 오늘은, 오늘만은 누군가와 긴 얘기를 하고 싶지 않다. 멀리는 볼 수 없게 된 지 오래. 소년과 청년 사이로 보이는 남자의 얼굴은 그늘에 잠겨 보이지 않았다. 길에 늘어진 그림자에서만 아까 받은 익숙한 느낌이 다시 솟았다.

집 안에 들어오자마자 고통이 잠복하던 강도처럼 훅 덮쳐온다. 가방은 바닥에 내던지고 불도 켜지 않은 채로 침침한 집 안을 걸어 바로 화장실로 가서 그날 먹은 모든 것을 토한다. 입만 간신히 헹구고 침실로 가서 침대 위로 쓰러진다. 고통은 이제 무거운 추로 변신해 있다. 그렇게 머리를 땅으로 끌어내린다. 이대로 잠들면 다시 깨지 못할지 모른다는 두려움도 들지만, 차라리 잠이 들고 싶다. 고통에서 벗어나고 싶다. 마침내 자비로운 잠이 찾아온다.

그렇게 잠든 지 얼마나 지났을까? 왜 잠이 깬 거지? 고통 때문인지 잠 때문인지 알 수 없지만 머리를 든다. 초인종 소리가 들린다.

손바닥만 간신히 보이는 어두운 거실을 걸어 현관으로 갔을 땐 왠지 방문객이 누군지도 확인하지 않았다는 생각이 머리를 스친다. 이 시간에 누군지 알고, 라는 두려움이 스쳤으나 문 앞에 섰을 때 켜진 현관 센서 등과 바깥에서 들어오는 불빛에 눈이 부셨다. 눈을 손으로 가렸다 떼어보니 누군가의 손이 보였다. 하얗고 커다랗고 어딘가 낯익은 손.

"아까 이거 떨어뜨리고 가셨잖아요."

손에 든 건 마트 종이봉투였다. 아아, 그랬지. 그 안에는 병원 약도 들어 있었는데. 어디서 떨어뜨렸더라?

"쇼핑 숍 앞에서. 부르려고 했는데 너무 빨리 걸어가시더라고요."

어둠과 빛에 눈이 익자 앞에 선 얼굴이 보인다. 태양을 닮아 환히 웃는 얼굴이다. 눈이 부셔 보이지 않을 정도로 환하게.

"이런, 고마워요. 수고스럽게 여기까지 가져다주고."

아는 사람일지도 모른다고 생각한 건 착각이었다. 처음 보는 얼굴이다. 낯선 사람.

"고, 고마워요."

낯선 사람과 대면한다는 두려움이 밤벌레처럼 스멀스멀 기어 나온다. 다시 말만 더듬거려 반복하고 문을 닫으려 한다. 그 순간 크고 하얀 손이 다시 문을 잡는다.

"나 기억 안 나요?"

이건 무슨 수작이지? 두려움 아래에 서서히 화가 인다. 나를 감히 뭘로 보고. 혼자 사는 늙은 여자라고 얕보는 건가.

"누구?"

"나 잊지 않았죠?"

남자애의 너무나 스스럼없는 태도에 즉각 대꾸할 말을 찾지 못한다. 그런데 아까 받았던, 어딘가 모르게 익숙한 느낌이 다시 찾아온다.

"너 어디서……?"

"당신, 내가 전생에 사랑하던 사람이잖아요."

다시 그 애의 얼굴을 본다. 구겨질 듯 접혀서 환히 웃는 눈. 입꼬리가 귀까지 걸리는 커다랗고 시원한 입. 약간 작고 둥근 코. 큼지막하지만 그럼에도 위협적이지 않은 덩치. 그리고 문을 잡은 손. 붉그스름한 손바닥. 하얗고 커다랗고 내가 잘 아는 손. 잊을 수 없는 표시가 있는 그 손. 그는 다시 반복한다.

"우리, 나의 전생에 사랑하던 사이였잖아요."

그렇구나.

"와아, 드디어 다시 만났다."

내가 한동안 들어보지 못한 기쁨을 담은 어조로 그가 말한다. 함께 걸었던 수많은 날들의 햇빛을 담은 말. 나는 어느새 닫으려던 문을 열고 있다. 나를 숨기던 장막에서 걸어 나온다.

"그래…… 너구나."

안도감이 몸 안에 차오른다. 아침부터 머리를 짓누르던, 영원히 사라지지 않을 것 같은 아픔이 서서히 걷히고 있다. 나도 어느새, 옛날처럼 그를 따라 웃고 있다. 아니, 울고 있다.

"결국 다시 와줬구나."

"미쳤나 봐!"

안경 선생님, 김연희 선생님은 카페가 떠나가도록 소리를 질렀다. 옆자리의 사람들이 고개를 돌렸다. 나는 선생님이 뭐라도 엎을까 봐 선생님의 손이 닿지 않는 한쪽으로 잔을 슬쩍 치웠다. 순간 머리가 띵했다. 요새 내가 사는 건물에 갑자기 누가 이사라도 왔는지 한밤에 시끄러운 발소리가 울리는 일이 많아서 잠을 잘 자지 못했다. 나른한 머릿속으로, 연희 선생님의 고함 소리가 파고들었다.

"이제 쉰여섯이야. 그런데 그렇게 새파랗게 젊은 남자애랑. 아들뻘도 아니야. 손자뻘에 가깝다니까. 정말 집안이 다 뒤집혔는데 언니는 신경도 안 쓴대! 다들 치매 걸렸냐고 한다니까. 치매 걸리긴 이르지만 그렇지 않고선 설명이 안 돼! 재인 씨, 그런 얘기 들은 적 있어? 세상에, 정말."

선생님은 정말, 정말만 반복했다. 작년에 백화점 문화센터에서 풍수 수업을 들을 때 알게 된 이후로 연희 선생님이 이렇게 흥분한 모습은 처음 본다. 그때는 안경을 쓴 지적인 모습만 보고 선생님 같은 인상이라고 생각했지만, 선생님은 진짜로 교사였다. 후에 알게 된 일이지만 미술 전공이라고 했다. 그 이후로는 선생님이라는 호칭이 한결 자연스러워졌다. 선생님은 늘 몸가짐도 고상했는데, 이렇게 사람 많은 카페에서 큰 소리를 낼 정도로 감정이 격해질 줄은 몰랐다.

"평범하지는 않지만, 어디 해외, 할리우드 같은 데서는 전혀 없지도 않은 일인데……."

"그러니까! 할리우드에서나 일어나는 일이야! 한국에서, 보통 사람이 이런 적은 없잖아! 〈그것이 알고 싶다〉에나 나오는 얘기라고!"

선생님의 감정이 가라앉지 않으면 내가 무슨 말을 해봤자 불에 기름 붓는 격, 아니 기름에 물 붓는 격이었다. 파편이 사방팔방 튈 것만 같았다.

일반적인 상황이라면 나는 사촌 언니가 젊은 남자랑 사귄다고, 결혼한다고 했다고 해서 이렇게까지 흥분할 일인가, 의문을 품었을 것이다. 그래도 이 경우에는 연희 선생님의 반응도 이해가 됐다. 정말 흔한 일은 아니다. 성별에 상관없이 나이 차이가 많이 난다면 의심스럽기도 하다. 게다가 두 사람의 관계에 대한 설명도 기이하기 짝이 없었다. 하지만 둘이서 그러기로 했다면 타인이 개입하기 어렵기도 하다. 게다가 친형제도 아니라고 하니까. 그러니 여기서 내가 도와줄 수 있는 일이라고는…….

"정말 그 남자를 연인이라고 했대요?"

옆에서 헌이 물었다. 헌은 또 여기 어떻게 오게 되었는지. 내가 약속 장소에 왔을 때 그 애가 천연덕스럽게 연희 선생님 옆에 앉아 있는 것을 보고 나는 소리 내어 '엇' 하고 말할 정도로 놀랐다. 헌은 "오랜만이에요"라면서 슬쩍 웃었다.

이헌은 이 년 전 내가 악마의 눈 '나자르 본주' 팔찌 관련한 내용을 취재하러 고등학교에 갔을 때 만난 소년이었다. 그때 팔찌의 저주를 둘러싼 소동에 같이 휘말렸다. 후에는 제주도에서 만나 내가 위험에 처했을 때 도움을 주기도 했다. 그 이후 문자나 메일 정도는 온 적 있지만 직접 만나는 것은 처음이었다. 헌은 의대에 입학했고, 대학생들의 시간은 나의 시간보다 훨씬 다채로울 것이다. 실내에서 보내는 일이 많아졌는지 축구를 자주 해서 햇살에 그을렸던 소년의 얼굴이 이제는 좀더 밝지만 한편으로는 진지한 어른의 얼굴로 바뀌었다. 그럴 만큼의 시간이었으리라. 원래도 키가 컸지만 그사이에 더 자란 느낌이었다.

헌과 연희 선생님의 관계는 금방 알 수 없었다. 연희 선생님은 "둘이 아는 사이라며? 내가 재인 씨 만날 거라며 같이 만나자고 했어. 헌이가 도움을 줄지도 모르고"라고만 했을 뿐이다. 나는 나중에 물어봐야겠다고만 마음속에 적어두었다.

"그렇대! 언니가 걔를 처음 소개할 때 웃으면서 '내가 사랑하는 애야'라고 말하더라고. 우리 다 기함했잖아. 소개할 사람 있다고 오라더니, 그렇게 새파랗게 젊은 애를 데리고 와서. 우리 엄마가 기절하지 않은 게 다행이라니까."

우리가 만난 이후로 '새파랗게 젊은 애'라는 표현이 몇 번이나 나왔을까, 처음부터 세어볼 걸 그랬다. 나는 연희 선생님에 비해 젊다고 하겠지만, 새파랗게 젊지는 않은 나이로서 이 말이 새삼스럽게 느껴졌다. 그에 비해 아직 대학생인 헌은 새파랗게 젊다고 할 수 있으리라.

"이모할머니가 많이 놀라신 거 같더라고요."

헌이 조심스럽게 말을 꺼냈다. 그렇다면 이모할머니는 연희 선생님의 어머니를 말하는 것이다. 즉, 헌의 어머니와 연희 선생님이 사촌 간이라는 뜻이었다. 그리고 이 이야기의 주인공인 분과도 사촌 간. 연희 선생님과 헌이 또 이렇게 친척 간으로 얽혀 있다니. 함께 나누는 기쁨과 슬픔, 함께 느끼는 기쁨과 공포. 노래 가사처럼 참 작은 세상이다. 그러게. 지금은 공포에 가까운 감정을 함께 나누고 있었다. 연희 선생님이 헌을 데리고 나온 것도 이해가 되었다. 연희 선생님 성격이라면 사정을 알지 못하는 다른 사람에게 쉽게 이런 얘기를 하지는 못할 것이다. 그렇다면 친구도 아닌 지인이나 다름없는 나는 왜 부르신 걸까. 다시 솟아오르는 의문을 누르며 나는 말했다.

"그래서 지금 사촌 언니분이 그 남자랑 결혼을 한다고 하신다고요?"

"그래!"

저렇게 화를 내시다간 연희 선생님이 먼저 뒷목 잡고 쓰러질 것만 같았다. 나는 마음속으로 119를 부를 각오까지 했다.

"처음에는 입양을 하겠다고 하다가, 그 남자애가 성인인데다가 아버지가 계신다나. 그래서 입양은 어렵다니까 결혼이라도 하겠대. 정말 치매가 아니고서는 설명하기가 어렵다니까."

헌이 연희 선생님의 어깨를 잡았다.

"연희 이모, 자, 여기 물이라도 드세요."

연희 선생님은 물잔을 잡더니 쉬지 않고 꿀꺽꿀꺽 들이켰다. 나는 선생님이 물을 마시는 동안 생각을 정리했다. 입양이나 결혼이나 일차적인 이유, 혹은 결과는 하나이다. 법적 관계를 만들려는 것. 그리고 법적 관계를 만드는 경우에 생각할 수 있는 동기도 비교적 명확했다. 그렇다면 이런 문제는 나보다 보험 조사원 같은 사람이 더 잘 해결할 수 있을 텐데. 내가 이전에 알았던 보험 조사원이라면……. 그 남자에 대한 기억이 떠오르자 나는 이것도 재빨리 다시 눌러버렸다. 지금 하고 싶은 생각은 아니었다.

그 생각을 떨치려 나도 모르게 고개를 절레절레 흔들었나 보다. 헌이 나를 빤히 바라보고 있었다. 늘 나를 당황하게 만드는 그 애의 눈을 피하면서 다시 물었다.

"그러면 제가 뭐 도와드릴 일이라도……."

연희 선생님은 마치 그 말을 기다린 듯이 내 손을 덥석 잡았다.

"재인 씨가 조사 좀 해줘. 강릉 언니네 가서. 전문 흥신소에 맡기고 싶진 않아. 집안일이니까."

"네?"

"재인 씨가 오컬트 탐정이라며. 점이나 온갖 신비한 일 조사 전문가라고 그러던데."

누가 대체 그런 소문을……? 나는 헌을 날카로운 눈빛으로 쳐다보았지만 그는 정색하는 표정으로 두 손을 저었다. 자기는 절대 아니라는 뜻이었다.

"아뇨, 저는 오컬트 칼럼을 쓰기는 하지만 그런 전문 조사 기술도 없고요. 특히 범죄와 관련해서는……."

"겸손하기는. 내가 여러 사람에게 들었는데. 문화센터 풍수 수업 듣던 미령 씨가 그러던데. 그때 우리 풍수 수업 같이 듣던 아가씨 일도 해결해주고, 미령 씨 친척 집에 붙은 귀신도 떼어줬다면서."

이렇게 소문이 와전되는 과정을 실시간으로 목격할 수 있다.

"아뇨, 제가 무당도 아니고 어떻게 귀신을 떼어요. 애초에 그 집에 귀신이 있었는가 하면……."

"그리고 우리도 그러더라." 연희 선생님은 헌을 가리켰다. 우리는 헌의 동생이다. "우리 팔찌에 붙은 저주도 풀어줬다는데."

이들 세계에서는 내가 신비로운 퇴마사라도 되어 있는 걸까? 뭐라도 말 좀 해보라고 헌을 쳐다보았지만, 헌은 웃음을 참느라 입술을 꾹 깨물고 있었다. 연희 선생님은 거침없이 말을 이어갔다.

"우리 정희 언니에게 붙은 망령 좀 떼어줘. 전생의 연인인지 뭔지."

나는 침을 꿀꺽 삼키고 마음을 진정시키려 했다.

"선생님, 저는 정말 그런 능력도 없고요. 알아볼 수도 없…… 뭐라고요? 전생의 연인?"

"그래, 전생의 연인. 정확히는 전생에 사랑하던 사이라고 그런다니까."

연희 선생님은 이제까지 자기 말을 뭘로 들었냐는 듯 오히려 나무라는 표정으로 나를 보았다. 내가 놓친 얘기가 있었나. 여기 어디에 전생 얘기가 있었다고. 하지만 그 말을 들으니 내 오컬트적 호기심이 희미하게 일기는 했다. 마침 다음 칼럼 주제도 있어야 했다. 게다가 전생에서 사랑했던 사람을 찾아왔다니. 사기의 레퍼토리로도, 낭만적 픽업라인으로도 고전적이고 흥미로운 방식이었다. 물론 그게 자식처럼 차이가 나는 상대라면 더욱.

"그럼, 지금 언니분이 전생에 사랑하던 사이의 사람을 만났다는 말을 하는 거죠? 상대 남자분도 그렇게 말씀하시고요?"

"언니 전생이 아니고 그 남자애의 전생이래. 그 남자애가 집으로 찾아왔대. 정확히는 남자애가 언니보고 자기가 전생에 사랑하던 사람이라고 했대. 말짱 사기꾼이지. 그런데 언니는 홀딱 넘어가고. 얼굴에 반한 거야. 그런 얼굴로 진지하게 말하니까. 언니는 남자 만나본 경험도 없고."

문화센터 삼총사 중에서도 안목이 까다롭기로 유명했던 안경 선생님이 이렇게까지 말한다면 그 남자가 얼굴은 잘생겼다고 전제해야 한다는 뜻이었다. 일차적이긴 하지만 나의 호기심이 한 단계 더 상승하기는 했다.

"걔가 얼마나 뻔뻔하고 대담한지, 나보고 '오, 연희 씨, 어렸을 때랑 얼굴 똑같네요'라고 했다니까."

이 말을 하는 연희 선생님은 질색이라는 듯 고개를 흔들었지만, 아주 싫지만은 않은 기색도 엿보였다. 연희 선생님은 내 손을 잡았다.

"재인 씨, 내가 정식으로 의뢰할게. 혼자 가기 불편하면 헌이랑 같이 가면 되고."

헌이랑 같이 가는 게 과연 내게 덜 불편한 일일까? 나는 헌을 다시 힐긋 쳐다보았다. 내 쪽에서 헌을 볼 때면 '힐긋'이라는 부사가 잘 어울렸다. 제주도에서 헤어진 봄 이후에 헌을 직접 만나지 않았던 건 그때 그가 남긴 쌍둥이 역설의 은유가 마음에 남았기 때문이다. 우주선을 타고 갔다 온 형의 시간은 지구에 남은 동생의 시간보다 천천히 흐른다고 헌은 말했다. 나는 그 말에 담긴 의미를 깊이 생각하기를 의식적으로 거부했고, 헌을 어떤 이유로 다시 만나야 할지 알 수도 없었다. 연락이 없었던 건 그렇게 지구에서 멀어지는 우주선처럼 그렇게 우리 사이의 시간이 흐르면 자연스럽게 멀어질 것이라 생각했기 때문이기도 했다. 그러다 이렇게 마음의 대비 없이 다시 만나버렸다.

그렇게 '힐긋' 쳐다봤을 때 헌은 여전히 싱긋 웃는 표정이었다. 집안의 큰일이라는데 이렇게 태평할 데가.

"선생님께서 그렇게 말씀하시니 제가 가보긴 하겠지만……." 나는 가방에서 노트를 꺼내서 몇 가지를 기록했다. "그런데 전생의 연인이라면, 어쨌든 그 사람에게 연인이었다는 건데…… 그 사람의 전생이요? 그럼 정희 선생님이 지금보다 젊을 때 이 남자애랑 사귀었다는 거예요?"

"뭐? 그게 그렇게 되는 건가?"

내 질문은 연희 선생님의 허를 찌른 모양이었다. 선생님은 애초에 전생이란 핑계 자체를 믿지 않았기 때문에 이런 논리로는 전혀 생각해보지 않은 듯했다. 헌이 대신 대답했다.

"제가 듣기로는 그런 거 같아요. 정희 이모가 젊었을 때 사랑했던 사람이라고."

"그러면 연희 선생님은 짐작 가는 후보 없으세요? 언니분께서 이전에 만났던 사람이 죽어야 다시 만날 수 있는 거잖아요."

"어머, 내가 그 생각을 못 해봤네……. 글쎄, 누가 있을까. 내 기억에 언니는 계속 혼자였는데."

연희 선생님은 잠깐 생각에 잠겼다. 졸지에 사촌 언니의 연애사를 훑어야 하는 입장이 되면 불편할 수 있었다. 두 사촌 자매는 열 살 넘게 터울이 졌다. 어린 소녀의 눈에 비친 나이 많은 사촌 언니의 연애는 불가사의했을 것이다.

나는 연희 선생님을 이성과 합리의 세계에서 끌어내어, 불확실로 빚어진 오컬트 세계에 끌어들인 것 같아 약간의 죄책감을 느꼈다. 하지만 애초에 연희 선생님도 풍수 수업을 들었으므로 초과학을 믿지 않는 사람이라고는 할 수 없다. 선생님 또한 오컬트 세계의 시민인 것이다. 연희 선생님이 그다음에 덧붙인 말은 그 세계의 주민증이나 다름없었다.

"그래…… 그리고 보니까 그 남자 얼굴이 어딘가 낯익다고는 생각했어. 처음 본 사람 같지 않고."

연희 선생님은 그의 첫인상을 복기하는 듯 천천히 말을 이었다.

"웃는 얼굴이, 나를 보자 환히 웃는 그 얼굴이 어디서 본 것 같다고는 생각했던 것 같네……."

역시 미남이군, 미남이야. 그때의 나는 마음속으로 그렇게만 단정을 내렸다.

❧

그렇기에 그 남자가 문을 열었을 때 즉시 알아볼 수 있었다. 연희 선생님의 말처럼 웃는 얼굴이 친숙한 호감형의 남자. 어떤 사람들은 잘생긴 사람, 적어도 자신의 기호에 맞는 외모의 사람을 보면 낯설더라도 어디선가 본 것 같다고 익숙하게 느끼는 경향이 있다. 마음의 경계가 약해지고, 거리가 확 줄어드니까.

"어서 오세요."

나와 헌이 문간에 서 있을 때 남자는 경계하는 빛을 내비치지 않고 우리를 맞았다. 집주인이라도 된 듯했다.

"네, 이모 계시죠?"

  헌도 평상시 자주 들르는 친척 집에 온 사람처럼 태연하게 남자와 인사를 나누었다. 헌도 키가 큰 편이었지만 남자는 그보다도 약간 컸다. 이 집에 올라오는 길에 있는 서퍼들의 게스트하우스에 묵고 있다는데, 서퍼 특유의 그을린 피부가 그에게는 보이지 않았다. 몇 군데 쓸리고 다친 흉터는 있었지만 피부는 전체적으로 하얗고 깨끗했다. 나는 그 점을 기억해두었다.

  그는 익숙하게 우리를 거실로 안내했다. 지은 지 육십 년이 넘었다고 하는데, 바닷가에 위치한 것치고 바람에 시든 흔적이 없이 손질이 잘된 큰 집이었다. 이 년 전 늦가을에 방문했던 대구의 등류당과 비슷한 느낌을 주는 집이었다. 집이랄까, 저택이랄까, 커다란 이 층짜리 집이라는 것밖에 건축적으로 유사점은 없었지만, 어딘가 지붕 아래 그늘 속에 무언가 숨어서 내다보는 듯한 기분이 비슷했다.

  거실에는 커다란 초록색 소파와 작은 나무 탁자가 있고, 한편에는 오래된 피아노가 놓여 있었다. 나는 연희 선생님에게서 들은 정보를 기억했다. 선생님의 사촌은 피아노를 전공했고 오랫동안 고등학교에서 음악 선생님으로 일했다. 원래 연희 선생님 아버지의 이모부, 즉 이 집의 주인인 이정희 선생님의 부친이 창립한 학교였고, 그분이 돌아간 후에 재단 관리는 다른 경영인이 맡고 있다고 했다.

"어서 와, 헌아."

하얀 옷을 입은 여자가 초록색 소파에 앉아서 미소를 띠며 헌을 반겼다. 검은 머리에는 희끗희끗한 머리카락이 섞여 있었지만, 얼굴이 깨끗해서 나이를 짐작할 수가 없었다. 얼굴이 깨끗하다는 것은 주름이 없다거나 피부가 곱다거나 하는 의미가 아니라, 생김새와 표정 둘 다 세상의 비바람에 상하지 않았다는 뜻이었다. 연희 선생님 및 가족들이 그를 걱정하는 이유도 단번에 알 수 있었다. 어리석어 보이지는 않지만 남을 잘 믿어줄 것 같은 투명함이 보였다. 하지만 그 얼굴에는 피로감도 베일처럼 얇게 덮여 있었다.

"이모, 잘 계셨죠."

헌이 다가가자 그녀는 두 팔을 벌렸고, 헌은 머뭇거리는 기색 없이 담담하게 이모를 안았다. 가냘픈 체격이라 체구가 큰 헌의 품 안에 갇혔을 때는 보이지 않을 정도였다. 헌은 이모에게서 떨어져 나와 옆으로 서더니 나를 돌아보았다.

"이쪽은 도재인 씨예요."

그는 나를 소개할 때나 직접 부를 때도 한 번도 누나라고 한 적이 없었다.

"만나서 반가워요."

정희 이모라고 불리는 분이 한 손을 내밀었고, 나는 그 손을 잡았다.

"네, 처음 뵙겠습니다. 이렇게 불쑥 찾아뵙게 되어 실례가 많습니다."

선생님은 투명한 미소를 얼굴에 띤 채로 대답했다.

"무슨 말씀을요. 우리 헌이 친구라면 언제든 환영이죠."

열 살 남짓 차이가 있는 여자와 남자라고 해도 친구 외에 달리 표현할 말은 없었다. 하지만 정희 선생님의 다음 말을 들으니 이미 사정을 알고 있는 듯했다.

"게다가 연희 친구이기도 하다면서. 그 애가 보냈으면 이유가 있는 거겠죠."

뾰족한 기운은 없었다. 그저 사실을 전달하는 말투였다. 이조차도 투명한 사람이었다.

"연희 씨는 어렸을 때부터 호기심 많고 눈망울이 똘망똘망했죠. 의심도 많고."

남자는 나이 차이가 스무 살 가까이 나는 사람을 스스럼없이 '연희 씨'라고 불렀다. 그는 포도와 함께 아이스티를 담은 쟁반을 들고 와서는 헌과 내 앞에 한 잔씩 놓았다. 오래 해본 듯 익숙하고 거침없는 동작이었다.

"여기는 최지완. 이쪽은 내 오촌 조카 이헌, 같이 오신 분은 도재인 씨라고."

그 외는 다른 설명이 없었다. 이미 다 알고 있으려니, 하는 듯했다.

"이헌입니다."

헌이 새삼스럽게 한 손을 내밀자 최지완은 붙임성 좋게 그 손을 착 잡았다. 사교성이 좋아 보이는 사람이었다. 헌의 손을 놓은 지완은 나를 돌아보면서 눈이 감기도록 미소 지었다. 나는 그의 미소에 판단력이 흐려지지 않도록 부러 엄숙한 표정을 지었다.

지완은 무릎 담요를 가져와서 정희 선생님에게 덮어주고 그 옆에 앉아서 손을 잡았다.

"조카분이 잘생겼네요. 여자 친구분도 예쁘시고."

"어머, 사람 앞에서 그렇게 대놓고 말하면 실례야."

정희 선생님은 살짝 눈을 흘기면서 다른 손으로 지완의 팔을 탁 쳤다. 아까까지 보였던 정확하고 우아한 태도와는 약간 다르게 소녀 같은 느낌이 흘렀다.

"아직 나이가 많지 않으신데, 연희 이모 어릴 때를 아세요?"

헌이 대놓고 물었다. 고맙게도 대화가 좀더 쉬워질 것 같았다.

"네, 그럼요. 같이 놀고 잘 알고 지냈는데. 한 열 살 정도까지는. 장난꾸러기여서 물건도 많이 망가뜨리고. 혼도 많이 나고. 그래도 기죽지 않은 씩씩한 아이였죠. 국민학교 3학년 때였나?"

얼굴에서는 소년 같은 웃음이 사라지지 않았지만, 대답은 호락호락하지 않았다. 나이도 어린 사람이 국민학교라고 서슴없이 말하는 것이 새로웠다.

"아니, 국민학교 2학년이었던 거 같아."

정희 선생님이 계산을 해보더니 말했다.

일 년 동안 보통 사람이 아는 합리적 논리로 설명할 수 없는 여러 사건을 조사했다. 그러면서 내가 깨달은 점은 사람들은 의외로 과학으로 설명할 수 없는 비합리적인 일들을 삶의 일부로 받아들인다는 것이었다. 하지만 이들처럼 세상에서 가장 이상한 일들을 가장 자연스러운 일처럼 말하는 사람들은 처음 보았다.

"삼십육 년 전이네요……. 이모는 그때 스무 살 정도셨겠어요."

"그래, 대학교 1학년 때였지."

"참 예뻤어요. 특히 노래 부를 때 얼굴이 무척 예뻤죠.

저는 제목을 몰랐지만 외국 가곡 같은 거 부를 때 목소리
도 예뻤고."

지완이 생각에 잠긴 얼굴로 피아노를 돌아보았다. 거기
에 깊은 추억이라도 서린 눈빛이었다. 정희 선생님은 투명
한 눈꺼풀을 감았다. 잠이나 꿈, 기억에 빠진 사람 같았다.

"두 분은 어떻게 만난 사이시죠?"

헌이 스트라이크존을 향해 정확한 직구를 던졌지만 상
대는 번트로 쳐냈다.

"글쎄, 운명적으로?"

지완이 장난스레 대답하고, 정희 선생님은 아무 말 없이
미소만 머금고 있었다. 아무래도 자세한 이야기는 할 마음
이 없는 듯했다. 나는 직구로는 승부를 볼 수 없다는 걸 알
고 커브를 던져보기로 했다.

"최지완 씨는…… 왜 지금 정희 선생님을 찾아오셨나
요?"

지완이 나를 처음으로 진지하게 보았다. 그의 눈동자가
좀더 검게 느껴진 건 내 기분 탓인지도 몰랐다.

"무슨 말씀이시죠?"

"그러니까 더 일찍 오실 수도 있었잖아요. 정희 선생님
이 전생의 인연인 걸 왜 지금에야, 어떻게 알고 오셨느냐
는 얘기죠."

"아."

지완은 표정을 바꾸지 않으려 노력한 것 같지만 그것까지도 얼굴에 보였다. 그렇게 함정이 있는 질문은 아니라고 결론 내린 듯했다.

"제대하고 나서 발리에 갔었어요. 친구들이랑 서핑하러. 이전부터 바다를 좋아했거든요. 그런데 어느 밤에 게스트하우스에서 만난 친구들이랑 얘기하는데, 그중 한 명이 자기가 전생 리딩을 할 줄 안다는 거예요."

"외국 사람?"

"네, 인도계 미국인이었나. 아무튼 영어를 썼어요."

"어떻게 하는 건가요?"

"그러니까, 무슨 최면 같은데 편하게 누워서 가슴에 두 손을 얹고 눈을 감으면 그 사람이 질문을 해요."

지완은 눈을 감고 똑같은 동작을 해보인 후 눈을 다시 떴다.

"TV 예능 프로그램에 나오는 것과 비슷하네요."

"네."

지완은 딱히 무언가를 고르고 빼는 기색 없이 술술 말했다. 옆에서 정희 선생님이 흘러나온 그의 머리카락을 살짝 넘겨주며 아무 말 없이 귀를 기울였다. 이미 알고 있는 얘기라고, 나는 짐작했다.

"그래서요?"

"돌아가면서 다 한 번씩 해봤는데. 그 최면술사⋯⋯? 전생 리더가 하라는 대로 했죠. 처음에는 큰 강? 바다가 보이더라고요. 그리고 거길 건너니까 이 집이 보였어요."

"지금 이 집요?"

"네. 지금 모습이랑 같진 않았지만. 이 집이라는 건 알 수 있었어요."

지완은 집을 눈으로 한번 가볍게 훑었다. 우리 모두 그의 시선을 따라갔다. 정희 선생님이 말했다.

"아버지가 지으신 그대로 바뀌지 않았어. 가구 배치 같은 건 좀 바뀌었지만."

집은 외관이나 안쪽이나 낡진 않았지만 고풍스러운 스타일을 유지하고 있었다. 삼십육 년 전의 집을 그대로 보았다고 해도 아주 어색하지 않았다.

"최면 속에서 푸른 지붕의 이층집이 나왔고, 거기 처음 본 여자가 정원에 앉아 있었죠. 하얀 원피스를 입은. 얼굴은 이전 모습이었지만. 제게 손 내밀고 있었어요."

지완은 해맑게 웃으면서 정희 선생님을 돌아보았다.

"그리고 몇 장면이 영화 컷처럼 스쳐갔죠. 그때 발리에서 깼을 때는 그냥 흥미롭다는 느낌 정도였어요. 하지만 강릉에 와서 정희 씨 처음 봤을 때 낯선 기분이 들지 않았어요. 그러다가 정희 씨가 봉투를 떨어뜨려서…….”

“그런 얘기는 자세히 하지 마.”

이제까지는 듣지 못한 날카로움이 묻어 있었다. 양손을 깍지 껴 탁자 위에 올려놓고 이야기를 듣던 헌이 새삼 오촌 당이모에게 눈길을 주었을 정도였다. 하지만 지완은 놀라지 않고 태연했다.

“멀리서 보았는데, 느낌이 이상하더라고요. 어디로 갔는지 보이지 않았는데 이쪽이다 싶은 예감이 들어서 걸어왔죠. 주위 풍경이 똑같지는 않았지만, 길에서는 익숙한 냄새가 났어요. 언덕 위까지 다 올라왔을 때는 파란 지붕이 눈에 익었어요. 전생 체험에서 보았던 것과 같은 풍경이었죠. 그리고 정희 씨가 문을 열었을 때…….”

지완은 잠시 숨을 멈췄다. 우리도 모두 같이 숨을 죽였다. 어느덧 거실에는 희미한 어둠이 얇게 깔렸다. 그의 목소리에도 그와 비슷한 기운이 깔렸다.

“알았어요, 이 사람이라는 걸. 내가 이 사람을 찾아왔다는 걸.”

그후에 이어진 침묵은 극적이리만큼 무게감이 있었다. 드라마라면 티저 광고가 들어갈 만한 순간. 지완은 자리에서 일어나서 거실 창문에 윌리엄 모리스식 꽃무늬가 있는 커튼을 쳤다.

"정희 씨가 저녁 해 비치는 걸 싫어해서."

초저녁 늦은 햇빛을 받은 그의 모습은 순간 검은 그림자로 바뀌었다. 전생의 연인에게 어울리는 실루엣이라고 나는 생각했다. 톨 다크 스트레인저. 키 크고 어두운 낯선 사람이 온다.

〈신비한 TV 서프라이즈〉와 같은 기담과 괴담을 다루는 프로그램에 나올 만한 이야기였다. 지난봄 새벽에 우리 건물의 빨래방에서 내가 만났던 러시아 타로술사를 연상케 하는 면도 있었다. 갑자기 나타나 이국적인 계시를 던지고 가는 사람을 만난 후 운명이 바뀐다. 그 계시를 사실이라고 믿지는 않지만, 가끔은 믿을 수 없는 일도 일어나는 법이다.

"지완…… 씨는 몇 살이십니까?" 오랫동안 입을 다물고 있던 헌이 물었다. 지완은 검은 그림자에서 인상 좋은 청년으로 돌아와 자리에 앉았다.

"올해 한국 나이로 스물다섯이죠."

"하시는 일은요?"

나보다는 헌이 탐정으로 자질이 있었다. 언뜻 들으면 무례한 질문도 저렇게 담담하게 할 수 있으니까.

"학교를 다니다가, 군대 갔다 온 후에 그만두고 아까 말씀드린대로 발리에 다녀왔죠. 그다음엔 다른 일을 준비하고 있어요."

"가령 어떤……."

헌이 무언가 더 질문하려던 순간, 정희 선생님이 포도 알을 집다가 떨어뜨렸다. 지완이 재빨리 그걸 받았다. 정희 선생님은 다시 한번 포도 알을 집었지만 이번에도 놓치고 말았다. 역시 다시 지완이 받았다. 몸놀림이 민첩했다. 지완이 손바닥 위에 포도 알을 놓아주자, 정희 선생님은 웃으면서 그의 머리를 부드럽게 토닥거렸다.

"고마워."

기이하게 정다운 장면이었다.

다음 순간 정희 선생님의 입에서 기침이 터져 나왔다. 콜록콜록 하는 소리와 함께 정희 선생님은 입을 막으며 말했다.

"미안한데, 내가 오늘은 좀 피곤해서."

조용히 물러가달라는 뜻이었지만, 핑계라고만은 할 수 없었다. 그사이에 무거운 짐이 내려앉은 듯 정희 선생님의 어깨가 구부정해졌다. 기침이 가라앉자 선생님은 한 손으로 이마를 짚고 고개를 숙였다. 지완이 걱정스레 머리를 그녀에게 들이밀고 얼굴을 보았다.

"괜찮아요? 내가……."

지완이 두 팔로 안아 올리려 하자 정희 선생님은 한 손을 들었다.

"가만, 괜찮아. 일단 헌이랑 재인 씨 좀 배웅해줄래?"

헌은 당이모에게 다가갔다.

"이모, 저 갈게요."

의외로 정희 선생님은 손을 뻗었고, 헌은 약간 머뭇거리는 것 같았지만 이모의 어깨를 안아주었다.

"잘 가, 나중에 또 와."

나는 헌이 이모의 어깨 너머로 손을 뻗어 무언가를 집는 것을 눈치챘다. 무엇인지는 손안에 갇혀 보이지 않았다. 역시 탐정으로서 자질이 있다. 날랜 손, 태연한 표정. 나는 속으로 감탄했다.

집 쪽에서 문을 열고 잔디밭으로 나가면 낮은 담 아래로 푸른 바다와 너른 백사장이 바로 내다보였다. 해수욕을 하는 사람들이 점점이 떠다녔다. 소리는 들리지 않았지만 공기 중에는 함성의 여운이 남아 진동하는 듯했다. 이 집의 고요함과는 사뭇 대비되었다. 지완은 담 앞에 서서 바다를 내려다보았다. 그는 여기서 무엇을 하고 있을까? 저 바다에 있어야 할 것 같은 사람이. 그는 마치 내 마음을 읽은 것처럼 뒤돌아보지 않은 채로 입을 열었다.

"전생 같은 거 헛소리라고 생각하시겠죠."

헌과 나는 정곡을 찔리고 서로 얼굴을 마주 보았다. 헌은 헛기침을 했다. 나는 태연한 척 대답했다.

"그렇지는 않아요. 세상에는 눈에 보이지 않지만 존재하고 있는 것들이 분명 있으니까요. 우리의 마음이 말해주는 게 세상에서 볼 수 있는 것보다 진실에 가까울 수 있죠."

헌이 보기엔 이 또한 지완에게서 대답을 끌어내기 위한 나의 계략처럼 들릴 수도 있을 것 같았다. 분명 그런 의도도 없지 않았다. 하지만 거짓말인 것만도 아니었다.

"아, 사랑은 눈으로 보는 것이 아니라 마음으로 보는 것이라는 말처럼? 그래서 날개 달린 큐피드도 장님으로 그려지죠."

"셰익스피어였나요? 『로미오와 줄리엣』이었나?"

지완은 내가 맞힐 줄 몰랐는지 눈썹을 살짝 치켜떴다가 다시 웃었다.

"오십 퍼센트 정답. 『한여름 밤의 꿈』입니다."

약간 머쓱했지만 오히려 답이 틀려서 다행이었다. 내 경험상 너무 아는 척하는 사람이라는 인상을 주는 건 질문에 대한 답을 얻어내는 데 도움이 되지 않았다. 상대방에게 틀린 답을 고칠 기회를 주는 편이 좋다. 불리한 입장에 놓이는 편이 오히려 이롭다.

지완은 정원의 낮은 담 아래 놓인 야외용 탁자에 앉았

다. 역시 자기 집 같은 익숙한 몸짓이었다. 우리에게도 건너편에 앉으라고 손짓했다. 우리는 그 신호에 따랐다. 지완은 우리를 그렇게 빨리 쫓아낼 마음은 없어 보였다.

"재인 씨라고 하셨나요. 좋은 분이네요."

그는 상체를 내 쪽으로 약간 내밀며 말했다. 얼굴을 들이밀며 나를 살피는 것만 같았다. 다시 그의 검은 눈동자와 눈이 마주쳤다. 나와 헌의 방문 의도를 수상하게 여길 법도 한데, 경계심은 없어 보였다. 그렇게 쉽사리 판단하지 마요, 나는 속으로 중얼거렸다. 그렇게 아무나 믿으면 사기당하기 쉽다고. 하지만 생각해보면 속이는 쪽이 누구인지는 모를 일이었다. 어쩌면 이것이 사기의 기술일 수도 있다. 내가 당신을 좋은 사람이라고 신뢰하고 있다는 인상을 주는 것. 우리는 나를 믿는 사람들을 믿고 싶어 한다. 그렇게 속아 넘어간다.

"좋은 사람이라기보다 재미있는 사람이라는 말을 많이 들어요. 더 자주 듣는 말은 이상하다는 얘기죠."

옆에서 헌이 고개를 끄덕였다. 나는 그의 등을 한 대 때려주고 싶었지만 참고 말을 이었다.

"전생이 그대로의 의미는 아니라고 해도, 우리가 태어나기 전부터 가졌던 어떤 기질에 대한 설명일 수도 있다는 생각은 해요."

"무슨 뜻이죠?"

"예를 들자면…… 이유를 말할 순 없지만 무엇에 대한 혐오라든가, 반대로 애정이라든가. 갑작스럽게 찾아오는 어떤 감정들. 그런 데 운명 같은 느낌이 들 때. 아주 오래 전부터 알고 있던 듯한 데자뷔. 그런 현상들에 대한 설명으로서 전생이 존재하는 거죠."

지완은 알 것 같다는 표정을 지었다.

"저도 같은 기분을 느꼈거든요. 그런 얘기, 책에서 봤어요. 한 번도 가본 적이 없는 어느 나라에 갔는데, 갑자기 그 나라에 강렬하게 끌리는 사람들이 있잖아요. 전생에 자기는 그 나라 사람이었나 보다, 라고 말하는 사람들이 있죠. 서양인이 일본으로 귀화를 해서 일본의 전통 전설에 관한 책을 쓴다거나. 그 정도로 끌린다면 전생에 그 나라 사람이었나 하기도 하겠죠."

"아, 그거 실제 일본 작가 이야기죠."

지완이 살짝 놀라더니 웃었다.

"잘 아시네요. 재인 씨, 역시 재미있는 분이네요."

지완도 전생에 대해 조금 공부를 한 모양이었다. 특정한 케이스를 언급했고, 그저 되는대로 떠올라서 한 말은 아닐 것이다. 이 말을 할 때 나는 고개를 끄덕이긴 했지만 내 눈은 다른 이야기를 하고 있었다. 지완도 알아챈 모양이었

다. 그는 까만 눈동자로 나의 눈을 빤히 쳐다보았다. 속쌍
꺼풀이 진 눈의 속눈썹이 길었다.

"하지만 정희 씨에게 한 제 이야기는 설명 같은 게 아니
에요. 사실이죠."

나는 그 순간에는 그의 말을 의심하기가 힘들었다. 그의
뒤로 보이는 바다와 그의 속마음은 둘 다 깊이를 알 수 없
이, 그때만은 거기 빨려드는 것 같았다.

❧

"확실히 남다른 매력이 있는 사람이기는 했어요. 재인
씨도 꼼짝없이 빠져든 거 보니까."

두 번째로 카페에서 연희 선생님과 만났을 때 헌이 말했
다. 다른 가시를 품지는 않았다. 헌은 사실 보고처럼 전달
했다. 그리고 나도 그렇게 적극적으로 부인하고 싶지는 않
았다.

"아니, 그 사람에게 빠져들었다고 하면 안 되죠. 정확히
말하면 믿어주고 싶게 말하는 사람이랄까. 그 눈이 믿어주
고 싶게 생겼달까."

연희 선생님은 동감하듯이 고개를 주억거렸다.

"그래, 그런 면이 있는 애긴 하더라."

"뭐예요, 두 분."

헌은 우리 중에 가장 어른인 것처럼 혀를 찼다. 하지만 연희 선생님은 한참 어린 조카의 놀림에도 전혀 개의하지 않았다.

"사실이니까. 뭐, 수확은 있었어?"

나는 연희 선생님을 실망시키고 싶진 않았지만, 딱히 없다고 했다. 최지완이라는 이름으로 인스타그램까지 검색해봤지만 그 사람을 찾을 수 없었다. 다른 SNS도 마찬가지였다. 그리고 그는 수상해 보이는 사람도 아니었다.

내가 빈손으로 돌아왔다고 말해도 연희 선생님은 기운 빠지지 않았다. 도리어 아주 슬며시 미소를 띠었다.

"봐! 어쩐지 내가 어디서 본 사람 같다고 했잖아. 내 기억력이 아직 죽지 않았다니까."

연희 선생님은 의기양양함의 화신이었다. 선생님은 처음에 만났을 때와는 달리 '전생의 연인'설 쪽으로 약간 기울어버린 것 같았다.

"일단 언니가 젊었을 때 만난 사람이라면 후보는 이 사람밖에 없어. 언니가 스무 살 때, 그해 여름에 강릉에 왔던 사람. 이거 보면 그 청년이랑 닮았어."

연희 선생님은 확신에 가득 차서 짧은 손톱으로 테이블 위에 놓인 무언가를 톡톡 쳤다. 나와 헌이는 그걸 빤히 바라보았다. 그야말로 삼십육 년이 된 공책. 연희 선생님이 그해 여름방학을 강릉에서 보낼 때 쓴 것이라 했다.

"선생님, 이게 뭔가요. 이걸로 알아보기에는…….”

다음 말은 꿀꺽 삼켰지만 헌이 대신했다.

"이모, 어렸을 때부터 미술 신동은 아니었네요…….”

공책에는 어린아이가 삐뚤빼뚤하게 쓴 글씨와 색연필로 거칠게 여러 번 덧칠한 그림이 그려져 있었다. 그림일기였다.

"어머, 무슨 말이야. 내가 이걸로 방학 끝나고 학교에서 상도 받았다고. 그래서 우리 엄마가 자랑스러워해서 아직까지 깨끗하게 보관한 거야. 그때부터 내가 미술 쪽으로 가게 됐지.”

연희 선생님의 말도 일리는 있었다. 언뜻 보기에는 서툴게 그린 것 같지만 자세히 보면 인물의 특성이 살아 있다. 내가 미술에 재능이 있는지 판단할 수 있는 실력은 아니지만, 보통의 아홉 살 아이가 그리는 그림과는 좀 다른 것 같기도 했다. 개성이 있는 그림이었다.

하지만 개성이 있다는 게 실제의 사람을 알아보는 데 도움이 되느냐고 한다면…….

"잘생긴 사람이었던 것 같긴 하네요.”

아홉 살 소녀가 자신의 눈에 비친 잘생긴 남자를 그린다면 이런 얼굴이 되지 않을까. 갸름하고 키가 크고 다리가 긴 남자. 얼굴에는 뿔테 안경을 쓰고 머리는 가르마를 타서 옆으로 넘겼다. 그는 긴 머리에 파란 치마를 입은 여자를 바라보고 있었다. 그래, 확실히 잘 그린 그림이었다. 아래 빈칸에는 "7월 28일, 햇빛 쨍쨍"이라는 날짜 아래 "별이 구해준 멋잇는 선생님 정희 언니를 좋아하는 것 같다. 정희 언니만 쳐다보고 별이 치료한다고 집에도 찾아온다. 별이 앞발에는 이름 같은 흉터가 생겼지만 걷는 데 문제가 업슬 거라고 선생님은 웃으며 말했다. 정희 언니도 웃었다. 언니는 이전보다 잘 웃고 별이랑 산책 갈 때도 선생님이랑 함께 갔다" 하는 내용이 적혀 있었다.

"맞춤법 같은 건 신경 쓰지 마. 내가 늦둥이라서 글자를 늦게 배워서 그래."

헌이나 나나 아무 말도 하지 않는데, 굳이 변명을 하는 연희 선생님은 아홉 살 때도 이처럼 귀여웠으리라. 그리고 소녀의 눈에 비친 어른의 연애도 귀엽게 묘사되었다.

"초등학교 2학년이 이 정도로 글을 쓰다니 문장력이 대단한데요."

"그러게. 이모, 천재였나 봐요."

연희 선생님의 기분이 눈에 띄게 좋아졌고, 이야기는 더욱 속도를 냈다.

"그래, 전생의 애인이라고 하면 이 남자 얘길 하는 걸 거야. 언니가 좋아한 사람은 그 사람이니까. 수의사인가, 수의사 보조인가."

"수의사요? 그러면 별이는……." 내가 물었다.

"아, 걔는 정희 언니가 어렸을 때부터 키우던 개야. 그 개를 구해주면서 두 사람 인연이 시작된 거야."

연희 선생님은 오랜만에 옛날 일기를 보고 들뜬 것 같았지만, 오래된 공책이 바스러질까 두려웠는지 몇 장을 조심조심 넘겼다.

"이거 봐."

그날의 일기에는 등장인물이 많았다.

하얀 원피스를 입고 머리가 긴 여자가 울고 있다. 하얀 가운을 입고 안경을 쓴 남자가 커다란 하얀 개의 앞발에 붕대를 감고 있었다. 검은 눈이 동그란 개가 빨간 혀를 내밀고 있는 그림이 귀여웠다. 그리고 구석에는 작게 밤톨 같은 머리통과 작대기 같은 눈과 코가 그려진 아이들이 있었다. 하나는 머리를 묶은 것으로 보아 여자아이고 다른 하나는 남자아이처럼 보였다. 이날의 일기는 확실히 대작이었다.

"7월 18일, 별이 발이 찔려서 병원 갔다. 언니가 막 울었다. 철이 오빠 아빠가 없어서 다른 의사 선생님이 봤다. 선생님이 별이를 낫게 해주고 언니한테 울지 말라고 했다."

헌이 그림 아래 일기를 읽었다.

"그러니까 이 남자가 새로 온 의사 선생님이고 정희 언니란 분의 애인이라는 거죠?"

연희 선생님이 고개를 끄덕였다.

"그래, 엄마에게 물어보니까 꺼림칙해하시면서도 그때 그런 말이 있었다고 하더라고. 그러니까 이날 언니가 기르던 개, 걔가 별이인데 바닷가에서 같이 놀다가 유리 같은 걸 밟았는지 피를 막 흘리는 거야. 아직도 생각나. 어린 마음에 얼마나 놀랐는지. 수영하다가 말고 개를 안고 병원에 뛰어갔어. 이 동네에 동물 병원이 하나 있었는데, 그때 같이 놀던 오빠가."

연희 선생님은 밤톨 같은 남자 아이를 다시 손톱으로 톡톡 치면서 말했다. 페이지 넘길 때는 조심스럽던 분이. 나는 공책에 구멍이라도 뚫어질까 두려웠다.

"그 수의사의 아들이었어. 그때 국민학교 6학년쯤 된 거 같은데. 중학생은 아니었던 게 확실해."

그림일기는 삼십육 년 전 국민학생이었던 연희 선생님의 여름을 담고 있었다. 지금은 차분해 보이는 인상과는 달리 장난기가 매 장에 묻어났다. 어떤 장에서는 시내에서 속옷만 입고 물장구를 치고 있었다. 다른 장에서는 어린 소녀가 울고 있고, 그 옆에는 밤톨머리 남자아이가 고개를 수그리고 있었다. 두 아이의 앞에는 무언가의 파편이 있었다. 얼굴에 주름이 그려진 남자가 서서 한 손을 들고 있는 그림으로 보아 두 아이가 혼나고 있는 광경을 묘사한 듯했다. 나는 그 부분의 일기를 소리 내어 읽었다.

"손님이 있는데 오늘 도자기를 깨서 이모부에게 혼났다. 이모부가 소리쳐서 내가 막 울고 철이 오빠가 이모부에게 빌었다. 이모부가 나중에 우리를 용서해서 정희 언니가 카스테라랑 우유를 주었다."

"이모부라면, 정희 선생님의 아버님 말씀이시죠?"

연희 선생님은 고개를 끄덕였다.

"그래. 이모부는 교수셨는데 이전에 장교셨나 그래서 엄격하셨고, 나는 어린 마음에 좀 무서워도 했었는데, 지금 생각해보면 그렇게까지 엄격한 사람은 아닌 것 같고. 원리원칙과 체면을 중요하게 생각하지만 결국에는 부드러웠달까. 그리고 무엇보다 딸에게는 끔찍하게 다정했어."

문제의 남자가 나오는 일기가 몇 개 더 있었다. 남자가 다친 개를 핑계 삼아 이 집에 드나들기도 했고, 정희 선생님이 개를 데리고 병원에 가기도 한 것 같았다. 어느 날짜 아래에는 정희 선생님이 피아노 앞에 앉아 있고, 의자 옆에는 개가, 피아노 건너편에는 남자와 소녀가 앉아 있는 그림이 있었다. 그 아래 쓰인 일기에는 "정희 언니는 피아노를 참 잘 친다. 노래도 잘하는데, 이번 여름에는 목을 다쳐서 노래를 못 한다. 작은 수의사 선생님은 아쉬워했다. 나도 아쉬었다"라고 되어 있었다.

그 외에도 하얀 개와 연희 선생님이 바닷가를 뛰어가고 정희 선생님과 그 남자가 뒤에서 따라오는 그림이라든가, 집 정원에서 연희 선생님이 개랑 뛰어놀고 수의사 선생님과 정희 선생님이 같이 앉아 있는 그림도 있었다. 그림일기만 보면 연희 선생님은 두 사람의 로맨스에 잔뜩 몰두해 있었던 느낌이다. 요새 연애 관찰 예능이 인기 있는 것과 비슷한 인상이랄까.

타인의 연애란, 특히 시작하는 사이의 연애란 늘 관심과 흥미의 대상이다. 로맨스가 불가사의하게 보일 어린아이에게도 예외는 아닐 것이다. 불가사의하기에 더 흥미롭다.

"이 일기로 봐서는 이 사람 철이 오빠네 친척인 것 같았어. 서울에서 왜 왔는지는 모르겠지만. 철이 오빠가 형이라고 불렀던 기억이 나."

"여기 일기에 쓰인 것 말고 또 기억나는 건 없으세요?"

"음……. 글쎄, 나는 나중에야 이 사람이 수배중인 게 아닌가 생각했어. 뭐랄까, 학생운동 같은 거 하다가. 물론 당시에는 그런 걸 알 리가 없고, 나중에 고등학교 가서 근

현대사를 배웠을 때 그럼 그때 이 오빠도 혹시 경찰에게 쫓기다가 여기 와서 숨어 있었던 걸까, 생각했거든. 아무에게도 물어보지 않았지만."

나는 왜 그런 인상을 받게 되었는지 물어보려고 했지만 헌이 던진 질문에 정신을 빼앗겨버렸다.

"이 형이…… 아니, 아저씨가 아무튼 전생의 연인이라고 하면 죽었다는 거잖아요? 언제 죽은 거죠?"

사람이 별로 없는 중학교 앞, 자그마한 동네 카페였다. 손님이라고는 혼자 토익 수험서를 보고 있는 대학생 한 명, 그리고 말없이 앉아서 스피커에서 흘러나오는 클래식 음악 채널에 귀를 기울이는 주인뿐이었다. 그런데도 연희 선생님은 목소리를 죽였다.

"여기 마지막 전날 일기를 봐. 아마 이건 거 같아."

그림일기의 마지막에서 두 번째 장. 침대에 누워 있는 여자. 여자의 눈에는 눈물이 솟았다. 그 앞에 꽃을 들고 선 소녀. 일기 글은 간단했다.

"수의사 선생님이 바다에 빠져 죽었다. 정희 언니는 계속 울기만 한다. 언니를 위문하려고 꽃을 가져갔지만 언니는 일어나지 못했다. 슬퍼서 나도 눈물이 났다."

그렇게 된 것이었다. 삼십육 년 전 여름, 바다에서 익사했다는 남자가 있었다. 나는 강릉의 그 집에서 본 바다를 떠올렸다. 그리고 바다를 내려다보던 남자를 떠올렸다. 전생의 애인이라며 찾아온 남자는 바다에서 돌아온 것일까. 지완은 그렇게 말했다. 연희 선생님이 열 살 정도 나이까지는 알고 지냈다고. 그리고 달리 기억하는 다른 연인이 없다면, 이 사람이 바로 전생의 연인일 가능성이 높았다.

나는 그림일기의 마지막 장을 넘겼다. 연희 선생님이 그린 그해 여름의 마지막 추억이었다. 차에 탄 어린 소녀가 손을 흔들고, 검은 원피스를 입은 여자와 주름진 얼굴의 남자가 집 앞에서 서 있다. 두 사람만. "서울로 왔다. 마음이 쓸쓸했다. 나는 울면서 손을 계속 흔들었다. 울면서 손을 흔드는 언니가 줄리에트 같았다."

"나 어렸을 때 감수성이 예민했네. 아홉 살이 줄리엣을 어떻게 알았을까."

연희 선생님은 쑥스러워하면서도 동시에 흐뭇해하는 듯 보였다. 확실히 아홉 살 아이가 쓰기에는 성숙한 비유였다. 문맥이 없어서 뜬금없기도 했다.

"그런데 왜 하필이면 줄리엣이었을까요? 『로미오와 줄리엣』의 줄리엣인가?" 내 질문에 연희 선생님은 눈썹을 찌푸리고 생각을 더듬었다.

"그 여름 방학에 언니네 집에서 올리비아 핫세 나온〈로미오와 줄리엣〉을 TV에서 본 기억이 있어. 사람들이 그 말을 많이 해서 어렸을 때도 기억했나 봐. 그해 여름이었나? 그전이었던 것 같은데. 언니가 핫세 닮았거든. 그날은 특히 그래 보였는지."

나는 강릉에서 본 정희 선생님과 그림 속의 검은 옷을 입은 아가씨를 마음속에서 나란히 놓았다. 두 사람에게는 분명히 비슷한 느낌이 있었다. 하지만 그건 외모상의 공통점만은 아니었다. 캐릭터상의 유사점, 그러나 정희 선생님은 사랑하는 사람이 죽었다고 따라갈 결정을 하는 사람은 아닌 듯 보였다. 실제로 그러하지도 않았다.

카페 안에는 이제 손님이 우리밖에 없었다. 라디오의 음악 소리가 더 높아졌다. 연희 선생님이 아, 하고 작은 탄성을 내뱉었다.

"이 노래야! 언니가 불렀던 노래……. 모든 사건이 끝나고 여름도 끝날 때쯤. 집이 조용하고, 정말 언니밖에 없었던 게 기억이 나. 아직도 목이 아파서 무척 낮은 목소리였는데 창문 열어 놓고 이 노래 불렀었어."

우리는 가만히 그 노래에 귀를 기울였다.

아름다운 꿈 깨어나서, 하늘의 별빛을 바라보라. 한갓 헛되이 해는 지나 이 맘에 남모를 허공 있네.

"저 학교 다닐 때 음악 교과서에 있던 노래예요. 그때 많이 불렀는데."

나는 멜로디를 입속으로 읊어보았다. 십 대의 기억은 힘이 세다. 열심히 연습했던 노래라 그런지 가사와 음표가 한둘 떠올랐다. 노래는 마지막에 이르렀다.

"마지막 후렴이……."

연희 선생님과 나는 동시에 그 부분을 같이 불렀다.

"벗이여, 꿈 깨어 내게 오라."

❦

연희 선생님과 헌과 헤어진 후 집에 돌아온 밤, 오랜만에 〈꿈길에서〉를 유튜브에서 들었다. 원제는 〈뷰티풀 드리머Beautiful Dreamer〉라는 것을 인터넷을 찾아보고 알았다. 아름다운 꿈을 꾸는 이여, 잠에서 깨어서 내게 오라. 원곡의 두 번째 줄은 "별빛과 이슬이 그대를 기다리네"였다.

지완은 정말 과거에 물에 빠져 죽은 남자의 환생이고, 오랜 시간을 줄곧 기다리던 정희 선생님에게로 돌아온 걸까? 정희 선생님에게 다른 연인이 없었다고 한다면 지완을 그 젊은 수의사와 동일시할 가능성은 크다. 하지만 그렇다면 연희 선생님을 포함한 다른 친척들에게는 그렇다고 설명하지 않았을까? 그녀에게 또 다른 연인이 있었나? 생각이 여기까지 미치자, 나도 모르게 지완이 전생의 연인이었다는 말을 믿으려 한다는 사실을 깨닫고 깜짝 놀랐다.

나는 이런 생각에 잠긴 채로 무심코 책상에 놓인 택배 봉투를 뜯었다. 인터넷 서점에서 온 것이었다. 찾아볼 게 있어서 책 한 권을 주문했다.

하지만 봉투에서 나온 책은 내가 주문하지 않은 다른 책이었다. 빨간색 바탕에 가는 밧줄처럼 철도 노선이 그려져 있는 표지. 제목은 『언더그라운드 레일로드』였다. 내게는 낯선 제목이었다. 나는 순간 서점에서 책을 잘못 보냈나 생각했다. 다음 순간, 택배 봉투 앞면을 보고 깨달았다. 서점의 실수가 아니라, 배송 실수로 우리 건물 주인인 '황윤정' 씨에게 갈 우편물이 내게 온 것이었다.

내 집 건너편, 윤정의 집 문 앞에서 초인종을 누를까 하다가 밤이니까 그냥 앞에 놔두는 편이 좋겠다는 생각이 들었다. 문자를 넣어두고 내 책도 편할 때 내 집 문 앞이나 우편함에 넣어달라고 하면 될 것이다. 내가 문 앞에 쭈그려 앉은 순간, 문이 달칵 열리더니 내 이마에 살짝 부딪쳤다. 나는 그 자세로 뒷걸음질 치다가 복도에 넘어지며 엉덩방아를 찧었다.

"아얏!"

윤정이 놀라서 내 두 손을 잡았다.

"어머 어째. 죄송해요. 괜찮아요?"

나는 이마를 두 손으로 문지르며 말했다. "괜찮아요. 죄송해요." 나는 윤정이 내민 손을 잡고 일어서며, 내 수상한 행동을 재빨리 설명했다. "택배가 바뀌어서 여기다 놓고 가려고 했어요."

나는 윤정에게 들고 있던 택배 봉투를 건넸다.

"그러지 않아도 저도 알아채고 재인 씨에게 가려던 참이에요."

윤정은 내 책을 받으면서 동시에 겨드랑이에 꼈던 책 봉투를 빼내어 내게 돌려주었다.

"죄송해요. 봉투를 뜯어보았어요. 작가도 처음 들어보는데. 라디오…… 뭐였더라. 라프리오? 괴담, 전생, 이런 것과 관련된 책이라서 놀랐죠."

"저도 마찬가지예요. 무심코 뜯어봤네요. 저도 처음 듣는 책 제목이라서 놀랐어요."

"아, 새로 국내에 출간되었다고 해서 사봤어요." 윤정은 봉투에서 책을 꺼내며 앞뒤로 넘겨가며 살폈다.

나는 표지에 지문이라도 찍혔을까 봐 신경 쓰였다.

"표지만 살짝 봤어요. 무슨 내용인지. 19세기 미국에서 흑인 노예들을 탈출시키는 가상의 철로에 대한 이야기라고 하던데."

"어떻게 생각하면 비슷한 얘기네." 윤정이 책을 덮으며 중얼거렸다.

"네?"

윤정은 갑자기 정신이 든 것처럼 말했다.

"아, 전생과 탈출이라는 이야기가……. 어떻게 생각하면 과거의 삶을 떠나온다는 뜻이잖아요. 새로운 삶을 향한 이야기."

"아아, 그렇죠." 나는 고개를 끄덕였지만, 나도 모르게 한마디 덧붙이고 말았다. "하지만 우리가 과거의 삶을 그렇게 가볍게 떨칠 수 있을까요?"

윤정이 웃었다. "가볍지 않으니까 어렵죠. 가끔은 도움이 필요하고, 이전 삶의 그림자가 새로운 삶까지 따라오기도 하고."

나는 한쪽 손으로는 집 키패드의 비밀번호를 누르면서 생각해보았다. 탈출, 새로운 삶. 전생을 기억한다는 건 이전의 삶에서 완전히 떠나지 못했다는 뜻일까? 그렇다면 무엇 때문일까? 이루지 못한 소원에 대한 아쉬움? 잘못에 대한 회한? 아니면 삶의 경계를 건너도 잊지 못하는 애정?

정신 차려, 나는 책 봉투로 옆머리를 쳤다. 정신이 좀 돌아오면서, 윤정에게 요새 건물이 좀 소란하고 진동이 느껴진다는 말을 한다고 하고 잊어버렸다는 것이 생각났다. 전생보다는 이번 생에 집중해야 할 때였다.

하지만 지금 전생의 문제를 푸는 것이 내게는 이번 생의 문제라는 생각이 머리를 스쳤다.

❧

비가 오는 날의 고속도로는 처음이었다. 왜 처음부터 내가 운전한다고 했을까, 하고 자신을 원망했지만 면허도 얼마 전에야 따고 나이도 어린 헌에게 맡길 수는 없었다. 조금이라도 더 운전한 내가 더 나을 거라는 책임감이 있었다.

실력은 경력에 비례한다고 믿을 수밖에 없다. 날이 갈수록 나아간다고 믿지 않는다면 하루하루 살아가는 게 더 버거워진다. 그것이 속절없이 나이를 먹는 사람을 지탱하는 신념이 된다.

그러나 한편으로 실력은 주의력에 더 비례한다. 나는 옆도 돌아볼 수 없이 흐린 날 속의 도로만 응시했다. 비는 다행히 굵어지지 않았다.

비 오는 날이라서 차 안에 울리는 헌의 목소리가 더 무게 있게 들렸다. 나는 그의 목소리를 들으며 탐정의 자질에 하나를 더했다. 탐정은 조직의 내부에 침투해서 정보를 빼올 수 있는 능력이 있어야 한다. 그러자면 특수한 신분인 편이 좋을 것이다. 조직의 구성원, 직원 혹은 조카라거나, 더 유리하게는 아들이라거나.

"친척들 사이에 도는 소문을 종합해봤어요."

헌은 연희 선생님에게 얻은 정보를 가지고 현재 상황을 아는 친척들에게 확인을 해보았다고 한다. 가장 큰 정보원은 연희 선생님과 정희 선생님의 사촌, 즉 그의 어머니였다.

"엄마는 연희 선생님이 말한 그 젊은 수의사는 본 적 없다던데. 다만 소문은 들었다고. 정희 이모가 스무 살 때 잠깐 알고 지내던 사람이 바다에 빠져 죽었다. 그래서 정희 이모가 결혼 안 하는가 보다, 라고 사람들이 쑥덕대기는 했대요."

"그랬겠지, 만약 그런 일이 진짜 있었다면."

나는 아직도 헌을 만나면 존댓말을 써야 할지 반말을 써야 할지 갈피를 잡지 못하고 애매하게 말끝을 흐리곤 했다. 미묘하기는 헌도 마찬가지였다.

"정희 선생님 아버님은 어떤 분이었어요?"

"아버지는 말 그대로 육군 장교 출신에 학교 재단 이사장이어서, 엄격한 원칙주의자란 연희 선생님 말이 맞대요.

어머니도 그렇게 말씀하셨어요. 딸에게는 정말로 다정했다고. 정희 이모 어머니, 그러니까 할머니라고 해야 하나, 그분은 정희 이모가 어렸을 때 돌아가셔서 두 분만 지냈다는데. 그리고 집에 관리인이랑 가정부 정도만 있었다고. 어릴 때부터 정희 이모가 키우던 개랑. 그러니까 더 애틋하지 않았을까. 원래 정희 이모가 노래도 잘하고 피아노도 잘 쳐서 서울에 있는 음대도 가고 유학도 가고 싶어 했는데, 아버지가 학교 선생님 하라면서 거기 도립 대학 음악교육과를 권했대요. 그때 처음으로 두 사람이 좀 크게 싸운 것 같기는 한데, 결국 아버지 고집을 이모는 꺾을 수 없었으니까. 그렇게 했죠."

그랬던가. 집을 떠나 더 먼 곳으로 가고 싶었던 딸은 결국 그 집에 주저앉았다. 나는 예전 대구의 귀신 들린 집 등류당 사건을 떠올렸다. 그 집을 떠나 독일로 가고 말았던 미령의 이모할머니 진남을 생각했다. 지금 이곳을 떠나기를 바란 딸들은 많이 있었다. 어떤 이들은 가고 어떤 이들은 남는다. 등을 밀어주는 누군가의 손이 있다면 떠날 수 있지만, 옷자락을 잡는 누군가의 손에 붙들린다면 갈 수 없다. 그들의 마음속에 두고 온 곳에 대한 미련과 가고 싶었던 곳에 대한 미련은 각개의 무게를 지니리라. 그리고 그렇게 남은 소녀는 서울에서 온 청년과 사랑에 빠진다.

헌은 내가 무슨 생각을 하는지 어렴풋이 눈치챈 것 같았다.

"할아버지는 나쁜 분은 아니었어요. 나도 기억나는데. 다만 그 시대에 딸을 걱정하셨기 때문이 아닐까. 돌아가실 때에도 이모가 걱정되어서 어떻게 눈을 감았는지 모르겠다고 어머니가 그러시긴 하던데."

톨게이트를 지날 때쯤 나는 다른 궁금했던 것을 물었다.

"친척분들은 왜 정희 선생님의 일에 그렇게 민감한 거죠? 남……다른 일이긴 해도 있을 수 없는 일도 아닌데."

"집안이 대체로 자존심이 높다고 하나. 그렇기도 하고."

헌은 별로 내다볼 것도 없는 창문 밖을 보았다.

"무슨 말인지 알아요. 정희 이모는…… 재산이 많죠. 강릉 집 말고도 부동산, 학교, 아버님이 물려주신 유산이 꽤 된대요. 그렇지만 친척들이 재산을 노려서 반대하는 건 아니에요. 무슨 아침 드라마도 아니고."

스무 살 남자애가 아침 드라마를 얼마나 봤을지 모르겠지만, 비유는 대충 맞았다.

"정희 이모의 재산은 어차피 친척들이 아니라 사회 환원이라고 하나, 재단으로 들어간대요. 다만 우리…… 친척들은 이모가 상처받지 않기를 바라는 거예요. 그래서 재인 씨가 그 사람의 정체를 밝혀주었으면 하는 거죠. 그러면 정희 이모도 제대로 된 판단을 할 거라고."

창문을 닦는 와이퍼의 속도에 맞춰 나의 생각이 이쪽으로도 저쪽으로도 움직였다. 지완의 의도는 무엇일까. 진지하면서도 장난기 어린 눈. 외모로 무언가를 판단하는 건 위험하다. 재산을 노린 사기꾼일 수도 있다. 사기를 치고 싶은 사람이 전생의 연인 이야기를 꾸며낸다는 건 충분히 있을 법한 일이지만, 정희 선생님이 그 말을 다 믿어버린다는 것도 마찬가지로 이상했다. 터무니없는 미신에 쉽게 빠질 사람 같지는 않았는데. 그렇다면 그저 그에게 반한 건가? 하지만 그런 캐릭터도 아닌 듯했다. 모든 이야기가 약간씩 초점이 맞지 않는 사진처럼 희미했다. 하지만 한편으로는 흐릿하기에 더 아련하게 느껴지는 이야기이기도 했다.

"이게 두 사람 나이 차이가 그렇게 크지 않다거나 하면 그렇게 이상하게만 여겨지지 않았을 수도 있을까. 우리는 처음 본 어떤 사람을 운명이라고, 인연이라고 생각하기도 하니까."

내 입 밖으로 흘러나온 말은 혼잣말에 가까웠다. 헌이 조심스럽게 대답했다.

"그렇겠죠. 그렇지만 아무래도 지금 같은 경우에는 순수하게 보기만은 힘드니까."

"두 사람 사이, 순수하게 보이는 관계라는 건 뭘까."

내 말은 필요 이상으로 냉소적으로 들렸다. 나이 차이가
많이 나서 순수하지 않은 관계라면, 순수해지는 나이 차이
란 어느 정도일까. 혹은 순수하다는 건 의도의 문제인가?
하지만 같은 또래의 사람들 사이에서도 서로의 의도가 다
른 경우는 얼마든지 있다. 서로 상대의 조건을 따질 수도
있다. 그런 관계는 순수하지 않다고 쉽게 말하지 않는다.
헌이 나의 얼굴을 바라보았다. 나는 그의 얼굴을 보지 않
았다. 헌이 말했다.

"상대방이 모르는 새 거짓말을 하고 있다면 역시 그 관
계는 순수하지 않은 거겠죠."

얼굴을 보지 않았지만 어떤 표정을 짓고 있는지 알 수
있다. 나는 헌의 그런 표정을 언젠가 본 적이 있다. 지금처
럼 차 안에서. 언젠가 제주도에서.

"모든 관계엔 진실만 있지 않아요."

나는 말했다. 진심이었다. 동시에 거짓말이었다. 나는
사람의 관계가 진실로만 이루어질 수 있다고 믿지 않았다.
그러나 나는 좋아했던 사람이 내게 거짓말을 했다는 이유
로 그를 보냈다. 그 거짓말에 나쁜 의도가 없다는 걸 알면
서도. 진실을 믿고 거짓말을 용납하지 않았다. 헌도 아마
눈치챘을 것이다.

"그렇겠죠." 그는 잠시 뜸을 들였다. "하지만 전 아직까지 재인 씨에게만은 아무런 거짓말을 하지 않았어요."

헌은 그랬다. 언제나 진실만을 말했다. 그러나 나는 그 순간에도 그 마음을 모르는 척한다는, 일종의 거짓말을 하고 있었다. 이런 태도야말로 순수하지 않다.

"지완 씨도 자기 말은 사실이라고 했어요."

헌은 두 팔을 올려 등받이 뒤를 잡고 기지개를 켜며 말했다. 대답은 짧았다.

"네에."

유리창 위에 떨어지는 빗방울 하나하나가 소금기를 담은 듯한 착각이 들었다. 우리는 호수와 바다 사이를 가르는 다리를 건너고 있었다. 빗방울은 바다와 호수 위에 똑같이 떨어지지만 하나의 물은 더 먼 곳으로 흐르고 다른 하나의 물은 그 자리에 머문다. 그렇게 이름이 바뀐다.

우리의 목적지는 속초 등대 근처에 있다고 했다.

"수의사 집 아들, 민철 오빠라는 분도 동물 병원을 한다니 얄궂네요. 가업인가 싶고."

"어머니 말로는 그렇던데. 몇 년 전에 고향 친척의 결혼식에 갔다가 우연히 만났대요. 아버님이랑 같이 동물 병원을 한다면서, 그때 명함을 주었다고."

연희 선생님 말이 맞는다면 삼십육 년 전에 죽었다던 젊은 수의사에 대한 정보를 알고 있을 사람은 그때 수의사 선생님밖에 없다. 그러니 그 수의사와 그의 아들인 민철 오빠라는 분을 찾을 수밖에 없었다. 또한 그는 오래전 정희 선생님의 로맨스를 목격한 또 다른 증인이기도 했다.

그의 병원에 전화를 걸었지만 받지 않았다. 직접 가볼 수밖에 없었다. 그러지 않고서는 소식을 들을 수도 없으니까.

누구의 생각으로 비가 내리는 건 아니지만, 비는 그칠 생각이 없는 듯 보였다. 오늘은 등대의 불빛이 더 소중할 것이었다.

✦✦✦

"오랜 벗 동물 병원"이라는 초록과 검정 글씨가 그려진 간판은 맨 처음 이응 자가 떨어져 흔적만 남았다. 푸들이 그려진 병원 유리창 너머 케이지도 텅 비어 있고, 실내에는 불도 켜 있지 않아 어두컴컴했다. 헌이 문을 두드리는 동안 내가 우산을 받쳤다. 안에서는 대답이 없었다.

쉽게 찾을 거라고 생각하지 않았지만 다음은 어떻게 해야 하나 막막하던 순간, 병원과 어깨를 맞댄 옆집의 파란 철제 대문이 덜컹 열렸다. 문을 열고 나온 사람은 회색 카디건을 입고 안경을 쓴 남자였다.

"무슨 일이오? 병원은 이제 안 하는데."

헌은 문 두드리기를 멈추었고 나는 남자를 바라보았다. 짧게 자른 머리카락이 희끗희끗하긴 했지만 아직 쉰도 되어 보이지 않았다.

두상은 여전히 둥글었지만 이제는 밤톨이라고 할 수는 없을 것 같았다.

남자는 우리를 집 안 거실로 안내했다. 작은 거실의 네 벽은 문이 난 자리만 빼고는 짙은 체리목으로 만든 유리 장식장, 책들이 가득 찬 책장, 텔레비전 받침대가 두르고 있었다. 우리는 코바늘로 뜬 레이스 쿠션이 놓인 소파에 불편하게 걸터앉았다.

"손님에게는 차를 내와야지"라면서 남자가 주방으로 들어가려 하자, 나는 비타500이 들어 있는 쇼핑백을 탁자 위에 올려놓았다.

"괜찮은데요, 저희가 음료를 사……."

헌이 내 팔을 잡으며 말을 잘랐다.

"고맙습니다. 빗속에 왔더니 왠지 으슬으슬하네요."

남자가 부엌에 들어가자, 헌이 내게 목소리를 낮춰 속삭였다. "그래야 둘러볼 시간이 생기죠."

우연한 탐정은 타고난 탐정을 이길 수 없다.

거실에는 그렇게 눈에 띄는 점은 없었다. 오래된 산수화 액자가 텔레비전 받침대 위에 걸려 있었지만 딱히 유명한 화가의 작품은 아닌 듯했다. 그 외에 유리 장식장에 사진 액자가 몇 개 놓여 있었지만 우리가 앉은 자리에서는 잘 보이지 않았다. 책장에 꽂힌 건 의학 서적인지 영어가 쓰인 책등이 많이 보였지만 일반 도서도 몇 권 있었다. 코바늘 레이스 및 편물 장식품들이 여기저기 보이는 것으로 봐서는 여자인 가족이 살고 있을 것 같았지만, 이 집에는 다른 사람이 산다는 인상은 없었다.

남자, 민철 선생님이 초록 꽃무늬 플라스틱 쟁반에 각기 모양이 다른 머그잔 세 개를 들고 돌아왔다.

"집에 커피믹스가 남은 줄 알았는데……. 현미 녹차 괜찮습니까?"

"그럼요. 감사합니다."

나는 잔을 받아 들었다. 이른 가을, 머그잔의 온기가 따뜻하게 전해졌다.

"그래, 강릉 푸른 지붕 집 교수님, 아니, 이사장님 댁 일로 왔다고."

민철 선생님의 목소리는 부드러웠다. 이런 곳까지 찾아오느냐고 다짜고짜 따져 묻지도 않았다. 놀라움과 걱정이 섞인 말투였다.

나는 헌에게 눈길을 주었다. 아무래도 이런 건 직접 관련이 있는 헌이 말해야 설명하기 좋을 것이다. 거짓말에도 진실이 섞일 것이다.

"네, 제가 그 집 조카손자, 그러니까 그분 따님인 이정희 씨가 제 오촌 당이모님 되십니다."

"그런데 무슨 일로 여기까지. 우리 집이 강릉 떠난 지도 서른 해가 넘는데."

"그게." 헌은 미리 맞춰놓은 핑계를 태연하게 말했다. 이전에 겪었던 등류당 사건에서 영감을 받아 그럴듯한 말을 만들었다. "저희 집안에서 일종의 집안 연대기 같은 걸 쓰려고 합니다."

"연대기?"

"요새는 과거의 수직적인 족보 대신에 소설이나 전기 같은 걸로 한 집안의 역사를 적어놓는 책이 유행입니다."

그런 유행은 들어본 적 없다. 하지만 유행도 누군가 시작해야 일어난다.

"오호. 시대가 바뀌니 다들 새로운 걸 하려는가 보군."

"네, 그래서 여기 계신 도재인 씨가," 헌은 나를 두 손으로 가리켰다. "그 이야기를 써주시는 작가님인데요. 할아버님과 오촌 당이모님의 이야기를 쓸 때 오랜 시절 그분들을 알고 지냈던 분들의 말씀을 싣는 것도 좋다고 하셔서. 연희 이모님이 특히 수의사님 댁 말씀을 꺼내서 여기까지 찾아뵙게 되었습니다."

민철 선생님의 표정이 미묘하게 바뀌었다. 그는 화를 내지도 귀찮아하지도 않았다. 그의 태도의 변화를 어떻게 설명해야 할지 모르겠지만, 그건 말랑거리는 줄 알고 베어 물었던 복숭아가 딱딱할 때의 기분과 비슷했다.

"나는 그때 어렸어요. 스무 살 되기 전에 그 동네 떠났고. 이 이사장님의 인품이야 나보다 더 잘 말해줄 사람들이 있을 것을. 우리 아버님이 살아 계셨으면 뭔가 도움이 될 말씀을 해주셨을 텐데 안타깝게도 한참 전 내 결혼하기도 전에 돌아가셨소. 사람 잘못 찾아온 것 같은데."

헌과 나는 눈길을 주고받았다. 이 사람의 얼굴은 말과는 반대로, 해줄 수 있으나 하고 싶지 않은 말이 많다는 메시지를 뿜고 있었다. 나는 단도직입적으로 묻기로 했다.

"이전에, 삼십육 년 전에 댁에 수의사인 친척이 있었다지요? 정희 선생님과…… 만났다던."

아니, 복숭아가 아니었다. 복숭아인 줄 알고 베어 물었더니 부드럽게 보이는 돌이었다.

"글쎄, 난 기억이 안 나는데……. 그때 나는 어렸고. 그런 사람이 있었나."

우리는 제대로 찾아온 것이었다.

아홉 살이었던 연희 선생님의 기억력이 유난히 좋은 건 아닐 것이다. 어릴 때 동네에서 사람이, 그것도 친척 형이 바다에 빠져 죽었다면 기억나지 않는다는 게 이상했다. 민철 선생님은 평범하게 말할 수 있는 일을 모른다고 한다.

"그해 여름 바다에 빠져서 죽었다던데요. 그런데도 기억이 안 나십니까?" 헌이 재차 물었다.

"그랬던 것도 같고……. 그런데 그런 시시한 이야기까지 책에 쓰려고?"

기다릴 수는 없었다. 무언가 가리는 사람에게는 그것을 꿰뚫어 본다는 걸 알릴 수밖에 없다. 나는 입을 열었다.

"최민철 선생님, 도와주세요. 저희도 그 사연의 진실을 알면 널리 알릴 마음은 없습니다. 하지만 그러자면 알아야 해요. 그리고 그게 이사장님 댁, 그리고 이정희 선생님을 돕는 길입니다. 직접 말씀하시지 않아도 언젠가는 알려질 거예요."

민철 선생님은 휴우 한숨을 지었다. 그의 이마에는 깊은 주름이 나타났다. 나는 한 번 더 당기면 그게 끌려올 거라는 걸 알았다.

"삼십육 년 전 여름 댁에 계셨다던 대학생이라고 하셨던 분, 누군지 아시지요? 그분에 대해……."

그의 입가에는 헛헛한 웃음이 걸렸다.

"대학생은 무슨, 순 사기꾼. 수의사는커녕 고등학교도 제대로 안 나왔는데."

나와 헌은 서로 얼굴을 마주 보았다. 우리는 그 사람의 과거에 대해서는 의심도 하지 않았었다. 헌이 물었다.

"그분이 친척인 건 맞나요?"

"친척은 맞소. 아버지의 배다른 동생. 할아버지가 바깥에서 본 자식이라고 했어요. 그러니까 지금까지도 이 고생이지."

그는 집 안을 휙 둘러보았다. 그의 입에서 나온 설명은 연희 선생님의 기억의 이면이었다.

"아버지가 없었을 때 정희 누나네 집 개를 대충 치료해 줘서 수의사로 소문났는데, 실은 어딘가에서 사람을 칼로 찔렀다고 했나, 사고 치고 우리 집에 도피해 있는 거였소."

연희 선생님의 감은 반은 맞았다. 수배중이었던 건 맞지만 쫓기는 이유는 무척이나 달랐다. 사정을 모른다면 무엇도 평가하기 힘든 일이지만, 정희 선생님을 위해서라면 연희 선생님의 추측이 맞는 편이 좋았으리라. 진실은 가끔 쓰라리다. 민철 선생님은 말을 이었다.

"아버지는 그런 건달 동생이 있는 걸 아무에게도 알리고 싶지 않아서 그냥 그렇게 놔뒀고. 어쩌면 속으로는 정희 누나와 잘되길 바랐는지도 모르지. 나는 당연히 그냥 사촌 형 정도로 생각했지. 나는 정말 몰랐소."

십 대 초반의 소년이 알기엔 복잡한 어른들의 사정이었다. 몰랐다는 말은 사실일 것이다. 내가 다시 물었다.

"연희 선생님 말로는 그해 여름 바다에서 익사하셨다던데, 어떻게 된 일인지는 아시나요?"

그는 다시 한숨을 쉬었다. 한숨을 쉴 때마다 이마의 주름은 조금씩 더 깊어져만 갔다.

"그게 소문이 그렇게 났더라고. 아니, 그렇게 낸 거라고 해야 하나. 아버지도 끝끝내 함구하신 채로 그 동네를 떴으니까. 그게 이사장님과의 약조였지."

우리는 가만히 귀를 기울였다. 삼십육 년간의 비밀이 그때의 소년, 지금 우리 눈앞에 앉아 있는 이 남자에게서 새어 나오려 하고 있었다.

"그날 밤…… 10시경이었나. 나는 잠들어 있다가 누가 우리 집 초인종을 요란하게 울려대는 소리에 잠이 깼지. 아버지가 밖에 나가봤더니 푸른 지붕 집 아가씨가 서 있더군. 피투성이가 된 하얀 개를 끌어안고. 항상 우아하고 단정한 누나였는데, 옷은 찢기어 있고 얼굴에도 피가 묻고, 머리카락이 온통 해초처럼 엉키어 있는 게 섬뜩했소. 그리고 그 눈…… 미친 듯 타오르는 눈이었지. 아직도 기억이 나."

나는 정희 선생님의 그런 모습을 상상할 수 없었다. 내가 본 정희 선생님은 어떤 일에도 늘 침착한 사람일 것만 같았다. 하지만 한 인간에게 있는 침착함을 모조리 앗아가는 사건이 생기기도 한다. 인생에서 한 번, 혹은 그 이상.

"아버지가 진정시켜서 동물 병원 진료실로 데려갔는데…… 나는 진료실 문간 뒤에 숨어서 그걸 봤지. 누나가 그러더군. '내가 그 사람을 죽였어요.' 그 말을 두 번 반복했소. '그 사람을 죽였어요'라고."

그 말이 침묵 속에 울려 퍼졌다. 그것이 무슨 신호라도 된 듯, 거실의 괘종시계가 뎅뎅 울렸다. 비에 젖은 햇빛이 아래로 가라앉는 오후였다.

민철 선생님은 이제는 식어버린 찻잔 위에 뜨거운 물을 부었다. 티백이 다시 물속으로 잠기며 물에 연한 노란빛이 번져갔다.

"나중에야 깨닫게 된 거지만, 그날 그…… 삼촌이라는 작자는 정희 누나를 꼬드겨 한밤에 해변으로 산책을 나갔소. 정희 누나는 아마 그 사람의 정체를 서서히 깨닫게 된 것 같았는데, 아버지에게 말하지 않고 거기서 결판을 지으려 했던 모양이야. 이사장님이 알면 어떤 사달이 날지 모르니까. 건달이 그렇게 오래 대학생 행세를 할 수 있을 리가 없지. 두 사람은 다투다가 그자가…… 억지로 정희 누나에게 몹쓸 짓을 하려고 했겠지. 누나가 반항하니까 몸싸움이 벌어졌을 거고. 누나의 개가 덤벼들어서 그자를 물고 뜯고 싸우다가 칼에 찔린 모양이더군. 그 와중에 누나는 그놈을 바다로 밀어 넣었을 거야. 그자는 다시 떠오르지 않았고. 누나는 그 사람을 구하는 대신 피를 흘리는 큰 개를 안아 업고 이 병원까지 온 거지."

그는 숨을 삼켰다. 그 장면을 상상하려 했지만 잘 떠오르지가 않았다. 칠흑 같은 한밤, 바닷가에서부터 자기 몸집만 한 큰 개를 업고 바닷가에서부터 병원까지 먼 길을 달려서 온 여자.

"누나는 다치고 기운도 빠졌지만 정신만은 또렷했소. 말도 분명하게 했고. 아버지는 치료하려고 애썼지만 개는 밤새 헐떡이고 아파했어요. 누나는 개를 연신 쓰다듬으며 무어라고 속삭였지. 그러다가 개는 새벽에 죽었소."

우리는 아무 말도 할 수 없었다. 세상에는 말할 수 없는 일이 있고, 말을 보탤 수 없는 일이 있다. 그런 걸 보통 비밀이라고 부른다. 우리는 이제 정희 선생님의 비밀에 맞닥뜨린 것이다. 민철 선생님은 잠시 고개를 쳐들고 기억을 더듬었다.

"참 마음 아픈 광경이었는데. 나는 어렸고, 그 이후에도 사람이든 동물이든 수많은 죽음을 보았지만, 그때만큼 기억에 남는 광경이 드물어요. 정희 누나는 울지도 않았어요. 강한 사람이었지. 개를 안은 채로 잘 가라고, 다시 꼭 만나자고 말한 후에는 그저 개의 귓가에 대고 조용히 노래를 불러주었소. 무슨 노래였는지는 모르지만 누나는 동네에서 노래 잘하기로 유명했지. 그해 여름에는 목이 아파서 노래를 하지 않았지만, 그때는 죽은 개를 안고 노래를 불렀어요. 낮은 목소리로. 이렇게 말하면 이상하지만, 아름다운 모습이었소. 아름다운 작별 인사였어."

그는 잠깐 꿈에 빠진 모습이었다. 하지만 곧 다시 금방 꿈에서 깼다.

"이사장님이 도착한 건 그 직후였어요. 그날 서울에 일이 있어 가셨다가 연락받고 오셔서 늦은 거지. 이사장님은 실신한 누나를 데리고 집에 갔고, 개는 우리가 묻어달라 했어요. 나중에 알게 된 일이지만, 절대 새어 나가지 못하게 함구해달라고 아버지에게 따로 부탁한 모양이더군."

"그렇게 쉽게 될 리가……. 사람이 죽었는데."

나는 이해할 수 없었다. 이사장님이라는 분이 아무리 지역 유지라고 해도 사람이 죽었다면 그렇게 간단하게 처리될 리가 없다. 아무리 80년대라고 해도 살인을 숨기기란 쉽지 않다. 시체가 떠올랐을 수도 있고, 누군가 실종된 사람을 찾을 수도 있다. 헌이 조용히 말했다.

"죽지 않았군요."

민철 선생님은 가만히 있다가 고개를 끄덕였다.

"죽지 않았지. 삼촌은 그날 새벽 물에 흠뻑 젖은 모습으로 아버지 병원으로 들어왔어. 아버지도 그간 삼촌의 신분을 숨긴 죄가 있으니까, 그냥 물에 빠졌다는 소문이 퍼지게 놔두고 빨리 쫓아 보내는 게 좋다고 생각한 거야."

"물론 할아버지, 이모의 아버님께서 다른…… 지원도 해주셨겠죠."

"그건 나도 모르겠지만. 그러셨겠지. 딸의 앞날을 누구보다 소중히 여기시는 분이니까."

"선생님의 삼촌…… 되시는 분하고는 지금도 연락하고 지내십니까?"

"최근까지는 동남아에 있었소. 뭔가 또 사기를 치고 도망간 것 같던데. 아버지가 연대보증까지 서가면서 도와주려고 했지만 남의 돈을 갚지 않고 도피했지. 작년 봄 아버지 장례식에는 연락이 왔었소. 발리인가 사이판인가에서 술집을 한다던가. 놀러 오라고 연락처도 주었지만 그것도 거짓말일 테지. 지긋지긋하오."

그는 신랄하게 말을 쏟아냈지만, 마지막에는 결국 이게 집안의 치부를 드러내는 일이라는 걸 깨달은 듯했다.

"그 사람 인생이 그래요. 평생 도피뿐이었어."

나는 자리에서 일어났다. 무례인 걸 알았지만 더는 참을 수가 없었다. 아까부터 신경 쓰이는 것이 있어서 발가락에 전류가 흐르는 것처럼 간질거렸다.

"잠깐…… 둘러봐도 될까요?"

나의 갑작스러운 말에 민철 선생님과 헌은 둘 다 어리둥절한 표정이 되었다. 둘 다 아직은 이해하지 못하는 것 같았다.

"마음대로 하시오."

나는 거실에 놓인 장식장으로 그 안의 물건들을 들여다보았다. 작은 유리잔, 여행의 기념품, 각종 메달, 그리고 사진 액자들. 가족사진이 몇 장 있었다. 예감대로 거기엔 아는 얼굴이 있었다.

나는 장식장에서 시선을 떼어 책장을 둘러보았다. 책장에는 수의학 전문서적, 그리고 대학 수업의 교양 교과서로 보이는 책 몇 권이 꽂혀 있었다. 소설들도 있었다. 전권은 아니지만, 세계 명작 선집에서 나온 몇 권. 『위대한 개츠비』, 『아메리카의 비극』, 셰익스피어 희곡 몇 권, 체호프 선집. 그리고 일본 소설들도 있었다. 유명한 추리소설, 옛날 소설들. 나쓰메 소세키의 『마음』, 다니자키 준이치로의 『세설』, 라프카디오 헌의 『괴담』이 눈에 들어왔다. 나는 셰익스피어 희곡 중 한 권을 뽑아 들어서 넘겨보았다.

"집에 다른 식구들은 안 사시나요?"

나는 내 뒷모습을 의아한 눈길로 좇는 두 사람을 돌아보지 않고 말했다. 민철 선생님이 대답할 의무는 없었다. 너무 사적인 질문이었다. 그러나 그는 지금까지처럼 솔직하게 말해주었다.

"아내는 지금 아파서 병원에 있소. 아들 녀석은…… 서울에서 학교 다니고, 군대 갔다 와서 여기서 안 살아요."

내가 지금 넘기는 책에는 여기저기 밑줄이 그어져 있었다. 나는 책에서 원하는 부분을 찾았다. 거기에는 밑줄뿐만 아니라 단어에 동그라미도 쳐 있었다.

나는 그 책을 든 채로 몸을 돌렸다.

"아드님, 서울에서 공부를 할 때는 무엇을 하셨나요?"

민철 선생님은 씁쓸한 웃음으로 대답했다.

"아버지와 나는 그 애가 우리처럼 동물 병원을 이어받길 바란 건 아니오. 그래도 수의과에 간다고 할 땐 왠지 흐뭇했지. 그러더니 제대하고는 여행을 한참 다니더니 복학하지 않겠다고 하더라고. 다른 일을 하고 싶다고."

예상한 것이지만 이 이야기는 익숙했다. 최근에 누구에게 들었으니까. 그래도 헌이 한 번 더 물었다.

"그 다른 일이 뭐죠?"

"연기를 하고 싶다고 하더군. 연극영화과에 가고 싶다고."

안개처럼 가늘어진 빗속에서 속초항의 상점들은 마치 이른 크리스마스처럼 모두 불을 밝혔다. 나는 등대 불빛이 올려다보이는 곳에 차를 세웠다. 강릉으로 가기 전에 정리해야 할 이야기가 있었다. 우리는 차에서 나와서 바닷바람을 맞으며 어둠 속에서 서서히 떠가는 배들을 보았다.

헌이 말했다.

"연희 이모가 어디서 본 듯한 얼굴이었다고 말한 것도 이유가 있었네요. 가짜 수의사와 그…… 형은 작은할아버지와 손자 사이니까. 어쩌면 수의사의 아들이었던 그 아버지를 연상했을 수도 있고. 하지만 아버지랑은 별로 닮지 않았던데."

그렇겠지. 유전자의 힘은 의외의 곳에서 발현된다. 하지만……. 헌은 계속 한 점 한 점 짚어나갔다.

"그리고 그 형이 발리에 갔었다고 했잖아요. 거기서 이 작은할아버지라는 사람을 만났을 수도 있어요. 그랬다면 정희 선생님 이야기를 들었을지도 몰라요."

"그랬을 수도 있죠."

'이었을 수도'가 너무 많다. 모든 건 추측일 뿐이었다. 그러나 그 추측들 사이에 진실이 있다.

"동물 병원은 문을 닫았고, 어머니는 아프시고. 돈이 필요한 거겠죠. 정희 이모는 돈이 많으니까. 전생의 연인이라고 하면……."

그게 진실일까?

"정희 선생님이 그 말에 넘어갈 이유가 있을까요?"

나는 머릿속으로 여러 사실들을 바둑판처럼 늘어놓고 있었다.

"그 가짜 수의사는 정희 선생님을 속이고, 심지어 해치려고까지 했어요. 이 사람이 살았는지 죽었는지 알았을지는 모르지만, 설사 죽었다고 생각한대도, 이 사람을 전생의 연인이라며 반겼을까요?"

헌은 잠시 말이 없다가 주머니에서 무언가 꺼냈다.

"이거."

손바닥에 놓인 건 동그랗고 하얀 알약이었다.

"정희 이모네에서 가져온 거예요. 그때, 이모가 기침…… 구역질을 감추려고 기침하면서 우리에게 가달라고 했을 때."

나는 헌의 얼굴과 알약을 번갈아 보았다. 무슨 말을 하려는지 알 것 같았다.

"옥시코돈. 마약성 진통제예요. 중등도와 중증의 통증 환자에게 쓰는 약이죠. 말기암 환자 같은 사람 말이에요.

제가 아직 예과지만 이 정도는 알죠. 이모는 눈이 흐린지 포도 알도 계속 떨어뜨렸고 졸려하시기도 했어요. 두통, 시각 장애, 운동 기능 저하, 만약에 기억 장애라면……."

내 마음에 떠오른 감정이 무엇인지 알 수 없었다. 나는 정희 선생님을 딱 한 번 봤을 뿐이었다. 그렇지만 두려움, 애틋함, 안타까움. 이 모든 감정들을 우리는 생면부지의 타인에게도 느낄 수 있다. 나는 아까 민철 선생님이 한 말을 생각했다. 그녀는 강한 사람이었다. 지금도 강할 것이었다.

"아직 아무에게도 말하지 않았어요. 이모가 숨기고 싶어 하는 것 같아서, 확실해진 후 다른 사람에게는 말하려 했어요. 하지만 지금은 서둘렀어야 한다는 생각이 들어요. 이모의 삶이 얼마나 남았는지는 알 수 없으니까."

헌은 이마를 찌푸렸다.

"이모는 병 때문에 좋은 기억만을 남기고 나쁜 기억은 잊었을 수도 있어요. 아픈 뇌는 잘못된 기억을 만들 수 있죠. 아니면 의식적으로 나쁜 기억을 잊으려 했을 수도 있어요. 전생의 연인이라는 허무맹랑한 말을 믿고 싶었을지도 몰라요. 좋았던 기억과 그리움만 남았을 수도 있어요."

역시 추측이었다. 수많은 가능성이었다. 거기에 내가 할 수 있는 말은 하나뿐이었다.

"그랬을 수도 있죠."

"그리고 그 형은, 최지완 씨란 사람은 연기를 한다니까…… 그 정도는 흉내 낼 수 있겠죠."

이 말을 한 후에 헌은 고개를 숙였다. 헌이 느끼는 감정은 나보다 더 강렬할 것이다. 그래도 정희 선생님의 삶을 더 오래 봐왔을 테니까.

나는 등대의 불빛을 바라보았다. 어둠이 깔린 바다 위멀리까지 손을 뻗는 불빛처럼, 내 머릿속 어둠에도 그러한 빛이 새어 들고 있었다. 병이란 우리의 기억까지도 왜곡하고 일그러뜨리는 걸까? 그런 경우는 종종 있다. 하지만 나는 정희 선생님이 지완을 보던 눈빛을 기억하고 있었다. 그녀는 그랬을 리가 없다.

"아니에요."

헌은 고개를 들었다. 나는 헌도 지금 내가 보는 이 불빛을 같이 보길 바랐다.

"그랬을 리 없어요. 기억의 장난이 일으킨 착각일 리 없어요. 생의…… 마지막에 이르렀대도, 혹은 그랬으니까 사랑이라는 걸 더 기억했을 거예요. 그리고 지완 씨는 알았잖아요. 작은할아버지가 살아 있다는 걸. 살아 있는 사람의 환생인 척할 리가 없어요."

"재인 씨가 그 사람을 좋게 본다는 건 알지만……."

"아니, 그런 문제가 아니에요."

나는 고개를 흔들었다. 나도 내가 하려는 말이 보통 사람에게 쉽게 납득되지 않는다는 건 알았다. 이성적인 설명과 신비로운 설명이 있다면, 우리는 이성의 불빛을 따라가야 할 것이다. 하지만 나는 그런 사람이 되지 못했다.

"처음부터…… 생각하고 있었어요."

"뭘요?"

"정희 선생님도 지완 씨도 자기들이 전생의 연인이라고 하지 않았어요."

"아니, 그렇게 말했는데. 연희 이모가 확실히……."

"그래요. 연인이라는 단어를 처음 쓴 건 연희 선생님이었어요. 그 사람들이 쓴 건 아니었어요. 그 사람들은 다르게 말했죠. 연희 선생님도 확인해주었고요."

"그게 무슨……."

이제 기억의 불빛이 확실한 길을 가리켰다. 나는 그리로 가고 있었다.

"두 사람은 '지완 씨의 전생에 사랑하던 사이'라고 했어요. 정희 선생님은 지완 씨가 이전에 '사랑하던 사람'이었고요. 정희 선생님은 지완 씨가 '자신이 전생에 사랑하던 사람'이라고 말한 적은 없어요."

헌은 나의 얼굴을 보았다. 우리는 눈이 마주쳤다. 그는 내가 한 말을 이해했지만 앞으로 내가 하려는 말을 믿지 않을 것이다. 그래도 그는 귀를 기울였다. 나는 왠지 목이 메어서 잘 설명할 수 없을 것 같았다.

"내가…… 내가 삶의 마지막에 누구를 기억해야 한다면, 그리워야 한다면, 그건 정말 사랑했던 존재일 거예요. 무엇이 되었든."

그때 전화벨이 울리지 않았더라면, 나는 눈물을 흘렸을지도 모르겠다.

❧

속초와 강릉은 가까운 거리여서 병원에는 우리가 제일 먼저 도착했다. 연희 선생님도 헌의 어머니도, 그 외 다른 친척들도 아직 도착하지 않았다.

관리인이 쓰러진 정희 선생님을 발견해서 데리고 왔다. 지완은 서울에 일 보러 간다고 아침에 나가면서 관리인에게 정희 씨를 잘 부탁한다고 말해놓았다고 한다. 집을 비우기 싫지만, 중요한 일이라고 정희 씨가 등 떠밀어서 보낸다고. 관리인은 지완을 정희 선생님의 먼 친척 정도로 알고 있는 것 같았다. 관리인은 나와 헌이 도착한 후에 돌아갔다.

헌이 의사를 만나러 간 동안 나는 홀로 병실을 지키며 침대에 누운 정희 선생님의 얼굴을 보았다. 선생님은 여전히 투명한 눈꺼풀을 감은 채로 잠자듯 누워 있었다. 이렇게 깨어나지 않는다면 너무 안타까운 일이었다. 작별 인사는 떠나는 사람보다 남겨진 사람들에게 더 중요하다. 정희 선생님은 엄밀한 의미로는 가족이 없었다. 연희 선생님도, 헌의 어머니도 다 정희 선생님을 걱정할 테지만, 가족이라고 할 수 없었다. 하지만 드디어 가족이 돌아온 것이다. 지완은 정희 선생님의 가족이었다. 이 세상에서는 가족이 되고 싶어 했다. 나는 그가 돌아오기를 바랐다.

헌은 연희 선생님과 선생님의 남편과 같이 병실에 들어섰다. 오는 길에 만나 같이 의사를 보고 온 듯했다. 무슨 말을 했는지는 듣지 않아도 알 것 같았다. 연희 선생님의 얼굴은 눈물로 젖어 있었다. 나는 앉아 있던 자리를 연희 선생님에게 내주었다. 연희 선생님은 침대 옆에 앉아 정희 선생님의 손을 꼭 잡았다.

그렇게 십 분쯤 지났을까, 정희 선생님의 눈꺼풀이 파르르 떨렸다. 연희 선생님이 몸을 앞으로 내밀며 외쳤다.

"언니, 언니, 정신이 들어?"

정희 선생님의 입술이 움직였다. 연희 선생님은 귀를 가까이 가져다댔다.

"뭐라고? 언니, 안 들려."

내 귀에는 선생님이 누군가의 이름을 부른 것 같았다. 그리고 그게 신호라도 되는 듯 문간에 그가 나타났다. 머리카락이 젖어서 이마를 가렸다. 몸에서는 수증기처럼 김이 솟았다. 여기까지 뛰어온 것 같았다.

지완이 병실 안으로 들어오자 연희 선생님은 순간 머뭇거렸다. 친척으로서 자신이 바로 사촌 언니의 자리를 지킬 자격을 주장하고 싶은 마음 반, 하지만 자기가 여기서 가장 필요로 하는 사람은 아니라는 깨달음 반. 지완은 연희 선생님 앞에 서서 허리를 깊게 숙였다. 연희 선생님은 옆으로 비켜나며 자리를 내주었다. 지완은 의자에 털썩 주저앉아서 한 손으로는 정희 선생님의 손을 잡고 다른 한 손으로는 머리카락을 쓸어주었다.

"정희 씨, 내가 왔어요."

지완이 하얀 왼손으로 정희 선생님의 얼굴을 쓸었을 때 나는 보았다. 그의 손바닥 한가운데 다섯 갈래로 뻗은 작은 흉터. 혹은 별 모양의 반점을. 연희 선생님은 일기에 썼었다. "별이 앞발에는 이름 같은 흉터가 생겼지만"이라고.

삼십육 년 전에 정희 선생님의 곁을 떠난 건 그 남자가 아니었다. 오랫동안 어려서부터 함께 살아왔고 늘 옆에 있었던 친구, 가족이었다.

정희 선생님은 가늘게 눈을 뜨고 작은 입술을 움직여 말했다.

"왔네……. 잘하고 왔어?"

지완은 고개를 끄덕였다. 큰 입은 늘 그렇듯이 환히 웃고 있었지만 검은 눈은 다른 표정이었다.

"잘했어. 잘할 줄 알았어……."

"내가 잘하고 금방 오겠다고 약속했잖아요."

그는 명랑한 목소리를 낼 수 있었다.

"제가 약속은 잘 지키잖아요. 다시 돌아와달라고 해서, 다시 왔잖아요. 이 세상 떠나기 전에 다시 와달라고 해서."

정희 선생님은 힘없이 미소를 지었다.

"그래, 늘 착한 아이였어……."

그런 후에는 다시 눈을 감았다.

연희 선생님은 삼십육 년 전 여름의 끝에 사촌 언니를 보고 줄리엣 같다고 했다. 그 말은 딱 맞지 않았다. 정희 선생님의 로미오는 가짜였으니까. 하지만 어떤 면에서는 딱 맞는 표현이기도 했다.

내가 지완의 책장에서 꺼내 온 『로미오와 줄리엣』의 희곡집에는 이런 부분에 밑줄이 그어져 있었다.

천국은 줄리엣이 살고 있는 바로 이곳이죠.

고양이와 개, 생쥐 같은 하찮은 것들도 여기 천국에 살며
줄리엣을 볼 수 있는데 이 로미오는 보지 못하죠.

동그라미는 천국과 줄리엣, 개라는 단어 위에 그려져 있
었다. 천국은 로미오가 없는 곳. 줄리엣과 개가 함께 살고
만날 수 있는 곳.

지완은 다시 두 손으로 정희 선생님의 손을 감쌌다.

"걱정 말아요. 다시 또 만날 거니까."

그는 그 손에 힘을 주었다.

"나 아직도 기억하니까. 마지막에 불러줬던 노래. 아름
다운 꿈 깨어나서, 하늘의 별빛을 바라보라."

지완은 부드럽게 읊조렸다. 노래 같기도 하고, 허밍 같
기도 하고, 그저 전하는 말 같기도 했다.

"부질없었던 근심 걱정 다 함께 사라져 물러가면, 벗이
여 꿈 깨어 내게 오라고 말했죠. 그렇게 근심 걱정 없이 내
게 오세요."

지완은 자기가 잡은 정희 선생님의 두 손에 입을 맞췄다.

정희 선생님이 마지막으로 고개를 끄덕였다고 생각한
건 나의 착각일지도 모른다. 하지만 그녀의 투명한 입가에
이슬처럼 맺힌 미소는 착각이 아니었다. 햇빛에 곧 날아가
버릴지라도 그 순간 무엇보다 반짝이는 미소가 있었다.

나는 아무 말 없이 병실 문을 열고 조용히 밖으로 나왔다. 이제는 가족들만이 있을 마지막 시간이었다.

❦

헌과 다시 만난 건 정희 선생님의 장례가 끝나고 한 달 후였다. 일요일, 집 앞으로 오겠다고 해서 동네의 작은 마카롱집에서 만났다.

장례식에서는 잠깐 얼굴밖에 보지 못했다. 지완은 장례식에서는 볼 수 없었다.

"형도 이해해줬어요." 헌은 설명해주었다. "친척들이 형이 상주로 서면 말이 많이 나올 거라고 말했더니 이해해주었어요. 입관에만 참석하는 걸로 했어요. 남의 대타로 들어간 거라 바로 촬영을 시작해서 오래 있을 수도 없고. 어쨌든 신인인데 그렇게 큰 역을 맡았으니까."

"그날 봤던 오디션에 붙어서 다행이네."

나는 유자 마카롱을 하나 쪼개서 먹어보았다. 맛은 그냥 그랬다. 차라리 허니 토스트를 먹는 편이 나았을 것 같다. 의외로 커피는 맛있었다.

"친척들이 지완 형을 인정하지 않은 건 아니래요. 처음부터 돈 문제는 아니어서. 이모가 마지막 가는 길 편안했다면 된 거라고. 이모가 지완 형에게 남긴 유산은 분쟁 없이 상속할 수 있게 됐어요. 나머지는 이모 재단으로 돌아가고요."

"그것도 잘됐고."

커피잔이 헌의 얼굴 아래를 가렸을 때, 나는 그가 약간 여위었다는 생각을 했다. 여러 가지 일이 많았겠지. 대학생은 늘 바쁘다.

"지완 형이 그 수의사 집 손자라는 말 연희 이모에게 안 했어요. 소용없잖아요."

"나도 안 할 거야. 나중에 어떻게든 알게 될 거라고 해도."

헌은 잠깐 말이 없었다.

오전이라 그런지 아직 마카롱집에는 사람이 없었다. 주인은 심지어 카운터 너머에서 텔레비전까지 보고 있었다. 동네 카페의 역할을 충실히 하는 곳이었다. 아무나 편하게 들러서, 메뉴에 있는 한 아무거나 먹을 수 있는 집이었다.

"형이 누구를…… 무엇을 연기했든 여전히 거짓말일 수 있어요."

"알아. 믿기 쉬운 얘기는 아니잖아, 하지만……."

나는 늘 '하지만'이 있는 사람이었다. 나는 그것이 나의 문제라는 걸 알았다. 하지만 그것이 나의 기질이기도 했다.

"세상에는 믿기 어려운 일만큼, 믿지 않으면 설명하기 어려운 일들이 있어."

마지막 지완이 불렀던 노래 같은. 그 누구도 별이의 마지막 순간에 정희 선생님이 불렀던 노래를 정확히 알 수는 없었다. 민철 선생님은 무슨 노래인지 기억하지 못했고, 가짜 로미오는 그 자리에 없었고, 정희 선생님은 그 여름에는 목이 아팠기에 그가 노래를 들을 길도 없었다. 그 자리에 있어서 말해줄 수 있었던 지완의 조부는 지완이 태어나기도 전에 돌아가셨다. 연희 선생님은 그 노래를 기억했지만 별이가 죽던 그날 밤에는 현장에 없었다.

물론 우연일 수도 있다. 그저 정희 선생님이 평소에 쭉 좋아했던 노래일 수도 있다. 자기도 모르게 무심코 그날 밤 이야기를 지완에게 했을 수도 있다.

세계에는 여전히 추측만이 많고 확실히 믿을 수 있는 진실은 적다. 하지만.

"그리고 믿고 싶어지는 얘기들이 있는 거야."

"그러네요."

헌은 마카롱에는 손도 대지 않았다.

"그런데, 재인 씨……."

"응?"

"어느새인가 나한테 반말이신데."

커피잔 너머로 보이는 헌의 눈이 웃고 있었다. 나는 당황하지 않았다. 그 사실을 인식하지 못한 것도 아니었다.

"그러네, 어느새인가."

"좋은데요."

"그러면 너도 해."

"뭐, 그러든가……요. 다음번부터."

"그래, 다음부터."

좋은 탐정에게는 조수가 필요하다. 탐정과 조수는 친근해야 하고. 내가 어느 역이 될지는 아직 결정되지 않았다.

"아, 저거."

헌이 텔레비전 화면을 가리켰다. 나는 고개를 돌려 보았다. 잘 보이지는 않았지만 화면에서는 지완이 나오는 드라마 예고가 떴다. 지완은 여자 주인공의 직장 동료로 서브 남주 역인 듯했다. 처음부터 이렇게 큰 역을 맡다니, 확실히 운이 좋은 사람이었다.

티저 광고라서 지완이 나오는 장면은 딱 한 신뿐이었다. 지나치게 빠르게 지나갔다. 아는 사람이 아니었다면 알아볼 수도 없을 만큼.

"발연기네요."

헌이 혹평했다. 한 장면으로 연기력을 파악하기는 어렵고 그 정도로 보일 장면도 아니었다. 나는 웃었다. 굳이 여기에 한마디를 남기는 게 왠지 헌답다고 생각했기 때문에.

"그런데 발이 매력 있는 사람이잖아."

재주 있는 앞발, 날랜 뒷발. 어느 쪽이든.

헌이 나를 곁눈질로 슬쩍 보았다.

"아. 네."

나는 웃으며 남은 마카롱을 집어 먹었다. 달콤한 맛이 입안에 확 퍼졌다. 너무 달았다. 하지만 우리가 세상을 건너갈 때 안고 가는 건 모두 달콤한 것들이다. 지나치게 달아서 순간 얼굴을 찡그렸더라도, 그렇게 온몸에 도는 달콤한 기운만이 우리의 기억에 남는다. 달콤한 맛, 달콤한 말, 달콤한 맘.

도재인의 '오컬트와 마술적 사고'

전생轉生을 믿는 사람들

아일랜드계 아버지와 그리스계 어머니 사이에서 태어난 영국 출신 일본 작가 라프카디오 헌은 『괴담』의 머릿말에서 여기 수록된 단편들은 모두 그가 주변인에게 들었거나 직접 겪은 일들, 오래된 일본의 전통 민담을 채록한 것이라고 말한다. 그중 하나인 「오테이 이야기」는 한 남자가 이루지 못한 사랑을 다시 환생한 여인을 만나 결혼하면서 이룬다는 이야기이다.

「오테이 이야기」는 전세계적으로 보편적인 전생 스토리이다. 전생과 관련한 이야기에는 크게 두 가지 요소가 있다. 하나, 이전의 생에서는 좌절된 염원이 있었다. 그리하여 그 소원을 이루기 위한 두 번째 기회가 다음 생으로 온다. 두 번째, 다시 태어난 삶이라고 해도 이전의 삶에서 연결된 부분이 있다. 가령, 「오테이 이야기」에서는 다시 만난 여인의 얼굴은 전생의 여인과 똑같이 닮았다. 그러나 그녀는 순간적으로 전생의 약속을 기억했을 뿐, 그 이후에는 전생의 사건을 전혀 기억하지 못했다. 다른 전생 이야기에는, 주로 모습은 다르지만 과거의 기억을 간직한 사람들이 나온다.

전생에 대한 신념은 우리의 삶이 일회적이며 나의 삶과 죽음이 임의적이라는 명제를 부인하고자 하는 것이다. 우리의 삶이 그렇게 덧없이 끝난다는 것을 믿고 싶지 않기에. 그리고 이 삶에서 이룰 수 없었던 소망의 아쉬움을 새로운 생이 있다는 기대로 극복하려 한다. 특히, 사랑은 인간의 삶에서 가장 큰 좌절을 안겨 주는 경험이기 때문에 전생 이야기의 주요 소재로 쓰인다.

전생과 관련하여 유명한 사람은 잠자는 예언자, 에드거 케이시(1877~1945)이다…….

구름 뒤
은빛
햇살을
찾아

2

Looking
for
the
Silver
Lining

건물 옆을 따라 야트막한 기둥들이 울타리처럼 세워져 있다. 그 위의 전등에서 나오는 빛 때문에 단풍의 붉은색이 숲속 어둠으로 퍼져 나간다. 저 멀리서 들려오는 파도 소리가 정체 모를 누군가의 숨소리 같다. 아니, 자신의 숨소리와 파도 소리가 섞였는지 모른다. 어둠이 확성기가 되어 소리가 더 크게 울리자 공기 전체가 진동하는 느낌이다. 등불이 지어내는 흐릿한 경계를 지나서 산책로로 향하는 계단에 발을 디딘다.

이 시간에 이쪽으로 지나가는 사람은 없겠지만, 괜스레 불안한 마음에 발걸음이 빨라진다. 어차피 바다를 향해 내려갔을 때 누군가와 마주친다면 피할 수도 없다. 거기선 숲이 끝나고 절벽으로 이어진다. 하지만 건물 2층에서 내려다본다고 해도 이 돌계단은 어두워서 잘 보이지 않을 것이다. 그 사람이 이 길로 나와서 바다 쪽으로 걸어간 것도 그런 이유일 것이다. 다른 사람의 눈에 띄지 않는 길. 하지만 다른 사람의 눈에 띄지 않는 곳에서 만나는 것이 더 수상하게 보인다는 걸 모르는 걸까.

계단을 다 내려갔지만 아무도 보이지 않는다. 순간 두 사람이 여기서 만날 거라는 의심은 오해일 수도 있다고 생각했다. 그저 각자 밤 산책을 즐기고 있는지도 모른다. 두 사람 다 밤 산책을 즐기는 타입은 아니지만. 하기는 그건 이쪽도 마찬가지다. 어둠 속을 걸으며 누군가를 미행하는 일은 한 번도 해본 적 없는 일이다. 그렇게 되리라고는 생각도 하지 않았다. 자신의 이런 면모를 발견하니 새삼 쓴웃음이 나온다.

차라리 본관으로 돌아가야겠다고 생각한 순간, 신당 쪽에서 불빛이 깜빡인다. 그리고 그와 함께 들린 비명 소리. 잘 들리지 않는 사람 목소리.

심장 박동이 빨라진다. 그에 맞춰 그리로 빠르게 걸어간다. 파도 소리가 더 가까워지면서 심장 소리를 삼켜버린다.

낮에 익숙하게 보았던 풍경이지만, 밤이 내린 길은 같이 잘 놀다가도 낯을 가리는 아이처럼 느껴진다. 낮에는 그 누구에게도 그다지 관심을 못 받고 잊힌 듯한 오래된 신당이지만 지금은 기이한 기운이 어린 공간으로 보인다.

빛이 나타났다 사라진 어둠 속에서 어떤 움직임이 보인다. 덫에 걸린 듯 당황한 야생 동물의 몸짓 같은 느낌, 무언가 부스럭대는 것 같다.

"거기…… 누구?"

가장 먼저 눈에 들어 온 것은 신당의 디딤돌 위에 흩어진 은실이다. 낮의 햇빛 아래에서는 환하게 빛을 발하던 은금색 머리카락. 그 머리카락에 검은 얼룩이 묻어 있다. 피다.

그리고 그 옆에 웅크린 회색 형체. 곰처럼 보이는 커다란 사람. 그 옆에는 또 다른 한 명이 있다. 남편과 그 애.

이십사 년 전 그날의 기억이 떠올랐다. 남편이 다른 사람을 뒤쫓아 가던 기억. 그 때문에 아렸던 마음.

더는 다가가지 않고 핸드폰을 급하게 꺼내 플래시를 비추지만 그들이 누군지 이미 알고 있다. 쓰러진 사람보다도 그 앞에 선 남자의 얼굴이 먼저 보인다. 그를 알고 나서 이십오 년이 넘는 세월이 흘렀다. 지금 그의 얼굴에 나타난 표정은 처음 보는 것이다. 그가 천천히 일어서서 앞으로 다가온다.

"여보."

나직한 남편의 목소리에 한 발 뒤로 물러선다. 신고 전화를 하려고 핸드폰을 들지만 손가락이 허공에 멈춘다. 지금 이 상황이 어떻게 보일까? 지금 신고를 했다간 무슨 일이 일어나지? 남편은 왜 지금 여기 어두운 곳에 있지? 남편이 이 사고와 관련이 있다면? 바로 다음 순간, 이런 생각을 한 자신에게 소름이 끼친다. 잠깐이었대도 어떻게 이런 생각을 할 수 있지? 정신이 나갔나?

　다시 남편의 얼굴을 바라본다. 입이 떨어지지 않는다.

　"어떻게 된 거야?"

　"그게……."

　남편이 손을 들었을 때 회색 스웨터 소맷부리에 묻은 붉은 피가 보인다.

　일단 신고부터 한다고 말을 하려 했지만, 단어가 입안에서 엉켜서 잘 나오지 않는다. 핸드폰의 키패드를 누르려고 해도 순간 눈앞이 흐릿하다.

　남편 옆에 있던 사람이 이제까지의 침묵을 깨고 무어라 말하고 있다. 이름을 부른 것도 같다. 하지만 목소리가 귀에 들어오지 않는다.

　"무슨 일이에요?"

　뒤에서 빛줄기가 떨어져 얼굴을 스치고 간다. 어깨 너머로 돌아보니 젊은 두 사람의 모습이 어렴풋하게 보인다. 너무 늦었다. 처음 발견한 순간에 곧바로 신고 전화를 했어야 하는데. 앞에 선 젊은 여자는 우리보다 한참 나이 어리고 예민한 친구이다. 섬세한 윤곽의 뺨에 의아함이 서서히 물든다.

"연희 선생님, 괜찮으세요?"

나는 천천히 일어서면서 남편을 돌아본다.

쓰러진 사람, 그 앞에 선 창백한 얼굴의 두 사람. 증인이 너무 많다. 소나무 그늘이 드리운 검은 지붕 아래, 푸른 격자문 뒤에서 누군가 말을 걸어올 것 같다. 그 뒤로는 달빛을 받은 가을 바다가 절대 잠들지 않는 눈 천 개를 번득이며 우리를 바라본다.

❧

어떤 도시에 가든 시외버스 터미널로 진입할 때의 기분은 비슷하다. 낮은 1층의 터미널 건물 앞으로 버스가 들어가면 낯선 곳에 왔다는 두려움과 기대감이 잔잔하게 밀려온다. 오래 앉아 있어서 살짝 어지러워진 머리로 짐을 챙겨서 내리면, 바람의 냄새까지도 다르게 느껴진다. 모두 비슷하게 다른 느낌이다. 터미널에서 몇 발짝 걸어 나가면, 늘 똑같은 회색 택시 속에 늘 똑같이 지루해 보이는 지역 기사들이 손님을 기다린다. 다만 이번에 내가 삼척 고속버스 터미널을 나갔을 때는 연희 선생님의 하얀 승용차가 서 있다는 것만이 달랐다.

"재인 씨!"

연희 선생님은 차에서 내려 손을 흔들기까지 했다. 나는 택시 기사들의 시선을 받으며 캐리어를 끌고 서둘러 연희 선생님의 차로 향했다.

"택시나 버스 타고 가도 되는데."

차에 올라 안전벨트를 매면서 나는 하나 마나 한 인사치레를 했다. 선생님은 차에 시동을 걸어 터미널을 떠나며 무심하게 대꾸했다.

"아유, 택시로 못 가. 얼마나 먼데. 시외 할증 달라고 할 수도 있고, 아직 내비게이션에 나오지도 않는걸."

나도 알고 있었다. 우리의 목적지는 신남항에 가까운 산에 있어서, 고속버스터미널에서도 30킬로미터는 좋이 떨어진 곳이었다.

"그나저나 놀랐어요. 장주은 감독님과 절친한 친구셨다니."

삼척 시내를 빠져나올 때쯤 내가 한 말에 연희 선생님은 태연하게 대답했다.

"대학 때 친하게 지내기는 했는데, 걔가 졸업하고 영화판에 뛰어든 다음에 해외에 가서 활동한 후에는 자주는 못 만났어."

"아, 같은 학교를 나오셨던가요?"

"같은 학교는 맞는데 학교 다닐 땐 서로 몰랐고 PC 통신 영화 모임에서 만났어."

"어, 혹시 영퀴방 같은 거요?"

장주은 감독을 다룬 기사에서 이전에 PC 통신 시절에 영퀴방 멤버였다는 내용을 읽은 기억이 났다.

"맞아, 재인 씨도 해봤어?"

"아뇨, 저는 PC 통신 세대는 아니라서요."

"하긴. 참, 그렇지. 왠지 난 재인 씨가 늘 동세대 사람처럼 친근하더라."

기분 좋은 말인가, 하는 생각이 스쳤지만 나는 쓸데없는 의미를 읽어내지 않기로 했다.

"영퀴방에서도 친했던 사람들이 있었거든. 주은이랑 나는 같은 학교라서 좀더 가까웠던 것도 있고."

"그러셨나 봐요. 친구 결혼기념일 여행에 집을 빌려줄 정도면."

"나도 주은이가 자기 집으로 오면 어떻겠느냐고 해서 놀랐다니까. 삼척에 집을 지었다는 얘기를 뉴스에서 보고 궁금했는데."

장주은 감독은 데뷔 초반에는 〈시든 꽃들의 집〉이나 〈양은 냄비와 웨지우드〉 같은 여성 중심의 마이너한 컬트 영화를 만들어서 시네필들의 지지를 받았다. 그래도 스타일이 독특하다는 정도로 알려져 있었지, 대중적으로 성공한 작가는 아니었다. 하지만 해외 영화 비평가 사이에 그의 영화가 서서히 입소문 나기 시작하더니, 일제강점기 시대의 하녀의 이야기를 다룬 오컬트 역사 영화 〈무고의 저택〉이 국제영화제 대상을 받은 이후 할리우드에 진출했다. 이후 글로벌 OTT 플랫폼에서 미국 중서부 대학 대학원생들이 벌이는 갈등과 두뇌게임을 담은 〈더 랩〉이라는 코미디 스릴러 시리즈가 히트하면서 세계적인 감독이 되었을 뿐 아니라, 다음 슈퍼히어로 블록버스터 영화의 연출자로까지 거론되고 있었다.

국내에서 활동하던 초반은 모르지만, 세계적으로 유명한 감독이 된 후에는 오히려 언론 노출이 많지 않았다. 해외 인터뷰에서는 가끔 볼 수 있었지만 국내 지면에 나타나는 일은 드물었다. 그런 사람이 연희 선생님의 친구이고, 친구 가족들까지 불러서 모임을 한다는 말에 놀라지 않을 수 없었다.

《오씨 매거진》에서는 이번에는 오컬트 습속 칼럼과 더불어, 대중문화에서 오컬트를 다루는 방식에 대한 특집을 싣고 싶다고 했다. 그러면서 관련자의 인터뷰도 같이 내자는 뜻을 강하게 비쳤다. 한 호에 두 개의 기사를 싣는다는 건 쉽지 않았지만 해볼 만한 일이었다. 다만 대중적으로 알려져 있어서 사람들이 호기심을 느낄 만한 인터뷰 대상을 찾기가 쉽지 않았다. 그러던 차에 장 감독과 연줄이 닿은 건 공교로운 우연이었다.

"저까지 초대해주셔서 감사해요. 저는 가족도 아닌데. 게다가 사적인 모임인데 인터뷰까지 허락해주셔서."

"뭐, 재인 씨가 저번에 강릉에서 해준 일도 있는데 보답도 변변하게 못 했잖아. 그리고 재인 씨가 주은이 인터뷰하고 싶어 한다는 말을 헌이가 전해주더라."

차창 너머로 가을의 해수욕장이 스쳐 지나갔다. 신남항에는 배들이 뚱하게 떠 있었다. 가만히 서 있는데도 스쳐가는 배들, 지난여름 헌과 함께 속초로 가는 다리 너머에서 보았던 불빛이 떠올랐다. 잠깐 이곳에서 멀어져 다른 곳에서 맴도는 생각을 다시 끌어왔다.

"다른 분들에게 폐가 되지 않을까 모르겠네요. 갑자기 불청객이 끼어들어서."

"다른 사람들이래봤자 주은이와 그 비서, 나와 내 남편, 그리고 다른 부부 하나밖에 없어."

연희 선생님은 거기에 아무렇지도 않게 덧붙였다. "나중에 헌이 올지 모르고."

그럼 오늘 모이는 사람은 모두 여덟 명이다.

김연희 김종열 부부,

장주은 감독과 비서 박예준,

친구인 권영라 이서호 부부,

그리고 나 도재인과 친구……인 이헌.

"다른 부부도 PC 통신 친구세요?"

"아, 그게 웃기지. 우리 모두 그 모임에서 만났어. 나랑 남편도. 영라랑 서호네 부부도. 영라는 주은이랑 대학 동기기도 했고. 사랑의 작대기도 아니고 사랑의 영퀴방. 처음에는 PC 통신에서 하다가 나중에는 세이클럽 같은 사이트로 넘어갔을 때까지 같이."

"세이클럽이요?"

"그건 잠깐이었지. 그후엔 각자 연락만 하다가, 우리가 한자리에 다 모이는 것도 이십사 년 만이야."

연희 선생님은 쿡쿡 웃었다. 나는 무엇이 우스운지 잘 알 수는 없었지만 그저 따라 웃었다. 시간이 지나면 많은 일들은 그저 웃음의 영역이 되는지도 모른다.

차는 이제 해안 도로를 벗어나 산을 오르고 있었다. 차는 잎이 뾰족한 나무들이 빽빽하게 들어찬 숲 사이의 길을 조심스레 나아갔다. 나는 창문을 살짝 열어보았다. 솔향기가 코끝으로 밀려들었다. 길은 깨끗했지만 확실히 대중교통으로 오기에는 먼 길이었다.

"경치가 좋은 곳이긴 하지만 장 감독님이 여기 사시는 건…… 특이하네요. 여기 출신도 아니시라면서요."

달리 전원주택 단지가 형성되지 않은 곳이었다. 항구 근처에 어촌 마을이 있고, 산으로 오르는 길가에는 빛바랜 퍼플색이나 연두색 페인트를 칠한 건물이 한두 채 보이긴 했어도 영업 중지한 지 오래인 듯 폐가 같은 기운마저 감돌았다.

"주은이는 남쪽 지방 출신이지. 그런데 옛날부터 동해에 살고 싶다고 했어. 산도 바다도 좋아하거든. 왜 여기 집을 지었는지는 직접 물어봐."

그와 함께 눈앞에 출입 차단기가 나타났다. 우리가 탄 차가 멈춰 서자 차단기는 자동으로 열렸다. 방문 차량을 미리 등록해놓은 모양이었다. 길게 뻗은 아스팔트 차로를 올라가면 노출 콘크리트와 징크로 지은 현대식 건축물이 나타났다. 뒤편으로는 단풍과 어우러진 자작나무 숲이 보이고, 2층의 창문은 햇빛을 반사하며 환하게 빛났다.

현관에 나온 사람의 짧게 친 머리카락 위에도 햇빛이 떨어져 은색으로 반짝거렸다. 그녀가 바로 이 진주구름집의 주인, 장주은 감독이었다.

"아니, 너무 어려워할 건 없어요. 연희가 입에 침이 마르도록 칭찬해서 그런 사람이라면 겸사겸사 알고 지내고 싶었으니까. 오컬트 탐정이라는 것도 재미있고."

우리 집보다도 넓을 것 같은 가죽 소파 위에 모두 앉은 후, 내가 친구분 모임에 끼게 되어 실례한다고 사과하자 장 감독은 장난기 어린 눈으로 대답했다.

장주은 감독은 체구는 작지만 단단해 보이는 사람이었다. 탈색하여 은금색으로 물들인 머리카락이 하얀 얼굴에 잘 어울렸고, 하얀 스웨터와 하얀 바지를 입고 있어서 판타지 소설에 나오는 요정 여왕 같기도 했다. 영상이나 사진으로는 많이 보았지만 실제로 만나니 강력한 자력 같은 에너지가 느껴졌다.

"얘는. 오컬트 탐정이라고 한 말까지 다 전하면 어떡하니. 재인 씨가 난감해하는데."

연희 선생님이 웃으며 친구의 팔을 찰싹 쳤다. 연희 선생님은 사촌 언니의 죽음 이후 우울해하는 것 같았는데, 친구들 앞에서는 다시 소녀 같은 모습으로 돌아갔다.

"네, 엄밀하게는 탐정은 아니지만요……. 오컬트에 관심이 있는 건 맞습니다."

"잘 오셨네. 이 동네 특이한 게 많거든." 장 감독은 두 손을 의자 손잡이에 두고 다리를 꼬았다. "온 김에 둘러보고 재미있는 거 써줘요. 나중에 내 작품의 설정집에 넣을 수도 있을 것 같고."

"차기작 준비하시는 거예요?"

나는 불쑥 물어놓고 스스로 당황했다. 장 감독의 차기작이라면 세계가 주목할 것이고 메이저 영화 스튜디오와 관련된 일일 텐데, 이렇게 스스럼없이 묻는 게 무례한 행동은 아닐까 싶었다. 장 감독은 개의치는 않는 눈치였지만 애매하게 대답했다.

"뭐, 그런 셈. 겸사겸사."

차이나 칼라의 베이지 셔츠에 검은 바지를 입은 삼십 대 정도의 남자가 차 쟁반을 들고 와 탁자 위에 내려놓고 물러갔다. 장 감독의 개인 비서 정도 되는 사람일 듯했다. 장 감독은 다관의 밑을 한 손으로 받치고 차분하게 차를 따랐다. 나는 차에 대해서는 조예가 깊지 않지만 질 좋은 보이차라고 생각하고 말없이 마셨다. 잠시 고요가 흘렀다. 1층 통창 너머 붉고 푸른 산이 흔들리며 바람의 길을 알렸다.

침묵을 깬 건 장 감독이었다.

"참, 케이터링 메뉴는 미리 정했지만 연희 네가 필요한 거 있으면 전화로 말해줘."

"아니야, 메일로 다 점검했어. 약속 시간도 정했고. 그런 것까지 신경써줘서 고맙다."

"뭘, 내 집들이 겸, 너희 10주년 결혼기념일 파티도 하는 거지. 겸사겸사."

겸사겸사가 장 감독의 말버릇인 것 같았다. 여기 와서 앉은 지 얼마 되지도 않았는데, 이 말을 벌써 세 번째 들었다. 무척 바쁜 사람이고, 동시에 무척 효율적인 사람이기 때문일지도 모르겠다는 생각이 들었다.

"참, 영라와 서호 씨는 언제 온다고 하든?"

연희 선생님이 묻자 장 감독은 눈썹을 약간 찡그렸다.

"글쎄, 점심 전에 온다고 했는데. 늦을 수도 있겠지. 걔들 원래 그렇잖아. 자기 편한 대로."

연희 선생님은 약간 멋쩍게 웃었지만 달리 반박하지 않았다.

"종열 씨는 이따가 저녁에 오나?"

"애 아빠는 밤에나 오게 될 것 같아. 출장 갔다 오자마자 방송국에 들러야 한다고 하더라고."

연희 선생님의 남편인 김종열 씨는 방송국 교양 피디로 여행 문화 답사 프로그램 촬영 때문에 일주일간 해외 출장을 갔다고 들었다. 나는 직접 만난 적은 없었다. 모르는 사람들의 이름이 밀려드니 갑자기 내가 다른 사람들의 서클에 끼어들었다는 인식이 확 밀려들었다. 나는 생존에 필요한 최소한의 사교성은 갖추고 있지만 넉살이 좋은 편은 아니다. 나만 빼고 모두 서로 아는 사이인 사람들 사이에 있는 건 늘 긴장이 된다.

"헌이도 이따가 남편이랑 같이 올 거야." 연희 선생님은 내 표정을 읽었는지 모르겠지만 사심 없는 표정으로 불쑥 말했다. "장 감독이 우리만 있으면 재인 씨가 너무 어색할지 모른다고, 다른 젊은 사람도 있으면 초대하자고 했어."

"여기 예준 씨도 있지만." 장 감독은 아까 우리에게 차를 가져다준 남자를 말하는 듯했다. "예준 씨도 손님들과 어울리는 건 어려워해서."

"저는 어쨌든 괜찮습니다. 신경 써주셔서 감사합니다."

"어려워하지 말라니까. 그럼 집 구경이라도 좀 할래요? 재인 씨 묵을 방도 안내해주고."

장 감독이 소파에서 일어나자 나도 반색하며 따라 일어났다. 연희 선생님은 잠깐 쉬고 싶다면서 거실에 있겠다고 했다. 거실에서 복도로 나가는 길에 돌아보니 소파에 느긋이 기대앉은 연희 선생님은 마치 제 집에 있는 사람처럼 편안해 보였다.

이 집은 실제로는 여러 건축물로 구성된 아트하우스의 일부였다. 진주구름집이라고 이름 붙인 이 건물은 본관인 셈으로, 장 감독의 거주지와 사무실, 가까운 지인이 묵는 개인 숙소였고, 옆에 이어진 산책로를 따라가면 시내 옆에 작가들 레지던스용으로 쓸 수 있는 게스트하우스 실버라이닝 하우스가 보였다. 건물 1층에는 작은 상영관의 역할을 하는 AV실 겸 작업실이 있었다. 커뮤니티 센터도 건립 예정이라고 했다. 이 산속의 집까지 올라오는 길이 깨끗하게 깔려 있는 것이 이해가 됐다. 시에서 일종의 자치단체 예술 사업의 일부로 지원을 해준 것이었다.

진주구름집 1층은 구석에 홈 바가 마련된 거실과 부엌, 장 감독의 사무실, 그리고 그 바로 옆에 어시스턴트인 박예준 씨가 묵는 방이 있었다.

"사무실에서 주로 일을 하니까 비서가 옆에 있는 편이 편하죠."

두꺼운 커튼을 쳐서 여기는 빛이 들지 않았다. 한쪽 테이블 위에는 회색 원통형의 블루투스 뱅앤올룹슨 스피커가 놓였다.

기능적으로 보이는 사무 책상 위는 아무것도 없이 깨끗

했지만, 우리가 오기 전에 편지를 읽고 있었던 듯 뜯긴 봉투 옆의 편지지가 보였다. "한국콘텐츠진흥원"이라고 프린트된 봉투 옆에는 무엇인가의 명단과 문서 파일이 놓여 있었다. 책상 한가운데는 갈색 크라프트지 노트가 놓여 있었다. 내 시선이 머문 자리를 눈치챘는지, 장 감독이 노트를 들어서 한 장 한 장 넘겼다.

"요새 오거나이저도 있고, 각종 메모 앱도 있는 거 알지만 아직도 아이디어 같은 건 손으로 쓰는 편이 좋아요. 대학 때부터 하던 습관인데, 그래서 그런지 이제는 그런 공책들이 한 박스라 그거 끌고 다니며 이사하느라 힘들었지."

장 감독이 서재 안은 사진을 자유롭게 찍어도 좋다고 해서, 나는 그 노트를 중심으로 책상 전체 사진을 한 장 찍었다.

아이맥이 놓인 커다란 책상 뒤쪽 책장에는 책이 몇 권만 놓였을 뿐 대체로 비어 있었다. 장 감독은 책 짐이 다 오지 않았다고 설명했다. 이우환, 세키네 노부오, 스가 기시오 등의 화집과 『The Loneliness of the Long-Distance Cartoonist』나 『비밀 독서 동아리』 같은 그래픽노블처럼 보이는 책들이 먼저 눈에 들어왔다. 그리고 소설로는 『빨강의 자서전』, 『메데이아, 또는 악녀를 위한 변명』, 보르헤스 전집 중 한 권이 꽂혀 있었다.

"여기에는 평소에 가까이 두었던 책들만 있어요."

장 감독은 내가 보르헤스 선집을 가만히 들여다보는 것을 눈치챈 모양이었다.

"좋아해요? 우리 학교 다닐 때 라틴 문학 붐이 있었어서. 나는 많이 읽었는데."

"저도 좋아해서 읽었는데, 생각나는 건 그⋯⋯「아스테리온의 집」밖에 없네요."

"미노타우로스 신화를 좋아해서?"

오늘 만나서 처음으로 장 감독이 내게 개별적인 관심을 보인다는 것을 느낄 수 있는 질문이었다. 나는 이것이 일종의 테스트일 수 있다는 생각을 했다. 우리의 거리 감각을 조절하기 위해서 통과해야 하는 질문. 나처럼 남에게 이야기를 구하는 사람에게는 흔히 있는 일이다. 사람들은 얘기를 털어놓기 전에 내가 어떤 사람인지를 알아내고자 한다.

"오래전에 읽어서 무척 짧았다는 것 말고는 기억은 잘 나지 않지만⋯⋯ 화자를 영웅에서 사람들이 괴물이라고 부르던 미노타우로스에게로 옮긴 게 핵심이었던 작품 같아요. 그렇지만 저는 등장하지 않은 사람이 있다는 게 흥미로웠어요. 공백이랄까."

"공백이라면?"

"아, 소설 마지막에 테세우스가 아리아드네에게 말을 걸면서 끝나잖아요. '정말 믿을 수 있어, 아리아드네?' 하면서 아리아드네의 목소리는 나오지 않으니까요."

"그랬던가." 장 감독은 책장을 후르르 넘겨보았다. "정말 그러네."

"네, 공범이자 아버지를 배신하고 자기를 도와준 여자이고 비밀스러운 계획도 함께 나누지만, 결국 테세우스가 떠날 때는 섬에 놔두고 가버렸구나, 하는 생각을 했던 것 같네요."

"그러네요." 장 감독은 나를 보지 않고 책을 책장에 도로 꽂았다. "그럼 2층으로 올라갈까요."

장 감독의 시험을 통과했는지는 알 수 없었다. 그러나 그녀의 태도가 아주 약간 부드러워진 것도 같았다.

2층에는 장 감독의 커다란 침실과 다른 손님방 두 개가 있었다. 평소에도 스태프들이나 찾아오는 사람들이 묵고 간다고 했다. 장 감독의 침실은 볼 수 없었지만, 손님방 두 개에도 커다란 창이 길게 나 있어 가을 산의 풍경이 액자처럼 눈에 들어왔다. 장 감독은 2층 미니 거실 앞에 서더니 내게 손짓했다.

"이 풍경은 꼭 보여주고 싶어요."

장 감독의 손이 별안간 내 팔뚝을 잡았다. 나는 얼떨결

에 장 감독이 이끄는 대로 끌려갔다. 창틀을 넘어서면 창
문 너머 자작나무가 깔린 테라스가 펼쳐졌다. 하얀 차양
아래 라탄 소파가 놓여 있을 정도로 규모가 컸다. 나도 모
르게 환성을 질렀다.

"와, 풍경이 엄청 멋지네요."

붉은 단풍과 짙푸른 소나무 숲 너머에 세상 그 무엇도
닮지 않고 자기만의 형태를 띤 검은 암석들이 먼 전설의
괴물처럼 머리를 내밀었다. 그 너머로 동해 너울이 저 멀
리에서부터 밀려와 바위에 부딪치며 하얀 물거품으로 부
서졌다. 산과 바다가 함께 있는 보기 드문 절경이었다. 오
른편으로는 항구 앞 작은 어촌의 집들이 보였다. 푸른 지
붕과 주황색 지붕이 섞인 모습이 산의 색깔을 닮았다.

장 감독은 이제 팔을 놓고 내가 감탄하는 모습을 흐뭇한
표정으로 바라보았다.

"정말 멋지죠. 이 풍경을 보고 언젠가는 꼭 여기 집을
짓고 싶었어요."

"네, 정말 근사해요. 많은 사람들이 꿈꾸는 풍경을 가진
집이네요."

화려하지 않게 마음이 차분해지는 풍광에 내가 한숨을
폭 내쉬자, 장 감독은 가볍게 웃었다.

"내 꿈이기도 했어요. 언젠가 성공해서 꼭 이런 집을 가

져야지, 하고. 재인 씨도 알죠." 아까까지만 해도 들떴던 장 감독의 목소리가 반음 정도 떨어졌다. "어려서는 어렵게 살아서, 이 집 저 집 옮겨 다니며 살았거든. 유학도 가고 싶었는데, 장학금을 못 받아서 갈 수 없었죠."

장주은 감독의 자수성가 스토리는 이제 전 국민이 알고 있었다. 작년에 영화제를 휩쓴 이후에 지상파 방송에서 휴먼 다큐멘터리를 방영한 적이 있었다. 어려서 일찍 부모를 잃고 친삼촌과 이모네 집을 옮겨 다니며 살았던 어린 시절, 고등학교 은사의 도움으로 미대 장학생으로 들어가고, 첫 영화를 만들기까지 식당 배달과 설거지, 판매 도우미까지 안 해본 일이 없다고 했다. 대학 2학년 때 해외 장학금을 지급하는 재단의 1차 심사에 합격했지만 면접에 참석하지 못하는 바람에 장학금이 취소되어서 가지 못했다는 사연도 본 기억이 났다. 나는 가만히 고개만 끄덕였다.

"그래서 내 집을 가져야지, 그것도 여기저기 옮겨 다니면서 살 수 있게 여러 채를, 이런 생각을 했었지. 하나는 꼭 바닷가에 지을 거라고."

장 감독은 나를 슬쩍 넘겨다보았다.

"너무 부동산업자같이 들리나?"

"그렇게 말씀하시니 좀 그렇기도 하네요."

나도 모르게 너무 솔직히 말했을까. 장 감독은 다시 미소를 띠었다.

"기사에는 내가 방금 한 말은 대충 잘 꾸며서 넣어주기."

우리는 테라스 끝까지 좀더 걸어 나갔다. 위에서 보니 집 왼편으로 긴 나무 산책로가 뻗어 있고 그 끝은 해안 절벽으로 이어지는 듯했다. 그 절벽 끝에 서 있는 오래된 사당 같은 건물이 하나 눈에 들어왔다.

"저건 뭔지 아세요?"

장 감독은 눈을 가늘게 뜨고 내 손가락 끝을 보았다.

"아아, 저거. 해신당."

"해신당요?"

장 감독은 영화 시놉시스를 설명하듯이 차분히 이야기를 그려나갔다.

"이 동네 전설에 따른 사당인데, 동해 어촌 일대에는 비슷한 전설이 몇 가지 변이형으로 전해지는 것 같아요. 내용은 비슷하지. 이 동네에 서로 사랑하는 여자와 남자가 있었는데, 어느 날 미역을 따려고 여자가 남자의 배를 타고 저기 바위에 간 거야. 남자는 여자를 내려놓고 자기 일을 보러 갔는데, 갑자기 비바람이 몰아쳐서 파도가 높아지는 바람에 여자가 바위에서 내려오지 못하고 익사한 거지."

"저런, 안타까운 이야기처럼 들리지만 좀 무책임한 이야기네요. 파도가 높아지는 걸 알았다면 남자가 가서 연인을 재빨리 구했어야 하는 거 아닌가 싶고."

장 감독이 웃었다.

"아까부터 보니 재인 씨는 사랑의 힘에 대해서 낭만적인 기대가 있긴 한가 보네."

"아……."

그 말에 나는 정곡을 찔리고 찔끔했다. 사랑에 따르는 의무와 책임에 대해서 말할 때면 나도 모르게 엄격해지고 만다.

"그후 마을에 흉어가 들자 처녀의 원혼 때문이라고 사람들이 생각한 게 아닐까. 그래서 저기 사당을 지어놓은 게 해신당이에요."

"그렇군요. 날이 좋으면 한번 내려가봐야겠어요."

장 감독의 얼굴에 별안간 짓궂은 표정이 어렸다.

"연희가 오컬트 연구가라더니 진짜네. 하지만 조심해요. 깜짝 놀랄지 모르니까."

"어, 왜요. 뭐 무슨 무서운 거라도?"

그럴수록 내 호기심이 불타오른다. 놀랄 만한 게 있다면 더욱 가볼 가치가 있다.

"이 동네에는 남근숭배 사상이 있거든."

예상치 못한 방향에 나는 장 감독의 얼굴을 보았다. 당황스러운 건 아니지만 기사로 쓰고 싶은 주제는 아니다.

"사람들은 처녀가 결혼 못 하고 죽어서 원한이 생겼다며 거기다 남근석을 세웠어. 재인 씨가 어린이는 아니지만."

장 감독의 눈이 나를 훑는 게 느껴졌다.

"왠지 그런 걸 재밌어할 성격은 아닌 것 같네."

무언가 대꾸하기도 전에 장 감독의 시선은 왼쪽에 서 있던 내 어깨를 넘어갔다. 내가 고개를 도로 돌리기도 전에 뒤에서 차가 올라오는 소리가 들렸다. 집 문 앞으로 다가오는 것은 하얀 벤츠였다. 햇빛 때문인지 장 감독이 잠깐 눈살을 찌푸렸다.

"손님들이 또 오셨나 봐. 집 구경은 일단 여기까지 하고 내려가볼까요."

하지만 장 감독은 그 자리에서 움직이지 않고 두 사람을 내려다보았다. 차에서 내린 사람들은 중년의 여성과 남성이었다. 여성은 중간 길이의 머리카락을 굵게 말고, 몸 선을 가리면서도 우아하게 늘어지는 긴 재킷을 입었다. 너무 젊어 보이고 싶지도 않고 너무 나이 들어 보이고 싶지도 않은 여성들이 흔히 선택하는 고급 브랜드 스타일이었다. 남자는 골프웨어 같은 초록색 스웨터를 입고 있었고, 그 나이대 평균보다는 운동을 많이 한 체격이었다. 장 감독과 연희 선생님의 친구 부부라는 사람들이려니 짐작했다.

남자가 트렁크에서 위크엔드백과 작은 캐리어를 내리는

동안, 여자는 핸드백만 든 채로 먼저 집 안으로 들어가려다 멈칫했다. 2층에 있는 우리의 존재를 알아챈 모양이었다. 여자가 손을 들고 약간 큰 소리로 외쳤다.

"안녕. 얘, 집 좋다."

장 감독이 잠시 대답하지 않았다. 그때 집 현관문이 열리더니 연희 선생님이 안에서 나와 친구의 손을 잡았다.

"영라, 어서 와. 서호 씨, 운전하느라 힘드셨죠."

1층 문 앞에서 사람들이 이야기를 나누는 동안 우리는 돌아서 아래로 내려갔다. 나는 계단을 내려가는 장 감독의 은색 뒤통수를 계속 바라보았다.

❧

점심 식사는 장주은 감독의 비서인 예준이 만든 막국수였다. 내가 돕겠다고 했으나 그녀는 손님에게 일을 시킬 수는 없다고 한사코 거절하며 6인분의 식사를 뚝딱 차려냈다. 동치미 국물이 시원하고 들기름 냄새가 고소했다. 식사 도중에는 다들 평범한 안부를 나누었다. 나는 연희 선생님과 장 감독의 친구라는 분이 지면에 미술과 영화 칼럼을 쓰고 케이블 프로그램에 종종 문화 비평가로 출연하는 권영라 씨라는 것을 알았다. 연희 선생님과 장 감독은 그를 권 교수라고 불렀다. 경북 지역의 예술대에 겸임 교수로 출강한다고 했다. 그녀의 남편인 변호사 이서호 씨는 서울에 있는 로펌 대표로, 식사하는 동안 차기 총선에 출마할지도 모른다는 말을 슬쩍 던졌다. 장 감독에게 지원을 부탁하는 투였지만, 장 감독은 그저 아무 말 없이 웃기만 했다.

"저번에 교수님이 《아시아 현대 미술》에 쓰셨던 동남아시아 예술 관련 칼럼을 봤어요."

식사 자리가 정리된 후, 2층 테라스의 소파에서 차를 마시고 있을 때 문득 권 교수를 향해 말을 걸었다. 장 감독과 연희 선생님이 무슨 이야기를 나누고 있고, 예준 씨는 뒷정리를 하러 물러간 터여서 나는 뻘쭘하게 앉아 있던 차였다. 그녀는 이 말에 나의 존재를 처음으로 깨달은 듯 내게 시선을 돌렸다.

"예술에 관심이 많은가 봐요. 그 잡지 본 사람 별로 없는데."

"평소에 좋아하는 글들이 올라와서 즐겨 읽곤 했거든요. 거기서 언급하신 다큐멘터리도 찾아봤어요."

권 교수가 내 앞으로 조금 다가앉았다.

"그래요? 그거랑 비슷한 소재의 태국 작품도 있는데 관심 있으면 알려줄까요?"

급작스러운 말에 약간 멈칫했지만 새로운 소재를 소개해주는 사람은 늘 반가웠다.

"네, 알려주시면 좋죠."

"어, 그러면 일단 내가 작년에 출연한 라디오 프로그램에서 언급한……."

"이 사람, 자기 글을 읽었다는 사람만 만나면 폭주한다니까. 그런 사람이 몇 안 되어 그런지."

소파 등받이에 기대 앉아 있던 이서호 변호사가 말을 잘랐다. 권 교수는 남편을 돌아보며 눈가를 살짝 찌그렸다.

"내가 뭘 폭주했다고 그래?"

아내 목소리의 톤이 높아지자 이 변호사는 연극적으로 두 손을 들었다.

"농담 한마디에 뭘 그렇게 뾰족하게 그래."

장 감독과 연희 선생님도 두 사람이 나누던 말을 멈추고 우리를 쳐다보았다. 나는 사소한 언쟁이 싸움으로 번지기 전에 재빨리 끼어들었다.

"제가 관심이 있어서 먼저 여쭤본걸요. 알려주시면 제가 나중에 찾아보고 싶어요."

내게도 사회적 기술이 있다. 다행스럽게도 그걸 적절히 쓸 만한 타이밍을 잘 찾았다.

"그래요, 그럼."

권 교수의 말투가 조금 누그러지는 듯했다. 장 감독이 불쑥 생각났다는 듯 말했다.

"참, 영라 너, TBC에서 신설하는 문화 프로그램의 진행 맡기로 했다며?"

"어머, 정말? 잘됐다." 연희 선생님이 눈을 동그랗게 뜨고 두 손을 맞잡으며 친구들의 얼굴을 번갈아 보았다.

권 교수는 어깨를 살짝 들었다 놓았다.

"어, 어떻게 알았어? 아직 보도 자료도 안 돌았는데?"

"TBC의 강성호 국장이 말해주더라. 저번에 나한테 전화해서 너 동창이라고 하는데, 아느냐고 묻던데."

"뭐야, 레퍼 체크?"

권 교수의 목소리가 다시 한 톤 높아졌다. 노래하는 듯 멜로디가 있는 음색을 가진 사람이었다. 그에 따라 기분도 오르락내리락하는 예민함이 이마의 주름으로 드러났다. 그 예민한 성격이 선이 가는 뼈대와 창백한 피부와 어우러져 외모적 장점으로 보이기도 했다. 동시에 친구에게 나의 평판을 묻는 일은 나라도 썩 상쾌한 일로 받아들이기 어려울지도 모른다는 생각도 들었다.

"글쎄."

장 감독의 모호한 태도는 오히려 긍정에 가깝게 들렸다. 일부러 모호하게 해석하도록 의도한 걸 수도 있었다.

연희 선생님이 물었다. "그럼 이제 시나리오는 안 써? 이전에 쓴 영화 시나리오가 영화화된다고 하지 않았나. 그건 언제 나와?"

"아…… 그거, 그냥 나중에. 요새 투자 심사중이야."

권 교수는 장 감독을 보면서 이마를 찌푸렸다.

"그러네. 영라가 오래전부터 시나리오도 썼었구나." 장 감독이 권 교수를 빤히 쳐다보며 산뜻한 말투로 말했다. "MC에 영화에, 이제 유명해지겠네."

"장 감독 같은 유명인이 그런 말 해봤자야."

이 변호사가 다시 웃으며 말했다. 법률 상담을 받는 일이 있더라도 굳이 찾아가고 싶지 않은 유형의 변호사였다. 찾아간다 해도 그가 운영하는 로펌의 비용을 내가 낼 수 있을지는 모르겠지만.

권 교수는 남편을 쳐다보지도 않고 간결하게 대꾸했다. "고마워."

권 교수는 탁자 위에 놓인 시사 잡지를 집어 들고 가만히 들여다보았다. 커버에는 검은 슈트를 입은 장주은 감독 얼굴이 웃고 있었다.

연희 선생님은 어색한 분위기를 눈치챈 듯 일부러 담백하게 말했다.

"야, 이렇게 내 친구들은 다 대단해져버렸구나. 나같이 평범한 사람한텐 너희 같은 성공한 친구가 자랑스러운데."

"뭐 이만한 걸 가지고. 연희 너야말로 종열 씨랑 오순도
순 잘 살면서."

장 감독의 말투는 정답기도 하고 시니컬하게 느껴지기
도 했다. 칭찬을 평범하게 받아들이기는 쉽지 않다. 칭찬
을 있는 그대로 받아들이면 타인에게 오만한 인상을 준다.
그렇다고 자신의 성과를 축소시켜도 듣는 사람 입장에서
는 오히려 불편하기도 하다. 성취를 겸손하게 보이되 타인
을 적절하게 부러워할 줄도 아는 기술이 인간관계에서는
필요하다. 하지만 장주은 감독은 친구들에게 그런 기술을
쓰고 싶은 마음은 없어 보였다. 그저 본인의 마음속에 있
는 감정을 그대로 내놓는다는 느낌이었다.

"너희에 비하면 우리는 서민이지."

연희 선생님의 말에 장 감독이 정색했다.

"좋아하는 사람과 잘 사는 게 성공이지, 뭐."

집 뒤의 단풍 그늘이 비치기라도 한 양 연희 선생님의
얼굴이 약간 붉어졌다. "그런가."

"연희 씨는 아직도 그렇게 종열 형이 좋나? 학교 다닐
때부터 쭉 변함없네."

이 변호사는 나의 존재를 의식하지 않는 듯 스스럼없이
말했다. 어쩌면 낯선 사람이 있든 없든 자기 하고 싶은 말

을 하는 사람일 수도 있다. 연희 선생님은 단풍이 어린 얼굴로 웃기만 했다.

그 얼굴을 보면서 나는 정희 선생님 사건 때 연희 선생님이 한 말을 떠올렸다. 어떻게 생각하면 사촌 언니의 감정을 연정으로 해석한 것은 연희 선생님이 연애에 대해서 큰 의미를 부여하고 있기 때문인지도 모른다.

그때 장 감독이 갑자기 무슨 생각이 났다는 듯 자리에서 벌떡 일어났다.

"잠깐."

그녀가 집 안으로 들어가 있는 동안 나머지 사람들은 잠깐 테라스 너머의 산과 바다를 바라보았다. 파란 하늘 아래 가을 바다는 속 모르게 깊어 보였다. 이 변호사가 불쑥 말했다.

"경치 좋네. 옛날 생각난다."

연희 선생님이 고요한 목소리로 맞장구쳤다.

"그러네. 우리 대학생 때 선재도 여행 갔을 때. 그후로 다 모이는 건 처음인가?"

연희 선생님의 얼굴이 권 교수를 향했지만, 권 교수는 아무런 대답을 하지 않았다.

나는 주변으로 밀려나 차양에서 늘어뜨린 하얀 커튼이 바람에 따라 흔들리는 것을 바라보았다. 한자리에 있지만 그 누구의 친구도 아니라는 상황은, 쓸쓸하면서도 한편으로는 흥미로운 관찰을 할 수 있는 입장이기도 했다.

이윽고 장 감독이 두 손으로 검은 벨벳 상자를 받쳐 들고 돌아왔다. 사람들의 눈이 거기로 쏠렸다. 장 감독은 자리에 앉으며 상자를 대리석 탁자 위에 올려놓았다.

"이거."

상자 안에 들어 있는 것은 일곱 개의 팔찌였다. 은색 사슬을 연결해서 만든 팔찌 한 가운데는 사각 판이 붙어 있고, 거기에는 "SL"이라는 글자가 새겨져 있었다. 장 감독은 사람들 앞에 팔찌를 내밀었다.

"자, 골라봐요. 사이즈는 걸쇠를 조절해서 맞출 수 있어. 재인 씨도 껴요."

"저도요?"

장 감독이 설명했다. "이건 이 집과 부지를 드나들 수 있는 입장 팔찌야. 여기 있는 동안에는 편하게 다니면서 쓰라고. 밤에는 문이 잠기거나 할 수도 있으니까. 이걸 끼고 있어야 스위치도 켤 수 있어. 이따가 두 분이 더 온다고 했으니 그 사람들은 그때 줘야겠네."

친구들이 상자 안에 놓인 팔찌를 하나하나 집는 동안 장 감독은 그 모습을 바라보았다. 어차피 똑같은 디자인인데 사람들은 각자 운세 카드의 패를 뽑듯 신중히 골랐다. 나는 다른 사람들이 가져갈 때까지 기다렸다가 맨 가장자리에 남은 팔찌를 들었다.

권 교수는 팔찌를 손에서 이리저리 굴렸다.

"집에 있는 티파니 체인 브레이슬릿 디자인하고 비슷하네. 가운데 바에 글자를 새길 수 있는 것까지."

"우리 친구들 모임 기념하기 위해 특별히 제작했어. 우리 클럽 로고 박아서."

"아, 그래서 S와 L이구나." 연희 선생님이 고개를 끄덕였다.

이들이 함께 활동했던 모임의 이름이 실버라이닝Silver Lining이었다는 건 연희 선생님에게도 들었다. 구름 뒤에 비치는 은색 햇살. 아무리 힘든 때에도 떠오르는 희망이라는 은유를 장 감독이 좋아했다고 했다.

"최첨단이네. 그러면 이거 받은 사람들은 이 집에 언제든지 자유롭게 드나들 수 있다는 건가. 나 주말 별장으로 좀 써도 되나?" 이 변호사가 넉살을 넘어 뻔뻔하게 말했다. 그의 눈빛으로 봐서는 농담이 아닌 진심이었다.

"뭐, 미리 말만 해줘." 장 감독이 시원하게 대답했다. 사생활을 소중하게 여기는 사람이라고 생각했기에 약간 의외였다.

"당신도 해."

이 변호사는 이미 자신의 브라이틀링 시계 위에 팔찌를 찬 후였다. 연희 선생님도 장 감독도 모두 손목에 팔찌를 걸고 있었다. 권 교수는 왠지 모르게 팔찌를 손에 들고 가만히 바라만 보고 있었다.

"아니, 나는 손에 뭘 걸면 거추장스러워서."

"그럼 나랑 계속 같이 다녀야 하잖아. 그것도 귀찮을걸."

이 변호사의 강권에 권 교수는 잠깐 남편에게 짜증스러운 표정을 지었지만, 결국은 팔찌의 걸쇠를 채웠다. 착 하는 소리와 함께 팔찌가 손목에 맞아 들어갔다. 권 교수는 장 감독을 똑바로 보면서 말했다.

"고마워. 이렇게 모두 같은 팔찌라니 여고생 같은 느낌이지만."

"장 감독은 옛날부터 소녀 같은 데가 있잖아. 공상 잘하고." 이 변호사가 미간을 찡그리며 웃었다.

옛날에는 정말로 소녀였을 텐데. 소녀라고 다 공상을 잘하는 것도 아니고. 내가 이렇게 생각하는 동안, 연희 선생님이 장 감독의 팔 위에 정답게 손을 얹었다.

"주은이는 공상가라기보다 이야기꾼이지. 지금도 그렇지만 옛날부터 이야기를 잘 만들었어. 밤새 얘기를 해도 끝이 없었잖아. 같이 여행 가면 주은이가 해주는 얘기에 밤이 새는 줄 몰랐어. 이야기보따리가 있는지 해도 해도 끝이 없고."

이 변호사가 거들었다. "하기는 주은이 특기가 현실에서 어떤 상황에 처했을 때 그걸 가지고 얘기로 만드는 능력이었어. '이런 상황이 영화라면 재밌지 않을까'가 말버릇이었지. 거기에서부터 얘기가 얼마나 퍼져가던지. 그때부터 명감독의 씨앗이 있었던 거지. 그, 이야기 노트랬나 뭐랬나, 그것도 맨날 들고 다니면서 생각나는 대로 썼잖아."

"뭐…… 그것들도 다 공상이지. 그중에서 몇 개만 스토리가 되는 거고." 장 감독은 심드렁하게 칭찬을 넘겼다. "하지만 여고생에 더 가까웠던 건 나보다 영라 같은데. 그 말 언젠가 내가 했었잖아. 어디였더라."

장 감독의 말은 질문처럼 들리지 않지만 연희 선생님은 해답을 찾으려고 기억을 더듬었다.

"아아, 그래. 그것도 역시 선재도 갔을 때였어."

학창 시절의 브레인스토밍 모둠 활동처럼 나머지 답은 이 변호사가 말했다.

"아까 연희 씨가 말했잖아. 그때 선재도 갔을 때 영라가 우리 맞춤 액세서리 만들어 왔잖아. 열쇠고리였나?"

권 교수는 기억이 나지 않는 건지 이 주제에 시큰둥한 건지 말하지 않았다. 장 감독이 대신 대답했다.

"삐삐 고리였어. 그래서 내가 모두 여고생이냐고, 액세서리 맞춰서 다니게, 라고 말한 거지."

"삐삐요?" 내가 너무 심하게 놀랐는지, 다들 나의 존재를 새삼 의식한 듯했다. 연희 선생님이 소리 내어 웃었다.

"재인 씨는 삐삐 세대가 아니니까. 본 적은 있어?"

"드라마에서 본 적은 있어요. 어릴 때 부모님이 쓴 걸 본 것도 같고. 하지만 기억은 없네요."

"그래, 우리가 그렇게 나이 든 사람들이야. 요새 사람들이 폰 케이스 바꾸듯이 우리도 삐삐에 장식을 주렁주렁 달고 다녔다고." 연희 선생님은 내가 손에 들고 있던 핸드폰을 보았다. 아무 장식이 없는 투명 케이스가 끼워져 있었다.

"내가 그랬었나." 권 교수는 무덤덤하게 되물었다. 기억이 나지 않는다기보다는 이 화제를 이어나가고 싶지 않은 사람 같았다.

"왜, 기억 안 나? 네가 우리 모두 하나로 연결하는 상징이라면서 삐삐 고리를 나눠줬잖아. 각각의 장식을 이어붙이면 하나가 되는 거라면서."

연희 선생님은 이미 추억 속으로 빠져들었지만, 추억이 모두에게 같은 속도로 달려오는 건 아닌 듯했다. 장 감독은 상자를 덮으며 말했다.

"다 삐삐는 아니었지. 정작 영라는 핸드폰을 썼으니까."

"그래, 그때 우리 중에서 이 사람만 핸드폰이 있었어."
이 변호사는 아내를 턱으로 가리켰다. "그게 막상 급할 때
는 터지지 않아 아무 소용이 없었지. 서울만 나가면 안 터
졌다니까."

"당신은 젊은 사람 앞에서 무슨 옛날 얘기를 하고 그
래." 권 교수의 눈빛에 이 변호사는 입을 다물었다.

이렇게 모두가 친근한 척 추억을 나누면서도 뚝뚝 끊기
는 대화는 오랜만이었다. 나는 어떻게 하면 이 우아한 친
구들을 놔두고 빠져나와 내 방으로 돌아갈 수 있을까 고심
하기 시작했다. 하지만 나는 내 방이 어딘지도 아직 알지
못했다. 테이블 위의 찻잔을 치우는 척하면서 장 감독의
비서인 예준을 찾아서 물어봐야겠다 싶었다.

"저는 그럼……."

"시간도 남는데 근처 탐방 어때? 오랜만에 여행 기분
내야지." 내가 미처 기회를 찾기도 전에 장 감독이 자리에
서 일어섰다.

"굳이? 어딜?" 이 변호사는 벌써 소파에 나른하게 눕다
시피 기댄 상태였다.

"이 근처에 내가 다음 영화 로케에 쓰려고 봐둔 장소가
있어. 너희도 보면 재밌어할 것 같은데."

장 감독은 나를 돌아보았다. "재인 씨도 같이 갈 거죠?

아니면 방에서 쉬어도 되고."

인터뷰를 빙자해서 온 만큼 방에 남겠다고 할 일이 아니었다. 게다가 다음 영화에 대한 이야기를 들을 수 있다면 빠질 수 없었다.

"제가 가도 된다면 같이 가야죠."

"너는 어떻게 할래?"

권 교수가 그대로 앉아 있자 장 감독이 물었다. 권 교수는 야외 활동을 하기에 적합한 의상은 아니었고, 그걸 즐길 것 같은 사람도 아니었다. 하지만 영화 평론가로도 활동하는 권 교수로서는 장 감독의 차기작에 대한 정보를 놓치기는 아쉬웠을 것이었다. 권 교수는 턱을 들었다.

"갈게."

❧

천장에서 수없이 뻗어 나오는 석회 기둥은 태고의 신비를 기록한 화석인 듯 보였다. 종유석 아래 동굴 안 호수에는 물 떨어지는 소리가 일정하게 울렸다. 우리가 서 있는 곳에서 커튼처럼 물결치는 생성물은 베이컨시트라는 이름이었지만 베이컨이라기보다는 몇 겹으로 쌓아올린 티라미수 케이크처럼 보였다. 군데군데 세운 조명에 비쳐 양

초처럼 가는 석순들이 무지갯빛으로 빛났다. 우리가 서 있는 곳은 높이가 10미터 가까이 되어 보이는 지하 동굴의 제1폭포였다.

"여기는 대이리 동굴지대에서도 이제까지는 일반에 미개방된 곳이었어. 이번에 케이브파크 조성 사업의 일환으로 시험 개방을 앞두고 해서, 홍보도 필요하니까 다음 영화의 배경으로 쓰는 걸 허락해줬지. 물론 최소 인원으로 촬영한다는 조건하에."

장 감독의 설명이 이어지는 가운데, 나는 동굴 안을 응시했다. 주굴의 총 연장이 1.6킬로미터 가까이 된다고 하는데 끝까지는 잘 보이지도 않았다. 신비로우면서도 으스스한 분위기가 평소 장 감독의 작품과 잘 맞아떨어지는 면도 있었지만, 이제까지 장 감독의 영화는 주로 도시가 배경이었으므로 신선한 시도처럼 보이는 면도 있었다. 곧 공개를 앞두고 있다고는 했지만 조명 설치가 끝나지 않아 동굴의 대부분은 어둠 속에 잠겨 있었다.

어릴 적 읽었던 『톰 소여의 모험』에 나오는 동굴 탐험이 떠올랐다. 신비와 모험이 불안과 공포로 바뀌는 공간.

"지금 우리 지하인 거죠?" 나는 천장을 바라보며 물었다. "이 위는 뭐죠? 괜찮을까요?"

장 감독이 희미하게 웃었다. "모르겠어. 언제라도 무너질 수 있지. 제주에서는 용암동굴 위에 땅꺼짐이 나타났다고 하긴 하던데."

불안을 안은 채로 나는 연희 선생님과 나란히 서서 발밑을 보면서 동굴 속을 걸어나갔다. 주굴이 두 개의 지굴로 갈라지는 모퉁이에는 출입구에서 150미터 왔다는 표시와 함께 나침반 기둥이 서 있었다. 기능보다는 장식의 의미가 더 강하지만, 휴대폰 GPS가 제대로 작동하지 않는 동굴에서 나침반이 주는 안전한 분위기가 있었다. 나와 연희 선생님은 그 앞에 서서 나침반 바늘이 가리키는 방향을 보았다.

"동굴이 남북 방향으로 뻗어 있네요."

연희 선생님은 고개를 끄덕였다. "설사 길을 잃어도 남쪽으로 계속 가다 보면 입구를 찾을 수 있겠지. 그것만 해도 얼마나 다행이야."

나는 동굴 안을 둘러보았다. 아직 공사가 완료되진 않았지만, 그래도 안내 표시나 보호 울타리 등은 이미 설치되었고, 앞으로는 조명을 따라가면 쉽게 돌아 나올 수 있을 것 같았다.

"쉽사리 길을 잃을 것 같진 않은데요."

"여기야 그렇겠지만…… 어디서든 길은 잃을 수 있으니까."

연희 선생님은 살짝 눈썹을 찡그렸다.

"연희 말도 맞지만 반대일 수도 있어."

어느샌가 장 감독이 다가와 우리 옆에 서서 같이 나침반을 들여다보았다.

"이번 영화는 동굴을 통해서 새로운 길을 찾아가는 얘기거든. 한국의 여러 동굴이 나올 거야. 꼭 이런 석회동굴이 아니더라도. 동굴을 지나가면 반대편에 새로운 세계가 있는 거지."

흥미로운 이야기였다. 동시에 나는 이와 비슷한 착상을 어디선가 본 듯한 기분도 들었다. 지하 동굴이 나오던 얘기였나, 아니었나?

연희 선생님이 굴 안을 둘러보며 감탄했다. "예술가는 다르구나. 나 같은 사람은 동굴을 보면 무섭다가 끝이지 다른 생각은 안 나는데. 어떻게 그런 생각을 해내는지."

"뭐야, 나는 오히려 그런 생각은 다 하는 줄 알았는데?" 장 감독이 웃었다. "누구나 어디론가 사라져서 새로운 삶을 찾고 싶다는 생각을 하잖아. 요새 웹소설이나 만화에 이런 장르의 이세계물도 많고. 그리고 구체적인 계기도 있었는데…….."

"구체적인 계기요?" 내가 물었다.

"그게, 최근에 다른 스태프들에게 들었는데 자기네 영화 현장에서 배우들이 사라지는 일이 종종 있다더라고."

"엇, 실종이에요? 납치?"

"도재인 씨는 추리소설 자주 읽나 봐. 생각이 바로 그리로 튀네."

권 교수가 비꼬듯 말했다. 나는 괜스레 얼굴을 붉혔다. 장 감독은 권 교수의 말을 못 들은 척 이야기를 이었다.

"글로벌 OTT 플랫폼에서 스트리밍될 공포 영화인데…… 외국인 출연자 몇 명이 갑자기 나타나지 않는 일이 있었나 봐. 아무래도 공포 영화 현장이니까 괴담 같은게 만들어지기가 쉽지. 거기 스태프들 말로는 없어진 사람들이 주로 외국인이고 결혼 이민자나 불법체류자들이어서다른 데 가서 신분을 숨기고 살 거라나. 그 기회에 생각해보게 됐는데, 어떻게 생각하면 우리가 합법적인 체류를 할수 있는 곳이 많지 않잖아. 가령, 장르가 판타지라면 이세계에 갔을 때 우리는 모두 불법체류자이지."

"맞는 말씀이시네요." 나는 고개를 끄덕였다.

"거기 기인해서, 동굴을 통해 다른 세계로 가서 불법체류자로 산다는 판타지물을 생각해본 거지." 다음 순간에 장 감독은 손가락을 들어서 입에 댔다.

"당분간은 오프더레코드야. 이건 정말 아는 사람이 열명도 안 되거든."

나는 고개를 끄덕였다. "물론이죠."

"오오, 그러면 전 세계에서 장주은 차기작 프로젝트를 아는 소수에 낀 건가. 대단한 영광인데." 우리 뒤에 선 이 변호사가 뿌듯하게 말했다. 나는 그가 반드시 어디 가서 말할 사람이라고 생각했다. 오프더레코드라고 한 말까지 그대로 전할 사람. 변호사로서는 좋은 자질일 것 같지 않았다.

이 변호사는 옆의 아내를 힐끔 보았다.

"참, 당신 시나리오도 무슨 동굴이 나오는 판타지물이 지 않았어? 그래서 단양도 갔다 오고 그랬잖아."

어스름한 동굴의 조명 속에서 권 교수의 눈이 더 까맣게 보였다.

"뭐, 그냥 준비 답사한 거야. 그리고 주은이 거랑은 종류가 다르지."

"그건 거대한 동굴 속에 마을이 있고 거기 살던 소녀와 소년의 이야기라고 했나."

"자세한 얘기는 그만." 권 교수가 날카롭게 끊었다.

이 부부의 패턴이었다. 남편은 아내가 듣고 싶지 않은 말을 여러 사람 앞에서 한다. 아내는 그를 얼버무린다. 이젠 눈치챌 때도 됐는데 일부러 그러듯이 반복하여 남편은 아내를 곤란하게 한다. 아직까지 부부 관계를 유지하고 있다는 게 놀랍지만 그러니까 부부이기도 할 것이다. 곤란하게 하는 말을 하면서도 떨어질 수 없는 사이.

"주은이 얘기랑도 비슷해 보이는데?"

이 변호사도 끈질겼다. 그도 우리 앞에서 아내에게 휘둘린다는 인상을 주기엔 자존심이 강한 사람이었다.

장 감독의 말이 조금 더 멀리서 울려 퍼졌다.

"굳이 말하면 내 얘기는 달라. 내 건 이십 대 청년 다섯 명이 우연히 땅속에 동굴이 있다는 걸 발견해서 들어가게 돼. 그중 네 명은 돌아 나오고 한 명이 갇히게 되지. 그후에 벌어지는 판타지 스토리야. 하지만…… 거긴 반전이 있지."

연희 선생님과 권 교수, 이 변호사가 모두 동시에 고개를 돌려 장 감독을 향했다. 장 감독은 벌써 등을 돌려 동굴 안 호수 위 다리를 향하고 있었다. 그 뒤를 바라보며 이 변호사가 왼쪽 입꼬리를 어색하게 올렸다.

"뭐야, 경험담이야?"

"자기 경험이 반영되지 않은 영화가 어디 있겠어. 모두 자기 경험을 이리저리 끌어서 다른 옷 입히는 거 아닐까."

저 멀리 멀어지며 메아리치는 목소리는 가벼웠지만 동굴 속의 공기는 더욱 답답해졌다. 호수 위로 떨어지는 물방울들이 글라스하프처럼 맑은 소리를 내며 어디선가 들어본 익숙한 음악 소리를 냈다.

"이거 망가졌네."

권 교수가 불쑥 입을 열었다. 권 교수는 장 감독이 말할 때부터 집중하지 않고 계속 나침반이 있는 기둥 앞에 어정거리고 있었다.

"왜?"

이 변호사가 나침반 기둥으로 다가섰다. 나침반의 바늘이 다시 빙글 돌며 'N'을 가리켰다.

"잘되는 것 같은데."

권 교수는 기둥의 왼쪽에서 오른쪽으로 돌아가며 말했다. "아니야. 바늘이 계속 북쪽을 가리키는 게 아니라 빙글 돌잖아. 관리자에게 말해야겠네."

"귀찮게 뭘 굳이 말해줘."

두 부부가 나침반을 두고 설왕설래하는 동안, 나와 연희 선생님은 그들의 어깨 너머로 기둥을 슬쩍 보았다. 확실히 나침반은 아까와 달리 빙글빙글 돌고 있었다.

"여기 어디 자석이 있는 거 아닐까요?" 내가 말했다. "그러면 나침반이 제대로 작동하지 않잖아요."

"아, 그런가? 자석이 있으면 그래?" 연희 선생님이 주변을 두리번거렸다.

"서둘러. 저기 끝까지 가려면 좀 걸린다고."

장 감독이 호수 위 다리를 반쯤 지나다 말고 서서 소리쳤다. 조명에 비친 얼굴이 공포 영화 속 순진한 희생자처럼 푸르게 빛났다.

권 교수 부부가 피크닉을 나갔다가 동굴 속에서 길을 잃은 톰 소여와 베키 대처럼 바짝 붙어 동굴 속을 나아가는 뒷모습을 보며 나와 연희 선생님은 동굴을 걸었다.

"저 부부가 저래 봬도 사이가 좋아. 둘이 연애할 때부터 다투기도 많이 했지만서도 결국 영라가 학교 졸업하자마자 결혼했고."

내가 무슨 생각을 하는지 짐작이라도 한 듯 연희 선생님이 목소리를 낮춰 말했다. 비밀 이야기를 전달하는 사람 특유의 과장된 조심성이 있었지만, 이 경우에는 비밀도 아니었고 비밀 얘기를 하는 사람이 조심한다는 것도 아이러니이긴 하다.

"그러신 것 같네요." 내가 알 수 없는 일에 대한 대답이므로 모호하게 대답할 수밖에 없었다.

잠시 흐르는 적막을 깬 것은 익숙한 음악 소리였다. 포스터의 〈꿈길에서〉라는 곡이었다. 연희 선생님의 전화기 벨소리였다. 나는 선생님 얼굴을 슬쩍 바라보았다. 거기 어떤 의미가 있는지는 우리 둘만 아는 사실이었다. 연희 선생님 나름대로의 추억과 추모의 의미일 것이었다.

하지만 음악 소리는 '아름다운 꿈 깨어나서 하늘의 별빛을……' 바라보기도 전에 끊겼다. 우리도 이제 다리 한가운데 서 있었다. 나는 다리 주변의 푸른 조명에 비친 사파이어빛 연못물을 들여다보았다. 물의 정령이 얼굴을 비춘다고 해도 이상하지 않을 것 같은 색이었다.

"여기 신호가 안 좋은가 본데. 전화가 오다가 마네."

연희 선생님은 전화기를 들고 신호 강도가 높은 곳을 찾으려 손을 흔들었다. 나도 내 전화기를 꺼내보았다. 안테나가 두 개 정도밖에 들어오지 않았다가 신호가 다시 사라졌다. 연희 선생님이 문득 생각났다는 투로 말했다.

"이런 데서 연락이 끊어지면 무섭겠지."

현대인이라면 어느 곳에서라도 핸드폰이 끊어진다면 무서워하겠지만…… 확실히 동굴이 주는 고립감이 있었다. 굳이 상상하고 싶지 않은 상황의 공포였다.

"그날 그랬거든, 아까 우리가 대학 2학년 때 선재도에 갔었다는 얘기 기억나지?"

"아, 아까 팔찌 나눠줄 때 말씀하셨던 거기요?"

"맞아. 당시엔 영라랑 주은이 둘 다 유학 준비를 하고 있었거든. 둘 다 같은 장학 재단에 지원도 했었어. 성적도 좋고 합격할 가능성이 높아서 둘이 외국이라도 간다면 다같이 여행 갈 기회가 없을지도 모른다고 생각해서, 우리 다섯 명이 갔지. 모두 2학년이었지만 우리 남편과 서호 씨는 복학생이었고. 그때 우리는 거의 삐삐를 쓰고 있었는데…… 영라는 모토로라 핸드폰이었고. 재인 씨는 삐삐 써본 적은 없다고 했지?"

"네. 대학 다니실 때면 삐삐 마지막 세대겠네요."

삐삐에서 핸드폰으로 이동통신 수단이 옮겨가던 시기, 거기에도 어떤 경제적 논리가 작동했을 것이다.

"그때까지만 해도 삐삐가 많았지만. 영라는 당시에도 압구정 아파트에 살았고 그땐 이백만 원 넘는 휴대폰을 살 수 있는 형편이었고. 아까 얘기한 것처럼 유학 준비를 하고 바쁘다고 해서 집에서 사준 것 같아. 그런데 선재도에 갔을 때 주은이가 급하게 전화 쓸 일이 있다고 해서 부두에서 가까운 카드 공중전화기를 찾았는데, 글쎄, 우리 전화 카드가 전부 안 된 거야."

"다섯 명 다요? 전화 카드가 모두?"

"정확히는 네 명이었어. 나, 주은이, 서호 씨, 우리 남편 종열 씨. 아까 말한 대로 영라는 핸드폰을 썼는데, 그것까지도 고장이 나버려서. 연결이 안 되더라고. 그런 와중에 갑자기 물이 차올라서 섬에 있는 동굴에 고립됐어. 주은이랑 종열 씨 둘이 갇힌 거지."

시계가 똑딱이는 소리처럼 동굴 천장에서 물방울이 떨어지는 소리가 갑자기 귀에 들어왔다. 늘 배경에 깔려 있지만 인식하지 못했던 일을 새삼 깨닫게 되는 순간이 있다.

"아, 어쩌다가."

"그전에 바닷가 동굴에 들어가서 사진 찍으면서 놀았거든. 거길 떠나서 부두에 왔을 때 주은이가 거기 공책인가, 수첩인가를 떨어뜨린 거 같다고 돌아가야겠다는 거야. 우리는 곧 물 들어온다고 말렸는데…….."

"장 감독님이 그걸 찾겠다고 굳이 다시 동굴로 돌아가신 거예요? 선생님 남편분, 그러니까 김 피디님이랑?"

나는 발밑을 살피면서 그만큼 중요한 물건이 뭘까 생각했다. 혼자 고립될 위험이 있는데도 돌아가서 찾아야 할 것이 내게도 있을까?

"아니, 주은이가 갈 때 영라가 같이 가겠다고 하더라고. 혼자 보내는 게 걱정됐었나 봐. 그렇다고 영라랑만 보내기 그러니까 종열 씨가 따라나선 거지."

나는 장 감독과 권 교수가 그렇게까지 가깝거나 권 교수가 친구를 도우러 돌아갈 만큼 이타적인 사람이라는 인상을 받진 못했지만, 젊은 시절의 친구라는 건 지금과는 또 다른 관계일 수도 있었다. 혹은 권 교수가 장 감독을 따라갈 다른 이유가 있었을 수도 있다.

"그런데, 어째서 장 감독님과 김 피디님만 남게 된 거예요? 물건을 찾으러 간 건 장 감독님과 권 교수님이라면서요."

"잠시 후에 영라만 어떻게 돌아왔어. 주은이랑은 다른 데를 찾다가 헤어졌는데 물이 들어와서 빨리 빠져나왔다고 하고. 그런데 주은이랑 종열 씨는 오히려 영라를 찾으러 가서 동굴에서 나오지 못했어."

"그렇게 해서 장 감독님과 김 피디님만 고립된 건가요?"

연희 선생님은 기억을 더듬으며 고개를 끄덕였다.

"우리 셋은 배 시간이 다 되도록 발을 동동 구르며 부두에서 기다렸는데 둘이 오지 않으니까…… 서호 씨는 서울에 급한 일이 있다고 그냥 우리끼리라도 가자고 했는데, 영라가 두 사람만 놔두고 갈 수 없다고, 자기라도 남겠다고 우기더라고. 둘이 거기서 엄청 싸울 뻔했지. 나도 그렇게 와버리고 싶진 않아서 결국 우리 셋은 부두 앞 민박에 머물렀지. 그런데 그날 밤부터 바람이 불고 비가 내려서 다음 날 아침에도 배가 뜨지 못했고. 종열 씨랑 주은이는 다다음 날 오후에나 부두에 올 수 있었어. 결국 그날 마지막 배도 놓쳐서 이튿날 아침에야 서울로 돌아오는 바람에 우리 모두 곤란했었지. 수업 출석에도 문제가 있었고, 쪽지 시험을 놓친 사람도 있었고. 면접을 놓친 사람도 있었고."

결국 다음 순간 내게도 있는 무례한 호기심이 먼저 튀어

나왔다.

"그때는 선생님이랑 김 피디님은 사귀던 사이가 아니었
나요?"

내가 돌려 말했더라도 연희 선생님은, 아니 누구라도 그
질문의 의도를 눈치챘을 것이었다. 장 감독과 권 교수가
돌아갈 때, 왜 두 남자 중에서 이서호 변호사가 아니라, 현
재 연희 선생님의 남편인 김종열 피디가 간 것인지. 그 말
의 속뜻을 연희 선생님이 모를 리가 없었다. 청춘 시절, 여
러 사람이 모인 곳에서 감정은 서로 엇갈리고는 한다. 그
들의 감정이 흐르는 방향은 어디였을까?

"그때는…… 아니었지."

잠시 간격을 두고 연희 선생님은 희미한 미소를 띠었다.

"종열 씨는 마음이 부드러운 사람이었거든. 그때도 지
금도."

아까 장주은 감독이 말한 영화의 시놉시스와 맞닿아 있
었다. 공포 영화의 설정처럼 들리는 이야기였다. 대학생
들이 섬으로 엠티를 간다. 일행 중 두 남녀만 고립된다. 나
머지는 비 내리는 부두에서 기다린다. 하지만 그들은 모두
살아서 이십 년이 넘은 후에도 성공한 시민으로 살아가고
있다. 마음에 어떤 검은 앙금도 남기지 않고. 섬에 다른 여
자 때문에 돌아간 남자와 부두에서 기다린 여자 중 하나가

결혼한 후에도 모두는 여전히 사이좋은 친구로.

가능할까?

내가 대답하지 않자 연희 선생님은 다르게 해석한 모양이었다.

"재인 씨 같은 젊은 사람은 상상도 못 할 일일 거야. 연락이 완전히 끊긴 채로 섬에 고립되다니."

상상할 수 없는 일은 아니었다. 지금처럼 과학기술로 어디든 연결될 수 있다는 환상이 있는 시대에도 고립은 가능하다. 이 이야기에서처럼 핸드폰이 고장나기만 한대도. 저기 동굴의 조명이 갑자기 꺼지기만 해도, 우리는 스스로 나갈 길을 찾지 못하고 구조대를 기다려야 할 것이다.

고립은 물리적인 것만도 아니었다. 실은 나 또한 이 기묘한 대학 친구들 모임에서 고립되어 있는 상태였다. 연희 선생님은 어떤 면에서는 친구였지만, 친구도 일종의 행성 간의 관계와 같아서 더 가까운 쪽이 있다면 적용되는 중력이 다르다. 그들이 하나의 계를 이루는 행성이라면 나는 연희 선생님 주위만을 도는 달 같은 존재였다.

장 감독이 앞에서 우리를 향해 손짓했다. 연희 선생님은 그를 향해 걸어갔지만 나는 걸음을 멈추고 왼쪽으로 뚫린 동굴을 바라보았다. 주굴에서 뻗어 나간 여러 지굴 중 하나였다. 입구 너머는 어둑했지만 이제껏 지나쳐 온 다른 지굴들보다는 좀더 넓고 환한 느낌이었다. 그곳으로 들어가면 다른 차원으로 통하는 통로 같은 게 있지 않을까, 하는 공상을 했다. 이곳의 고립에서 저쪽 다른 차원으로 넘어갈 수 있는 관문 같은 게 있다면. 설사 막다른 길이라고 해도, 다른 일행이 돌아와서 나를 찾을 테니 그때 다시 만나면 되지 않을까. 나도 모르게 그쪽으로 한 발 내디뎠다.

순간 누군가가 날쌔게 내 팔목을 잡았다.

"그 길은 위험한데."

나는 멍하니 어깨 너머를 돌아보았다. 익숙한 얼굴이 동굴 속 푸른빛에 젖은 채로 나를 보며 웃고 있었다.

"진주구름집 가기 전에 이모랑 먼저 여기 동굴로 갔다고 해서 와봤죠."

헌의 얼굴을 처음 보고 들었던 감정은 역시 안도감이었다. 나를 끌어당기는 또 다른 행성을 만난 것도 같은 기분이 동굴의 습기처럼 스며들었다.

❧

연희 선생님. 헌과 함께 동굴에서 나오자 입구 근처에서 어딘가 모르게 서글픈 곰 같은 인상을 주는 사람이 손을 흔들었다.

"여어."

"여보! 왜 안 들어오고."

연희 선생님이 남편을 반갑게 맞으며 팔짱을 꼈다.

"아유, 난 동굴이 싫어." 김종열 피디는 덩치에 어울리지 않게 몸을 부르르 떨더니 아내를 정다운 눈길로 내려다보았다. "그간 잘 있었어?"

"응, 당신은요?"

"나야 잘 있었지."

김종열 피디는 이전에 정희 선생님의 병원과 장례식에서 얼굴을 보았지만 그땐 인사를 나눌 겨를이 없었다. 지금에서야 그의 얼굴을 찬찬히 보고 관찰할 수 있는 여유가 생겼다. 곰 같다는 건 쉽게 짐작할 수 있듯이 덩치가 크다는 뜻이었고, 서글프다는 건 눈매가 주는 인상 때문이었다. 낮고 느릿한 목소리조차 약간 구슬프게 부드러웠다. 위압적이거나 위험한 느낌이 없는 커다란 사람 특유의 매력이 느껴졌다.

나와 헌은 그들 뒤를 따라 조심스레 걸었다.

"다들 이쪽으로 간다고 해서, 이모부가 집 말고 여기로 바로 오자고 하더라고요."

"유별나게 사이가 좋으시네."

나는 비꼬려는 의도는 아니었지만 헌이 나를 흘끔 내려

다보았다.

"제가 본 부부 중에 드물게 사이좋은 부부인 건 맞죠."

헌이 내 기분을 눈치챘는지는 모르겠지만, 나는 사이가 좋은 부부는 뭔지 모르겠다고 생각했다. 겉보기에 문제가 없어 보이는 부부는 많다. 그러나 서로 좋아하는 듯 보이는 부부는 많지 않다. 걸으면서도 계속 눈을 맞춘다는 것이 서로 좋아한다는 증거는 아니겠지만, 적어도 서로 외면하는 부부보다는 사이가 좋을 것이다.

우리가 주차장에 도착했을 때 바로 그런 부부가 우리를 기다리고 있었다. 권영라 교수와 이서호 변호사는 무엇 때문에 다퉜는지 얼굴을 붉힌 채로 주차장을 서성였다. 권 교수는 우리를 보더니 빠른 걸음으로 다가왔다.

"종열 씨, 나 좀 태워줘! 나 저 사람하고는 차 같이 못 타고 가겠어."

김 피디는 아래로 처진 눈으로 아내를 쳐다보았다. 연희 선생님은 시선을 돌리면서 어깨를 으쓱했다.

"아, 그럼 나랑 헌이랑 타고 온 차로 가야 하나……? 아니면…….."

김 피디가 말을 흐리자 내가 재빨리 나섰다. 주제넘는다는 것을 알았지만 나도 누군가를 얄미워하는 감정을 느낄 때가 있다.

"연희 선생님이랑 피디님이 같이 타시고, 저랑 헌이 다른 차로 갈 테니 권 교수님은 저희랑 같이 가시죠."

헌의 얼굴을 바라보니 내 신호를 알아챈 듯 고개를 끄덕였다.

"이모랑 이모부 오랜만에 만나는 거니까 두 분이 이모 차로 같이 가시고, 교수님은 제가 타고 온 이모부 차로 모셔다 드릴게요."

"어, 그렇게 해주겠니? 아니면 영라는 주은이 차를 타는 게 편하려나?"

연희 선생님이 우리 어깨 너머 동굴 쪽을 쳐다보았다. 장 감독와 그의 비서는 케이브파크 담당자와 할 이야기가 있다며 뒤에 남았다.

"걔가 언제 나올 줄 알고. 이쪽 차 타고 갈게."

권 교수는 못마땅한 기색이었지만 여기서 우기면 번거로워진다는 건 금방 깨달은 모양이었다. 권 교수는 남편 쪽을 휙 돌아보더니 주차장 오른편 구석에 세워둔 김종열 피디의 지프차를 향해 곧장 씩씩하게 나아갔다. 나와 헌이 주저하는 찰나, 김 피디가 헌에게 차 열쇠를 던졌다. 헌은 먼저 차 쪽으로 뛰어가며 리모컨 키 버튼을 꾹 눌렀다.

차를 탄 후 한동안 권 교수는 입을 꾹 다물고 아무 말도 하지 않았다. 이런 분위기에서는 나와 헌도 대화를 나눌 수 없었기에 우리는 계속 고요 속에서 강원도 산길을 달렸다. 다시 오후 햇살이 수면 위에서 구슬처럼 구르는 바다가 보이기 시작할 무렵 권 교수가 불쑥 입을 열었다.

"두 사람은 원래부터 아는 사이?"

급습하는 질문이었지만 헌은 덤덤하게 대답했다.

"네, 이전부터 알고 지내요."

"무슨 사이예요? 나이 차이는 좀 있어 보이는데."

권 교수의 말에 어린 감정은 호기심도 냉소도 아니었다. 뭔지 나는 잘 알 수 없는 감정이었다.

"아, 친구로 지내요."

내가 너무 빨리 대답했는지 헌이 슬쩍 돌아보았다. 권 교수는 창 쪽으로 고개를 돌렸다.

"시쳇말로 남사친 여사친 이런 건가."

이번에는 헌과 나 둘 다 대답하지 않았다.

"이성애자인 남자와 여자 사이에 친구가 어딨어. 연애가 될 것 같다는 헛된 기대와 연애가 되지 못해 좌절된 호감만 오가는 사이가 있는 거지."

권 교수의 말은 독백에 가까웠다. 점잖지 못한 호기심이 다시 고개를 들었다.

"하지만 교수님도 감독님도 다들 친구로 몇십 년째 지내시잖아요."

권 교수는 코웃음을 쳤다.

"말했잖아. 헛된 기대, 좌절된 호감. 주은이도……."

이야기를 끊은 건 차 안에 있는 누군가의 자제심이 아니라 카 스피커에서 울리는 전화 소리였다.

"어?"

헌이 차량 스크린을 들여다보았다. "누구한테 블루투스로 전화가 왔는데요?" 그와 동시에 헌은 자기도 모르게 통화 버튼을 눌렀다. 전화에서는 여성의 목소리가 흘러나왔다.

"권영라 교수님 전화 맞으시죠? 저 TBC 문화 관람의 이은영 작가인데요. 지금 통화 괜찮으세요? 진행 건 때문인데요."

우리 모두 어안이 벙벙한 가운데, 권 교수가 가방을 뒤지며 뒷좌석에서 큰 소리로 말했다.

"제가 조금 있다가 다시 전화할게요. 저기 전화 좀 꺼줘요."

내가 통화 종료 버튼을 누르자 차 안은 다시 조용해졌다. 권 교수는 핸드폰을 꺼내 문자를 주고받았고, 헌은 신남항을 벗어나 산으로 올라가는 도로로 들어섰다. 나는 문득 김종열 씨의 자동차 안을 둘러보았다. 구형 지프차로, 내장 내비게이션이나 전화 미러링 옵션이 따로 없고 블루투스를 통해 연결한다. 우리는 모두 각자의 이유로 침묵하며 진주구름집으로 들어섰다.

❧

주차장에서의 다툼 때문인지, 저녁 식사 내내 권 교수와 이 변호사는 서로 말을 나누거나 눈을 맞추지 않고 다른 사람들하고만 대화를 주고받았다. 그래봤자 이 변호사가 주로 화제를 주도했고, 장 감독이 간간이 맞장구를 쳐주는 정도였다. 권 교수는 김 피디와 연희 선생님에게만 말을 걸었는데 두 사람은 은은한 미소를 띠고 양쪽으로 나뉜 대화 흐름을 따라가느라 정신이 없었다. 헌과 나, 장 감독의 비서인 예준은 거기 끼지 않고 우리끼리만 대화를 나누었다.

"그럼 예준 씨도 장 감독님과 미국에서부터 계속 같이 다니시는 건가요?"

내가 묻자 예준은 고개를 끄덕였다.

"네. 제가 다니던 대학에 강연 오셨을 때 제가 가이드와 통역을 했는데, 저한테 같이 일하지 않겠느냐고 하셔서 그때부터 계속 같이 다닙니다."

"원래 한국에 사시던 건 아닌가 보네요." 헌이 말했다.

"네, 저는 중학교 때 미국에 갔어요. 지금도 식구들은 캘리포니아 삽니다. 저도 계속 LA에서 지냈고, 감독님도 LA에서 주로 지내세요."

"한국에서 계속 지내실 건 아닌가 보죠?"

나는 장 감독이 강원도에 집을 지었기에 한국에서 아예 정착할 계획이라고 생각했었다.

"당분간은 한국과 미국을 왔다 갔다 할 것 같습니다. 당장은 지금 하시는 시나리오 투자 심사 끝나고, 후처리해야 하는 작업이 있어서 미국에 들어갔다가 다시 나와서 새 영화를 준비해야 하거든요."

시선이 저절로 장 감독에게 향했다. 지금은 김 피디가 출장 갔었던 에스토니아에 대한 이야기를 하던 참이었다. 그의 이야기에 귀를 기울이고 있던 장 감독은 나의 눈길을 느꼈는지 고개를 돌렸다. 장 감독은 싱긋 웃었다. 나 또한 웃음으로 대답할 수밖에 없었다.

저녁 식사 후에는 모두 별관에 있는 작업실로 이동했다. 작업실이라고 했지만 실제로는 한쪽 벽면에 커다란 스크린이 있고 편안한 의자나 소파가 놓여 있는 규모가 큰 오락실에 가까웠다. 후에 작은 시사실로 쓸 수 있도록 만든 곳이라고 했다. 사람들은 각자 편한 자리에 앉았다. 김 피디와 연희 선생님은 방 한가운데에 있는 편안한 소파에, 이 변호사는 그 옆의 리클라이너 의자에, 권 교수는 고풍스러운 디자인의 1인용 등받이 의자를 차지했다.

헌은 문 옆의 소파에 앉았고, 나는 그 옆으로 벽을 길게 가로지른 나무 선반 앞에 서서 그 위에 놓인 물건들을 살펴보았다. 장 감독이 나를 보더니 설명해주었다.

"요새 민속 공예품에 관심이 많아서 이것저것 수집해요. 동해 풍어굿에 쓰이는 무구라든가."

선반 위에는 부채, 방울, 약간 큰 엽전이나 밥그릇 뚜껑처럼 보이는 명두明斗, 신칼 등도 있었다. 그중에서 다른 물건들과 약간 떨어진 자리에 놓인 방망이가 눈에 띄었다.

"이것도 무구의 일종인가요?"

손가락 끝에 닿은 방망이는 희한한 감촉이었다. 눈으로 볼 때는 오래된 나무 같았는데 자세히 보면 그렇게 보이도록 만든 것일 뿐이었다. 금속과 플라스틱 재질의 감촉으로 자연 공예품일 수가 없었다.

"아아, 그건 영화용 소품으로 따로 제작한 거야."

장 감독이 웃으면서 내 쪽으로 다가와 방망이를 집었다.

"이번에 새로 한다던 그 동굴 영화?"

이 변호사가 발걸이 위에 발을 올려놓으며 나른하게 물

었다. 사람들의 주목이 쏠렸다.

"뭐, 주은이가 동굴 영화를 해? 혹시 동굴 속 마을이 배경인 영화인가?"

작업실 안의 오디오 기기를 눈으로 살피던 김 피디가 고개를 돌리며 물었다. 그 말에 권 교수가 고개를 휙 쳐들고 김 피디를 쳐다보았다. 장주은 감독은 고개를 저었다.

"아니, 내 얘기는 좀 다른데. 그래도 이 영화의 한 장면에 쓰이긴 할 거야. 이 영화에도 뭔가 잃어버리고 그걸 찾는 얘기가 나오거든."

장 감독은 방망이를 두 손에 들고 눈을 가늘게 떴다.

"그럼 이 방망이는…… 아, 방망이점이 등장하는 건가요?"

"오, 재인 씨는 아네. 역시 오컬트 전문가라더니."

장 감독이 방망이를 두 손에 들고 내게 감탄하는 눈빛을 보냈다. 연희 선생님이 흐뭇한 눈빛으로 나를 보았다. 나는 여기 와서 드디어 처음으로 똑똑한 말을 한 기분이었다. 여기 낄 자격을 처음으로 인정받은 것만 같았다.

문 옆 구석에 놓인 작은 탁자 옆 등받이 의자에 앉은 헌이 나를 보고 물었다. "방망이점이라뇨?"

"강원도 일대에 전해 내려오는 습속으로 일종의 부녀자들 놀이야."

사람들의 눈이 내게 다 쏠리자, 나는 그들을 향해 설명했다. "강릉, 삼척 이쪽 지방에서 한다고 되어 있지만, 실은 충청이나 한반도 중남부에서도 비슷한 습속은 있었던 것 같더라고요. 저도 재밌어서 좀 찾아봤는데, 물건을 잃어버렸을 때 부녀자들이 빙 둘러앉고 한 사람이 삼베로 눈을 가리고 방망이를 들어요. 그리고 그 사이를 돌아다니면서 물건을 찾는 거죠. 이 방망이에 혼이 들어와 부르르 떨리고 물건이 있는 곳이나 가져간 사람을 가리킨다고."

　"뭐야, 분신사바나 비슷한데?"

　이 변호사가 등을 한껏 젖히고 거의 누운 자세로 말을 던졌다.

　나는 고개를 끄덕였다. "분신사바, 위자 보드. 전 세계에 있는 보편적인 놀이죠. 물건에 혼을 불러오는 강령술이라고나 할까요. 원리는 유사해요."

　"충청도에서는 꼬댁각시 놀이라고도 했지. 꼬댁각시는 물에 빠진 영혼으로 사람들의 궁금증을 풀어주는 역할이었어."

　장 감독은 자신의 오른쪽 책상 앞에 선 예준 씨에게 눈짓을 했다.

　"예준 씨, 그거 틀어봐."

　"채록본 말씀이시죠?"

예준 씨가 책상 위에 놓인 PC를 조작하면서 동시에 리모컨을 눌렀다. 방 안의 조명이 한 단계 어두워졌다. 스피커에서 영동 방언이 섞인 할머니의 목소리가 흘러나왔다.

봉아봉아 천지봉아 옹마람에 대신봉아
금의신령 하시거든 어리설설 내리시오

같은 곡조가 주술적으로 반복되는 가운데, 장주은 감독이 방망이를 잡고 방 안을 천천히 걸었다. 나와 예준은 서 있고, 헌은 문에서 오른쪽에 있는 벽 의자에 앉아 있다가 눈썹을 치켜들고 나를 보았다. 나는 헌을 돌아보긴 했으나 별다른 반응을 보이지 않았다. 검은 스웨터와 검은 바지를 입고 방망이를 위로 쳐든 채로 친구들 사이를 도는 장 감독은 현대식으로 각색한 고전극에 등장하는 컬트 사제 같은 인상이었다. 생글생글 웃는 표정은 싹 사라지고 종교적인 엄숙함이 어렸다. 이 변호사는 여전히 리클라이너 의자에 기댄 채였다. 연희 선생님과 김 피디는 소파의 중간에 나란히 앉아서 고개만 돌렸다. 권 교수는 소파와 세트인 1인용 의자에 허리를 펴고 똑바로 앉아서 장 감독을 보았다.

할머니들의 방망이점 민요가 돌림노래처럼 한 바퀴 돌고는 갑자기 끊겼다. 그때, 장 감독이 대사처럼 낮게 읊조렸다.

"꼬댁각시 버전에선 이거야.

'꼬댁 각시 원언이면 내 원언을 풀어주소.

내가 돈 삼백 원을 잊어버렸는디,

가져간 사람 있은 게 가져간 사람게로 흔들어주시오…….'"

민요가 끊긴 자리를 장 감독의 목소리가 채웠다. 이 변호사가 의자에서 몸을 일으켰다가 장 감독의 방망이가 자기 쪽으로 다가오자 도로 몸을 뒤로 뺐다. 그는 억지로 꾸민 웃음을 얼굴에 띠었다.

"뭐야, 이런 장난."

방망이는 그를 스쳐 지나가 옆의 소파로 옮겨갔다. 연희 선생님과 김 피디는 어리둥절한 미소를 띠고 있어, 연기가 어색한 단역배우 같은 인상을 주었다. 물론 헌과 나는 관객에 지나지 않았다.

"나한테서 가져간 게 있다면 돌려줄래?"

그 말이 주문이라도 된 양, 장 감독이 든 나무 방망이가 천천히 진동했다. 방망이의 떨림이 방 안의 공기를 뒤흔들었고, 사람들은 모두 그 파장에 맞은 듯 몸을 움찔거렸다. 연희 선생님과 김 피디의 얼굴에서 옅은 미소가 사라졌다. 이 변호사는 몸을 앞으로 내밀었다. 방망이가 가리킨 것은 권 교수의 왼쪽, 심장 쪽이었다. 방망이의 진동이 전해지기라도 한 양 권 교수의 입가가 미세하게 떨렸다.

"네가 잃어버린 걸 왜 나한테 찾니?"

권 교수가 방망이를 두 손으로 밀자 방망이가 장 교수의 손에서 뚝 떨어졌다.

옹이 무늬의 방망이는 양탄자 위를 또르르 굴러가다가 멈췄다.

"이런 영화 소품 같은 걸……."

권 교수가 손을 뻗자, 장 감독이 먼저 방망이를 집어 들었다. 이제 잠잠한 방망이는 생명이 빠져나간 듯 기력이 없어 보였다. 장 감독은 천천히 걸어가 방망이를 원래 있던 선반에 놓아두었다.

"다음 영화에 나올 장면이야. 재밌었어?"

"글쎄, 그 영화 잘될지 모르겠다."

권 교수는 자리에서 천천히 일어났다. 이 자리를 서둘러 뜨고 싶어 한다는 인상을 주지 않으려고 계산된 몸짓 같았다. 하지만 정말 그랬다면 그저 가만히 앉아 있었을 것이다.

"나는 올라갈게. 내일 보자."

아내가 문으로 향하자 이 변호사도 그에 맞추어 일어섰다. 김 피디도 연희 선생님의 어깨에 손을 올렸다.

"우리도 올라갈까."

"저런, 밤에 술을 마시고 싶은 사람들은 본관 1층 바를 얼마든지 이용해줘. 예준 씨, 사람들 본관까지 좀 안내해 줘."

장 감독의 지시를 받은 예준의 안내에 따라 두 부부 모두 문 밖으로 빠져나갔다. 장 감독은 이제 연희 선생님이 앉았던 소파에 앉아 두 팔을 소파 등받이에 뻗고 고개를 젖혔다.

헌도 내게 눈짓을 보냈다. 모든 모임이 그러하듯, 이쯤 되면 일어나는 게 다음 날 아침에 좋다는 예감이 오는 순간이 있다. 나도 지금이 드디어 이들 무리에서 떨어져 나갈 최적의 순간이라고 느꼈다.

그러나 헌이 열어준 문 사이로 걸어 나오면서 나는 왠지 모르게 무언가가 나를 잡아당기는 느낌에 뒤를 돌아보았다. 이제 방 안에 혼자 남은 장 감독은 아직도 소파에 기댄 채로 눈을 감고 있었다. 그때야 나는 깨달았다. 그동안에도 계속 낮은 소리로 방망이점 민요가 흐르고 있었다는 사실을. 그 방을 나올 때, 나는 왠지 무언가를 잃어버린 그녀를 그대로 두고 우리만 빠져나온 것 같은 묘한 죄책감을 느꼈다.

바다가 내려다보이는 산속의 저녁. 냉기가 온몸을 순식간에 덮었다. 나와 헌이 오늘 묵게 될 별관 실버라이닝 게스트하우스는 지금 대부분의 방이 비어 있어 그런지, 적막함과 함께 추위가 더 실감나게 느껴졌다. 2층의 방에 짐을 푼 나는 뜨거운 물로 샤워를 한 후, 가지고 온 실내복 위에 카디건을 하나 더 껴입고 노트북을 꺼내 책상에 놓았다.

오늘 장 감독과 나눈 이야기를 기록하고 사진도 정리해야 했다. 내일 모임은 연희 선생님의 결혼기념일 파티와 같은 사적인 자리라서 가급적이면 취재도 촬영도 자제할 생각이었다. 내일은 나도 연희 선생님의 친구로 자리하고 싶었다.

스마트폰에서 동기화된 사진을 클라우드에서 열어서 확인하고 있는데 문을 두드리는 소리가 들렸다. 찾아올 사람은 하나밖에 없었기에 누구냐고 물어볼 필요가 없었다. 나는 문을 열었다.

"여기도 미니 부엌이 있어서 물을 끓였어요. 차 한잔할래요? 몸도 좀 으슬으슬하고."

따뜻한 게 그립던 참이었다. 나는 헌을 따라 2층의 창가 옆 나무 탁자로 갔다.

"여기 차가 있었어? 그럴 줄 알았으면 내가 먼저 끓일 걸."

"본관에 가서 가져왔어요. 예준이 형이 주시더라고요."

"선생님들도 아직 계셔?"

"주무시는지…… 거실엔 아무도 안 계시던데."

홍차에서는 가을에 어울리는 짙은 시나몬 향이 났다. 그 향이 가라앉으면서 오렌지 풍미가 희미하게 올라왔다.

"이거 무슨 차야?"

"모르겠어요. 주황색 패키지에서 꺼내서 주던데. 카페인 없어서 밤에 마셔도 괜찮다고."

헌이 찻잔을 입에 가져다 대더니 몸을 살짝 떨었다.

"으으, 따뜻하다."

회색 후드 티셔츠를 입은 헌은 머리를 말리다 나왔는지 아직도 머리카락이 젖어 있었다. 그 상태로 본관까지 갔다 왔으면 무척 추웠을 것이다. 나는 그 회색 후드를 알아보았다. 이 년 전 가을 이맘때, 내가 추위에 떨고 있을 때 헌이 빌려주었던 옷이었다.

떨린다는 말은 재미있구나, 나는 생각했다. 추울 때도, 갑자기 따뜻해질 때도 몸은 떨린다. 두려울 때도 설렐 때도 마음이 떨린다. 잃어버린 것을 찾는 사람의 손도, 그 손에 든 방망이도…….

"아까 좀 이상했지?"

불쑥 말을 꺼냈지만, 헌은 금방 알아들었다.

"방망이점 말이죠? 상당히 어색했죠. 영화 소품이랬으니까 무슨 장치가 있겠죠."

"그러게, 어떻게 했는진 모르겠지만. 방망이에 스위치 같은 게 있겠지. 그런데 개인적으로는 장 감독님을 잘 모르지만, 그런 연극에 취미가 있으신 분일 거란 생각은 안 했는데."

"그분이 그럴 거 같은 사람인지 아닌지까진 모르지만 아까 연극은 의도가 있어 보이긴 했죠. 권 교수님하고는 무슨 관계지?"

"두 분은 학교 다닐 때 전공도 둘 다 미술 쪽으로 비슷하고, 유학 준비도 같이 했단 말은 들었어. 라이벌 같은 건가. 그렇대도 이제 와서?"

오늘 처음 만난 사람이 이런 행동을 할 것 같은 사람인지 아닌지 판단하긴 어렵지만, 확실히 장 감독은 자신의 의도를 숨길 마음도 없어 보였다. 아까 이야기를 듣기로는 이 모임의 구성원이 다 모인 건 이십사 년 만이라고 했다. 같이 섬으로 여행을 갈 정도로 친하던 사람들이 그 이후에 점차 어울리지 않게 되었다면, 그 여행에서 무슨 일이 생겼다고 짐작해도 이상하지 않으리라.

잃어버린 것. 가져간 것.

연희 선생님이 한 이야기가 마음에 걸렸다. 목에 걸린 생선 가시처럼. 엄마는 그럴 때는 밥을 꼭꼭 씹어서 같이 삼키면 넘어간다고 했지만, 나는 얼마 전에 읽은 신문의 의학 칼럼을 통해 그렇게 했다간 더 위험하다는 사실을 알았다. 이야기도 비슷하다. 마음에 걸리는 이야기를 하지 않고 삼킬 수도 있지만, 뱉어낼 수밖에 없다는 것을 안다. 후회하게 된다고 해도 목에 걸린 채로 잠들 수는 없다.

"여행 얘기는 차 타고 오면서 이모부에게 듣긴 했는데, 물건 잃어버려서 섬에 갇혔단 건 처음 알았네요." 헌이 생각에 잠긴 얼굴로 찻잔을 들었다. "그럼 재인 씨 생각에는 장 감독님이 그때 뭔가 잃어버렸고, 그걸 권 교수님이 가져갔다고 생각했다? 그래서 그걸 물으려고 지금 저런 연극을 했다?"

"이십 년도 넘은 일인데 그걸 지금에서야 묻는다는 건 이상하긴 하지? 아무리 원한이 깊대도."

"그러게요, 그리고 그게 얼마나 소중한 건진 몰라도 장 감독님이야말로 지금 세계적인 유명 인사고……." 헌은 우리가 앉은 별관의 천장을 올려다보았다. "경제적으로도 남부러울 게 없어요. 그런 사람이 왜?"

그건 알 수 없는 일이지. 나는 속으로 생각했다. 한 사람의 성공이 파도와 같은 것이라면 마음에 남은 앙금을 깨끗이 씻어갈 수 있을 것이다. 어떤 사람은 성공했다는 사실 자체로 복수라고 여길 것이다. 그러나 어떤 사람은 성공했기 때문에 그를 수단 삼아 잃어버린 걸 찾고자 한다.

하지만 그렇게 오랜 시간이 지난 후에도 찾고 싶은 건 뭐란 말인가? 나의 마음속엔 아직도 다 빼내지 않은 생선 가시가 있었다. 장 감독의 서재, 동굴, 권 교수가 동굴에서 돌아올 때 한 말. 모든 것이 걸려 있었다.

"무슨 생각해요?"

헌과 눈이 마주칠 때마다 사람을 그렇게 똑바로 바라볼 수 있다는 데 새삼 놀라곤 한다. 그렇게 흔들림 없이 쳐다보면서 내 생각을 읽으려 한다는 것을 숨기지 않는다. 그런 시도가 기분 나쁘게 느껴지는 사람도 있지만, 헌에게서는 그런 불쾌함이 느껴지지 않았다. 그의 능력이었다.

나는 고개를 흔들었다.

"글쎄, 내가 이해하지 못하는 연극의 관객이 된 느낌……."

바람이 우리가 앉은 탁자 옆 창을 거세게 두드렸고, 나뭇잎들은 가련하게 창문을 스치고 갔다. 나는 창문을 걸어 잠그려고 일어났다. 그 순간 나무들 너머 바다 어딘가에서 불이 잠깐 반짝였다. 눈의 착각일 수도 있었다. 고기잡이

배조차 바다에 떠 있지 않았다. 그 절벽 끝에는 바다에 갇혀버린 처녀의 사당이 있다.

이런 밤에는 등불을 들고 숲속을 헤매는 영혼이 있다.

"잠깐 밖에서 걸어도 괜찮겠어?"

꽃

숲을 지나 바다를 향해 부는 바람을 따라가면서 머플러를 목까지 끌어올렸다. 별들이 슬금슬금 도는 밤이 차가운 만큼 감각은 더 뚜렷해졌다. 나의 갑작스러운 산책 제안에도 아무 말 없이 따라 나온 헌은 후드 티에 카디건을 걸쳤을 뿐이지만 추워하는 기색은 없었다. 옆에 사람이 있어서 그나마 따뜻함이 느껴지는 듯한 감각은 착각인지 실제인지 알 수 없었다.

진주구름집에서 이어지는 나무 산책로의 끝에 이르렀을 때 보도와 그 아래 땅 사이의 단차 때문에 발을 헛디딜 뻔했다. 헌이 옆에서 왼팔을 잡아주었다.

"저런, 앞을 잘 보고……."

하지만 앞을 보지 않고 내 발밑을 보았던 건 헌 쪽이었다. 나는 앞을 보느라 시선을 빼앗겨서 발밑을 보지 못한 것뿐이었다. 산책로 끝에 선 조명이 단풍나무 숲을 빠져

나가 앞으로 걸어가는 한 사람의 뒷모습을 희미하게 비추었다.

"연희 선생님?"

내가 중얼거리자 헌이 돌아보았다.

"어, 정말 이모네."

"우리도 저쪽으로 가보자."

아까 창 너머로 연희 선생님의 모습을 보았다는 말은 하지 않았다. 불길한 예감이 들어서 따라 나오고 싶었다는 말을 한들 이해받을 수 있을 리가 없다.

선생님은 잰걸음으로 뛰다시피 걸어 소나무들이 늘어선 굽은 길을 돌아갔다. 그 너머는 바다를 면한 절벽일 것이다. 어둠 속에서 바람을 타고 누군가의 말소리가 들려왔다. 다급한 목소리. 두려움에 찬 목소리.

"다른 사람들도 있나 본데요?"

헌이 속삭였다. 나는 고개만 끄덕였다. 누군가 핸드폰으로 플래시를 켠 모양인지 가는 불빛이 보였다. 낮에 장 감독이 가리켰던 신당이 거기 있었다. 물에 빠져 죽은 여자의 원혼을 위로하기 위한 곳.

연희 선생님은 우리가 다가오는 줄도 모르고 앞을 보고 있었다. 검은 지붕 아래, 붉은 기둥과 초록 문을 등지고 선 두 사람의 얼굴을 핸드폰 불빛이 비추었다. 연희 선생님의 남편인 김 피디는 서 있고, 권 교수는 주저앉아 있었지만 둘 다 입을 반쯤 벌리고 있는 건 똑같았다. 불길한 소식을 방금 전달받았으나 그 내용을 이해하지 못한 사람 같은 표정이었다.

어느샌가 헌도 핸드폰 플래시를 켠 모양이었다.

"무슨 일이에요?"

연희 선생님이 우리를 돌아보았다. 산바람 때문인지 무엇 때문인지 모르게 입술이 파랗게 질려 있었다.

"연희 선생님, 괜찮으세요?"

나는 말을 마치기도 전에 김 피디의 발밑으로 시선을 돌렸다. 익숙한 은발을 보고 쓰러진 사람이 장 감독이라는 사실을 깨달았다.

"감독님! 어떻게 된 거예요?"

나는 서둘러 신당 쪽으로 다가가려 했다. 헌이 나보다 더 빠르게 장 감독 쪽으로 달려갔다. 권 교수는 옆으로 비키면서 힘없이 말했다.

"나랑 종열 씨랑 여기 와봤더니 주은이가 이렇게 쓰러져 있더라고. 어찌나 놀랐던지."

권 교수는 한 손으로 가슴을 쓸어내렸다. 목소리와 몸이 동시에 떨리고 있었다. 놀람과 불안은 겉으로 보기엔 구분하기 어렵지. 나는 생각했다. 사람은 불안 때문에 아무 일에나 잘 놀라게 된다.

"둘이? 동시에 여기 왔다고?" 뒤에서 조용한 질문이 날아왔다. 연희 선생님이었다.

"그래, 나랑 종열 씨랑 동시에 여기 왔어. 그때 이미 주은이는 쓰러져 있었다니까." 십 초 전에 했던 것과 거의 똑같은 말을 반복하면서 권 교수가 턱 끝을 들었다.

헌이 한쪽 무릎을 꿇고 앉아 장 감독의 코와 입에 손을 대고 호흡을 살폈다. 그가 의대생이라는 사실이 새삼 실감이 되었다. 헌은 앉은 채로 눈썹을 찡그리며 나를 돌아보았다.

"맥박은 뛰고 있어요. 머리 부위의 상처는 더 살펴봐야겠지만, 지혈부터 해야 할 것 같아요. 뭐, 손수건 같은 것 없을까요?"

내가 주머니를 뒤지는 동안 연희 선생님이 앞으로 나아가 헌에게 손수건을 건넸다. 헌이 그걸로 상처 부위를 막았다.

"상태를 명확히 확인하기 전엔 섣불리 옮기지 않는 편이 좋겠지만……."

"119에 신고부터 해야겠어요. 아, 이미 하셨나요?"

내가 사람들을 돌아보며 물었지만 아무도 선뜻 대답하지 않았다. 김 피디는 권 교수를 쳐다보았고, 연희 선생님은 그런 남편을 보았다.

이번에도 권 교수가 대답했다. "너무 놀라서……. 우리 다 정신이 없어서, 아직……."

김 피디가 전화기를 꺼냈다. "내가 할게."

연희 선생님은 입술을 깨물고 남편의 얼굴을 쳐다보기만 했다.

내가 어깨를 털어 트렌치코트를 벗으려는데, 헌이 벌써 카디건을 벗어 장 감독을 덮어주었다. 쓰러진 사람이 체온을 잃지 않도록 해야 했다. 나는 머플러를 풀어 헌에게 둘러주었다. 후드 티 하나로는 추운 밤이었다.

"장 감독님 비서분에게 알려야 하지 않을까요? 안에서도 걱정할 텐데. 여기 예준 씨 전화번호 알고 있는 분 있으세요?"

내가 사람들의 얼굴을 쳐다보자 권 교수가 말했다.

"내가 이 번에게 연락할게."

◈

이서호 변호사와 예준 씨가 영문 모르는 표정으로 베개와 이불, 수건 등을 들고 달려왔다. 아직 주택과 게스트하우스의 보수공사가 끝나지 않아서 집 근처에 각목이 있었던 것이 다행이었다. 헌의 요청이었다.

"아직 이사 온 지 얼마 안 되어서 구급상자가 없어요."

예준 씨가 손을 덜덜 떨었다. 외진 곳이라 구급차가 올 때까지는 한참 걸리고, 어차피 차는 절벽 위까지 올라올 수가 없었다. 장 감독의 의식은 아직 돌아오지 않았지만 체온이 떨어질까 봐 더는 밖에 놔둘 수 없었다. 힘을 쓸 수 있는 남자가 넷이나 되니 안정적으로 옮길 수 있을 것이라는 게 헌의 판단이었다.

"이모랑 권 교수님은 집에 먼저 돌아가 계세요. 두 분도 감기 걸리겠어요. 뜨거운 물 좀 끓이시고, 얼음주머니를 만들 수 있도록 찾아주세요."

"알았어." 연희 선생님이 대답했다. 장 감독 옆에 무릎 꿇고 앉아 있던 권 교수가 고개를 들었다.

연희 선생님은 권 교수가 후들거리는 다리로 일어서는데도 손을 내밀지 않았다. 다시 숲으로 향하는 동안 두 사람은 말을 나누지도 않고, 눈을 마주치지도 않았다.

헌이 각목과 이불로 임시 들것을 만들었고, 예준 씨와 김 피디가 장 감독을 들것 위로 옮기는 일을 돕기로 했다.

"하나, 둘, 셋!" 세 사람이 동시에 장 감독의 몸을 들어 올렸다. 그 기세에 장 감독의 몸에 덮였던 카디건이 스르르 떨어졌다.

나는 카디건을 주우려고 허리를 굽혔다.

이 변호사까지 포함해서 모두 네 명이 각기 들것 한 귀퉁이씩을 잡고 일어났다. 그들은 헌의 구령에 맞추어 걸음을 뗐다.

나는 아직도 그대로 앉아 있었다. 장 감독이 쓰러져 있던 자리, 사람들이 장 감독의 몸을 들어 올리자 비로소 드러난 자리에서 무언가를 보았기 때문이다. 현장이 훼손되지 않도록 애쓰면서 그 물건을 손가락 끝으로 집어 올렸다.

내 추측이 맞는지는 아직 알 수 없었다. 나는 일단 그것을 헌의 카디건으로 조심스럽게 감쌌다.

❦

"몇 번을 말해. 산책 나간 차에 종열 씨를 만났고, 둘이 절벽 끝까지 걸어갔는데 거기 사당에 주은이가 쓰러져 있었어."

권 교수는 여기까지 말하고 입을 꾹 다물었다. 김 피디는 검붉어진 얼굴로 팔짱을 끼고 앉아 있을 뿐 별말을 더 하지 않았다.

"집에 들어오면 꼼짝도 하지 않는 사람이 밤 산책을 나갔다고? 난 나간 것도 몰랐네."

이 변호사는 코웃음을 치면서도 불안한 듯 주위를 둘러보았다. CCTV라도 있지 않나 확인하는 눈빛이었다. 정식으로 이사를 온 것도 아니라 보안업체와 계약을 맺지 않았기에 집 근처에는 카메라가 없었다. 아무도 그의 말에 대꾸하지 않았다. 예준은 장 감독의 곁을 지키고 있었고, 거실에는 두 부부와 나, 헌이 앉아서 초조하게 구급차를 기다렸다.

"당신은?"

해신당 앞에서 처음 만난 순간부터 아무 말도 않던 연희 선생님이 비로소 입을 열었다.

"뭐?"

김 피디는 특유의 구슬픈 눈을 아내에게 향했다. 이제까지 그의 장점이라고 생각했던 점들이 지금은 단점처럼 여겨졌다. 사람의 마음을 사는 눈빛, 커다랗지만 위협적이지 않은 체구. 김종열 피디는 인상이 좋고 누구에게나 호감을 사기 쉬운 사람이기 때문에 오히려 느껴지는 반감이 있었다. 이 사건에 깊이 관련된 건 분명했지만, 그가 좋은 사람처럼 보였기에 쉽게 캐물을 수 없었다. '인상이 좋은' 사람들에게서 느껴지는 싫은 점.

"밤에 누구랑 만나려고 거기 간 건 아니고? 문자 받고 나갔잖아."

'누구'라고 말했지만, 연희 선생님이 지칭하는 사람은 뚜렷했다. 당사자가 그걸 모를 리 없었다. 권 교수가 뾰족하게 말했다.

"어머, 얘, 난 아니야. 주은이라면 모를까. 어쩐지 종열 씨, 나를 만났을 때 당황하는 눈치였어."

다른 사람들의 시선이 김 피디에게 쏠렸다. 권 교수를 바라보는 그의 눈꼬리가 아래로 처졌다. 그는 조용히 입을 열었다.

"맞아. 주은이가 조용히 할 말이 있다고 그 앞에서 만나자고 하더라고."

연희 선생님이 작게 소리를 내며 손에 입을 갖다 댔다. 김 피디는 아내를 보며 재빨리 말을 이었다.

"가는 도중에 영라를 만났고, 가보니까 주은이가 쓰러져 있던 거야. 당황한 게 아니야. 오히려 둘만 만나는 것보다는 낫다고 생각했어."

"글쎄, 김 피디가 장 감독을 먼저 만난 다음에 돌아와서 이 사람 만난 척한 걸 수도 있지."

이 변호사가 턱끝으로 자기 아내를 가리켰다. 김 피디의 얼굴이 더 붉어졌다.

"뭐, 내가 왜? 설마 내가 주은이를 밀기라도 했다는 거야?"

이 변호사는 할리우드 배우처럼 어깨를 으쓱했다.

"그거야 모르지. 뭔가 숨기고 싶은 게 있든가. 한밤에 왜 굳이 밖에서 만나?"

"그거야 반대일 수도 있잖아, 서호 씨?" 연희 선생님이 발끈해서 말했다. "영라가 먼저 주은이를 만난 다음에 돌아와서 종열 씨를 우연히 만난 척할 수도 있잖아? 굳이 종열 씨가 거짓말할 이유가 없고."

권 교수가 코웃음을 치며 김 피디를 보았다.

"넌 네 남편이 거짓말하지 않는다고 믿니? 정말?"

연희 선생님이 벌떡 일어나며 권 교수를 노려보았다. 김 피디는 입을 뻐끔거렸지만 아무런 말도 하지 않았다.

분위기가 험악해진 걸 눈치챈 헌이 조심스레 연희 선생님의 어깨에 손을 얹었다. "어차피 장 감독님이 깨어나면 다 알게 될 사실이니까 굳이 지금 얘기하지 않아도……."

이 변호사가 냉소적으로 말했다. "그랬다가 안 깨어나면?"

깨어나지 않길 바랄 수도 있겠지. 나는 어느새 미간을 찌푸리고 있었다. 여러 겹의 의심이 방 안에 내려앉았다. 서로 아무도 믿지 않으면서도 그런 속마음을 내비치고 싶어 하지 않는다. 부부는 가족의 단위인 만큼 이기심의 최소 단위가 될 수도 있다. 배우자끼리 서로 의심해도 다른 사람에게 의심받는 건 용납할 수 없다. 이런 장면을 보고 있노라니 마음이 괴로워졌다.

"맞아. 그렇게 된 걸 수도. 이제 알 것 같아."

헌이 나를 뚫어지게 보았다. 그때서야 나는 혼잣말을 소리 내어 말했다는 것을 깨달았다. 늘 고쳐야겠다고 다짐하지만 그러지 못했던 나의 습관. 그래서 곤란한 입장에 처하면서도 생각을 멈추지도 못하고, 혼잣말을 그만두지도 못한다.

"그래, 재인 씨는 탐정이었지!" 연희 선생님이 박수를 쳤다. "어떻게 된 건지 물론 알고 있겠지."

이 변호사가 고개를 돌려 나를 위아래로 훑더니 어이없다는 듯 웃었다. "뭐야, 탐정이었어? 어쩐지. 우리 뒤를 캐려고 주은이가 붙였나?"

얼굴이 벌게졌다. 나는 고개를 저었다. "아뇨, 저는 진짜 탐정이 아니라……."

헌이 처음으로 목소리를 높였다. "재인 씨는 기자이고 여기 가족의 친구로 온 겁니다."

"그럼 뭘 안다는 건데? 뭘 아는 척하고 싶어서?"

이 변호사의 불쾌감이 내게도 옮았다. 내게는 말 그대로 얼마든지 그를 불쾌하게 할 수 있는 열쇠가 있었다. 다만 마지막까지는 쓰고 싶지 않을 뿐이다.

"아닙니다. 말 그대로, 장 감독님이 깨어나시면 모든 일은 금방 밝혀져요."

"더 기분 나쁜데. 뭔지 말이나 해봐요." 권 교수가 내 눈을 똑바로 쳐다보았다.

나는 한숨을 지었다. 이제는 주제를 넘지 않을 도리가 없었다. 도전은 피할 수 없다.

"알겠습니다." 나는 한숨을 내쉬었다. "제게 삼십 분만 시간을 주세요."

꿈

"저도 어떻게 된 일인지 진실은 모릅니다."

삼십 분 후, 다시 본관 거실에서 모였을 때. 내가 일어나서 입을 열자, 이 변호사의 얼굴에 거봐란 듯 웃음이 스쳤고 연희 선생님은 불안하게 나를 올려다보았다. 나는 마음을 다잡고 계속 말을 이어갔다.

"하지만 여기서 누가 거짓말을 하는진 알 것도 같아요."

본관에서 게스트하우스까지 이어지는 밤길을 뛰어갔다 오느라 숨이 찼다. 하지만 앞으로 보일 묘기의 효과를 생각하면 숨 가쁜 기색을 내비칠 순 없었다. 사람들이 나를 주목하고 있었다.

"제가 아까 현장에서 이걸 주웠어요."

나는 옆에 접어놓았던 헌의 카디건을 펼쳐서 그 속에 넣어놨던 물건을 꺼냈다. 거실 조명이 S와 L 이니셜이 새겨진 사각판 위에 떨어졌다. 장 감독이 나눠주었던 출입 열쇠 팔찌였다.

"이건 헌과 선생님들이 장 감독님의 몸을 들것 위로 들어 올렸을 때 그 자리에서 발견한 거예요. 감독님 몸에 깔려 있었던 거죠. 팔찌에 장 감독님의 온기도 그대로 남아 있었어요. 그렇다면 감독님이 쓰러지기 전에 이 팔찌가 떨어져 있었다고 보는 게 맞지 않을까요? 이 팔찌의 주인이 거기 함께 있었을지도요."

"장 감독 것일 수도 있지 않나." 김 피디가 불쑥 말했다. "확인해봐야겠지만, 본인 것일 가능성이 제일 높잖아."

"맞아. 그렇다면 우리 중에 팔찌가 없는 사람이 그 자리에 있었단 건데…… 여기 열쇠 없는 사람 있어?"

이 변호사가 주위를 둘러보자, 다들 어색하게 팔을 들었다. 저녁 시간에 열쇠를 나눠 받은 헌과 김 피디를 포함, 모두가 팔찌를 팔목에 차고 있었다.

"뭐야, 겨우 이딴 걸로 알겠다고 한 거야?" 권 교수가 어이없다는 듯 고개를 돌렸다.

이 시점에서 나는 각오를 했다. 이제는 기회를 줄 만큼

주었다. 언제라도 진실을 말할 수 있었다. 나를 유치한 연극으로 몰아넣은 건 한 사람의 거짓말이었다.

"여러분의 말이 사실인지 아닌지는 이게 알려줄 거예요."

내가 꺼낸 물건을 보고 헌조차 의아한 눈빛을 띠었다. 내 손에 들린 것은 아까 장 감독이 썼던 방망이였다. 나는 연극에는 젬병이었다. 그래도 잠깐이라면 연극배우 흉내 정도는 낼 수 있을 것이다.

"잃어버린 물건, 누가 훔쳐간 물건을 찾는다는 방망이 점의 방망이죠. 네, 물론 영화 소품입니다."

나는 서둘러 말을 이으며 방망이를 두 손으로 잡았다.

"아래에 스위치가 있더라고요. 이걸 켜면 작동하죠."

나는 방망이를 쳐들고 아까 장 감독처럼 거실 안을 한 바퀴 돌았다. 이런 극적인 행동은 인생에서 거의 처음 해보는 거라 심장이 쿵쿵 뛰었지만, 되도록 흔들리지 않게 방망이를 쥔 손에 힘을 주고 천천히 발길을 뗐다. 김 피디에서 연희 선생님, 이 변호사, 권 교수에게로. 사람들은 방망이가 자기 앞을 지날 때마다 긴장한 표정이 되었다. 물론 가장 긴장한 건 나였다.

방망이는 아까와는 달리 꼼짝도 하지 않았다.

"뭐야, 이런 허접한 짓은……."

이 변호사는 짜증을 감추지도 않았다.

"재인 씨, 대체 이게 무슨……."

연희 선생님이 지친 목소리로 말했지만 나는 아랑곳하지 않고 말을 이어갔다.

"예준 씨에게 전화로 이 방망이의 원리를 물어봤어요. 이건 일종의 무선 충전기랑 비슷한 원리죠." 나는 조용히 말했다. "전자기 유도에 의한 거라고 하더라고요. 방망이 안에는 송신 코일이 있고, 거기서 수신 코일을 감지하면 전자기가 발생해서 수신 코일로 흐르죠. 그렇게 해서 자기장이 만들어지면 그때 방망이가 진동하도록 설계된 장치예요."

헌은 이제 내 얘기가 향하는 방향을 이해한 것 같은지 고개를 끄덕이다가 눈을 비볐다. 나는 이제 더는 연기를 할 기운이 없었다. 이 일을 빨리 마무리하고 싶었다.

"그리고 장 감독님은 그 수신기를 오직 하나의 팔찌에 넣어두었어요."

사람들이 지켜보는 가운데, 나는 손에 든 방망이를 서서히 카디건 위에 놓인 팔찌에 가까이 갖다 댔다. 잠시 후 방망이가 떨리며 낮은 소리를 냈다. 방망이점은 전 세계에 보편적으로 퍼져 있는 전설에서 우러난 관습이다. 진실을 말하는 영령이 깃든 물건. 다른 사람의 것을 가져간 사람을 고발한다.

"아까는 방망이가 오직 한 사람 앞에서만 떨렸죠. 그건 그 사람이 수신기가 든 팔찌를 차고 있었기 때문입니다. 그게 바로 여기 현장에서 발견한 이 팔찌죠. 이것이 바로 방망이가 알려준 진실입니다."

사람들의 시선이 권 교수를 향했지만 여전히 그녀는 아무런 표정의 변화가 없었다. 김 피디는 권 교수에게서 눈을 떼지 않고 물었다.

"장 감독이 쓰러지기 전에 영라 씨가 함께 있었다는 말이야? 그럼 지금 차고 있는 팔찌는?"

나는 권 교수가 대신 대답하도록 틈을 두었지만, 역시 권 교수는 입을 다물고 있었다.

"글쎄요. 방금 전 확인해보니 장 감독님을 옮겨올 때 이미 팔찌가 없었죠. 그러면 이렇게 가정을 해보면 어떨까요. 어떤 사람이 장 감독님을 절벽 앞 사당에서 단둘이 만났다. 어떤 이유일지 모르지만 팔찌가 벗겨질 만한, 떨어질 만한 사건이 있었고 바로 그 자리 위로 장 감독님이 쓰러졌다면."

나는 너무 흥분한 것처럼 들리지 않도록 목소리를 골랐다.

"그리고 만약에, 만약에 말이죠. 그 사람은 장 감독님이 쓰러진 이후에 집으로 돌아가던 도중 팔찌가 없는 걸 깨달았다면요……. 그게 없다면 다른 사람들 눈에 뜨이지 않고 집 안으로 들어갈 수 없죠. 장 감독님 옆에서 팔찌가 발견되었을 때 팔찌가 없는 사람이 의심받는 건 당연하고요."

나는 이 변호사를 힐끔 보았다. 모든 남편이 믿을 수 있는 공범은 되지 않는다. 권 교수는 남편에게 도움을 청하지 않았다.

"그 사람은 여러 생각을 했을 거예요. 그냥 태연하게 돌아올까? 집 안에 있는 사람을 불러서 들어갈까? 다시 열쇠를 가지러 사당으로 돌아갈까? 그러다가 다른 사람을 만나서 현장으로 돌아간 건 아닐까요. 그리고 나중에 나타난 사람들이 119에 신고하느라고 정신없는 틈이라면 장 감독님이 차고 있던 열쇠 팔찌를 풀어서 가질 수 있지 않을까요."

"정말이야?" 연희 선생님이 믿기지 않는다는 듯 권 교수에게로 고개를 돌렸다. "정말 네가 그런 거야?"

권 교수는 연희 선생님 대신 나를 향했다. "정말 어처구니가 없네. 왜? 내가 왜 그런 짓을 하겠어?"

이 변호사도 험악한 표정으로 나를 째려보았다. "그래, 왜 그런 짓을 한다는 거야? 동기가 뭐야?"

정말 피곤한 부부였다. 누가 나를 위해 대신 말해줄 사람이 없을까 둘러보았지만 아무도 구석에 몰리기 전까지는 입을 열지 않을 것 같았다. 이건 내 일이 아니었다. 나는 내가 참견할 필요가 없는 일에 끼어버렸고, 그 때문에 나 자신에게 화가 났다. 하지만 지금은 왠지 멈출 수가 없었다. 마지막으로 본 장 감독님의 뒷모습 때문일 수도 있었다. 그때 그녀를 거기 혼자 두고 오는 것 같은 죄책감을 느꼈기 때문에.

"모르겠어요." 나는 말했다. "하지만…… 장 감독님이 굳이 이런 장치를 만들었고, 그걸 선생님들 앞에서 썼다면 이유가 있었을 거라고 생각합니다. 선생님들만이 알 수 있는 이유. 다들 마지막으로 모였던 게 이십사 년 전이라고 하셨죠. 선재도 여행 때라고. 그때 장 감독님이 잃어버린 게 무엇인지…… 그때 친구였던 선생님들은 아마 짐작할 수도 있겠죠."

잠시 아무도 말이 없었다. 나는 헌과 눈이 마주쳤다. 헌이 무어라 말을 하려고 했지만 나는 고개를 저었다. 나는 외부인이고, 연희 선생님이 나를 보고 싶지 않다고 하신다면 다시 만나지 않아도 되는 사이였다. 그런 각오도 되어 있었다. 하지만 헌은 친척이고 그들을 만나지 않는대도 연결된 부분이 있었다. 헌이 무언가 우리만 아는 사실을 말해서 그 연결을 깨도록 내버려두고 싶지 않았다.

"이상했어. 항상 이상했지만 깊이 생각하진 않았어. 그날…… 우리 전화 카드가 다 안 됐던 거. 그리고 주은이가 물건 잃어버려서 다시 돌아간 거." 연희 선생님이 조용히 말했다. "지금 재인 씨 설명 듣고 떠올랐어. 영라가 줬던 열쇠고리, 그거 잠금쇠 부분이 자석이라는 거 나중에 알았어. 전화 카드는 자석 옆에 있으면 망가지잖아. 주은이도 그 사실 알았겠지."

연희 선생님은 남편 김 피디를 보았다.

"당신도 알았어? 우리가 그날 배를 못 타는 바람에 주은이가 장학 재단의 유학 면접시험에 못 가서 탈락했다는 것?"

김 피디는 입술을 달싹거렸지만 그 입에서는 아무 말도 나오지 않았다. 이 변호사는 아내의 얼굴을 돌아보았다.

연희 선생님은 조용히 말을 이었다.

"나중에야 알았어. 그 장학 재단에 영라도 지원했다는 것. 하지만 영라는 서류에서 탈락했지. 영라 넌 그 사실을 언제 알았니? 선재도에 가기 전에? 혹시 선재도에 있을 때? 휴대전화가 망가졌다고 하고 주은이에게 빌려주지 않은 건 그 때문이 아니야? 혹시 주은이가 네가 떨어진 면접에 갈까 봐?"

권 교수의 멜로디컬한 목소리가 한 옥타브 높아졌다.

"애들 정말, 날 몰아가네. 너희 이러자고 나 여기 오라고 했어? 내가 일부러 너네가 섬에서 연락 못 하게 자석 달린 삐삐 고리를 줬다는 거야? 내가 일부러 섬에서 못 나오게 했어?"

사람은 시간이 지나면 변할 수도 있다. 그렇지만 시간이 지남에 따라 변할 수 있는 사람은 자기 실수와 잘못을 인정할 수 있는 사람뿐이다. 권 교수는 안타깝게도 그런 사람은 아니었다.

"고의는 아니라도 모른 척할 순 있죠. 실수였지만 자기가 모르고 그랬다는 사실을 말하고 싶지 않을 수도 있죠. 휴대전화를 빌려주지 않는다거나, 잃어버린 물건을 보고도 말해주지 않는다거나. 혹은 그 물건을 자기가 가져간 거라든가."

나는 평생 그 누구와도 척지고 살고 싶지 않았다. 그렇지만 이 말을 함으로써 앞으로 권 교수는 나를 영원히 미워하게 될 것이다. 권 교수는 눈에 불을 담고 연희 선생님에게로 돌아섰다. 집을 온통 태울 것 같은 불이었다.

"연희, 네가 이 여자에게 시켰니? 너 그렇게 나를 미워했어? 네 남편 첫사랑이 나라서 앙심 품은 거야? 왜, 내가 장 감독을 죽이려 했다고 하지 그래?"

이제는 연희 선생님의 얼굴도 벌겋게 변했다. 김 피디가 주먹을 꽉 쥐었다.

"종열 씨가 말해봐. 몰래 만나려고 했던 건 내가 아니라 주은이잖아? 주은이 걔도 유치하다. 이렇게 성공한 애가 고작 그런 과거의 일을 원망해?"

권 교수가 소파에서 벌떡 일어나서 소리를 높였다. 이 변호사가 아내의 팔을 붙잡고 나를 내려다보았다.

"됐어, 다 명예훼손으로 고소하면 돼. 내가 누군 줄 알고 뭣도 아닌 게 여기서 까불어."

이 변호사의 눈길이 나를 태워버릴 만큼 강렬했지만, 나는 이번에는 잠자코 있었다. 헌이 자리에서 일어나며 내 앞을 막았다.

"누가 누구의 명예를 훼손했는지는 알아보면 되겠죠. 구급차가 오는 대로 경찰에 신고하면 수사를 시작할 테니까요."

"헌이 말이 맞아. 경찰에 맡기면 돼. 그리고 변호사는 세상에 많으니까."

김 피디가 연희 선생님의 떨리는 손을 잡았다. 나는 연희 선생님이 그 손을 조용히 빼는 모습을 보고 마음이 아팠다.

"경찰에 신고해서 기사화라도 되면 어느 쪽이 더 곤란할지는 두고 보면 되죠. 저희는 방송인도 아니고, 정치인도 아니고."

헌이 휴대전화를 들었다. 전화 화면에는 붉은색의 비디
오 녹화 버튼이 보였다.

"이 어린 새끼가 건방지게……."

이 변호사가 한 손을 들어 헌에게 내려치려는 순간 내가
벌떡 일어났다. 순간 눈앞이 휜해졌다. 이 변호사의 손이
내 뺨을 후려친 순간 아프기도 했지만, 그보다는 기분 나
쁘다는 감각이 컸다.

"재인 씨!" 헌이 두 손으로 내 얼굴을 감쌌다. "괜찮아
요? 크게 다친 거 아니에요?"

헌이 걱정스럽게 나의 얼굴을 바라보았다. 너무 가까워
서 놀란 나머지 불쾌감조차 잊을 정도였다.

"나는 괜찮아." 나는 헌의 두 손을 잡아 슬쩍 내렸다.

헌이 새파래진 얼굴로 이 변호사에게로 다가갔다. 멱살
이라도 잡을 기세였다. "지금 재인 씨를 친 거예요?"

권 교수가 남편을 잡으면서 다시 소리쳤다. "당신 무슨
짓이야, 지금 다 찍히고 있잖아!"

"아니야, 나는 사람을 치려고 한 게 아니라 핸드폰을 빼
앗으려 한 것뿐인데 저 여자가 괜히 나선 거라고!"

"헌아, 잠깐 참아봐."

연희 선생님이 헌의 어깨를 잡았다.

상황은 내 생각보다도 아수라장으로 치닫고 있었다. 나

는 오른손을 뺨에 대고 열기를 식히려고 했다. 머릿속이 빙그르르 돌았다. 이 상황을 해결할 사람이 있어야 한다. 하지만 누가?

"저기요."

사람들은 아무도 그의 말에 귀를 기울이지 않았다. 나만 돌아봤을 뿐이었다.

"저기, 여러분!"

목소리가 높아지자, 그때야 사람들은 예준에게 시선을 집중했다. 그는 장 감독을 눕혀놓은 서재의 문 앞에 서 있었다.

"감독님이 깨어나셨습니다."

사람들 사이에서 흐르던 열기가 순간적으로 확 빠져나간 느낌이었다. 모두 예준의 입에 주목했다.

"감독님이 아무것도 기억나지 않는다고 하세요. 그러니까 그걸로 조용히 끝날 일이라고 전해달라고 하셨어요."

예준은 권 교수를 똑바로 보면서 덧붙였다.

"하지만 시끄러워지면 기억이 날지도 모르겠다는 말씀도 꼭 전해달라고."

차에서 내릴 때 바짝 마른 붉은 잎이 앵클부츠 아래서 바스락 밟혔다. 강원도에는 어젯밤 거센 비가 내리고 바람이 몰아쳤는지 차로에 낙엽이 어지럽게 흩어져 있었다. 나는 마른 잎이라도 밟아 부서뜨리고 싶지 않아서 긴 모직 치맛자락을 잡고 조심조심 걸으며 진주구름집의 입구로 향했다.

회색 캐시미어 카디건에 갈색 바지를 입은 장 감독이 현관문을 잡고 서 있었다. 짧은 은발 위에 초록색 뜨개 모자를 쓰고 있어, 북유럽신화의 요정 여왕이 소년으로 변신한 것만 같았다.

"어서 와요. 먼 데까지 와달라고 해서 미안."

장 감독은 저번에 왔을 때처럼 나를 2층 테라스로 안내했다. 한 달 전에 비하면 적갈색으로 변해버린 산에는 이제 초겨울의 기운이 진하게 감돌았다. 테라스의 라탄 소파 위에는 붉은 타탄체크무늬 모직 담요가 놓였고, 그 옆에는 작은 등유 난로가 있었다. 그래도 나는 코트의 옷깃을 세웠다.

"이따 더 추워지면 여기에 귤도 구워 먹자고."

"저녁 되기 전에는 서울로 돌아가야 할 것 같아요."

장 감독이 찻잔을 들자 시나몬 향이 짙게 풍겼다. 저번에 헌과 함께 마셨던 차였다.

"나는 하루 묵고 갈 줄 알았는데. 거리도 멀고 해서. 하기야, 지난번에 그 난리를 겪고도 여기 머물고 싶지는 않겠지."

나는 급한 마감이 있다고 짧게 설명했다. 장 감독은 내가 쓴 기사를 찾아서 잘 읽었다고 했다. 나는 인터뷰 게재를 미루려고 했지만 장 감독 측에서 실어달라고 요청했다. 장 감독이 병원에 입원했던 사건을 숨기고 평소와 같이 활동한다는 인상을 주기 위해서였다. 해신당의 디딤돌에 머리가 부딪치며 찢긴 상처에서 출혈이 있었지만 심하진 않았고, 결국은 뇌진탕이었다. 내가 쓴 기사는 평이하게 장 감독 작품의 오컬트적인 요소에 초점을 맞추었다.

고소하겠다고 기세등등하던 이 변호사는 그 뒤로 연락이 없었다. 권 교수가 새로 진행하기로 했다던 TBC 프로그램은 다른 MC를 기용했다. 진주구름집에 다녀오고 나서 이 주일 후, 연희 선생님은 내게 미안했다며 곶감 한 상자를 보냈다. 나는 선생님께 엉망이 된 결혼기념일 파티 대신으로 버터크림 케이크를 선물로 보냈다.

헌도 그 이후로 만나지 못했다. 하지만 그는 일주일에 두 번 문자를 보낸다. 수요일 3시, 일요일 밤 9시. 마지막에 연락했을 때는 시험 기간이라서 정신이 없다고 했다. 시험 끝나면 연락할게요, 라고 썼다. 나는 그래, 라고만 답장했다.

"재인 씨에게는 말해줘야 할 것 같아서."

장 감독이 찻잔을 내려놓으며 불쑥 말했다. 나는 한쪽 눈썹을 찡그렸다. 그렇지 않아도 장 감독이 나를 부른 이유가 의아했다.

"이미 많은 걸 추리했던 것 같지만. 나중에 연희에게 얘기 듣고 놀랐어. 관찰력과 기억력이 좋은 사람 옆에 있으면 조심해야 한다는 걸 잊었네."

"그렇게 좋지도 않습니다." 나는 씁쓸하게 웃었다. 관찰당하는 걸 좋아하는 사람은 거의 없다. 남을 잘 관찰하는 사람들도, 관찰하지 않는 사람도 마찬가지다.

"영라가 고의로 날 밀거나 한 건 아니라고 생각해. 다툰 건 맞지만……. 그게 기억나지 않는다고 한 건 사실이야."

"네. 그래도 바로 신고하지 않고 가버린 건 일부러 다치게 한 거나 별다를 바 없는 행동이었어요."

"종열 씨가 곧 올 거라고 생각했으니 자기도 마음이 다급했겠지. 내가 종열 씨에게 만나자고 한 걸 알았으니까. 그래서 영라는 내가 종열 씨를 만나기 전에 따지려고 나를 따라온 거고."

나는 말없이 하얀 도자기 머그에 새겨진 알파벳 글자를 손가락으로 훑었다. I DET ENKLA BOR DET VACKRA. 알아볼 수 없는 언어였고, 나는 막연히 스웨덴어려니 생각했다.

"내가 종열 씨를 만나자고 한 이유…… 그건 재인 씨에게 오해받기 싫어서 보자고 한 거야. 연희한테는 이미 오해받은 것도 같지만……."

"연희 선생님을 위해서 하신 일이라고 생각했어요."

세상의 일은 본질적으로 단순하다. 하지만 단순한 마음들이 얽힐 때 세계는 복잡해진다. 그 마음을 풀어내는 일은 남이 대신할 수 없다.

"김 피디님이 권 교수님에게 휘둘리고 있다고 생각해서……. 하지만 연희 선생님이 그걸 알면 좋지 않겠죠."

장 감독은 앞머리가 눈을 찌르는 게 신경 쓰이는 사람처럼 머리에 썼던 모자를 고쳐 쓰면서 살짝 웃었다.

"정말, 재인 씨는 어디까지 알고 있는 거야?"

"두 분이, 김 피디님과 권 교수님이 따로 만났던 건 알아요. 무슨 일인지까지는 모르지만…… 권 교수님이 김 피디님 차에 탔으니까."

김 피디의 지프차를 타고 삼척 케이브파크에서 돌아오던 길, 권 교수는 김 피디의 차를 금방 알아보고 주저하지도 않고 그리로 향했다. 또, 권 교수의 휴대폰이 자연스럽게 김 피디 차의 블루투스에 연결되었다. 전에 그 전화와 차가 연결되었던 적이 있다는 뜻이었다. 알 듯 말 듯 한 이유로, 그 차 안에서 권 교수의 전화를 연결해서 음악을 들었을지도 모르는 일이었다.

"종열 씨는 연희한테 잘하는 좋은 남편이야. 다만 영라한테는 늘 마음이 약하지. 만났대도 아마 영라가 방송 진행 일 때문에 뭔가 부탁하려고 했을 거야. 영라는 이용할 수 있는 자원이 있다면 모두 이용하는 사람이니까. 그것도 능력이라면 능력이지."

사람의 마음은 화이트보드가 아니라서, 지우개질 한 번으로 과거의 감정을 깨끗이 지울 순 없다. 그래도 나는 타인의 마음을 이용하는 법을 아는 사람에게 첫사랑이라는 이유로 끌려다니는 남자를 좋은 남편이라고 생각하긴 어려웠다. 하지만 내가 부부 생활에 대해 뭘 알겠는가?

나는 이 긴 이야기를 짧게 끝내고 싶었다.

"감독님이 잃어버리신 건 뭔가요? 친구분들 말대로 유학 기회? 그때 권 교수님 때문에 연락도 끊기고 면접도 놓쳤다고 생각해서? 일부러 알려주지 않아서?"

장 감독은 바로 대답을 하지 않더니 자리에서 천천히 일어나 테라스 난간으로 다가갔다. 그녀는 위험해 보이는 유리판 위 나무 난간에 기대어 먼 바다를 바라보았다. 나는 내 소파에 그대로 앉아 있었다. 이쪽이 더 따뜻했다.

"재인 씨는 어떻게 생각하는데? 내가 과거에 놓쳤던 일에 아직도 연연하는 사람으로 보여?"

아직 오후인데도 희끄무레한 빛만이 감돌아 시간을 짐작할 수 없는 늦가을 날이었다. 회색 구름이 단단하게 뭉쳐 어딘가에 있을 태양을 가렸다.

나는 고개를 저었다.

"아뇨. 장 감독님은 그런 일에 신경 쓰기엔 이제 너무 성공하고 바쁜 분이죠. 유학 같은 일은. 그래서 그건 아니라고 생각했어요. 다만 선재도에서 뭔가 잃어버린 게 아닐까 생각합니다. 그 물건이 뭔진 모르지만……."

"물건이 아니야." 장 감독의 목소리가 차가운 공기 속에 낮게 깔리는 듯했다. "이야기지."

한 달 전 찍었던 진주구름집의 서재 사진은 아직도 내 컴퓨터 안의 폴더에 들어 있었다. 나는 책상 위에 있던 갈색 크라프트지 노트를 떠올렸다. 그 옆에 놓였던 '한국콘텐츠진흥원'의 봉투와 명단.

"혹시 선생님의 아이디어 노트를 말씀하시는 건가요? 대학 때부터 쓰셨다더니, 선재도에서 잃어버린 것도 그런 건가요? 그걸 권 교수님이 가져가서…… 혹시 이번에 권

2장 구름 뒤 은빛 햇살을 찾아   213

교수님의 시나리오에 쓰인 이야기가?"

장 감독이 영화 제작 투자를 위한 시나리오 심사중이라고 한 예준의 말이 스쳐갔다.

장 감독은 이번에는 소리를 내어 웃었다.

"반은 맞았지만 반은 아니야. 영라가 내 노트를 숨긴 건 맞지만 거기 있는 이야기들은 어차피 내 머릿속에 있어. 설사 그걸로 시나리오를 쓴대도 나는 그것보다 더 멋진 이야기를 얼마든지 만들어낼 능력도 있지. 그런 짓은 화나지만 이제 와서 새삼 원망할 일도 아니야. 또, 영라는 나름대로 영리하기 때문에 그렇게 기록이 있는 아이디어를 훔치진 않지."

"그럼 대체……."

나는 머릿속을 더듬었다. 장 감독님에게 있었고, 권 교수님이 가져간 이야기란 무엇일까? 김 피디에게 장 감독님이 묻고 싶었던 것. 우리는 한 달 전 이 자리에서 비슷한 말들을 나누었다. 연희 선생님이 그랬다. 같이 여행을 가면 밤새 주은이가 해주는 이야기를 들었다. 이 변호사도 맞장구쳤다. 현실에서 어떤 상황에 처했을 때 얘기를 만드는 능력이 이전부터 있었다고. 그러면…….

"내가 그 사람하고 단둘이 오랜 시간 있었던 건 그때뿐이었어. 그 섬에 갇혔을 때."

장 감독은 천천히 말하면서 몸을 돌려 나를 보았다. 얼굴이 붉어진 건 추운 날씨 때문일 수도, 아직 완전히 회복되지 않은 몸 상태 때문일 수도 있다. 혹은, 앞으로 하게 될 고백 때문일 수도 있었다.

"동굴 속의 작은 마을에 살던 소녀와 소년의 이야기, 그 사람과 나 둘만 있었던 그 밤에 즉석으로 만든 거야. 그리고 어디에서도 그 얘기를 한 적이 없지. 언젠가 그걸로 영화를 만들고 싶다고도 생각은 했지만, 아마 만들진 않았을 거야. 나는 그 얘기를 개인적인 재산으로 남겨두고 싶었어. 그 사람에게는 단순히 조난의 기억이었을 수 있지만, 나에게는 내 인생에 몇 안 되는 순간의 기억이기도 했으니까. 전투 같은 삶에 몇 안 되는 추억." 그녀는 쓸쓸히 웃었다. "내 삶에서 어쩌면 가장 첫사랑에 가까운 순간이었을 수도 있지."

장 감독의 말투가 담담한 만큼 내 마음이 아팠다. 내 눈앞에서는 김 피디에게만 해준 이야기를 권 교수의 시나리오 속에서 발견하는 장면이 필름이 돌아가듯 생생하게 재생되었다. 비밀스러운 감정이 다른 사람에게로 누설되었다는 모욕감. 도둑맞은 이야기에 대한 분노, 그리고 어렸던 시절의 순정이 깨어져나가는 배신감. 상실은 이 모두가 뭉쳐진 감정이기도 하다.

"영라는 종열 씨에게 나와 나눈 얘기를 들었어. 내 얘기라는 걸 알았지만 그 사실은 종열 씨 말고는 아무도 증언해줄 수 없으니까. 그래서 자기가 표절했다는 소문을 낼까 두려워하더라고. 내가 종열 씨를 만나자고 한 게 그걸 추궁하기 위해서 그런 줄 알았겠지. 그렇지만……."

장 감독은 다시 내게서 몸을 돌렸다.

"그런 게 이제 와 무슨 소용이지? 영라가 무너진다고 해도 내게는 아무런 의미가 없어. 걔는 그것조차 이해하지 못했어. 나는 내 이야기를 다른 사람에게 전한 것을 따지려고 한 게 아니야. 그 사람이 그 이야기를 다른 사람에게 한 순간, 그 얘기와 그 기억은 이미 가치를 잃었어. 내가 하고 싶은 말은 방망이점으로 대신했지. 네가 가져간 건 도둑질이라고. 그리고 종열 씨한테는 방망이점 의식으로 모든 건 끝났고 이젠 별일도 아니라고. 그러니까 더는 영라에게 휘둘리지 말라고 말해주려고 했을 뿐."

"그게 궁금했는데." 나는 그날부터 느꼈던 의문을 입 밖으로 꺼냈다. "열쇠 팔찌는 저희에게 고르라고 그냥 주셨잖아요. 권 교수님이 수신기가 든 팔찌를 고를 줄 어떻게 아신 거죠?"

장 감독은 고개를 저었다. "몰랐어. 영라라면 늘 가운데 있는 걸 고르지만, 그걸 고르리라는 확신은 없어. 그걸 가져간 건 영라야. 방망이가 가리킨 게 영라였던 건 우연이었지."

"우연이 아닐 수도 있죠." 나는 중얼거렸다.

잃어버린 걸 찾아주는 꼬댁각시의 방망이. 원언을 풀어주기 위해 가져간 사람을 밝혀낸다.

하지만 도둑질로 얼룩져버린 기억은 되돌릴 수 없다. 잃어버린 것을 다시 찾는다고 해도 그것은 잃어버리기 전과 같을 수는 없다. 어떤 것들은 영원히 다시 찾을 수 없다.

나는 모직 담요를 들고 장 감독 옆으로 걸어가서 어깨위에 둘러주었다.

"이 계절엔 바람이 차요. 몸을 돌보셔야죠."

"바람은 늘 찼어, 이 세계에선." 장 감독은 한 손을 들어 절벽 너머 바다를 가리켰다. "저기가 바로 해신당의 처녀가 빠져 죽었다는 바위야. 참 이상하고 제멋대로지 않아?"

나는 그 손가락 끝이 가리키는 자리를 바라보았다. 열심히 보면 바위에 매달린 처녀가 보일 것처럼.

"뭐가요?"

"사람들이 바다에 빠져 죽은 여자가 다 누리지 못해 아쉬워하는 게 남자의 사랑이라고 생각한다는 사실이 말이야. 그걸 위로하는 의식을 해야 원혼을 잠재울 수 있다는 미신. 여자의 인생에서 그게 전부라고 믿는 환상. 모두 살아 있는 사람들, 남자들이 멋대로 꾸며낸 거잖아. 처녀의 삶을 안타까워하는 타인의 시선일 뿐이잖아."

장 감독은 희미하게 미소를 지었다.

"연정 따위 그게 뭐라고. 죽어서 안타까운 건 그것보다 훨씬 많아. 삶에서 놓치고 만 건."

장 감독은 머리를 쳐들고 눈을 감았다. 모자가 떨어지고 은색 머리카락이 흩어졌다.

"이 세상을 떠나려 하면, 이 차가운 바람이 차라리 더 아쉬운 법이야."

내가 땅에 떨어진 모자를 주우려고 무릎을 굽혔을 때 코트 주머니에 넣었던 전화에서 문자메시지 수신 알림음이 핑 울렸다. 오늘은 수요일이었다. 오후 3시가 되었으리라. 전화를 확인하지 않았지만 누군지 알 수 있었다.

나는 모자를 손에 든 채로 하늘을 올려다보았다. 희푸른 바다와 투명한 공기, 그리고 다시 짙은 구름. 하지만 구름의 테두리가 슬며시 부드러워지며 진주처럼 오톨토돌한 질감을 띠었다. 회색이 분홍색으로 바뀌고 있다. 해는 아마 그 뒤에 숨어 있을 것이다. 보이지 않아도 느낄 수 있었다. 가려져 있어도 거기 있다는 것을 알았다.

도재인의 '오컬트와 마술적 사고'

강령술과 삼척 방망이점

사람이 답을 알 수 없는 수수께끼를 영령이 깃든 물건이 대답해줄 수 있다는 믿음은 세계 보편적이다. 이런 믿음을 이용한 기술을 영령이 내려온다는 뜻으로 강령술降靈術이라 부른다. 깃든 영혼이 죽은 자일 때는 혼을 부른다는 의미에서 초혼술이라고 하고, 영어로는 죽은 자에게서 점괘를 얻는다는 의미의 네크로맨시necromancy라고 할 수 있다. 고대 중국에서도 부기扶箕라고 부르는 점치기 관습이 있었다고 한다. 모래나 향의 재 위에 고운 체나 펜으로 자동 글자를 써내려가는 방식이다.

강령술은 일종의 놀이화되어 전승되기도 한다. 대표적인 것이 영미권의 위자 보드로, 파티의 놀이로 즐기기도 한다. 위자 보드의 방식은 알파벳과 숫자가 쓰인 나무판 위에 동그란 구멍이 뚫린 하트 모양의 플랑셰트라는 판을 올려놓고 질문에 대한 답을 얻는 것이다. 참가자들이 모두 판 위에 손을 올려놓으면 유령이 플랑셰트를 움직여 대답에 해당하는 알파벳과 숫자를 골라준다. 일본에서는 곳쿠리 상이라고 유령에게 궁금한 것을 물어보는 오컬트적 관습이 있는데, 한때 한국에서는 여기서 유래한 분신사바가 유행한 적이 있다. 분신사바는 한국의 서브컬처에서 널리 퍼지면서 동명의 공포 영화가 만들어지기도 했다.

한국에도 고유하게 강령을 이용한 전통 놀이가 있다. 강원도 강릉과 삼척 일대에서 방망이점, 충남 일대에서는 꼬댁각시라고 부르는 놀이로, 서사 민요와 결합된다. 베 짜기 등 여성들이 단체로 하는 작업 중에 불리기에 일종의 노동요에 속한다. 부녀자들 사이에 유행하던 이 놀이는 물에 빠져 죽은 영혼이 소위 신대 역할을 하는 방망이나 막대기에 내린다고 한다. 부녀자들은 한 해의 운수를 점치기도 하고 잃어버린 물건의 행방을 묻기도 한다.

유령에게 미지의 해답을 듣고 싶다는 마음, 이런 인간의 열망이 모여 방망이가 움직인다. 방망이에 내린 영령은 꼬댁각시 민요에서 나오듯이 삶의 욕망을 이루지 못하고 죽은 가련한 여성의 영혼이다…….

거울
속의
남자

3

Man
in
the
Mirror

꧁꧂

시계 종소리가 울린다. 하나, 둘, 셋, 넷…… 열둘. 소름이 쫙 끼치는가 싶더니 방 안에 쏴아 하는 소리와 함께 차가운 기운이 밀려든다. 뒤의 베란다 창문이 열렸나? 눈을 살짝 뜨자 바로 보이는 건 문에 붙은 사진이다. 분홍 튀튀를 입은 채로 한 다리를 들어 아라베스크 자세를 취하고 있는 안나. 작년 가을 무용제 때 독무 포스터이다. 이 방에 놀러올 때마다 볼 수밖에 없던 사진이지만, 지금 촛불 빛이 퍼져가는 어둠 속에서 보니 사진 속에서 목을 길게 뺀 안나의 얼굴이 새삼 낯설다.

다음 순간 그 사진 주인의 진짜 얼굴이 보인다. 세 개의 검은 거울 너머에 앉은 안나는 눈을 감은 채이다. 눈 위로 머리카락이 흘러내려 얼굴 반이 가려져 있다. 그런데도 지금 내가 눈을 떴다는 걸 알고 있는 것 같다. 부러 굵게 내는 목소리가 들려온다.

"지금 눈을 뜨면 안 돼. 한 명씩 주문을 외우고 내가 하나 둘 셋 하면 같이 뜨는 거야."

안나의 말에 다시 재빨리 눈을 감는다. 등 뒤에서 획 불어오는 바람에 흩날린 머리카락이 뺨을 간질인다. 방 안에 잔뜩 세워놓은 거울들을 바람이 흔들고 간다. 이렇게 크게 들리는 심장 소리의 주인은 누구? 정란이? 아니 내 가슴속에서 나는 소리야? 안나가 다시 명령한다.

"이제 윤미가 주문을 외워."

"알았어."

눈을 감아서 보이지 않지만 윤미가 씩씩하게 읊는 소리가 들린다.

"나의 미래의 남편님, 저녁 식사하러 내게로 와주세요."

어디선가 애써 참고 있던 웃음이 쿡쿡 터진다. 정란이인 것 같아서 나는 맞잡은 손 중 왼손에 힘을 주어서 눈치를 보낸다.

"야."

"아얏!"

"조용히 해."

안나가 단호한 말투로 나무란다. 안나는 아까부터 어색해하는 기운이라고는 하나도 없다. 웃음소리가 뚝 그친다. 안나는 다시 엄숙한 목소리로 의식을 이어간다.

"자, 이제 숫자를 셀 거야. 하나, 둘, 셋."

안나의 주문이 떨어지자마자 모두가 동시에 눈을 번쩍 뜬다. 안나의 앞에 놓인 세 개의 거울 중에서 맨 오른쪽 거울이 빙글빙글 돌아가고 있다. 친구들의 눈이 그쪽으로 쏠린다. 안나가 영화에 나오는 사람처럼 목소리를 깔고 말한다.

"윤미 거야. 자……."

돌아가던 거울이 안나가 손을 대자 서서히 멈춘다. 한 바퀴, 두 바퀴, 그리고 그때.

"와앗!"

윤미가 잡고 있던 손을 놓더니 입을 막으며 소리를 지른다. 거울이 멈추었을 때 거기에는 흐릿하지만 어떤 사람의 형상이 떠올라 있다.

"뭐야, 뭐야!"

정란이가 흥분해서 거울 앞으로 몸을 내밀려 하지만 안나가 손을 앞으로 뻗는다.

"그 자리에서 움직이면 안 돼. 가까이 오면 효력이 없어."

"하지만 잘 안 보이는데!"

윤미가 소리를 지른다. 안나는 더욱 엄숙한 목소리로 말한다.

"이건 대충 이미지만 알려주는 거야. 키가 크고……."

"금발이야."

나는 눈을 가늘게 뜨고 본다. 방 안이 어둡고 촛불이 흐려서 잘 보이지 않지만, 분명 거울 속 남자는 흐릿하게나마 금발 머리로 보인다. 안나가 금방 말을 받는다.

"그래, 외국인이야. 윤미의 미래 남편은 외국인인가 보네."

"오오……. 대박."

감탄한 쪽은 정란이고, 윤미는 못마땅하게 입을 삐죽였지만 안나는 표정 하나 변하지 않는다. 오늘따라 안나의 얼굴이 더 하얗고 입술은 더 붉은 것처럼 보이기도 한다. 립스틱이라도 발랐을까?

"자, 이제 다시 눈을 감아. 이번에는 정란이야."

우리는 모두 순순히 시키는 대로 한다. 정란이도 아까보다는 훨씬 진지해졌다. 아까는 눈을 감고도 어깨를 들썩이는 게 느껴졌는데. 정란이도 안나의 명령대로 차분히 주문을 외웠다.

"나의 남편님."

"나의 미래의 남편님."

윤미가 한 번 했다고 고쳐준다. 정란이는 다시 말을 이어간다.

"그래, 나의 미래의 남편님, 저녁 식사하러 내게로 와주세요."

"하나, 둘, 셋."

이번에 눈을 떴을 때는 정란이 앞, 왼쪽 거울이 빙글빙글 돌아가는 중이다. 안나는 아까와 똑같이 낮은 목소리로 말하며 빙글빙글 돌아가는 검은 거울의 은색 테를 잡는다.

"똑똑히 눈을 떼지 말고 봐. 정란이의 미래 남편."

거울이 서서히 돌다가 멈추는 순간, 거기에는 아까처럼 다시 흐릿한 얼굴이 떠오른다. 우리 셋은 모두 동시에 고함을 지른다.

"와아!"

"이거 잘 안 보여, 누구야? 뭐야? 자동차?"

검은 거울의 표면 위에 하얀 자동차가 보이고 그 안에는 사람이 있다. 양복을 입고 꽃다발을 들었나? 어디서 본 듯한 사람이기도 했다.

"잘생긴 거 같은데?"

나도 모르게 부럽다는 말투로 말해버렸다. 정란이의 얼굴을 슬쩍 보니 입꼬리에 웃음이 걸려 있다.

"정란이 남편은 돈이 많은 사람인가 봐. 차가 크잖아."

윤미는 머리카락을 뒤로 넘긴 후 그 손가락으로 거울 속의 남자를 가리킨다. 하지만 안나는 지체하지 않고 거울을 손으로 가려버린다.

"그럼 다음."

"잠깐, 잠깐만, 나 아직 덜 봤어!"

정란이가 우는소리를 했지만 안나는 기다려주지 않고 거울의 테두리를 잡는다.

"마리 차례야."

안나와 나의 눈이 마주친다. 안나의 검은 눈동자는 거울처럼 반들반들하지만 그 안에는 아무것도 비치지 않는다. 안나가 입술만 움직여 다시 말한다.

"다들 눈 감아."

쓸데없이 가슴이 콩콩 뛴다. 얼굴도 달아올라 뜨겁다. 옆에서 윤미가 손을 잡아당긴다.

"주문 외워야지."

머릿속으로 아까 애들이 말했던 단어들을 하나하나 새겨본다. 글자로 흩어지는 단어들을, 입술을 움직여 소리로 만들어본다.

"나의 미래의 남편님, 저녁 식사하러 내게 와주세요."

나의 주문은 어딘가 겁먹은 것처럼 들린다. 눈꺼풀 안쪽의 빨간 스크린 위 하얗고 긴 줄무늬가 흘러가는 것 같다. 안나의 목소리는 아까보다 더 멀리서 나오는 듯하다.

"준비됐지. 하나, 둘, 셋."

서서히 눈을 떠 보니 이번에는 가운데에 놓인 거울이 천천히 돌아가고 있다. 거울 표면에 촛불이 어렸다가 사라지고 다시 모습을 드러낸다. 아까보다 더 느리게 거울이 멈춘다.

밤의 어둠 같은 검은 거울. 차가운 바람이 거울이 빙판이나 되는 것처럼 미끄러져 간다. 바람이 걷힐 때 그 위에 떠오른 모습은…….

"왜 그래? 왜 아무것도 없어?"

가장 먼저 침묵을 깬 건 정란이다. 거울은 전혀 흔들림 없는 검은색. 윤미가 말한다.

"마리는 미래의 남편…… 없다는 거야?"

내 입에서는 아무 말도 나오지 않는다. 장난이라는 건 알지만 이렇게까지 할 필요는 없잖아. 이런 걸 진지하게 받아들이는 내가 멍청한 거겠지.

다시 고개를 들자 안나가 나를 보고 있다. 거울 같은 눈동자의 표정은 알 수가 없다. 무슨 뜻이지? 그때 안나가 어깨를 으쓱한다.

그 순간 뒤에서 무슨 소리가 난다. 우리는 모두 동시에 뒤를 돌아본다.

초인종을 누르기 전에 쿠션 팩트를 꺼내서 얼굴을 비추어보았다. 다행히 틴트가 번지지도 않았고 대충 찍어 바른 비비크림이 뭉쳐 있지도 않았다. 원래도 메이크업을 많이 하는 편이 아니지만, 처음 만나는 사람이 있는 자리에서는 다크서클이라도 가리고 싶단 마음이 든다. 피곤한 사람이라는 첫인상을 주고 싶진 않기 때문이다. 다행스럽게도 같은 건물 내에서 이동하는 거라 오늘 같은 추운 날씨에도 패딩 코트를 도로 갖다 놓고 스웨터 차림으로 갈 수 있어서 좋았다.

꽃다발과 과일이 든 봉투를 한 손에 든 채로 화장품을 다시 손가방에 집어넣느라고 수선을 떠는데, 누가 계단을 가볍게 올라왔다. 캐멀색 막스마라 코트를 입고 체구에 비해 커 보이는 고야드 쇼퍼백을 멘 여자였다. 여자는 내가 문 앞에 서 있는 걸 보고 약간 멈칫했다.

"아, 402호?"

"네에……."

나는 주춤주춤 물러나며 그녀에게 고개를 숙여 인사했다. 여자도 살짝 고개를 끄덕이더니 문 앞으로 가서 초인종을 눌렀다.

잠시 후, 문이 열리면서 마리가 얼굴을 내밀었다. 오늘은 마리도 옅게 화장을 했다. 주로 운동할 때나 만나던 사이라서 서로 맨얼굴만 보다가 마주치니 다른 사람 같았다. 마리는 앞에 선 여자를 반가이 맞았다.

"안나 왔구나! 늦게 올지도 모른다더니." 그러더니 어깨 너머로 나를 보았다. "어머, 재인 씨도 왔네요."

마리는 내가 건넨 꽃다발과 과일 봉투를 반갑게 받으며 우리를 안으로 안내했다.

유마리는 나와 같은 건물 402호 주민이다. 빨래방에서 운동복을 여러 벌 가져와 세탁하는 모습을 보았기에 운동에 열성적인 사람인가보다, 라고 짐작했다. 어느 밤 둘이 빨래하며 이야기를 나누다가 근처 필라테스 수업의 강사라는 사실을 알게 되었다. 평소에 운동하고 싶은 마음을 실행에 옮기지 못했던 나는 마리에 대한 호감으로 수업에 등록했다. 작은 키에 튼튼한 근육이 붙은 마리는 건강해 보이는 인상이었고, 그 누구에게도 늘 자연스럽고 정답게 대하는 사람이라 수강생들 사이에서 평판이 좋았다. 나보다 몇 살 연상이긴 했지만 마리는 내게 언니든 선생님이든 윗사람의 태도를 취하지 않았다. 덕분에 우리는 친구에 가까운 관계를 유지했다. 지금 이 크리스마스 직전의 디너에 초대한 건 마리 쪽에서 한 발짝 다가오려는 신호일지도 몰랐다. 나는 그런 제스처가 반가웠다.

"재인 씨는 거실에 앉아서 좀 기다리세요."

마리는 나를 거실로 안내하고 꽃다발을 탁자 위에 놓은
뒤 다시 쏜살같이 부엌으로 들어갔다.

나는 소파에 어색하게 앉아서 집 안을 둘러보았다. 마리
가 사는 402호는 내 집보다는 조금 더 면적이 컸다. 원목
탁자와 하얀 소파, 북유럽풍의 깔개, TV장은 여느 거실과
다를 바 없었고 하얀 벽 위에 기하학적으로 배치한 검은
사진 액자들을 천장에 달린 조명등이 비추고 있었다. 다른
벽면에는 인형 등을 올려놓은 장식장이 있었다. 방 한쪽
벽에는 우리 집에 달려 있는 것과 비슷한 네모난 상자, 수
맥 차단기가 달려 있었다.

거실에 가만히 앉아 있는 것도 애매해서 나는 부엌과 식
당을 겸하는 공간으로 쭈뼛쭈뼛 갔다. 나무 탁자 위에는
빨간 포인세티아로 센터피스 장식을 해놓았고, 개인 식기
가 차려져 있었다. 그 옆에는 은색 리본으로 묶은 파란 상
자가 든 쇼핑백이 놓여 있었다. 손님이 가져온 선물인 듯
했다.

"제가 뭐 도와드릴 일이 없을까요?"

"아니, 왜 오셨어요. 재인 씨는 손님이니까 가만히 앉아
계세요. 여기."

마리는 앞치마에 손을 닦으며 식탁 의자를 빼주었다. 나는 의자에 엉거주춤 걸터앉았다. 나와 같이 들어온 손님은 이미 식탁에 앉아서 태연하게 에비앙 생수를 마시고 있었다. 마리는 분주하게 싱크대로 돌아가 큰 나무 그릇에 샐러드를 담았다. 오븐은 빛과 열을 발하며 열심히 일하는 중이었다. 그 열기 때문인지 마리는 평소보다 얼굴이 더 분홍빛이었다.

"아직 준비가 안 끝나서……. 곧 끝나요. 손님들이 오시는데 이렇게 미리 준비도 안 하고. 나는 뭘 했담. 안나, 재인 씨 말벗 좀 해줘."

안나라고 불린 여자는 등을 꼿꼿하게 세우고 앉아서 시선을 고요히 내게로 돌렸다.

지난 삼척 모임 때도 느꼈지만, 친구의 친구라고 해서 모두가 쉽게 친해질 수는 없다. 어떤 사람들은 자신의 친구를 모아놓으면 서로 알아서 친분을 쌓을 거라고 생각한다. 본인이 남에게 벽을 잘 세우지 않는 사람일수록 그러하다. 그렇게 사교성이 좋은 사람들은 보통 자신과 친구들 사이의 공통점을 잘 찾아내기 때문에 자신으로 연결된 사이에서도 그런 공통점을 발견할 거라고 당연하게 여기지만, 교집합이 있는지는 늘 미지수의 영역이었다. 타인에게서 공통점을 찾고자 하는 열의도 일종의 기질이다. 지금 마리의 친구는 나라는 개인에게 관심이 없다기보다는 전체적으로 다른 사람들에게 관심이 없는 느낌이었다. 하지만 나는 등이 곧고 얼굴의 윤곽이 강인해 보이는 이 여자에게 미세한 호기심이 일었다. 개인을 알고 싶다기보다, 어딘가 막연하게 익숙한 느낌이 들었다.

마리가 샐러드 위에 치즈를 갈아 뿌리면서 말했다.

"안나는 발레리나예요. 미국 발레단에 있는데 최근에 내한 공연차 한국 왔어요."

"어, 뉴스에서 본 적이 있네요."

내가 알은체를 하자 안나는 눈을 살짝 크게 뜨더니 인사하듯 가볍게 고개를 끄덕였다. 내가 자신을 알 거라고는 짐작하지 못한 듯했다. 고안나는 미국 발레단에서 수석 무용수에 오른 몇 안 되는 동양인으로 고전과 모던 발레를 아우르는 발레리나라고 했다. 발레리나로는 은퇴할 나이였지만, 아직도 여전한 체력과 날이 갈수록 섬세해지는 디테일로 명성이 높았다. 내가 보지는 못했지만, 얼마 전 유명 개그맨이 진행하는 TV 토크쇼에도 출연한 적이 있었다. 오늘은 머리를 길게 내리고 있어서 평소에 알던 발레리나로서의 모습과 다르게 보였다.

"아, 재인 씨도 알고 계시네요!"

마리는 샐러드 그릇을 탁자 위에 올려놓으며 친구를 보

고 환하게 웃었다. 그 웃음에는 자랑스러움이 어려 있었다.

"그리고 이쪽은 우리 수강생이자 내 이웃 친구 도재인 씨. 글도 쓰시고 잡지에 기고도 하시는 분이야."

자기소개는 언제나 어색하다. 특히 자기를 자세하게 설명할 필요 없는 사람에게 모호한 직업의 나를 설명해야 할 때는 더 그렇다. 안나는 무례하지도 않고 그렇다고 딱히 친절하지도 않은 무관심으로 나를 바라보았다.

"그러시구나."

그걸로 끝이었다. 밖에서 다시 초인종 소리가 들렸다.

"손님들이 더 왔나 보네."

마리가 식기장에서 그릇을 꺼내려고 손을 올린 채로 고개를 돌렸다.

"안나, 가서 문 좀 열어줄래?"

"그래."

안나는 가뿐하게 일어서서 고양이 같은 걸음걸이로 부엌을 나가버렸다. 나는 여전히 의자 끝에 엉덩이만 걸치고 앉아서 바쁘게 움직이는 마리의 뒤통수를 보며 말을 걸었다.

"오늘 손님들이 많이 오시나요?"

"아뇨. 많지 않아요. 안나랑 안나 오빠, 저랑 안나의 고등학교 때 친구, 그리고……."

"도영 씨도 온다고 했죠?"

인테리어 디자이너인 도영과는 이 년 전 백화점 풍수 인테리어 강좌에서 만났다. 약혼자가 죽는 불행한 일을 겪었고, 그와 관련해서 기이한 경험을 했다. 그 경험의 미스터리를 푸는 데 아주 조금 개입한 이후로 우리는 계속 친구로 지내고 있다. 필라테스 수업을 소개하면서도 도영의 집에서는 거리가 있어서 과연 여기까지 올까 싶었지만, 도영은 나보다도 더 착실하게 수업에 참석했다. 나와 도영, 마리는 수업이 끝난 다음에 차를 마시거나 하면서 업무 관계 이상의 친분을 쌓았다.

"네. 도영 씨도 친구분을 데리고 온다고, 남자분인데 괜찮겠냐고 하더라고요. 그래서 물론 괜찮다고 했죠. 안나 오빠도 있는데, 오늘 손님 중 남자분이 있으면 좋을 것 같아서."

"남자인 친구분요?"

도영은 내게는 그런 말이 없었다. 누굴까? 하지만 새 남자…… 친구라면 얘기를 하지 않은 것도 이해는 된다. 약혼자가 죽고 나서 한참 힘들었으니까.

바깥에서는 사람들이 문을 열고 들어오는 소리가 들렸다. 손님은 한 명이 아니라 여럿인 것 같았다.

"마리, 나와봐."

안나가 부르는 소리에 마리가 앞치마에 손을 닦고 주방을 나섰다. 나도 식탁에서 일어서서 몸을 돌렸다. 그때 케이크 상자를 두 손으로 받친 도영이 주방 쪽에 나타났다.

"선생님, 재인 씨."

내가 손을 들어 흔들려는 순간 도영의 어깨 너머에 선 사람과 눈이 마주쳤다. 그 사람도 나를 보았다. 그의 표정은 이런 당혹스러운 상황에도 언제나 그렇듯이 달라지지 않고 평온했다.

도영이 고개를 돌려 어깨 너머로 그를 가리키며 말했다.

"제 친구인 안성현 씨랑 같이 왔어요. 재인 씨랑도 아는 분이에요."

나는 그냥 고개만 숙였다. 마음속 감정이 얼굴로 흘러넘칠까 두려웠기 때문이다.

손님들이 모두 식탁에 둘러앉은 건 7시 30분이 넘은 때였다. 오늘의 자리를 마련한 마리는 앞치마를 풀고 자리에 앉으며 사과했다.

"너무 늦어져서, 다들 배고팠지."

"아니야, 평소에도 이 시간에 저녁 먹는 일이 드물어."

사람 좋게 대답한 사람은 안나의 쌍둥이 오빠라는 준이었다. 이란성쌍둥이라 안나와 얼굴이 같진 않았지만 가늘

고 긴 뼈대가 무척 비슷해서 쌍둥이라는 걸 알 것만 같았
다. 그는 미국에서 물리학과 박사 과정을 마친 지 얼마 되
지 않았고 내년부터는 서울에 있는 학교에 채용된다고 했
다. 삼십 대의 나이에도 호기심 많은 소년같이 보이는 눈
빛을 간직한 남자였다.

공통의 화제를 쉽게 찾기 힘든 자리에서는 맛있는 음식
만큼 반가운 일이 없다. 마리가 만들어낸 요리에는 무슨
주제가 있는 건 아니었지만 식탁 위의 어색한 분위기를 깰
만큼 충분히 따뜻했다. 소고기를 뭉근하게 끓여 만든 비프
스트로가노프에 버터헤드 레터스 샐러드. 그리고 채썰기
한 감자를 부친 감자 갈레트. 그리고 소고기 스튜와 잘 어
울리는 빵. 손으로 쉽게 집어먹을 수 있도록 작고 예쁘게
만들어놓은 초밥도 내놓았다. 통일성 있는 메뉴는 아니지
만, 여러 식성을 가진 사람을 고려한 듯했다. 안나는 엄격
한 채식주의자는 아니지만 식단 조절을 한다고 했다. 발레
리나로서 당연한 태도일 수도 있다.

"크리스마스니까 로스트 치킨도 빼놓을 수 없죠."

마리는 힘을 주어 칼로 닭다리를 갈라내며 말했다. 눈
도 내리지 않는 유난히 추운 겨울이었지만 식탁만은 따뜻
했다.

처음 만나는 사람들이 섞여 있었지만 저녁 식사는 그럭

저럭 즐거웠다. 엄밀히 말하면 여기에는 마리의 다른 두 갈래의 인간관계가 얽혀 있는 셈이었다. 고등학교 친구인 안나와 그녀의 오빠 준, 그리고 또 다른 친구인 정란. 같은 예고 동문으로, 정란도 발레 교습소를 한다고 했다. 다른 한편에는 필라테스 수업 수강생인 나와 도영이 있었다. 그리고 수강생의 친구인 성현. 한때 나와 가까워질 수도 있었지만 나한테 진실을 말하지 않았고, 그래서 관계를 계속 이어갈 수 없었던 남자. 나는 저녁 식사 내내 아직까지 그와 한 번도 눈을 마주치지 않았다. 우리는 재작년 봄에 만나 작년 봄에 헤어진 후로 연락한 적이 없었다.

마리가 왜 이런 저녁 식사 초대 명단을 짰을까 궁금하긴 했지만, 마리는 별다른 생각이 없어 보였다. 그저 비슷한 나이의 친구들끼리 편하게 저녁 식사를 할 수 있는 자리. 심지어 날짜도 12월 23일이라 24일의 계획이 있는 사람을 배려한 것 같았다. 세대가 비슷하다 보니 공통의 화제는 많았다. 학창 시절의 큰 이벤트였던 2002년 월드컵이라든가, 어릴 때 좋아했던 영화라든가. 처음에는 말 붙이기 어렵다고 생각했던 안나도 식사 중에 화이트 와인을 두어 잔 마시더니 표정이 부드러워졌고, 자리를 거실로 옮겨 맥주를 마시는 시점에는 어느덧 오늘 만난 사람 같지 않게 친근한 분위기가 돌았다. 타인에게 관심이 없는 게 아니라 그저 먼 거리의 사람에게는 자기를 잘 드러내지 않는 성격인 것뿐인지도. 안나는 발레단에 있는 한국인 남자 단원이 동양인 여성 단원만 들어오면 접근하고 돈을 빌리고 안 갚는 등 남의 등을 치려고 한다는 비판을 신랄하고도 우스꽝스럽게 늘어놓았다. 나는 얼굴 모를 타인의 이야기를 하는 데 죄책감을 느꼈지만, 안나의 관찰이 날카롭고 표현이 독창적이라서 하릴없이 웃을 수밖에 없었다.

"그래서…… 그 사람 결국 러시아 마피아들하고 밖에 한번 나갔다 오더니 얼굴이 파래져서 돌아와서 피해 단원에게 돈 봉투를 내밀더라고요. 그런데 사실 그 러시아 마피아, 제가 중학생 때부터 알던 러시아 친구의 친구였어요. 잘 알려지지 않은 단역배우. 한국에 와서 〈서프라이즈〉에 출연한 적도 있죠. 제가 그 사람들에게 소개한 거거든요. 거기서는 연기 못하지만 이날은 진짜 오스카상 탈 연기였어. 아직도 그 한국인 단원, 일단 정 씨라고 할게요, 정 씨는 아직까지도 이런 사실을 눈치채지 못했어요. 고상한 척하는 사람이라 〈서프라이즈〉 같은 거 보지도 않고. 그러게 외국인들 돈 떼어먹지 말고 빨리 갚을 일이지."

안나는 고개를 절레절레 저었다. 나는 옅은 미소를 띠고 보다가 성현과 눈이 마주쳤다. 새삼 어색해서 시선을 돌렸다. 저녁 식사 내내 나는 그에게 신경을 쓰지 않으려고 의식적으로 노력하고 있었다. 성현은 내게 이 방에 있는 코끼리였다. 생각하지 않으려고 할수록 존재감이 커지는 코끼리.

"안나 씨가 이렇게 재미있는 분인지 몰랐어요. 신문이나 방송에서 봤을 때는 세상 험한 일 하나도 모르고 우아하게 살아가는 분이라고 생각했는데."

도영이 말하자 정란과 준이 두 손을 절레절레 흔들었다. 정란이 말했다.

"고상과 우아는 안나와는 거리가 멀어요. 얘, 학교 다닐 때부터 정말 악동으로 유명했어요. 어릴 때는 같이 발레 수업 받는 애들 타이즈에 자기 느낌대로 예쁘게 그림 그려준다면서 망쳐놓기도 하고. 심지어 마리는 다리에 보라색 물이 들어서 다녔잖아."

마리가 생각났다는 듯 아아 하며 얼굴을 찡그리자 안나가 입술을 내밀었다.

"내가 억지로 시킨 것도 아니고, 하고 싶다는 애들만 해준 거야. 그거 얼마나 펑키했다고."

준이 한숨을 쉬었다. "그런 건 귀엽기라도 하지. 미국에서 발레단에 입단했다가 단장이랑 싸워서 하루 만에 쫓겨날 뻔했잖아. 성격이 웬만해야 말이지."

"어머, 남 말 하시네. 미국에서 박사 하다가 잡 오퍼도 받아놓고 갑자기 한국 온다고 해서 부모님 놀라게 한 사람은 누구고."

"그래도 마피아 놀이한 너보다는 낫다."

둘의 대화를 듣던 중, 그간 아무 말 없던 성현이 입을 열었다.

"오빠분 말씀이 맞습니다. 그런 건 자칫하면 위험할 수도 있는 일입니다. 법에 저촉되고 아니고와는 별개로 실제 러시아 마피아 귀에 들어가면, 그 사람들은 사칭한 것만으로도 쫓아올 사람들입니다. 실제로 무서운 사람들이에요."

성현은 흥을 깰 만큼 엄격하게 말했지만 그 말투가 오히려 안나의 흥미만 돋우었다.

"안성현 씨……라고 했죠? 러시아 마피아 잘 아시나 봐요? 혹시 그쪽 일 하세요?" 안나는 턱을 괸 자세로 까만 눈을 빛내며 성현을 부러 빤히 쳐다봤다. "조직에 몸담을 분처럼 생기진 않았는데. 아, 조직 회계사, 변호사 이런 건가? 조폭 영화의 안경 지성 캐릭터?"

안나가 알았다는 듯 손가락을 튕기자 성현은 당황해서 안경테를 두 손으로 잡으며 고쳐 썼다.

"아닙니다. 저는……." 그는 다시 나를 쳐다보았다. "평범한 보험 조사원입니다."

보험 조사원이라는 말을 믿는다고 해도 평범한 종류는

아니리라는 사실 정도는 알았지만, 나는 잠자코 있었다. 하지만 나 대신 도영이 설명했다.

"제가 보험 조사원 일 잘 모르긴 하지만, 아무튼 성현 씨가 법이나 형사 쪽 지식이 남다른 건 사실이에요."

"흠, 재밌네." 안나는 팔꿈치로 옆에 앉은 준을 가볍게 쳤다. "어렸을 때 본 탐정소설에 나오는 얘기 같아. 고준, 우리도 뭔가 의뢰하자."

안나의 오빠 준은 포크로 찍은 브로콜리를 빤히 바라보고 있다가 동생이 팔을 치는 바람에 포크를 떨어뜨릴 뻔했다.

"뭐 해, 얘기하다가 말고 금방 또 정신을 딴 데 팔았어? 이번에도 브로콜리의 프랙털 구조 같은 걸 생각한 건 아니겠지?"

동생의 핀잔에 준의 얼굴이 붉어졌다.

"아냐, 그냥…… 생각해본 거야. 근데 뭐라고?"

"우리도 안성현 씨에게 뭔가 의뢰하자고."

"아, 저는 탐정 같은 건 아닙니다. 그리고 제가 개인 의뢰는 잘 받지 않고요."

성현이 약간 정색하면서 몸을 뒤로 빼자 역으로 안나는 거의 탁자를 넘어갈 만큼 몸을 더 내밀었다. 안나는 남의 거절을 순순하게 받아들이는 사람이 아니었다.

"그래도 친구 사이에 뭐 도와줄 수도 있잖아요? 참, 마리. 너네 건물에 요새 이상한 일 있다면서, 너도 그거 의뢰해봐."

남은 샐러드를 샐러드 스푼으로 다시 예쁘게 그러모으던 마리가 무슨 말인지 모르겠다는 듯 안나를 바라봤다. 안나는 답답하다는 듯이 탁자를 탁 쳤다.

"있잖아. 건물에서 무슨 처녀 귀신을 봤다면서, 한 번도 아니었다면서! '누구냐!' 하고 물어보니까, 못 알아들을 말로 대답했다면서."

"아아, 그거."

마리가 샐러드 스푼을 식탁 위에 놓더니 입을 가리면서 쿡쿡 웃었다. 마리는 나를 보면서 물었다.

"재인 씨는 본 적 없어요?"

"에? 처녀 귀신을요?"

나는 놀라서 되물었다. 놀란 건 귀신을 봤다는 사실이 아니라 마리의 태연자약한 태도 때문이었다.

"아뇨. 그리고 보니 지난봄부터 새벽에 가끔 발소리를 듣거나 건물이 울리는 소리를 들은 것도 같지만……." 어딘가 모르게 이상한 분위기가 있는 건물인 건 맞지만 유령 소동까지 일어난다는 건 몰랐다.

"한번은 빨래방, 1층에서요. 하얀 드레스를 입고 머리를 늘어뜨린 여자를 두 명이나 본 거예요. 한 명은 지난여름에, 다른 한 명은 지난달에. 여름에 본 사람은 얼굴에 멍이 들었고, 지난달에 본 사람은 피칠갑을 했지 뭐예요."

정란이 몸을 떨면서 소리를 질렀다. "야, 이게 납량 특집도 아니고 크리스마스 직전에!"

성현이 갑자기 날카롭게 물었다. "지난달요? 경찰에 신고는 했습니까?"

안나가 포크로 버터헤드 잎을 섬세하게 찢으면서 성현을 한심한 눈길로 보았다. "아니, 누가 경찰에 귀신을 신고해요. 무당을 부르면 몰라도." 안나는 마리를 힐끔 보았다. "근데 너 생각보다 침착하다? 마음 약한 애가. 소리 지르면서 여기 못 살겠다고 우리 집으로 뛰어올 줄 알았는데."

"그게 말이지……. 보니까, 분장인 거야." 마리가 다시한번 쿡쿡 웃었다. "재인 씨, 우리 건물 주인 윤정 사장님있잖아요. 재인 씨 집 건너편에 사는."

"아, 네네."

"윤정 사장님, 단역배우로 영화 출연한대요. 공포 영화찍고 분장한 그대로 퇴근하다가 저랑 부딪친 거예요."

"윤정 사장님이? 그런 얘기는 처음 듣는데요."

"여름에 본 사람은 한국어가 아닌 말을 했다면서." 준이 의아한 목소리로 물었다. "안나가 네가 너무 무서워해서 나한테 가보라고 했잖아. 그때 무슨 베트남어나 타갈로 그어나, 이런 말을 했댔나?"

"아아, 그 사람. 그때는 진짜 무서웠어. 그런데 윤정 사장님 말로는 자기 영화 촬영장에서 만난 친구였대요. 같은 단역배우."

그때 나의 머릿속을 스치고 가는 장면이 있었다.

"아, 러시아 타로!"

"네?" 도영이 깜짝 놀라 자기도 모르게 바닥에 떨어뜨린 숟가락을 주우며 물었다. "러시아 타로요?"

"저도 빨래방에서 러시아 타로술사를 만난 적이 있어요. 새벽 2시에요. 그 사람도 영화 촬영장에서 만났을까? 의상이 심상치 않았거든요."

나는 머릿속에서 지난봄의 기억을 다시 되살렸다. 생각해보니 새벽에 그런 의상을 입고 다니다니, 별로 적절한 설명이 떠오르지 않았다. 게다가 그 핏자국까지. 하지만 분장이라면······.

"새벽 2시라니, 빨래방에서 누군가를 만나기에는 이상한 시각이군요." 성현이 나를 보면서 특유의 건조한 말투로 말했다. "게다가 그런 새벽에 혼자라면, 위험하진 않습니까."

"왜요, 나도 샌프란시스코 발레단에 있을 땐 새벽에 코인 론드리 많이 갔어요."

안나의 말에 준이 얼굴을 찡그렸다. "네가 살던 아파트 앞은 진짜 무섭잖아. 거기 홈리스도 많고."

"별 걱정 다 하셔. 내가 혼자 산 게 몇 년인데, 그리고 홈리스는 무서운 게 아니고 안타까운 거야." 안나는 오빠의 어깨를 치며 핀잔을 주었다. "일단 재인 씨 말에 끼어들지 말고 잠깐 들어봐봐. 그래서요. 재인 씨, 점이라도 봤어요?"

화제를 다른 쪽으로 끌어간 건 자기 쪽이었다는 건 잊은 듯했다.

"아, 네. 점을 보긴 했죠. 저한테 타로점을 봐줬어요."

"어머, 나도 부르지." 마리가 안타까워했다. "타로술사가 뭐라고 했어요?"

모든 사람들이 점을 치러 다니는 건 아니지만, 점 이야기 자체는 모든 사람이 흥미로워한다. 여섯 사람의 눈이 내게로 쏠렸다.

나는 그날의 빨래방의 정경을 기억해내려고 했다. 세 장의 타로 카드. 새벽 형광등 빛 아래에, 거울 속 두 명의 여자. 한 사람의 몸에 두 개의 영혼. 타로 카드 위를 스치던 율리의 손가락. 나는 그날 처음으로 성현의 얼굴을 똑바로 보았다. 그는 의미를 알 수 없는 눈빛으로 내가 말하기를 기다리고 있었다. 나는 고개를 저었다.

"기억 안 나요."

순간 높아졌던 흥미가 하루 지난 케이크의 생크림처럼 혹 꺼졌다. 다들 몸을 내밀고 나를 쳐다보다가 천천히 다시 몸을 빼고 의자에 기댔다.

"에이." 안나가 김이 샜다는 표정으로 입술을 내밀었다. "뭔가 미래의 남편감이라도 말해주는 거 아니었어?"

"안나, 너는 결혼에 관심도 없으면서." 마리가 식탁 위에 놓인 빵 접시를 살짝 들어보았다. "나 바게트 좀더 잘라 올게."

마리가 일어서서 조리대로 갈 때, 나는 그녀의 뒷모습을 바라보았다. 마리도 운동을 가르치는 사람이라 자세도 바르고 동작이 효율적이었다. 거기에 요리 솜씨가 좋고 남을 챙기는 데도 세심했다. 모임 주최자로서 관리자로서 적절히 조율된 태도와 남에게 주목을 끌지 않는 겸손한 면도 있었다.

"참, 러시아 타로 이야기가 나와서 말인데, 우리 이전에 러시아 거울점 봤던 기억나? 예고 시절에?"

정란이 손가락으로 안나를 가리키며 물었다. 마리가 싱크대 앞에서 빵을 자르다 말고 빵칼을 든 채로 몸을 돌렸다.

"아, 그거! 안나네 집에서!"

안나와 준은 서로 얼굴을 마주 보았다. 나는 두 사람만
이 아는 신호가 흐르는 것을 놓치지 않았다. "그게 뭐예
요, 러시아 거울점이라니?"

"그냥 애들 장난 같은 거 있어요." 안나가 어깨를 으쓱
했다.

"재인 씨가 관심 가질 주제 같은데. 오컬트 전문가거든
요." 도영이 나를 가리키며 말했다. "이전에 저를 도와주
기도 하셨고요."

"오, 그래요? 그러면 이것도 재미있어하실 것 같은데,
그게 어떻게 된 거냐면요." 정란의 목소리가 흥에 겨워 높
아졌다.

"정란, 일단 밥 좀 다 먹고 얘기하자. 밤은 길잖아." 안
나가 무례하리만큼 말을 끊으며 의자를 뒤로 밀었다. "마
리, 바게트 말고 글루텐 프리 빵도 있어?"

안나는 조리대 쪽에 선 마리에게로 향했다. 마리가 빵에
대해 대답하면서 대화의 방향은 자연스럽게 음식 관련으
로 바뀌었다. 준은 동생의 결례를 대신 사과하는 듯이 정
란에게 좀더 부드럽게 말을 걸면서 발레 교습소의 근황을
물었다.

고준은 전형적으로 공부 잘하고 똑똑한 사람의 외모로,
언뜻 봤을 때는 개성을 확실히 말하기가 어려웠다. 아마도

실험실 가운을 입으면 다른 사람과 더 분간이 안 될 것 같은 인상이었다. 쌍둥이 동생의 여성 친구들이나 나와 도영을 대하는 태도가 조심스럽고 정중했다. 소심하지만 배려심 있는 사람이라는 느낌을 주었다. 나는 어느샌가 습관대로 준을 너무 열심히 관찰하고 있다는 사실을 깨닫고 살짝 얼굴을 붉혔다.

성현은 자연스럽게 도영과 이야기를 나누느라 내 쪽을 보지 않는 듯했다. 하지만 나는 지난가을의 경험에서 관찰하는 사람도 관찰당한다는 것을 알기 때문에 더욱 주의해야만 했다. 코끼리가 다시 방 안에 나타났고, 나는 코끼리의 의도를 생각했다. 내가 이 모임에 온다는 사실을 성현이 몰랐을 리가 없었다. 도영이 설명하고도 남았을 것이다. 이 건물에 산다는 사실도 알았으리라. 나는 그가 굳이 이 모임의 예상치 못한 손님으로 나타난 이유를 몇 가지 생각해보려 했지만, 그게 나와 관련이 있을 거라는 자의식 강한 추측을 완전히 떨칠 순 없었다.

준과 성현이 설거지를 하는 동안 마리와 다른 손님들은 거실로 자리를 옮겼다. 안나는 그렇게 꼿꼿한 등을 해서는, 식탁 의자에 오래 앉아 있으면 등이 부서질 것 같다는 등 농담을 했다. 나와 도영은 거실 벽 한쪽에 걸린 사진을 구경했다. 예고 발레반 시절의 안나, 마리, 정란, 그리고 우리가 모르는 다른 여자아이가 레오타드를 입고 연습실의 바 앞에 서서 활짝 웃는 모습이 상큼했다. 십 대의 마리가 어머니와 함께 유럽 어딘가에서 찍은 듯한 사진도 있었다. 맨 마지막에는 마리와 안나, 준이 놀이공원의 바이킹 앞에서 찍은 사진이 걸렸다. 초등학교 6학년 정도 되어 보이는 나이였다. 어린 마리는 좀 무서웠는지 울상이면서도 입만은 웃고 있었다. 안나와 준은 그런 마리를 보고 배를 잡고 웃는 모습이었다.

"너무 귀여워요. 장난꾸러기 같아." 도영이 놀이공원 사진을 가리키면서 말했다.

마리는 아까 내가 사 온 한라봉의 껍질을 까는 중이었다. 마리의 손과 웃음에서 그 향기가 묻어났다.

"장난은 안나랑 준이 쳤고, 저는 주로 당하는 입장이었어요."

안나는 마리가 건넨 한라봉을 입에 넣으며 말했다.

"야, 네가 뭘 당해. 놔두고 간다고 해도 쪼르르 따라와 놓고."

정란도 마리에게서 한라봉 하나를 건네받았다.

"마리 말이 맞지 뭘 그래." 정란은 고개를 절레절레 저으며 도영과 나를 향해 말했다. "학교 다닐 때 준이랑 둘이 온 동네 돌아다니면서 장난을 쳐서, 동네 사람들이 다 혀를 내둘렀어요. 동네에 소문난 악동. 쌍둥이 여자애는 발레 천재이고 남자애는 과학고 영재인데, 장난도 남다르다고 했지."

"야, 무슨 소문까지 났다 그러냐. 좀 활발했던 정도지. 고안나, 안 그래?"

설거지를 마친 준이 거실로 와서 바닥에 앉은 정란과 안나 옆에 앉았다. 성현은 엉거주춤 서 있다가 마리가 일어서며 권한 소파에 자리를 잡았다. 마리는 한라봉을 놓고 일어서서 두 사람이 손을 닦을 수건을 찾으러 갔다.

"나는 아니었지. 고준, 네가 정말 대단했지. 마술한답시고 온갖 집안 살림 다 부수고. 너 아직도 미국에서 그러고 다니냐?"

"둘 다 똑같아. 고등학교 1학년 때였나? 너희 무슨 발명품 만든다고 네 아버지 차 사이드미러 떼어서 집에서 난리 났던 생각 아직도 나는데?"

수건을 가지고 돌아온 마리는 나와 도영을 소파로 이끌고 자기는 거실 한쪽의 1인용 의자에 앉았다. 도영이 소파 끄트머리에 앉는 바람에 나는 도영과 성현 사이에 어정쩡하게 앉을 수밖에 없었다.

"아, 그 사건! 나도 기억난다. 그다음에는 또 둘이 사라

져서 동네가 난리 난 적 있지 않아? 맨날 무슨 재료 구한
다고 여기저기 돌아다니느라."

정란의 말에 안나와 준은 서로 눈길을 교환했다.

"그랬었나? 어머, 난 왜 기억이 안 나지?"

"고안나, 딴청 그만 피워. 밤늦게까지 안 들어와서 너희
부모님이 우리 집에 전화를 다 하고. 그 직후에도 무슨 재
료를 구한다며 고물상이었나 폐차장이었나 을지로인가,
그런 데를 간다고 사라졌던 날. 내가 너희 찾으러 그 겨울
한밤에 동네를 다 돌아다녔잖아."

마리는 정다운 기억을 되살리면서도, 동시에 한라봉과
사과, 쿠키를 담은 접시와 상그리아잔을 내 앞으로 밀어주
었다. 나는 그 사람들 이야기를 들으며 잠시 과일에 집중
했다.

"마리한테 폐 많이 끼쳤네. 꼭 보답해라."

준은 안나의 정수리를 토닥였다. 오 분 먼저 태어났다지
만, 그래도 꽤 오빠다운 태도였다.

"남 얘기 하기는."

"그래서 내가 미국에서 선물 사 왔거든."

준은 머쓱한 표정을 지으면서 탁자 위에 놓인 녹색 포장
지의 상자를 가운뎃손가락으로 가리켰다.

"선물은 나도 사 왔거든? 생색내네."

안나가 코를 쳐들면서 비웃는 소리를 냈다. 안나의 선물이 든 쇼핑백이 탁자 옆에 세워져 있었다.

"싸우지 말고 이것 좀 뜯어보자."

마리는 두 선물을 하나하나 뜯어보았다. 놀랍게도 두 사람의 선물은 똑같이 실크 스카프였다.

"뭐야, 쌍둥이 아니랄까 봐. 취향도 똑같아."

정란이 놀리자 안나가 발끈했다.

"어머, 얘랑 나를 똑같이 취급하지 마. 얘 건 이렇게 노숙한 패턴에다가 마리에게는 어울리지도 않는 청록색이라고. 그에 비하면 내 건 훨씬 고상하지."

"둘 다 정말 마음에 들어. 고마워."

마리는 스카프를 얼굴에 대보았다. 손님인 나도 안나의 말이 맞다는 건 인정하지 않을 수 없었다. 브랜드는 준 쪽이 더 고급이긴 해도 준이 사 온 스카프보다는 안나가 사 온 주황색의 스카프가 훨씬 마리에게 잘 어울렸다.

"그리고 나는 선물이 하나 더 있어." 안나는 봉투 속에 같이 들어 있던 작은 꾸러미를 가리켰다. "그것도 열어봐."

"이건 뭔지 알겠다."

마리는 눈송이 무늬가 그려진 포장지를 풀었다. 그 안에서 나온 것은 레이스가 달린 푸른 외투를 입고 푸른 관을 쓴 소녀 도자기 인형이었다.

"러시아 인형이네요."

도영이 말했다.

"안나는 공연 갈 때마다 저한테 그 도시의 기념품 겸해서 인형을 하나씩 사다 줘요. 저기 장식해놓은 것이," 마리는 거실 선반을 가리켰다. "그 기념 인형들이에요."

나는 인형을 잠깐 들여다보았다. 어디서 본 듯한 모습이었다.

"디즈니 엘사를 닮았네요."

"그것도 러시아 눈 아가씨거든요. 그래서 비슷한 이미지가 아닐까? 이번에 모스크바 공연 때 샀어요."

"이건 또 저번에 사 온 눈 아가씨와는 모양이 다르네."

마리가 인형을 들고 살피면서 말했다. 안나는 어깨를 으쓱했다. 그 몸짓도 준과 아주 비슷했다.

"뭐, 맨날 똑같은 것만 사 오면 재미없으니까."

"마리, 아직도 인형 모으는 거 좋아하니? 옛날에 모은 것도 많이 있었잖아. 여긴 요새 것밖에 없네."

정란은 일어서서 장식 선반의 인형을 하나하나 눈으로 훑었다. 마리는 아무렇지 않게 말했다.

"예전에 모으던 건 아빠 회사 문 닫고 급하게 이사 나오느라 못 챙겼어. 지금 그건 그후에 모은 거라서."

분위기가 조금 어색해지려나 싶은 찰나, 마리가 주인으

로서 사교성을 발휘했다.

"이런, 너무 우리끼리만 아는 얘기했죠. 손님 모셔놓고 예의 없이."

나는 두 손을 흔들었다.

"아니에요, 네 분 대화하시는 거 듣기만 해도 즐거운걸요."

"재인 씨가 원래 남의 얘기를 잘 듣는 편입니다."

성현이 아무렇지 않게 대답했다. 나는 훅 붉어진 얼굴을 감추려고 고개를 숙였다. 하지만 아무도 성현의 말에도, 나의 이상한 태도에도 크게 신경 쓰지 않는 것 같았다.

"아아. 재인 씨가 정말 그래요. 남의 얘기 잘 들어주시고. 남들이 잘 이해하지 못하는 신비스러운 이야기도 잘 풀어주시고."

도영도 덤덤하게 덧붙였다.

"참, 아까 오컬트 전문가라고 하셨죠." 정란이 귤을 하나 입속에 넣고 오물거리며 말했다.

나는 이제 오컬트 전문가로 소개되는 일의 어색함에 많이 익숙해졌다. 전문가라는 말은 참 모호하다. 그 일을 직업으로 하는 사람, 취미로 공부하거나 파고드는 사람, 많이 아는 사람, 스스로 많이 안다고 말하는 사람. 나는 앞의 두 개까지는 몰라도 3번과 4번에서는 실격이었지만 그 차이를 남에게 설명하기도 어려웠다.

"전문가는 아니지만…… 신비스러운 이야기를 좋아하죠."

"아, 그러면 역시 우리 러시아 점 얘기 좋아하시겠네." 정란이 아까 말이 끊긴 것 때문인지 안나의 눈치를 보면서 말했다. "우리 고1 겨울에 한 거. 운명의 남자 찾기. 그때가 바로 너희가 말썽 피우던 그해 겨울 크리스마스 직전이었지."

안나는 어깨만 으쓱하고 두 손을 뒤로 짚으며 비스듬하게 앉았다.

"그거 오네긴." 마리는 준을 돌아보며 웃었다. 준은 약간 어색한 미소를 지었다.

"오네긴? 들어본 적 있는 것 같네요. 러시아 소설? 서사시 같은 거였죠? 사랑을 모르는 냉혹한 남자가 여자에게 상처를 주고 나중에 후회하는?"

나는 이전에 교양 수업으로 들은 '러시아 문학의 이해'의 내용을 더듬어보았다. 그 책을 읽었는지까지는 기억이 나지 않았다. 다만 강사님이 무뚝뚝하지만 열정적인 사람이었다는 기억만 났다. 러시아에서 유학 마치고 온 지 얼마 안 되는 사람이어서 이것저것 러시아에 대한 흥미로운 사실을 알려주었다.

"그건 『예브게니 오네긴』이라는 운문 소설이고요. 저희가 지금 말하는 건 〈오네긴〉이라는 발레 이야기예요. 우리가 그때 처음으로 다 같이 〈오네긴〉을 보러 갔었거든요. 다 같이 발레하던 시절에."

마리가 설명해주었다. 정란이 옆에서 끼어들었다.

"얘기가 긴데, 이래요. 〈오네긴〉에 보면 여자 주인공인 타티야나가 마을 소녀들과 함께 거울점을 쳐요. 거울에 오네긴이 나타나서, 타티야나가 그 사람을 운명의 남자라고 믿어버리는 장면이 있거든요."

"우리 모두 그 발레를 보고 너무 반했어요. 한동안 그 얘기만 했었는데, 안나가 그 거울점 해볼 수 있을 것 같다고 말했어요. 안나는 중학교 때 주니어 콩쿠르에서 우승해서 러시아 모스크바 국립 무용 학교에서 잠깐 연수를 받은 적이 있었어요. 자기가 러시아 전문가니까 할 수 있다고. 그게 러시아의 겨울 크리스마스 풍습이래요."

마리의 말이 끝나자, 성현이 불쑥 말했다.

"스뱌트키라는 거죠? 러시아의 성탄 주간을 그렇게 말하고 그때 각종 다양한 의식을 행한다는 말은 들었습니다."

"스…… 그런 말은 처음 듣지만요. 암튼 안나가 그 전해에 러시아 갔다 와서 크리스마스 눈 아가씨 인형도 선물해주고, 한동안 러시아 얘기 많이 해서 우리 모두 동경했었거든요. 그런데 그해 가을에 〈오네긴〉 내한 공연을 보고 나서 요샛말로 뭐라고 하지, 소녀다운 팬심이 폭발했었어요."

팬심은 이제 요샛말도 아닌 것 같지만, 마리는 정말 다시 소녀로 돌아간 얼굴이었다. 늘 어른스럽고 차분하다는 느낌을 주는 마리였기에 이런 소녀다운 얼굴은 새로웠다.

"얘기가 너무 길다. 좀 짧게 해."

안나는 일부러 따분하다는 표정을 짓고 있었지만, 역시 그 입가에도 장난스러운 미소가 떠올라 있었다.

"내가 할게. 마리는 얘기가 너무 길거든." 정란이 떠맡았다. "아무튼 우리는 한동안 〈오네긴〉 이야기를 많이 했었는데, 거기서 나온 거울점을 해보고 싶었거든요. 분신사바 같은 것도 있지만 그건 왠지 무섭다면서."

거울점도 안 무서운 건 아닐 텐데, 나는 생각했지만, 소녀들의 세계에서 무서운 것과 무섭지 않은 것의 차이는 늘 미묘하게 결정 나는 법이다. 이들은 방망이점 같은 건 무섭다고 여길지도 몰랐다. 정란은 계속 말을 이었다.

"그런데 안나가 자기가 마법의 거울 같은 걸 구할 수 있다는 거예요. 그래서 저희도 겨울 방학 직전에 안나네에 모였죠."

"재미있었겠어요."

도영이 맞장구를 쳐주자 정란의 이야기는 힘을 얻었다.

"네, 12월 15일쯤 지나서? 언제였더라? 어쨌든 크리스마스까지 며칠 남은 밤이었는데, 날도 얼마나 캄캄하던지. 다들 이건 진짜다, 의식을 하기에 적당한 날이다, 그랬거든요. 그때 친하게 지내던 사총사가 있었는데, 안나랑 마리랑 저, 그리고 윤미라고 지금 결혼해서 미국 사는 애가 하나 더 있어요. 모두 하얀 잠옷을 입었어요. 안나가 다들 하얀 옷을 입고 해야 한다고 닦달을 해서. 그리고 안나 방에 불을 다 끄고. 촛불 두 개만 켜놓았죠. 그 앞에는 안나가 거울을 세 개를 세웠는데, 그걸 뭐라고 해야 하나."

"앞뒤로 돌아가는 거울이었지? 빙글빙글 돌릴 수 있는. 그거 마리랑 준이 둘이 뚝딱뚝딱 만들었다는데 거울치고 크기는 좀 작았지만 꽤 그럴싸했어요. 그거 말고도 방 안 여기저기에 거울을 잔뜩 세우고."

마리가 거들었다.

"맞아, 맞아. 그랬지. 거울의 방인 줄 알았다니깐요. 아무튼 안나가 그중 거울 세 개를 반원형으로 늘어놓고, 안나가 그 뒤에 앉고 우리는 앞에 앉고. 그리고 모두 손을 잡고 눈을 감으면서 주문을 외우는 거거든요. 운명의 남자여, 우리에게 오라, 였나."

"미래의 남편님, 저녁 식사하러 내게 와주세요."

낮은 목소리의 주문이 공기 중에 울렸다. 준은 목소리만큼이나 기억력도 좋은 사람이었다.

"맞아. 고준, 역시 박사님. 그걸 아직도 기억하고 있니."

마리의 칭찬에 준은 어깨를 으쓱했다. 두 사람은 어딘가 모르게 호흡이 잘 맞는 무대의 앙상블 같은 느낌이었다. 주역으로 나서지는 않지만 무대 뒤편에서 끊임없이 반응을 해주고 서로 받쳐준다.

"야, 얘 괜히 치켜세워주지 마. 이제 별별 걸 다 기억해서 늘어놓는다."

안나가 핀잔을 주었지만, 주문 얘기에 기억이 되살아난 사람은 정란 쪽이었다.

"아무튼 다들 눈을 감고 주문을 외운 후 안나가 하나 둘 셋, 눈을 뜨라고 하면 뜨는 거예요. 그러면 앞에서 거울이 빙글빙글 돌아가다가 안나가 딱 멈추면 거기에 미래 남편의 얼굴이 비치는 거죠."

"정말 비쳤나요?"

도영이 진지하게 물었다.

"네! 진짜였어요! 얼굴이 떠올랐다니깐요!"

정란의 대답에 흥분이 섞였다. 나도 살며시 놀랐다. 이런 유의 점을 치는 건 소녀들 사이에서 흔한 일이었지만, 실제로 영상을 볼 수 있다니 꽤 교묘한 기술이었다.

"정말요?"

"그래요. 내 앞의 거울에 남자 모습이 떠올랐거든요. 희미해서 잘 보이진 않았지만."

"정말 희한하네요."

도영이 진지하게 말했다. 하기는 도영도 그런 환상을 본 적이 있었기에 이런 이야기를 의심 없이 받아들이는 것일 수도 있었다.

"맞아……. 근데 생각해보면 꽤 잘 맞는 거 같아."

갑작스러운 애상이 마리의 목소리에 감돌았다. 과거의 어린아이 같은 장난이 신비스러운 색을 입고 우리들 사이에 내려앉는 거 같았다.

"야, 뭐 그렇게 진지해."

안나가 장난으로 마리의 말이 남긴 울림을 밀어버리려고 했다.

"기억나? 그때 정란이 앞의 거울에는 자동차 탄 남자가 떠오른 거. 그런데 지금 정란이 남자 친구는……."

"자동차 딜러지. 그러고 보니 딱 떨어지네."

정란이 대신 말을 이었다. 마리를 고개를 끄덕거렸다.

"맞아. 그리고 윤미 앞의 거울에 보인 건 금발 머리 남자였잖아. 그런데 지금 윤미, 미국 사람이랑 결혼했지."

"그 사람 금발은 아닌데. 라틴계인가 그래. 저번에 내

시카고 공연에 와서 만났었어."

안나가 심드렁하게 대꾸해도 마리는 여전히 진지했다.

"금발은 아니라도 외국인은 맞잖아. 그리고 나는……."

"맞다! 마리는 아무것도 안 떠올랐……!"

정란은 큰 소리로 말했다가 갑자기 입을 다물었다. 어떤 예언은 맞았다고 신나게 떠들 만한 얘기는 아니라는 걸 뒤늦게야 깨달은 듯했다. 하지만 마리는 별로 기분 상해하는 기색도 없이 대답했다.

"내가 주문을 외웠을 때는 세 개의 거울 중 가운데에 있던 거울이 멈췄잖아. 왼쪽도 오른쪽도 아니고, 안나의 바로 앞에 있던 것. 그런데 그 거울에는 아무 얼굴도 떠오르지 않았어. 물론 그때 준이 안나의 방 창밖 베란다에 숨어 있다가 창문 앞에 있던 책상 위로 넘어 들어오면서 굴러떨어지는 바람에 뭔가 안나랑 둘이 맞춘 장난이 어긋나서 생긴 일이라는 건 알았지. 끝끝내 비밀은 알려주지 않았어도."

"잘 알고 있네."

안나는 천천히 말했다. 준은 사과하듯 입을 열었다.

"알잖아, 마리. 그냥 장난이었다는 것."

"하지만 나, 그거 오래 생각했어. 삼십 대가 된 지금도 생각해. 어쩌면 그 예언이 맞는 게 아닐까? 지금까지 나를 사랑한 사람은 한 명도 없었거든."

마리의 고백은 의외이기도 하고 당황스럽기도 했다. 이제 이야기의 방향은 급회전하는 자동차처럼 휙 돌았다.

"야, 그게 무슨 말이야."

준이 대수롭지 않게 넘기려는 듯 가볍게 말했지만 마리의 얼굴에 떠오른 심각한 빛은 사라지지 않았다. 마리는 앞에 놓인 잔을 들고 자신이 만들어놓은 상그리아를 꿀꺽 마셨다.

"진짜야. 이제까지 나를 진지하게 좋아한 사람은 한 명도 없었어. 오다가다 관심을 보인 사람은 있었지만 그 사람들도 한두 번 데이트를 했을 뿐 그 이후에는 별다른 말이 없더라. 남들은 결혼할 뻔한 경우도 여러 번 있었다지만 나는 그런 일도 없고. 그러다 어느 날 문득 생각나는 거 있지. 아, 그래서 거울에 아무도 없었구나. 그래서 내가 이렇게 되었구나."

마리가 이런 생각을 하는지는 몰랐다. 내 눈에 마리는 충분히 매력이 있는 여자였다. 타인의 시선까지는 내가 판단할 순 없지만, 늘 사랑스러운 사람이라고 생각했다. 하고자 한다면 그 누구도 연애에 부적당한 사람은 없다. 특히 마리는 누구에게나 호감을 주는 사람 같았다. 하지만 매력이 있어도 진지한 연애를 하지 않는 사람들도 많다.

사람을 만나지 않는 것도 아니고 딱히 연애에 거부감이 있는 것도 아닌데 아무도 만나지 않는 사람들. 이런 이들을 분석해서 이유를 찾아내고 그걸로 강좌를 하든 책을 쓰든 하면서 돈을 버는 사람들이 있기도 하다. 하지만 이런 자칭 전문가들의 분석은 막상 피와 살이 있는 실재의 사람에게는 아무런 의미를 지니지 못할 때가 많다. 합리가 설명하지 못할 때, 인간은 오컬트에 빠지게 된다.

"아직 다 산 것도 아닌데. 그런 미신에 얽매이고 그러니, 젊은 애가."

안나의 시니컬한 어조에 준이 인상을 찡그렸다. 그는 같은 말을 부드럽게 바꿔 말했다.

"그래, 마리. 우리에게는 아직 기회가 많아."

"너희 말이 맞아. 이거 다 미신이지. 그래서…….."

다들 그래, 그래 하며 고개를 끄덕이고 있는 가운데 마리의 선언은 다시 한번 핸들을 틀었다. 그것도 전혀 예상 못한 방향으로.

"나, 결혼할 수도 있을 거 같아."

"뭐?"

마리의 친구들 입에서 동시에 터져 나온 말이었다. 나머지 세 사람은 친밀함의 범위를 넘어선 이 대화에서 어떤 입장을 취해야 할지 몰라 안절부절못할 뿐이었다.

"지난 주말에 선 봤거든."

"뭐? 지난 주말에 선 본 남자랑 벌써 결혼을 결정해? 너 정말 미쳤구나."

안나의 기세에 건물이 흔들릴 것만 같았다.

"어떤 사람이야? 몇 번이나 만난 거야?" 정란이 물었다.

"그냥 평범하게 회사 다녀. 판교에 있는 스타트업. 주말에 만나고 어제 필라테스 교실로 찾아와서 한 번 더 만났어. 내일 만나면 세 번이야. 어제 헤어질 때 생각해보고 얘기해달라더라."

"두 번 만난 남자랑 결혼하는 건 너무 성급하지 않아?"

준은 분명 동생보다 더 놀랐지만, 그럼에도 그 놀라움을 내비치고 싶어 하지 않는 사람 같았다. 그는 식어버린 분위기에서 혼자 어색하게 웃었다.

"설마 첫눈에 사랑에라도 빠진 거야?"

"그건 잘 모르겠어." 마리는 천천히 대답했다. "사랑은 모르겠지만 좋은 사람이라는 생각은 들어. 이번 기회가 아니면 누가 또 나랑 결혼을 하자고 할지도 모르고." 그녀는 나와 도영, 성현을 돌아보았다. "미안해요, 오늘 모시고 이런 칙칙한 얘기. 크리스마스에 즐겁게 밥이나 먹자고 모신 건데. 특히 성현 씨는 당황하셨을 것 같네요. 처음 보는 여자가 이렇게 신세 한탄이나 하고."

"아, 아닙니다." 성현은 갑자기 주목받았지만 천천히 대답했다. "제가 말을 보태기에는 사적인 주제인 건 사실입니다만……." 이 와중에도 솔직한 사람이었다. "아무래도 인생에서 중요한 일이니 신중하게 생각해야 한다는 친구분들의 말씀이 맞는 것 같습니다."

"알아요." 마리는 순순히 고개를 끄덕였다. "하지만 결혼은 아니라도 아무도 나를 사랑하지 않는다는 상태에 대해선 오래 생각했거든요. 이 사람도 저를 사랑해서 결혼하자는 건 아닌 거 같지만, 결혼은 그렇지 않아도 할 수 있는 것 같아요. 앞으로도 나를 사랑할 사람이 없을지도 모른다는 생각도 들고."

그 말에는 오랜 쓸쓸함의 기운이 묻어나 나도 모르게 마리의 손을 잡았다. 오랜 친구들도 있는데 내가 맡을 만한 역은 아닌 것 같았지만 그 순간에는 어쩔 수 없었다.

"아니에요."

마리가 손을 잡힌 채로 나를 보았다. 그 눈은 검은 거울처럼 나를 비추었다. 그래서 나는 마음속에 있던 말을 해버렸다.

"아무도 마리 씨를 사랑한 적 없었다는 말, 앞으로도 그럴 사람이 없을 거라는 말, 그 말은 사실이 아니에요. 마리 씨는 모르지만, 누군가 마리 씨를 사랑했고, 앞으로도 사랑할 거예요. 처음 보는 사람과 결혼해도 괜찮지만, 그런 생각은 하지 마세요."

"재인 씨……."

나의 나쁜 버릇이 또 나왔다. 나는 남의 인생에 상관하지 않아야 한다고 언제나 다짐하지만, 결국 지나치게 개입하고 만다. 나는 마리의 손을 놓았다.

"죄송해요, 주제넘게."

급작스러운 열정 뒤에는 늘 침묵이 흐른다. 다들 할 말을 찾지 못했다. 침묵을 깬 건 정란이었다.

"그래, 마리! 너를 좋아한 사람 있었잖아."

"누구?"

"그때, 그 러시아에서 온 소년! 발레단에 있던!"

마리의 표정이 의아함에서 실망으로 바뀌었다.

"아아…… 유진. 어떤 의미에서는 첫사랑이었지. 하지만 유진도 진정으로 나를 좋아한 건 아니었어."

"무슨 말이야?"

마리가 털어놓은 첫사랑의 사연은 이러했다.

제가 예중을 다니던 3학년 때, 유진은 우리 학교와 결연을 맺고 있는 러시아 모스크바 국립 무용 학교의 학생으로 초청 공연에 참가해서 처음 한국에 왔어요. 유진은 저보다 한 살 많았고 할머니가 한국계였지만 한국말은 못 했어요.

저는 학교 다닐 때도 친구들에 비해서 눈에 띄지 않는 편이었고, 크게 성공한 발레리나가 될 수 있을 거라는 생각은 하지 않았죠. 하지만 춤추는 게 좋았고, 다른 사람들의 춤을 좋아했어요. 이렇게 얘기하다 보니 생각나네요. 여름 아침이었는데, 저는 평소보다 일찍 연습실에 갔어요. 무용제에서 작은 역할을 맡았지만 그거라도 잘하고 싶었어요.

거기 유진이 있던 거예요. 그 애의 춤은 여름 아침의 새처럼 가볍지만 동시에 겨울을 대비하는 동물처럼 강했어요. 네, 제가 그렇게 반했나 봐요.

제가 숫기가 없어서 좋아한다는 말도 못 했는데 안나가 도와줬어요. 안나는 러시아 단어도 조금 할 줄 알고 저보다 영어도 잘하니까. 저만 둘이 있으면 어색하니까 안나랑 준이랑 같이 만나서 떡볶이도 먹으러 가고. 유진은 매운 건 잘 못 먹었지만요. 매운 거 잘 못 먹고 쿨피스만 들이켜는 것도 저는 귀여웠네요. 우리는 안 되는 영어로 띄엄띄엄 대화를 했어요. 데이트도 아니고 준이랑 안나가 같이 있어서 그냥 친구들끼리 놀러 다니는 것뿐이었지만 저는 그래도 좋았어요.

유진은 추운 나라에서 온 사람답게 머리가 검고 얼굴이 하얀 겨울 소년이었어요. 태어난 것도 크리스마스이브라고 했어요. 자기가 태어나고 아버지가 모스크바에서 가장 크고 중요한 교회의 크리스마스 예배에 가서 예수님의 탄생과 함께 감사 기도를 올렸다고. 그래서 매해 크리스마스 예배에서 부모님과 함께 탄생 감사 기도를 드리게 됐다고, 이런 얘기를 웃으면서 했었거든요. 저는 기억해두었죠.

곧 유진은 러시아로 돌아갔어요. 그때는 2000년대 초반이니까 러시아에도 '메일 루' 같은 인터넷 메일이 있었지만, 유진이 자신은 인터넷을 잘 쓰지 않는다고 해서 우리는 손 편지를 썼어요. 사실 유진을 좋아하던 여자애들은 많았던 것 같은데 그렇게도 꾸준히 편지를 썼던 사람은 저뿐이었어요. 영어로 쓰는데 안나가 많이 도와줬죠. 편지 쓸 때는 힘들었지만 행복했어요. 오늘 하루 있었던 일을 시시콜콜하게 적는 것뿐이었지만, 편지지를 고르고 글씨를 쓰고 예쁜 스티커를 붙이고 하는 과정 자체가 즐거웠어요. 유진에게서 온 편지는 봉투를 뜯을 때마다 심장 속에 작은 전기 장치가 있는 것 같은 기분이 들었어요.

그런데 제가 고등학교 1학년 겨울 방학 때 유럽 발레 학교 연수를 하게 됐어요. 네, 아까 거울점 치고 놀았던 그해의 겨울 방학. 저는 그런 연수를 할 실력이 되지 않았지만, 부모님이 그때까지는 저를 포기하지 않았어서 억지로 보내려고 했거든요. 그때는 저희 집도 어렵지 않았고. 처음에는 가기 싫었는데, 유럽 갈 때 러시아에 들러서 갈 수 있다는 걸 알았어요. 그래서 정말 철도 없이 부모님을 졸라서 유럽 가는 길에 러시아에서 환승 겸 하루 묵기로 했는데, 안나 도움을 받아서 러시아로 편지를 써서 보냈어요. 너의 생일에 만나러 가고 싶다고. 생일 선물을 주고 싶다고. 저녁 6시에 모스크바 볼쇼이극장 문 앞에서 만나자고. 제가 모스크바에 달리 아는 데가 없었거든요. 우리가 묵는 호텔이 크렘린궁전, 붉은광장에서 가까워서 거기서 가기도 쉬운 곳이라고 말했어요. 유진의 답장은 짧았어요. "Yes, I will wait for you there."

약속 날은 너무 떨렸어요. 12월 24일 모스크바에는 크리스마스 장식이 생각보다 엄청 화려하진 않았지만, 그래도 기분은 축제처럼 들뜨더라고요. 저는 유진에게 주려고 오랫동안 뜬 스웨터가 든 선물 상자를 끌어안고 볼쇼이극장으로 갔어요. 외국에서 혼자는 처음 돌아다니는 거라서 저한테는 정말 큰 용기였어요. 엄마한테는 잠깐 호텔 앞에서 친구를 만난다고 하고 나와서 혼자서 거기까지 찾아간다는 게. 유진을 만날 수 있다는 것만으로 좋았어요. 볼쇼이 극장의 하얀 기둥을 지나갈 때만 해도 즐겁기만 했어요.

하지만 유진은 오지 않았어요. 엇갈린 건가 싶어서 볼쇼이극장을 몇 바퀴나 돌았어요. 여기도 가보고 저기도 가보고. 너무 추워서 안에 들어갔다가 다시 나오고. 극장에서 공연이 끝나고 관객들이 우르르 나오면 못 만날까 봐 발동동 구르면서 돌아다녔어요. 그렇게 사람들이 사라질 때까지 세 시간이나 기다렸는데, 결국 유진을 못 만났어요. 손발이 얼고 뺨에 감각이 없어지는데 모스크바를 장식한 불빛들은 너무 예쁘더라고요. 그 애를 기다리는 도중에 얼굴에서 눈물이 나기 시작했는데, 추운 날 울면 눈물조차도 쉽게 식는다는 걸 알았어요. 뜨거운 마음도 그렇게 빨리 식었으면 좋았을 텐데. 나는 내내 유진을 만날 생각만 했는데, 유진은 오지 않았죠. 결국 호텔로 돌아갔더니 엄마가 걱정하고 계시더라고요. 몸도 으슬으슬 떨리고 마음도 아파서 엄마한테는 아무 말 못 했어요.

유럽에서 두 달을 보내는 동안에는 연락할 수가 없었어요. 처음에는 밖에서 너무 오래 기다린 탓인지 심한 몸살감기에 걸려서 수업도 제대로 듣지 못했는걸요. 돌아와서도 유진에게는 아무 소식을 듣지 못했죠. 안나와도 유진의 얘기는 더는 하지 않았어요. 집에 왔을 때는 편지가 딱한 통 와 있었어요. "I'm disappointed. You are not the girl I thought." 의미는 잘 모르겠지만 나한테 실망했다는 거겠죠. 넌 내가 생각한 여자애가 아니라고. 답장해서 의미를 물어보고 싶었지만 그다음에 여러 일이 생겨서 더는 물어볼 수 없었어요.

이 이야기를 다른 사람들 앞에서 하는 건 오늘이 처음이네요. 처음 용기 내서 좋아하는 소년을 만나러 갔는데 바람 맞았다는 게 부끄러웠어요. 그리고 오래 생각했어요. 왜 기다린다고 했을까, 그냥 오지 말라고 하지. 그렇게 냉정하게 말할 필요가 있나. 그 상처 때문에 제가 그후로 사랑하는 사람이 없었다고 한다면 거짓말이겠죠. 하지만 저한테는 왠지 매번 그런 일만 생기는 것 같아요. 먼저 좋아하고, 제가 다가가고, 그렇게 차갑게 상처받고. 그해 겨울 모스크바 겨울의 추위가 심장에 박혀서 빠지지 않는 것 같아요. 그 상태로 어른이 되어버린 것 같네요.

✦

"죄송해요. 오늘 궁상스러운 얘기 너무 많이 하네."

마리는 왼쪽 손등을 오른쪽 뺨에 가져다 대며 웃었다.

"심각하게 말했지만 별일 아니에요. 저는 그다음에 다리를 다치기도 하고 아까 말한 대로 집안 형편도 어려워져서 발레를 그만두었어요. 재활하면서 필라테스를 하게 되어서 공부를 그쪽으로 했고요. 발레랑 거리가 멀어지니까 자연스럽게 유진 생각도 안 하게 되더라고요. 발레는 저의 집 형편에도 저의 실력에도 맞지 않는 옷이었어요. 다른 일들도 그저 제게 맞지 않는 일들인 거겠죠. 연애를 못 하고 아니고, 이런 얘기들은 다 핑계죠."

정란이 다가가 마리가 앉은 의자 손잡이에 앉으며 한 팔로 마리를 감쌌다. 마리는 정란의 어깨에 기댔다.

"나는 전혀 몰랐어. 너한테 그런 일이 있었을 줄은. 유진 일도 그렇고 집안일 때문에 발레 그만둔 것도. 얘기라도 해주지."

"이런 못난 얘기를 뭐 하러 해."

"전혀 못난 얘기가 아니에요." 도영이 마리를 보고 웃어 보였다. "누구에게나 좌절은 있는걸요. 힘든 일도 있고. 하지만 그런 얘기를 하면서 스스로 상처를 극복하게 되는 것 같아요."

이 년 전 인생에서 큰일을 겪은 도영이 하는 말인 만큼 거기에는 진정한 위로가 담겨 있었다. 나도 그 마음을 알 것 같았다. 나도 사소하지만 상처를 겪고 거기서 일어났으니까.

나는 탁자 위에 놓인 푸른 옷 인형의 말간 얼굴을 바라보았다. 인형은 곱지만 세계의 번민은 아무것도 모르는 눈을 하고 있었다. 영원한 겨울 속에 사는 눈의 아가씨.

그래서 나는 또 한 번 내가 하지 않아도 될 말을 하고 말았다. 이 경우에는 진실을 밝히는 것이 나의 몫이 아닌데도.

"우리가 안고 있는 많은 상처는 오해로 만들어져요."

"네?"

마리가 눈을 동그랗게 떴다. 모든 사람의 시선이 내게 쏠렸다. 나는 숨을 크게 들이마셨다.

"오늘 마리 선생님이 한 이야기에는 두 개의 수수께끼가 있어요. 하나는……." 나는 엄지손가락을 접었다. "미래를 보는 거울의 수수께끼죠. 그런 걸 스크라잉scrying이라고 하는데……."

"스크라잉요?" 준이 물었다.

"네, 서양의 마녀 마법에서는 그렇게 불러요. 수정 구슬을 통해서 미래를 보는. 하지만 여기서는 마녀가 한 일이 아니죠." 나는 준과 안나를 똑바로 바라보았다. "두 분이 그 비밀을 알고 있겠죠."

준은 불편하게 흐음, 헛기침을 했다. 안나는 무대 분장을 한 사람처럼 진짜 표정을 잘 알아볼 수 없었다.

"하긴, 나도 그동안 궁금했어. 어떻게 한 건지." 정란이

준과 안나의 얼굴을 번갈아 보았다.

"두 번째 수수께끼는⋯⋯." 나는 집게손가락을 접었다. "크리스마스이브에 볼쇼이극장 앞에서 있었던 일."

나는 성현과 눈이 마주쳤다. 그도 나와 똑같은 걸 알아차렸는지도 모른다는 생각이 들었지만 아무 말 하지 않았다.

"제가 두 번째를 풀어볼 테니까, 그 답이 일리가 있다고 생각하거나 다른 답을 아는 분이 있으면 말해주세요."

밤이 더 깊어지자 방 안에 한기가 돌았다. 이 건물은 왠지 보일러가 돌기까지는 시간이 걸렸다. 그렇지만 아무도 옷을 걸치거나 온도를 올리기 위해 일어나지 않았다. 모두 자리에 앉은 채로 나를 바라보고 있었다. 마리가 미리 걸어놓은 장식, 내가 가지고 온 크리스마스의 꽃, 탁자 위의 눈 아가씨, 비슷한 나이 또래의 남녀. 크리스마스를 배경으로 한 광고 같은 광경이지만, 그런 화면에서 느낄 수 있는 따뜻함은 잠깐 멎어 있었다.

"마리 선생님은 고등학교 1학년 때 러시아에 갔어요. 그전에는 그 나라에 대해서 전혀 몰랐고요."

"그래요. 지금도 뭐 아는 건 없지만."

"유진과 대화는 주로 영어로 하셨다고 했죠. 만나러 간다는 편지도 영어로 쓰셨을 거고."

"네. 영어가 딸려서 엉망진창이었지만."

"유진은 자기 생일이 크리스마스이브라고 했죠. 영어로 말했을 테니까. 부모님이 성탄절에 유진의 탄생을 감사하는 기도를 올려서 알았다고. 선생님은 그의 생일에 만나러 가겠다고 했어요. 맞죠?"

"네, 생일 선물을 주고 싶다고."

"날짜는 따로 편지에 쓰지 않았죠."

마리는 잠시 기억을 더듬어 보더니 안나를 향했다.

"따로 쓰지 않았지?"

안나는 목만 까닥 움직였다. 왠지 목만 움직이는 인형 같았다.

"네, 마리 선생님이 가신 날은 12월 24일이었겠죠."

"그렇죠. 크리스마스이브라고 했으니까."

사람들은 대학교 교양 수업 따위는 학점을 얻으면 다 잊어버리는 쓸모없는 과목이라고 말한다. 하지만 그렇지 않다. 나의 무뚝뚝하고 진지한 러시아 문학 선생님은 수수께끼 풀이에 필요한 몇 가지 중요한 것을 알려주었다. 사람의 마음을 알아내는 데 중요한 열쇠.

"학교 다닐 때 수업에서 배웠어요. 그레고리우스력을 쓰는 대부분의 나라와는 달리 러시아 정교도에서는 율리우스력을 써요. 그레고리우스력은 율리우스력과 십삼 일

차이가 나죠. 율리우스력의 날짜는 그레고리우스력의 날짜보다 십삼 일이 늦어요. 그래서 원래의 날에 십삼 일을 더한 게 지금의 율리우스력 날짜가 됐어요."

나는 셈에 약하다. 하지만 이 정도는 누구나 계산할 수 있는 단순 산수였다.

"그렇게 따지다 보니 예수 탄신일인 12월 25일은 러시아에서는 1월 7일이 되었어요. 즉, 러시아에서 성탄일은 1월 7일에 기념한다는 거죠. 그러면 유진의 생일은 1월 6일이었던 게 아닐까요?"

"예?"

"유진의 부모님은 모스크바에서 가장 크고 중요한 교회에서 크리스마스 예배를 드리면서 감사 기도를 했다고 했죠. 아마도 러시아 정교도 교회인 구세주 그리스도 대성당을 말한 게 아닐까요. 러시아에서 가장 높은 구세주 그리스도 대성당의 크리스마스 예배는 1월 7일에 한다고 들었어요. 이 얘기를 영어로 했기 때문에 편의적으로 크리스마스, 크리스마스이브 이렇게 표현된 게 아닐까요."

"정말이에요?" 정란이 스마트폰을 꺼내서 인터넷으로 확인해보았다. "정말이네."

마리의 얼굴이 붉게 물들었다. 마리는 앞에 놓인 맥주잔을 들더니 바닥이 보이도록 들이켰다.

"진짜 몰랐어요. 아직까지도."

나는 이 얘기를 이런 식으로 해버리고 싶진 않았다. 하지만 진실은 누군가 마중물을 부어야 솟아나는 법이다. 그런다고 해서 언제나 우물물처럼 솟아나는 건 아니지만.

"그렇다고 해서 유진이 약속에 나왔다는 뜻은 아닐텐데."

안나가 긴 팔을 스트레칭하듯 위로 뻗으며 무심하게 말했다.

"네, 하지만 나왔다고 생각하는 편이 자연스럽죠. 나중에 온 편지 내용을 보면. 아무 일도 없었는데 실망했고, 내가 생각한 애가 아니었어, 라고 했다기보다는 뭔가 유진 입장에서 실망할 행동을 했다는 편이 맞지 않을까요?"

마리는 생각에 잠겼다. "그럴지도 모르겠네요."

"분명 그럴 거야!" 정란이 소리치듯 말했다. "유진 페이스북이나 이런 데 찾아보자! 그래서 물어보는 거야."

"그럴 필요 없어."

안나가 자리에서 일어나며 정수기 쪽으로 가서 물을 따랐다.

"유진은 이번 나랑 같이 하는 공연에 나와. 한국에 올 거야. 원한다면 그때 물어볼 수 있지." 안나는 물컵을 든 채로 돌아보았다. "네가 바란다면 공연에 와서 직접 만날 수도 있고."

마리는 잠깐 아무 말 없다가 고개를 흔들었다.

"아니야. 그건 이제 아무 의미 없지. 이대로도 좋아."

안나는 다시 한번 어깨를 으쓱했다. 그녀의 습관 같았
다. "네 뜻대로."

"그럼, 이제 다시 돌아가서. 첫 번째 수수께끼는 어떻게
된 걸까요? 마법의 거울은?"

도영은 화제를 놓치지 않고 안나와 준을 번갈아 보았다.
두 사람은 역시 또 서로 눈길을 교환했다. 안나가 말했다.

"이것도 재인 씨가 한번 맞혀봐요. 수수께끼를 잘 푸시
니까."

안나의 시선은 도전적으로 나를 향했다. 나도 고개를 들
어 그녀를 보았다. 안나는 내가 전체의 얼개만 어렴풋이
짐작할 뿐이라는 걸 알았는지도 몰랐다.

"돌아가는 거울."

조용한 목소리가 들렸다. 우리는 모두 선생님의 지시를
따르는 초등학생처럼 동시에 성현을 돌아보았다.

"거울이 앞뒤로 돌아가는 거라고 했죠. 그리고 친구들
앞에 하나씩 놓여 있었고요. 이렇게." 성현은 마리와 정
란, 도영의 앞을 가리켰다. "그리고 안나 씨는 거울 건너
편에 앉아서 거울을 돌리거나 멈추는 역할이었죠."

"그래요."

"방 안은 어두웠고. 아까 준 씨는 베란다에 숨어 있다가 창문 앞 책상 위로 굴러떨어졌다고 했는데요. 그럼 베란다에서 뭘 하고 있었을까요?"

거기까지는 나도 생각한 부분이었다. 나는 '왜'는 짐작할 수 있었다. 하지만 '무엇을'은 알 수 없었다.

"그러게요."

준은 여전히 장난스레 대답했지만, 한편으로는 그 장난기로 애매모호한 태도를 가렸다. 성현이 계속 말을 이었다.

"두 분이 손발을 맞추어 거울에 얼굴을 띄운 건 알 수 있었지만, 어떻게 했는지 아무도 알 수 없습니다."

"마술사는 트릭을 공개하지 않는 법이니까요."

"저는 아까 정란 씨와 마리 씨가 하신 말씀을 생각해봤습니다. 두 분이 평소에 장난을 즐기셨다고. 차의 사이드미러를 떼어 갔다고."

안나가 준의 옆으로 다가앉으며 두 손을 깍지 껴 무릎 위에 얹었다.

"얘기 방향이 재미있네요. 그래서요?"

"모든 차가 그런 건 아니지만, 사이드미러는 광각거울을 씁니다."

성현은 천천히 말을 이었다.

"폐차장이나 고물상을 돌아다녔다는 것도 비슷한 이유

아니었을까요. 굳이 폐차장엘 다녔어야 할 이유는?"

안나는 이제 성현 쪽으로 몸을 내밀었다.

"계속해보세요."

"두 분이 그런 거울을 직접 제작했다고 했는데. 돌아가는 거울의 앞은 평면거울이었고, 뒷면은 광각거울이었다면요?"

"아!" 정란이 소리쳤다. "야, 너네 그렇게 한 거야?"

"아마 이렇게 된 게 아닐까 합니다. 방 안을 어둡게 해놓고 안나 씨가 앞면의 평면거울을 보여줍니다. 거기에는 아무것도 나타나 있지 않죠. 친구들에게 눈을 감게 한 후, 베란다에 숨어 있던 준 씨가 창문 앞에 놓인 책상에 살짝 사진을 놓습니다. 그러면서 안나 씨가 주문을 외운 후 보이는 거울 면을 광각으로 돌리죠."

다들 숨을 죽이고 귀를 기울었다.

"아시겠지만 평면거울은 정반사 거울이고, 광각거울은 볼록거울로 반사각이 달라서 상은 작게 보이지만 더 넓은 영역을 볼 수가 있죠. 사이드미러에서 사각지대까지 포함할 수 있게 하는 게 그런 원리죠. 그러면 거리감이 달라져서 방의 뒤쪽 책상 위에 놓은 사진까지 포함할 수도 있지 않았을까요. 물론 앞의 친구들에게 들키지 않고 하려면 방안에 놓인 여러 거울을 이용해서 각을 만들어야 했겠지만.

두 분이 연습을 많이 했겠네요."

잠시 침묵이 흐르고, 모두들 안나와 준을 바라보았다.
안나가 몸을 앞으로 내밀며 손가락을 튕겼다.

"정답."

준은 소파 쿠션을 안은 채 옆으로 쓰러졌다.

"아아, 할 때는 진짜 힘들었는데 이렇게 맥 빠지게 풀
리네."

"야, 과학고 신동이 만들어낸 트릭도 아무 소용없어."

"너희 정말이야? 나는 두고두고 신기하다고 생각했는
데!"

정란이 안나의 팔을 주먹으로 톡 쳤다. 안나는 심드렁하
게 말했다.

"너야 어쨌든 좋은 사람 만나고 잘됐잖아."

"그럼 마리는!"

준이 옆으로 누워 있다가 다시 일어났다.

"미안해, 마리. 잘 나가다가 마지막에는 망했지 뭐야.
둘이 손발이 안 맞아서 실수한 건데. 그걸 마리가 이제까
지 마음에 두고 있을 줄 몰랐어."

소년 시절의 장난을 이 정도로 진지하게 사과하기도 힘
들 것 같았다.

"잘못을 돌릴 수 있다면 뭐든지 할게. 그러니까……."

준은 말을 멈추었다. 그는 침을 삼켰지만 더는 말을 잇지 않았다.

"흥, 마음에 오래 두고 있던 건 아니라고."

마리가 일부러 토라진 듯 말했지만 그렇게 화난 기색은 없었다. 마법은 모를 때만 힘이 강력하다. 알려진 트릭은 탄산이 날아간 탄산수처럼 밋밋하게만 느껴질 뿐이다. 그러나 자신이 걸린 줄 모르는 마법은 영 깨어지지 않는다.

준의 사과 후 가라앉은 분위기를 바꾼 건 안나였다.

"그럼, 이제 크리스마스에 칙칙한 얘기 좀 그만하자. 나는 커피 마시고 잠 깰래. 마리, 커피 없니?"

내내 책상다리로 바닥에 앉아 있던 준은 다리를 쭉 뻗었다.

"나는 술을 좀더 마시고 싶은데. 맥주로."

안나는 오빠를 쳐다보면서 자기를 따라 하라는 듯 팔을 뻗고 허리를 굽혀 스트레칭을 했다. 준은 웃으며 고개를 절레절레 저었다.

마리가 손님들보다 앞서 부엌으로 갔다가 다시 나오더니 당혹스러운 표정을 지었다.

"이런, 원두가 떨어졌어. 맥주도 이제 한 캔밖에 없는데. 어떡하지."

"맥주는 배달 안 되겠지. 그럼, 나가서 사 올까? 여기 근

처 커피숍 중 아직 문 연 데가 있을 텐데. 원두 살 수 있을
거야."

정란이 휴대전화를 들어 시간을 확인했다. 마리가 주방
부엌에 걸어놓은 웃옷을 집으려 했다.

"아, 그럼 내가 가서 사 올게."

"아니에요, 그럼 제가."

"아니야. 내가 갈게."

동시에 일어난 사람은 나와 준이었다. 우리는 다시 앉을
수도 없어서 엉거주춤한 자세로 섰다.

"제가 갈게요."

"이 밤에 여자분 혼자 보낼 수 없죠. 제가 가야죠."

"그럼 둘이 갔다 와요." 정란이 앉은 자리에서 케이크
를 한 입 먹으며 말했다. "둘이 가야 그걸 다 들고 오지."

"그럼 저도 가겠습니다."

성현이 자리에서 일어서는 것과 동시에 안나도 일어섰다.

"나도 갈래."

그제 비가 내린 후에 길이 그대로 얼어붙어서 미끄러웠
다. 한밤의 커피-맥주 원정단은 마리의 빌라 앞 어두운 골
목을 펭귄 걸음으로 내려왔다. 군데군데 깔린 얼음 위로
겨울바람이 미끄러져 갔다.

"아유, 추워." 안나가 어깨를 움츠리며 말했다. "준, 네 목도리라도 벗어 줘."

"야, 나도 춥다고."

"아, 제 목도리라도 드릴게요."

내가 목도리를 벗으려는 찰나, 성현이 자기 목도리를 벗어 안나에게 건넸다.

"이걸 쓰시죠."

안나는 우리 두 사람을 잠깐 보더니 입꼬리를 살짝 올리며 목도리를 받아 들었다.

"네. 감사히."

우리는 큰 사거리 근처까지 내려왔다. 이곳은 지하철역 공사중이라서 한밤에도 조명이 환했다. 안전 울타리 너머에서 인부들이 분주히 움직이는 것이 보였다. 그중 한 사람이 무어라고 외친 소리가 공사장의 소음과 겨울밤 공기속으로 사라져버렸다.

"한밤에도 일을 하네요." 준이 공사장을 넘겨다보며 중얼거렸다.

"원래 밤에는 공사 안 하는 거 아닌가." 안나가 목도리에 얼굴을 묻으며 말했다.

"그런데 얼마 전부터 밤에 공사를 하는지 건물이 울리고 좀 시끄럽긴 하더라고요."

내 말에 성현이 날카롭게 쳐다보았다. "여기서부터 건물까지는 거리가 있는데 그래도 울립니까?"

오늘 저녁 그가 나를 향해 직접 건 말은 이게 처음이었다.

"네. 그래도 울리더라고요. 지하철 공사와 상관 있는진 모르겠지만."

준이 얼굴을 찡그렸다. "여기 지반이 약한 거 아닌가. 이 근처 어디 일제강점기 시절의 땅굴이 있죠?"

"아, 그건 저희 건물 뒤쪽의 산이에요. 지하호가 있다고 하고 학교에서 견학도 하더라고요. 저는 안 가봤지만."

"조심하십시오."

성현의 뜬금없는 말에 나와 안나가 그를 쳐다보았다. 성현은 우리가 쳐다보자 조금 표정이 굳었다. 그가 어색할 때 보이는 모습이라는 것을 나는 알고 있었다.

"아니, 어쨌든 위험할 수도 있으니까요."

"쓸데없이 걱정이 많으시네요." 안나가 어깨를 으쓱했다.

준이 정색했다. "아냐. 성현 씨 말이 맞는 것도 같아. 아까 들어올 때 보니까 건물 앞에 이상한 남자들이 어슬렁거리고 있더라고. 치안이 좋은 동네는 아닌 것 같아."

우리는 사거리 신호등 앞에 이르렀다. 신호가 바뀌기 직전 보도에 서 있을 때 안나가 제안했다.

"나랑 재인 씨가 가서 커피를 살 테니, 두 사람이 마트에 가서 맥주를 사 와. 안주도 많이 사 오고."

"같이 안 가고? 마트에도 원두는 있잖아."

"종류가 많지 않잖아. 그리고 나는 지금 당장 한 잔 마실 거야."

나랑 성현은 아무런 의견을 내지 않았다. 나와 안나는 사거리에서 횡단보도를 건너고, 준과 성현은 우리와 헤어져 왼쪽으로 갔다.

커피숍에는 아직까지 사람이 꽤 있었다. 도시에서 가장 크리스마스 기운이 넘치는 곳, 우리는 캐럴이 흐르는 카페에서 원두를 사고 커피를 받아서 나올 때까지도 별다른 말을 하지 않았다. 안나는 자기 몫으로는 따뜻한 아메리카노를 시키고 다른 사람들 몫으로 카페라테 세 잔과 원두를 좀 샀다. 나는 크리스마스 특선이라는 토피넛 음료를 시켰다. 안나가 커피를 들겠다고 했지만 내가 극구 우겨서 커피가 든 캐리어를 드는 역할을 맡았다. 안나는 더 권하지 않고 계산을 마친 후 원두가 든 봉투를 받았다.

다시 카페에서 나왔을 때는 온도가 더 떨어져 있었다. 나무에 감아놓은 꼬마전구의 불빛조차 얼어붙은 것만 같았다. 크리스마스이브가 코앞인데도 커피숍 안과는 달리 길에는 사람이 없어, 군데군데 걸린 장식들도 풀죽은 듯 보였다. 커피숍 문을 두고 안과 밖의 풍경이 대조를 이루었다.

따뜻한 안, 차가운 밖. 기분 탓일지도 모른다. 하지만 안에 들어가지 못한 사람들은 더 춥게 느끼기 마련이다.

사거리에서 신호등 불빛이 바뀌기를 기다릴 때, 안나가 커피잔을 든 채로 성현의 목도리를 끌어 올리며 불쑥 말했다.

"재인 씨는 눈치가 빠른 분이시죠. 마리와는 달리."

질문도 아니고, 이미 결론에 다다른 말이었다.

"어떤 부분에는 눈치가 빠르고 어떤 부분은 아니라고 사람들이 그래요."

"어떤 부분은 말하고 어떤 부분은 말하지 않는 게 눈치가 있는 거죠."

초록불이 들어왔다. 하지만 안나는 건널 생각을 하지 않았다. 나도 건너지 않았다. 반대편 사람들이 오고, 이쪽 편의 사람들이 다 지나갈 동안 안나는 아무 말도 하지 않았다. 신호가 다시 붉은색으로 바뀌었다. 안나가 입을 열었다. 하얀 입김이 유령처럼 흩어졌다.

"마리에게 말하진 않으시겠죠."

나는 거기서 확인하고 싶은 마음을 억누를 수 없었다. 모르고 지나가도 괜찮은 진실은 세상에 많지만, 어리석게도 꼭 확인하고 싶어 하는 인간이 있다. 그게 바로 나였다. 그 때문에 매번 낭패를 보면서도.

"뭘요? 안나 씨가 러시아의 크리스마스에 대해 알고 계셨다는 거? 그때부터?"

안나는 알고 있었다. 그 전해인 중학교 3학년 때 러시아에 갔다 왔으니까. 그게 아니더라도 안나는 언젠가부터 알고 있었다. 나는 눈 아가씨 인형을 보고 그렇지 않을까 생각했다.

"마리 선생님이 일부러 허탕 치게 내버려둔 건가요?"

안나는 오늘 저녁 여러 번 본 동작을 했다. 어깨를 으쓱하고 일부러 무심한 척하는 것.

"금방 포기할 줄 알았죠. 진짜 거기까지 갈 줄은 몰랐고. 그 추운 데서 세 시간이나 기다릴 줄도 몰랐고."

"유진이…… 그 뒤에 연락을 했나요? 도착한 편지가 정말 그 한 통이었나요?"

안나는 나를 빤히 쳐다보았다. 그녀의 눈빛은 아직도 흔들림이 없었다.

"많이 온 건 아니에요. 걔도 그렇게 의지가 강했던 건 아니라서. 두 통 정도."

"그럼 앞에 온 편지는 전해주지 않았군요."

"아, 그것도 힘들었어. 매일 걔네 집까지 오가면서 우편물을 확인했거든요. 한 통은 나도 모르게 가져와버렸지만 마지막으로 온 편지는 남겼어요. 유진은 인터넷을 하는 타

입이 아니라서 이메일을 안 쓰고 고생스럽게 손 편지를 썼
네요. 내용은 몰라요. 뜯어보진 않았으니까."

신호등은 어느새 보행 신호로 바뀌어 있었다. 안나는 이
번에는 건너려 했다. 내가 그녀의 팔을 잡았다. 발레리나
의 가늘고 강인한 팔이었다. 나는 물었다.

"왜 그런 일을 했어요? 마리 선생님…… 상처받을 줄
알았잖아요."

묻기 어려운 질문이었다. 우리는 자신의 의도를 밝히지
않고, 가끔은 모르기도 한다. 나는 그 사실을 알고 있었다.
하지만 늘 '왜'를 물었다.

신호등에서 서두르라는 소리가 나기 시작하자 젊은 남
녀가 우리 옆을 뛰어갔다. 안나는 자기 팔을 잡은 내 손 위
에 자기 손을 올렸다.

"유진은 성가시기는 해도 나쁜 애는 아니었어. 하지만
둘이 만나게 하고 싶진 않았어요. 그냥 그뿐이에요."

신호가 또 한 번 바뀌고 안나가 내 손을 밀자 나는 안나
의 팔을 놓았다. 우리는 다시 횡단보도 이편에 남았다. 안
나는 되풀이했다.

"그냥 그뿐이야."

그렇게 말할 때, 안나는 횡단보도 저편을 바라보고 있었
다. 나의 눈이 그 시선을 좇았다. 횡단보도 반대편에서 양

손에 비닐봉투를 들고 걸어오는 준과 성현이 보였다.

"저, 바보."

안나는 혼잣말처럼 중얼거렸다.

"자기가 먼저 거울 트릭하자고 해놓고 정작 실전에서는 제대로 못 해서 들키고, 마리한테는 미래의 남편을 보여주기 싫었던 거야. 설마 자기가 직접 모습을 비추려는 유치한 생각을 할 줄은 몰랐어. 그런데도 아직까지 자기 마음 하나는 들키지 못했네. 이 나이가 되어서까지도 말 못 하고 다른 남자에게 선수를 빼앗길 정도로 우물쭈물. 이젠 어쩔 건지."

가로등 불빛이 어린 안나의 옆얼굴과 길 건너 준의 얼굴은 이 순간엔 무척 닮아 보였다. 역시 남매구나, 할 만큼. 나는 불쑥 말했다.

"미리 정해놓은 약속을 어긴 건 둘 다 아닌가요?"

안나가 내 쪽으로 얼굴을 돌렸다.

"책상 맨 끝에 사진을 놓고 양쪽 끝 거울에 비추는 건 할 수 있을 것도 같아요. 뒤에서 숨은 사람이 각도를 조절해서 광각거울로 안 보이던 영상을 떠오르게 할 수도 있겠죠. 하지만 가운데는 특히 어려울 것 같은데요. 아무리 과학 신동이어도, 꽤 민첩한 동작이 필요하겠죠. 그리고 마리 선생님 차례가 왔을 때 가운데의 거울을 고른 사람은 안나 씨예요. 제대로 사진이 떠오르기 힘든 거울을 멈춘 사람은……." 나는 잠깐 숨을 골랐다. "마리 선생님에게 미래의 남편감을 보여주기 싫었던 사람은 고 박사님만이 아니었던 거겠죠."

안나는 성현의 목도리에서 얼굴을 들어 나를 보았다. 도 드라진 광대뼈가 우아하고 굳센 얼굴이었다. 안나가 나를 바라본 것도 잠시, 안나는 다시 길 건너의 준을 향해 고개 를 돌렸다. 준이 우리를 발견하고 쇼핑백을 든 두 손을 치 켜들고 열심히 흔들었다. 안나는 얼굴을 찡그렸다.

"역시 바보야. 사람들 많은 데서, 창피하게."

다시 나를 보았을 때 그녀의 얼굴에는 옅은 미소가 떠올 라 있었다.

"바보지만 착한 애죠. 말도 못 하고 그렇게 짝사랑을 오 래 할 만큼."

다시 한번 불이 바뀌었다. 이번에는 정말로 건너야만 했 다. 남자들은 건너편에서 우리를 기다렸다. 안나는 보도 위로 한 발을 내디뎠다.

"하지만 오빠 쟤보다는 내가 더 오래 좋아했어. 이 말은 평생 안 하겠지만."

처음에 나는 안나의 말을 이해하지 못하고 다급히 뒤를 따랐다. 안나는 허리를 꼿꼿이 펴고 목을 곧게 쳐들고 우아하게 보도 위를 걸었다.

"그렇게 멍청한 말이 어디 있어. 자기를 사랑하는 사람이 한 명도 없다니. 벌써 이렇게나 많은데."

❧

새해의 첫 필라테스 클래스가 끝났을 때, 마리와 나는 지나치게 단 마카롱을 파는 동네 카페로 차를 마시러 갔다. 마리는 나에게 결혼은 하지 않기로 했다고 말했다. 상대에게는 감사하지만 시간이 필요하다고 했다고 한다. 새로운 사실을 알았다거나 다른 이유가 있어서는 아닌 듯했다.

"아직 포기하면 안 된다는 기분이랄까." 마리는 쑥스러워하며 말했다.

나는 마리의 마음을 이해했다. 좋은 사람과 결혼한다면 그것도 충분히 좋은 선택일 수 있다. 하지만 단순히 좋은 선택에 만족하지 않는 사람도 있다. 나는 마리의 부드러운 태도 아래는 그런 강한 면모가 있다고 늘 생각했다.

나는 그 주제에 대해선 더는 묻지 않고, 안나의 근황을 물었다.

"올해 안나는 한국에서 초청받아서 〈오네긴〉을 한대요. 은퇴 공연이 될 수도 있어요."

잠시 침울해 있던 마리의 동그란 눈에 갑자기 장난스러운 빛이 떠올랐다.

"안나가 무슨 역할인지 아세요?"

나는 〈오네긴〉의 줄거리를 떠올렸다.

"주역 맡은 거예요? 역시 안나 씨는 타티야나일까요?"

타티야나는 사랑을 모르고 오만한 외지인 오네긴에게 진실한 사랑을 주었으나 배신당한 여성 역할이었다. 나중에 다시 돌아온 오네긴의 구애를 거절하는 사람.

마리는 웃음을 터뜨렸다.

"안나가 예브게니 오네긴 역이에요. 요샌 그렇게 성별에 구애받지 않는 젠더 벤딩 공연이 많잖아요. 안나는 역시 타티야나보다는 오네긴이 어울리죠."

마리 말에 나도 동감했다. 안나라면 타티야나보다는 오네긴. 하지만 나는 안나가 타티야나를 하더라도 어울리지 않는 건 아닐 거라고 생각했다. 마리가 언제 그 사실을 깨닫게 될진 모르겠지만.

"나중에 재인 씨랑 같이 오라고, 크리스마스 때 멤버 다시 뭉치자고. 그때 도영 씨랑 같이 왔던 분 있죠. 보험 조사원이라는 분. 꼭 같이 오라고 하더라고요." 마리는 고개를 갸웃했다. "안나, 그렇게 사람 챙기는 애가 아닌데 왜 그러지. 도영 씨랑 잘되게 해주려고 하나."

나는 말없이 커피를 한 모금 마셨다.

그날, 크리스마스로 향하는 23일의 밤, 나와 안나, 준과 성현 네 사람이 커피와 맥주를 사 들고 돌아오는 길이었다. 눈이 오기 직전의 설레는 분위기가 감도는 거리, 준과 성현이 앞서서 걷고 나와 안나가 그 뒤를 말없이 걸었다. 건물 근처쯤 도착했을 때 안나가 갑자기 뛰어가서 준의 팔짱을 꼈다. 준은 기겁하면서 팔을 빼려고 했다.

"얘가 왜 이래?"

"아유, 춥다."

안나는 능청스럽게 준에게 더 가까이 붙었다. 그러면서 한 손으로는 목도리를 풀어서 성현에게 내밀었다.

"자, 여기." 안나는 그 말과 함께 나를 돌아보았다. "우리 둘은 추워서 먼저 들어갈 테니 두 사람은 천천히 와요."

어리둥절해하는 준을 끌고 안나는 앞으로 성큼성큼 걸어갔다. 팔 힘도 좋은 사람이었다.

성현은 목도리를 어설프게 들고 나를 돌아보았다.

"갈까요."

건물 앞에 도착하자, 1층의 빨래방 워시 라이프WASH LIFE에서 흘러나오는 환한 불이 보였다. 그 창문 앞을 지날 때, 나는 발을 멈추고 비로소 물을 수 있었다.

"여기는 무슨 일이에요? 이 동네에는요?"

저녁내 꺼내지 못했던 말이었다. 성현은 잠깐 나를 지그시 쳐다보다가 고개를 돌려 내가 사는 건물을 올려다보았다.

"조사할 일이 있습니다, 이 근처에."

실망하지 않았다. 예상과 다르지 않았기 때문이다. 기대했던 답도 아니었지만, 기대하지 않은 답도 아니었다.

"그랬군요, 역시."

나는 고개를 숙이고 건물 안으로 들어가려 했다.

그는 잠깐 생각하더니 천천히 말했다.

"역시, 가 무슨 뜻인진 모르겠지만…… 도영 씨가 저녁 약속이 있다고 했을 때 일에 도움이 되겠다고 생각한 것도 사실입니다. 하지만 굳이 처음 보는 사람 집에 따라갈 필요는 없었겠죠." 그가 숨을 쉬자 겨울 공기 위로 김이 올랐다. "재인 씨가 오는 걸 몰랐다면요."

빨래방 유리창으로 흘러나오는 빛에 허공에 떠도는 고운 입자들이 비쳤다. 그제 내린 비의 흔적, 새롭게 내릴 눈의 전조, 혹은 그저 도시의 먼지뿐일 수도 있었다.

"무슨 일 때문인지는 말할 수 없죠?"

다시 그의 입에서 김이 피어올랐다.

"재인 씨."

그가 이름을 불렀을 때 이 년 전의 크리스마스가 생각난 것도 사실이다. 우리가 예약하기 어려운 식당에서 함께 대구의 귀신 들린 집의 미스터리를 풀었던 날. 서로 멀리 떨어져 있지만 평생을 그리워했던 부부의 이야기를 하며 '크리스마스에는 집으로 돌아온다'는 곡을 들었던 날. 그가 내게 '먼저 전화하게 해서 미안하다'라는 말을 했던 날. 어떤 기적의 의미를 되새겼던 날의 기억이 지금 여기 서 있는 우리 둘 사이에서 빛처럼 흘러갔다.

"저는 앞으로 재인 씨에게 거짓말은 안 할 겁니다. 어물쩍 넘기는 것도 하지 않을 거고요. 재인 씨한테 그 때문에 상처를 줬으니까요. 그리고," 그는 침을 삼켰다. "저한테도 후회되는 일이었습니다."

나는 고개를 숙였다. 머릿속에 남은 말은 '앞으로'였다. 앞으로, 또 만날 일이 있을까?

"제가 여기 온 건 어떤 분이 보험 관련해서 조사해달라는 게 있었기 때문이고요. 그게 마침 이 근처였습니다. 거기까진 말씀드릴 수 있어요. 하지만 그 일이 완전히 마무리 될 때까지 더 말씀드리긴 어렵습니다." 그는 허리를 살짝 굽혔다. "재인 씨가 이해해주었으면 좋겠습니다."

나는 고개를 들어서 그와 눈을 마주쳤다.

시선을 맞춘다, 라는 말을 쓰지만 살면서 상대의 눈을

자세히 들여다볼 기회는 많지 않다. 서로 빗겨가는 시선, 한번 머물렀다 스치는 시선, 그렇게 다시 시선을 마주칠 길 없는 사이들이다. 길어봤자 삼 초, 어떤 때는 그 시간도 지나치게 길게 느껴진다. 어떨 때는 아주 짧은 영원처럼 느껴진다. 바라보는 동안에는 길고, 멀어졌을 땐 짧은 순간. 그때 나는 그 시간을 재지 못했다.

적어도 그때는 그의 말을 이해했다.

그것이 작년 말의 일이었다. 성현은 그후 보지 못했다.

헌은 송년의 인사, 새해 안부를 전했다. 여전히 수요일과 일요일이었다. 휴일에도 예외는 없었다.

크리스마스가 지나고 새해 휴일을 지나는 동안 나는 주로 집에 머물렀다. 지하철 공사도 쉬는지 건물은 조용했다. 그사이에 새롭게 공부한 사실이 있었다.

"마리 씨, 늦은 크리스마스 선물이에요."

마리가 푸른 포장지를 묶은 리본을 풀 때 나는 천천히 설명했다.

"안나 씨가 선물한 눈 아가씨 있잖아요. 러시아 말로는 스네구로치카라고 한대요. 스네구로치카에게는 슬픈 사연이 있다고 하네요."

마리는 나의 선물을 꺼내며 의아한 표정을 지었다.

"어떤?"

"사랑을 아는 순간 녹아버린다고. 봄이 되면 녹아버리듯이."

마리는 내가 준 선물과 나를 번갈아 보더니 내 뜻을 깨닫고 웃음을 터뜨렸다.

"아, 그래서 이걸!"

"네, 불 앞에서도, 봄이 온대도, 사랑을 만나도 녹아버리지 말라고."

내가 마리에게 준 크리스마스 선물은 따뜻한 포옹을 좋아하는 눈사람, 〈겨울왕국〉의 올라프가 들어 있는 투명한 스노글로브였다.

도재인의 '오컬트와 마술적 사고'

미래를 보는 기술 - 스크라잉Scrying

인간의 운명이 불확실한 건 우리가 미래를 알 수 없기 때문이다. 역사적으로 인생과 관련한 오컬트는 궁극적으로는 미래를 보는 기술을 둘러싸고 이루어졌다고 해도 과언이 아니다. 우리는 오지 않은 시간을 미리 엿보고 대비하고 싶어 한다. 그 미래에서 행복이 기다리고 있을 수도, 불행이 도사리고 있을 수도 있지만, 그래도 미리 안다면 어떻게든 살아나갈 수 있다고 믿는다.

수정 구슬을 통해 미래를 보는 기술을 스크라잉이라고 한다. 혹은 이렇게 거울이나 반사체를 이용해 점을 보는 기술을 카톱트로맨시catoptromancy라고도 한다. 예언이나 천리안, 별자리점, 사주와는 약간 다르게 스크라잉의 경우에는 다른 세계와 연결하는 매개체가 있다. 신화나 전설에 자주 등장하는 수정 구슬이나 백설공주와 같은 동화에도 나오는 마법의 거울이 바로 스크라잉의 예이다. 즉, 우리의 세계 안에 다른 차원과 통하는 문, 혹은 그 세계의 축소판이 있어서 그를 슬쩍 엿볼 수 있다는 믿음이 스크라잉의 기본이라고 할 수 있다.

스크라잉에서 쓰이는 매체는 주로 구슬과 거울, 그리고 '해리 포터' 시리즈의 펜시브pensieve처럼 금속이나 돌로 만든 얇은 접시, 혹은 물처럼 투명하고 맑은 것이다. 다시 말하면 나의 모습을 그대로 반사할 수 있는 속성을 가진 것이다. 즉, 미래로 통하는 문은 내 안에 있다는 의식을 그대로 담고 있다……

물
위의
꽃잎

4

Flower
on
the
Water

얼음처럼 차가운 소름이 등골을 쫙 타고 내려간다. 갑작스레 떨어지는 봄비 속에 서 있기 때문만은 아니다. 오른 집게손가락으로 물 묻은 스마트폰 화면을 닦아본다. 소름도 삼 년 만, 그리고 그 채팅방에서 온 메시지도 삼 년 만이다. 알림창에 쓰인 메시지를 믿을 수가 없어서 톡톡 켜본다. 창이 열리면서 글자가 눈에 확 들어온다.

[202X년 12시 58분]

히카리: 여러분, 안녕

히카리: 알아요? 조이스 님 죽었대요 일주일 전에 베란다에서

떨어져서

"죽었대요"라는 단어가 눈에 확 들어왔다. 잠깐 채팅방의 화면을 위로 올려본다. 삼 년 전에 이 멤버들과 나누었던 대화가 그대로 남아 있다. 거기에도 그 단어가 있다. "죽었다." 자신이 삼 년 전에 보낸 메시지이다.

빌리: 뭐라고요? 감희연이 죽었다고요?

고개를 흔들고 다시 스크롤을 내린다. 히카리는 일본어처럼 들리는 대화명을 써서 애니메이션 오타쿠인가 생각했던 사람이다. 하지만 2D 만화를 파는 팬이라면 이런 유의 오픈 채팅방에 들어오진 않을 것 같았다. 새로 온 메시지는 분명 기분 나쁜 내용이지만, 이 불쾌함이 어디서 유래한 건지는 알 수 없다. 잘 알지는 못하지만 한때 열렬히 얘기를 나누었던 사람이 죽었다는 데에 대한 연민? 아니, 그것보다는 내가 알 필요가 없는 정보를 들었다는 짜증스러움에 가깝다. 분명히 사람이 죽었다면 안타까울 일이지만, 이제 와서 내가 얼굴도 모르는 사람의 죽음을 알 필요가 있나? 어차피 이 채팅방 자체가 누군가의 죽음으로 묶인 거라 불길하기 그지없다. 이제까지 왜 나가지 않았는지. 거기에 빗방울이 머리카락 위

로 떨어지면서 스멀스멀 피어오르는 신체적 불쾌함이 더해
진다.

메시지에 답을 할 필요도 없다고 여기고 핸드폰을 도로 넣
으려는데, 다른 메시지가 하나 더 뜬다.

구연: 안ㄷ니씨네요 근데 그걸 우리한테 왜 예기해요?

맞춤법도 타이핑도 엉망진창이다. 구연은 자기가 감희연
에게 처음으로 '감히녀'라는 별명을 붙여서 인터넷에 퍼졌
다고 자랑스레 말하던 사람이다. 이 채팅방에서도 그 호칭을
주로 사용했다.

히카리: 그게 사흘 전에 형설 님이 교통사고를 당했어요.

잠시 간격을 둔 후에 떠오른 메시지. 형설은 누군지 안다.
구연처럼 거친 말투로 욕 섞인 말을 쓰진 않았지만 조롱조의
말을 잘 써서 사람들을 웃기던 사람이다. "감희연의 헤메코
가 스타일리스트랑 대판 싸운 수준"이라면서 감희연이 공식
석상에 나타날 때마다 헤어와 메이크업 스타일링을 자주 비
웃었다.

히카리: 지금 혼수상태래요.

구연: ㅇ ㅆㅂ, 어쩌라구요 부주라도 해요?

형광등: 잠깐요 일주일 사이에 두 명이? 무슨 상관이 있어요?

형광등은 쓸데없는 말을 논리적인 척 잘해서 사람들이 브레인이라면서 감탄했던 기억이 난다.

네리움: 혹시 저주 말하는 거임?

잠깐 채팅창이 얼어붙는다. 빗물이 묻어 미끄러운 화면 위를 손가락이 자기도 모르게 움직인다.

빌리: 감희연이

빌리: 그렇게 됐을 때 채팅방에 누가 남겼던 저주?

아무도 부탁하지 않았는데 화면으로 검은 이미지가 연달아 떠오른다. 검은 바탕 위에 하얀 헝겊 인형. 첫 번째 사진 속 인형은 하나는 목에 못이 박혔다. 두 번째 인형의 못은 머리에 있었다. 그리고 세 번째 인형 위의 가슴에는 특별히 긴 못이 박혔다.

구연: ㅆㅂ 이걸 다시 왜 띄워 감히녀 빠가 만든 거.

네리움: 이 이미지 채팅방에 띄운 사람이 3년 후 여기서 세 명이 죽을 거라고 했잖아요.

네리움은 누군지 기억이 가물가물하다. 이 채팅방에서도 존재감이 없는 사람이다. 대화에 적극적으로 끼었던 기억은 없다. 다른 사람이 말할 때 맞장구를 치거나 이모티콘을 보내거나 했던 사람이겠지.

형광등: 그래서 지금 그 저주 때문이라는 건가?

히카리: 어쨌든 지금 두 명이 일주일 만에 그렇게 됐으니까.

구연: 아직 한 명은 안 죽었다며

네리움: 뭐, 그럼 두 명 남은 거죠. 누가 될지 모르겠지만.

빗소리 때문에 메신저 알림이 계속 울리고 있던 걸 몰랐다. 남색 우산을 쓰고 옆을 지나가던 사람이 흘끔 쳐다본다. 핸드폰 위에는 계속 노란 알림창이 줄줄이 늘어선다.

채팅방에서 나갈까, 그러면 이런 기분 나쁜 메시지를 받지 않아도 된다. 그간 여기서 나가지 않고 있던 건 감희연이 그렇게 된 후에 고소당해서 조사라도 받을까 두려워서 정보 공유를 위해서 유지해두었던 것뿐인데. 상단의 바를 눌러서

'채팅방 나가기'를 본다. 이걸 누르면…….

눈앞을 휙 스쳐 가는 무언가에 놀라서 핸드폰과 가방을 떨어뜨린다. 민트색 헬멧을 쓴 배달 오토바이가 뒤도 돌아보지 않고 달려간다. 한 발만 더 빨리 내디뎠더라면, 오토바이와 부딪쳤을지도 모른다고 생각하니 모골이 송연해진다. 보행기를 밀고 옆을 느릿느릿 지나가던 할머니가 멈춰 서서 오토바이의 꽁무니를 보고 혀를 쯧쯧 찬다.

"요새 오토바이들은 사람 있는데도 그냥 치고 지나간다니까." 할머니는 떨어진 핸드폰을 피해 보행기를 조금 움직인다. "아가씨도 정신 차려. 젊은 사람이 핸드폰에 얼굴 박고 다니지 말고."

할머니에게는 대답하지 않고 쭈그리고 앉아 보도블록 위에 떨어진 핸드폰과 가방을 줍는다. 할머니는 보행기를 계속 밀고 가면서 고개를 돌리며 아유, 외투 자락 다 끌리네, 하면서 다시 혀를 쯧쯧 찬다.

핸드폰을 들어 보니 액정 필름에 가늘게 금이 갔다. 신경 쓰이지만 점심시간도 끝나가고 여기서 머뭇거릴 시간이 없다. 노란 알림창은 알림음과 함께 계속 떠오르지만 무시하기로 마음먹는다. 이따가 밤에 한꺼번에 읽고 채팅방을 나가리라. 핸드폰을 가방 속에 집어넣고 일어서는데, 채팅이 아닌 문자 알림음이 울린다. 자기도 모르게 핸드폰을 꺼내 본다.

이게 뭐지?

모르는 번호에서 보낸 문자의 제목은 이러했다.

[WEB 발신] 오컬트 영화제 럭셔리 투어에 당첨되신 것을 축하
합니다.

❧

"굉장히 대칭적이네요, 창문 모양은 다르지만."

헌이 눈앞의 빨간 벽돌 건물을 올려다보며 중얼거렸다.
그의 시선을 따라서 고개를 들었다. 슬레이트 지붕의 양쪽
에는 고딕식 첨탑이 두 개 있고, 약간 돌출된 전면에는 반
원형의 채광창과 그 위의 첨탑이 보였다. 파란 문 양쪽으
로 뻗어 나간 양쪽 날개 부분에서 뾰족한 지붕은 동일했지
만, 오른쪽은 반원형의 로마네스크식 창문이었고 오른쪽
에는 세 개의 직사각형 창문이 뚫려 있었다.

나도 동의했다. "균형감이 있네."

헌은 20세기 초반의 건물들이 늘어선 거리를 한번 돌아
보며 말했다.

"그러니까, 집합 장소가 여기 옛군산세관 파란 문 앞이
라는 거죠."

나는 핸드폰을 꺼내 시간을 확인했다.

"지 선생님이 아침 10시라고 했는데, 지금 10시 20분인데……."

내 말이 끝나기도 전에 누군가 나의 이름을 불렀다.

"도재인 씨!"

길 건너편에서 흰 셔츠 위에 검은 가방을 크로스로 멘 남자가 서둘러 길을 건너오는 모습이 보였다. 곱슬머리에 체격이 다부진 중키의 남자였다.

"죄송합니다, 저희가 늦었죠."

남자의 뒤를 따라서 열댓 명 정도의 사람이 길을 건넜다. 모두 목에는 클리어 필름 안에 든 이름표를 걸고 똑같은 천 가방을 들었다. 남자의 이름표 안에는 "군산오컬트 영화제 시민투어기획단 지광은"이라고 적혀 있었다.

광은과는 준비 모임 때 한번 만난 적이 있었다. 일본 만화와 애니메이션을 좋아한다는 유쾌한 성격의 삼십 대 남자였다. 특히 스포츠 만화를 좋아해서 사회인 야구단을 한다고도 했다. 작년 가을에 만났던 장주은 감독이 나를 그에게 소개해주었다. 장 감독의 추천서 덕분에 나는 모 영화 잡지에서 이번 영화제와 관련한 기사 작성을 의뢰받았다. 투어단과 함께 다니면서 영화제의 갖가지 면모를 에세이 형식으로 기고해달라는 청탁이었다. 장 감독은 잘 알 수 없는 이유로 헌도 함께 투어단 체험 요원으로 추천했다.

광은은 뛰어오느라 부스스해진 머리를 긁었다.

"저희가 아침에 호텔에서 늦게 출발했어요. 식사가 늦어져서."

앞머리를 내리고 단발보다 약간 긴 머리를 질끈 묶고 도수가 높은 안경을 쓴 여자가 옆에서 허리를 굽혔다.

"투어단 준비가 늦어져서 지체했습니다. 죄송해요."

체구가 작은 여자는 투어단의 안내를 맡은 최순정이라고 자기소개를 했다. 웃을 때 볼에 쏙 들어가는 보조개가 예뻤다. 나머지 사람들은 투어 참가자들이었다. 투어단은 네 명씩 신청을 받아서 조를 짜서 움직였다. 헌만 시험이 있어서 아침에 나와 함께 왔고, 다른 사람들은 전날 와서 군산 내 숙소에 묵었다고 했다.

"투어단 규모가 커서 놀랐어요."

내가 광은에게 말하자, 헌도 덧붙였다.

"숙소도 엄청 근사한 한옥 호텔이던데."

"그러게, 두 분도 어제 와서 같이 묵었으면 좋았을 텐데. 어제 저녁도 게장 정식을 먹었습니다."

광은이 말할 때 순정이 투어단을 위한 패키지가 든 검정 헝겊 가방을 나와 헌에게 나눠주었다. 이어폰, 가이드북, 고급스러운 필기도구, 심지어 선글라스와 선크림까지 들어 있었다. 영화제 로고가 박힌 검은 배지도 하나 들었다. 나는 배지를 들어 로고를 살폈다. 로고는 네 귀를 끄집어낸 동심결 모양이었다.

광은이 설명했다. "영화계의 많은 인사들이 후원을 해주셨어요. 지금 여기 군산세관에서 뱀파이어 영화 촬영하는 제작사에서도, 주연배우들도 기부금을 내주셨죠."

"참, 감희연 배우 추모 행사도 여기서 같이 열리죠? 오후에."

내가 그 이름을 꺼냈을 때, 투어단 사람들이 모두 고개를 돌리는 것이 느껴졌다. 그중 한 무리가 눈에 확 들어왔다. 단발머리를 노란색으로 밝게 물들이고 더워 보이는 검정 재킷에 긴 회색 스커트를 입은 이십 대 여성, 남색 바탕에 하얀색 꽃무늬 폴리에스테르 원피스를 입고 긴 머리를 반만 올려 묶은 이십 대 후반에서 삼십 대 초쯤 되어 보이는 여성, 그와 비슷한 연령대로 비니를 쓰고 체구가 아담한 남성, 어깨까지 내려오는 파마머리에 빨간 윈드브레이커를 입고 다른 사람과는 달리 잎이 풍성한 꽃 장식을 단비닐 쇼퍼백을 멘 사십 대 여성. 그들은 감희연이라는 이름이 마치 사냥개를 부르는 휘파람 신호인 양 귀를 쫑긋 세우고 이쪽을 바라보고 있었다. 비니를 쓴 남자는 한 손에 든 동영상 촬영용 카메라를 이쪽으로 향했고, 나는 카메라에 찍히지 않도록 살짝 물러났다.

그들이 감희연의 팬일 수도 있다는 데 생각이 미쳤다. 함부로 이름을 꺼내서 그들의 감정을 건드린 게 아닐지 마음이 쓰였다.

"김희연요? 이름을 들어본 것도 같고." 헌이 고개를 갸우뚱했다.

나는 목소리를 낮췄다. "김이 아니라 '감'희연이야. 떠오르는 신인 배우였는데 갑자기……."

"그 말 들으니 이름 들어본 것 같아요. 삼 년 전이었죠? 무슨 영화가 엄청 히트했다고 들었는데."

"맞아, 브로슈어에 있을 텐데, 제목이……."

나는 가방에 넣은 안내서를 꺼내려고 손을 넣어 뒤적거렸다. 광은이 나의 수고를 덜어주려는 듯 대신 군산 지도를 폈다.

"군산 출신이기도 하고, 군산 배경의 영화를 두 개나 찍었죠. 그중 하나는 〈진달래 비누〉라는 레트로한 학원 청춘물로 영화동에 있는 예전 목욕탕 배경이었고, 다른 하나는……."

"저기, 지 선생님, 저희는 이제 안으로 들어갈 건데요."

가이드인 순정이 곤란한 표정을 지으며 고개를 살며시 흔들어 뒤에 늘어선 사람들을 가리켰다. 우리는 아차, 하고 서둘러 이동했다.

옛군산세관은 새 건물이 들어선 이후에는 호남관세박물관으로 쓰였지만, 촬영이 막 끝난 일제강점기 시절의 뱀파이어 영화를 위해서 세트장으로 꾸며졌다. 영화 촬영장도 수탈의 역사가 기록된 곳이라 뱀파이어라는 은유와 잘 맞아떨어지는 기대작이었다. 세트는 영화제 직후에 철거할 예정이었다. 투어단에서는 현재 영화 세트를 공개한 것에 깊은 감명을 받은 모양이었다. 원래는 스포일러 때문에 세트 공개를 피하지만, 중요한 장치는 제거하고 뼈대만 볼 수 있게 했다는 게 순정 씨의 설명이었다.

세관에서 나온 이후에는 근대화거리를 따라 걸었다. 현재는 미술관이나 박물관으로 쓰이는 곳이 다수였지만, 일제강점기 시절의 은행과 상사, 미곡 창고 등으로 쓰였던 곳들로 영화 촬영을 위해 당시의 거리를 재현하는 방식으로 쓰였다. 내부는 세트에서 찍고, 외관만 백 년 전의 풍경을 재현해놓았다. 근대역사박물관에서는 사진 촬영을 원하는 사람을 위해 20세기 초반의 의상도 빌려준다고 했다. 거기서 과거의 의상을 입고 기념 촬영을 하는 일정이 예약되어 있었다.

근대역사박물관 의상실에 들어서자 투어단의 참가자들이 활기를 띠었다. 개화기 의상이라고는 하지만 줄줄이 놓인 행어에는 여러 시대의 복식이 뒤섞인 드레스들이 걸려 있었다. 몇 벌은 실제 영화 촬영에도 쓰인 적이 있다고 했다. 투어 참가자들은 뒤에 길게 자락이 늘어진 빨간 스커트에서부터 흰 레이스 칼라가 달린 회색 서지 울 드레스, 20세기 초보다 훨씬 더 이른 시기에나 입었을 법한 회색 자카르 외투들 사이를 헤치면서 즐겁게 옷을 골랐다. 나는 한쪽으로 가서 검은 클로시 모자를 들어보았다. 헌이 나를 슬쩍 보았다.

"재인 씨도 입어보시게요?"

나는 멋쩍어져서 모자를 제자리에 내려놓았다.

"그냥. 이런 모자를 영화에서 본 것 같아서. 헌이나 한번 입어보든가."

헌은 의아하게 나를 보았다.

"저 혼자서요? 말도 안 되죠." 그는 옆에 있는 분홍 리본이 달린 밀짚 보터 모자를 집어 내게 건넸다. "이런 모자 귀엽네요. 재인 씨가 쓰면."

나는 모자를 얼결에 받았다.

"이런 모자를 쓰고 어딜……."

"그 모자랑은 이 분홍색 드레스가 잘 어울릴 것 같은데, 한번 입어보세요."

가이드인 순정이 행어 뒤에서 나타나서 내 눈앞에 허리

선이 낮고 그 아래 리본이 달린 분홍 시폰 드레스를 들어 보였다.

나는 손사래를 쳤다. "아뇨. 저는 입어볼 마음이 없어요. 투어 참가자도 아니고."

"왜요. 재미있잖아요."

순정은 내게로 한 걸음 더 다가오며 드레스를 가까이 내밀었다. 안경 너머의 검은 눈이 반짝거렸다.

흔히 이목구비를 두고 사람의 인상을 말하지만, 우리가 사람을 기억하고 외모에 대한 감상을 갖는 순간에서 중요한 것은 표정과 눈빛이다. 순정의 눈이 반짝인 순간, 그를 둘러싸고 있던 무난한 인상이 벗겨졌다. 마치 마술 쇼에서 옷을 갈아입은 것만 같았다.

"가이드님은요? 고전적인 느낌이라 이 옷 입으시면 괜찮을 것 같은데. 눈이랑 잘 어울려요."

나는 순정의 오른쪽 옆 행어에 걸린 초록색의 목 높은 모슬린 드레스를 가리켰다. 보수적인 디자인이지만 재단이 잘된 옷이었다. 값싼 재질에 무대 의상 느낌이 강한 다른 옷들에 비해서는 좀더 고풍스러운 느낌이 흘렀다. 순정은 그 드레스를 향해 고개를 돌렸다. 다시 내 쪽으로 돌아보았을 때는 코끝을 찡그리고 있었다. 그 바람에 알이 큰 안경이 약간 비뚤어졌다. 순정은 한 손가락으로 안경을 올리면서 단호하게 말했다.

"저는 의상은 필요 없어요. 너무 많이…… 보기도 했고, 맞지도 않고."

"그래도……."

"차라리 도 선생님이 입으시든가요."

"아뇨, 저는……."

내가 녹색 드레스 자락을 들고 망설이는 동안에 옆에서 하얀 손이 나타나 드레스의 반대편 자락을 덥석 집었다.

"이거 안 입을 거면 내가 가져가도 되죠?"

순정과 헌, 나의 시선이 모두 하얀 손의 주인에게로 쏠렸다. 아까 보았던 남색 원피스의 긴 머리 삼십 대 여성이었다. 이름표를 흘긋 보니 이동화라는 이름이었다. 나는 나도 모르게 드레스를 놓으려 했다가 다시 잡았다. 나도 그 순간에는 왜 그랬는지 알 수가 없었다.

"일단 생각해보려고요. 저희가 입을지도 모르니까."

헌이 약간 놀란 얼굴로 나를 바라보자, 불필요하게 차가운 말투가 튀어나왔다는 것을 깨달았다.

여자도 녹색 드레스를 쥔 손에 더욱 힘을 주었다. "이거 감희연이 〈무고의 저택〉에서 입은 의상 맞죠? 저기 월명동 적산 가옥에서 촬영한 그 영화."

그 말에 영화 릴이 감기는 것처럼 기억이 돌아왔다.

"아, 그 옷."

순정은 우리가 옷 때문에 다투는 걸로 생각했는지 부드럽게 말했다. "비슷하게 만든 이미테이션일 수도 있어요. 아마도 그럴걸요."

여자는 고집스럽게 말했다. "그래도요." 여자는 여전히 드레스를 놓지 않았고 얇은 천 위로 투지가 전류처럼 전해져 왔다.

그제야 손을 놓았다. 내 손에서 녹색 모슬린 천이 마치 뱀처럼 서늘하게 빠져나갔다. 여자는 우리에게는 다시 눈도 맞추지 않고 휙 돌아섰다.

분홍 보터 모자는 현명한 선택이었다. 사월 말의 봄 햇살은 따가웠고, 그늘을 찾기엔 아직 나뭇잎이 무성하지 않았다. 클로시 모자를 쓰거나 다른 머리 장식을 단 사람들은 손으로 눈 위에 차양을 만들었다. 모자를 권해준 헌에게 문득 고마운 마음이 들었다. 옆에서 걸어가는 헌을 올려다보았다. 개화기 청년처럼 셔츠 위에 갈색 조끼와 바지를 입은 헌은 순정이 건네준 나비넥타이는 하지 않고 손에 들었다. 이 시대착오적인 군산 시내의 풍경 속에서 그는 이질감 없이 잘 어울렸다. 나는 시폰 치맛단 아래 드러난 내 운동화를 보고 슬쩍 쓴웃음을 지었다. 헌이 내 웃음을 눈치챈 듯했다.

"왜요?" 헌은 자기 조끼를 내려다보고 쑥스럽게 웃었다. "이상하죠."

"아니, 잘 어울려. 나야말로 이런 의상에 운동화라니, 너무 어색하다고 생각했을 뿐이야."

"계속 걸어야 하니까 구두는 힘들죠. 사진은 앉아 있을 때 찍어줄게요."

헌은 손에 든 파나소닉 루믹스 G100을 흔들며 웃었다. 내가 사진 찍는 걸 좋아하지 않는다는 걸 아는 헌이기에 더 진심같이 느껴졌다. 다음 순간 헌이 웃음을 지우면서 불쑥 물었다.

"아깐 왜 그랬어요? 남이랑 갈등하는 것 극도로 싫어하는 사람이. 그리고 재인 씨가 입을 옷도 아니었잖아요."

남색 원피스, 아니 이제는 녹색 드레스를 입은 이동화와 그가 속한 일행이 앞에서 걷고 있었다. 단발머리 여성이 손으로 뭔가 가리키자 그들 모두가 한꺼번에 고개를 들었다. 나는 그들의 뒷모습을 보고 실은 일행이 아닐지도 모르겠다고 생각했다. 친구라고 하기엔 서로 거리가 가깝지 않고 이야기할 때 표정도 부드럽지 않다. 어쩌면 투어단에서 임의로 배정해준 조 같은 게 있는지도 몰랐다. 사람들이 모인 모임이라기보다는 군집 같은 느낌이었다.

우리는 군산 부두 앞의 옛 건물들을 떠나 신흥동과 월명동 일대에서 열리는 영화제 거리를 향해 걸었다.

"그냥 오기 같은 거랄까. 내 건 아니지만 그래도 불쑥 손을 댄다는 것이…… 뭔가 침해당한 기분이어서 순순히 물러나기 싫었어."

눈앞에서 녹색 드레스의 자락이 우아하게 흔들렸다. 자신을 놓아버린 나를 비웃는 것 같기도 했다.

"그렇게 금방 넘길 거면서 굳이 왜 그랬는지 모르겠네. 내가 오기는 있는데 배알이 없어서."

"흠." 헌은 슬쩍 웃었다. "본인에게 어울리는 말이네요. 그런데 정말 영화 의상일까요?"

나는 고개를 끄덕였다. "순정 씨는 아니라고 했지만 맞을 거야. 옷의 만듦새가 확연히 달라서. 저 사람도 그걸 알아보긴 한 모양인데."

"영화 제목이 〈무고의 저택〉이라고 했죠? 유명한 영화였나?" 헌은 핸드폰을 꺼내 검색을 시작했다. "오 년 전 개봉한 영화네요."

〈무고의 저택〉은 당시 잔혹하고 선정적인 묘사 때문에 청소년 관람불가로 개봉되었다. 오 년 전에 청소년이었을 헌이 그 영화를 봤을 리는 없을 것이다. 물론 모든 청소년이 그렇게 관람 등급을 잘 지키는 건 아니지만, 헌이라면 그럴 만하다.

"감희연이 그 영화로 유명해졌어. 그전에는 광고나 웹드라마에 나오던 배우였다가. 장주은 감독 영화니까, 그 영화로 해외 영화제에서 상도 받으면서 감희연도 주목받기 시작한 거야."

헌은 핸드폰 위로 떨어지는 햇살에 눈을 찌푸리면서 내용을 읽었다.

"'을사사화의 유관과 정순붕, 하녀 갑이의 이야기를 개화기 시대로 각색하여 제작된 복수극. 장주은 감독의 스타일이 돋보인다.' 이게 무슨 얘기죠?"

"그래서 영화의 배경이 군산이 되었던 건데…… 원래 하녀 갑이의 이야기는 『어우야담』, 『지봉유설』 등에 실려 있다고 해." 나는 설명했다. "판본마다 이야기가 좀 다르지만, 중종 시절에 계비인 두 윤씨가 있었고, 후에 각각 인종과 명종을 낳게 되잖아. 그리고 둘 다 파평 윤씨라서, 1계비인 장경왕후 윤씨의 오빠 윤임은 대윤이라고 했고, 문정왕후의 동생 윤원형은 소윤이라고 했지."

"그건 시험공부할 때 들어봤네요. 그래서 중종 승하 후, 인종이 팔 개월이었나? 금방 죽은 후에 명종이 즉위하게 되면서 소윤파가 대윤파를 대대적으로 숙청한 게 을사사화잖아요."

"맞아, 그런데 거기 대윤파이자 인종 당시 좌의정이던 유관이라는 사람이 있었는데, 을사사화 때 숙청당하고 결국 귀양길에 사약을 받아 죽어. 그의 노비들은 모두 소윤파인 정순붕에게 넘어갔지. 갑이는 그때 같이 갔던 하녀였어. 갑이는 정순붕 집으로 가서도 싹싹하고 주인을 성심껏 섬겨서 총애를 받았다고 해. 겨울에는 주인의 발이 시릴까 신발을 가슴에 품고 기다렸다고 할 정도?"

"다른 사람 눈에는 변절자처럼 보일 수도 있겠네요."

나는 잠시 생각했다. "그랬겠지. 하지만 당시에 노비에게 얼마나 충심이 있었겠는가, 하는 관점도 있었을 거야. 그러니까 자신이 망하게 한 집안의 노비를 데려다가 쓴 것이기도 하고."

"그랬겠네요. 하지만 이야기가 거기서 끝이 아니겠죠."

"맞아. 명종 3년, 우의정이던 정순붕이 시름시름 앓다가 결국 죽게 되지. 염병과 비슷했지만 역병에 걸릴 상황이 아니었거든. 이상하게 여긴 식구들이 결국 무당을 불러서 점을 봤는데, 무당이 베갯속을 들여다보라고 한 거야."

"베갯속에 무슨 부적이라도 있었나요?"

"비슷해. 인간의 뼈가 나온 거야."

내가 좋은 스토리텔러는 아니지만, 이야기에서 이런 극적인 반전이 있는 순간은 늘 즐기게 된다. 듣는 사람의 감정에 어떤 파문을 일으킬 때의 쾌감은 이야기꾼들이라면 누구나 추구하는 것이다. 나는 잠깐 이 효과를 극대화하려고 말을 멈추고 헌의 얼굴을 슬쩍 보았다.

헌은 입술을 살짝 내밀고 고개를 끄덕였다. "아아. 그런 얘기였구나. 이해됐어요."

나는 김이 식었다. "뭐야, 아직 다 설명도 안 했는데 이해가 됐어?"

헌은 핸드폰을 들어 보였다. "여기 설명이 있는데. 복수극이라면서요. 그러면 갑이가 전 주인의 복수를 하기 위해서, 그 뼈를 베갯속에 넣었다는 전개? 그리고…… 그 뼈는……? 염병에 걸렸다니까 장티푸스에 걸렸던 시체의 뼈였겠죠."

"아아, 맞아. 후대의 학자들은 그렇게 추정하더라고."

내 목소리에서 열기가 빠지면서 동시에 조금 건조해졌다. 헌도 눈치챈 모양이었다.

"뭐예요. 실망한 거예요? 결말을 내가 맞혀서?"

"아니, 꼭 그렇다기보다……."

정곡을 찔려서 조금 무안하기도 한 기분이었다. 내 얘기를 듣는 청중에 대한 갈망을 들킨 것만 같았다.

헌은 두 손을 들었다.

"방해하지 않을 테니까 계속 얘기해요."

"할 얘기도 이제 없거든. 끝났어."

햇빛이 더 뜨거워졌다는 기분이 들어 나는 모자의 챙을 내리고, 앞쪽의 다른 투어단 사람들을 향해 걸음을 척척 옮겼다.

"에이, 그러지 말고요. 그래서 새로운 번안은 어떻게 됐다는 거죠?"

"짐작할 수 있잖아." 목소리가 쓸데없이 뾰족해졌다. "개화기로 옮기면서 조선 후기의 양반집에서 일하던 노비 갑이가 주인이 외세에 저항하다가 시해된 후 당시 정적의 집에 들어간다는 이야기로 바뀌었어. 그러면서 복수를 펼친 거지. 마당에 협죽도를 키우고 그 줄기를 갈아서 주인이 마시는 약에 타고. 거기에 로맨스가 가미되었고."

"아, 협죽도에는 독이 있죠. 올레안드린이라고. 꽤 일리 있는 번안이네요."

헌은 연극적으로 과장되게 고개를 끄덕였다. 그 모습이 얄밉기도 하고, 어이없을 만큼 성의 있게 느껴지기도 했다.

"재밌겠는데요. 나중에 한번 봐야겠어요."

"보면 좋지. 어딘가 OTT에 있을 거야. 국내에서는 천만 영화까지는 아니었지만, 주목은 받았지. 갑이 역을 했던 감희연이 해외 영화제에서 신인상도 받고 하면서. 그래서 이따가 상영하고 그 이후에 장주은 감독이 추모사도 하는 거고."

헌의 목소리가 순간 한 단계 낮아졌다.

"추모라니. 그러면 배우가 그후에 죽은 거예요?"

나도 덩달아 목소리가 낮아졌다.

"고향인 군산에 영화 촬영하러 왔다가 호수에 투신했는데, 며칠 뒤에 시체가 인양되었지. 안타까운 일이었어."

헌도 잠시 묵념을 하듯 고개를 숙였다.

"정말 안타까운 일이네요."

우리는 투어단으로부터 몇 미터 뒤처져 걸어가고 있었다. 다만 사람들은 더 앞으로 나아가지 않고 저 앞의 인파에 막혀서 멈춰 있었다. 앞에서는 무슨 영화 촬영을 하는 듯, 카메라 및 조명판 등이 보였다. 영화는 화려하지만 그 뒤의 촬영 현장은 이처럼 번잡하기 마련이다.

헌이 중얼거렸다. "어쩌다 참……."

"영화 개봉 이후에 여러 일이 있었는데…… 먼저는 열애설이 있었고…… 그다음에는 온갖 입에 담을 수 없는 소문 같은 게 덧붙여졌지."

설명하려다가 나도 모르게 흠칫했다. 소문은 옮기는 것만으로도 힘을 갖게 된다.

"열애설요? 그랬구나. 연애 같은 건 할 수도 있는 일 아닌가."

"당연하지. 연예인이든 아니든, 그렇지. 다만 상대가 당시에 같은 영화에 출연했던 배우였거든. 게다가 남자 배우도 그 영화로 주목을 받은 후 그다음 드라마가 잘되는 바람에 한류 스타가 되어서……."

사람들이 갑자기 한쪽으로 우르르 몰려갔다. 사람들의 벽으로 가려진 앞에서 날카로운 탄성이 올랐다. 몇몇이 핸드폰을 머리 위로 높이 쳐들었고, 어디선가 거대한 대포 카메라들이 나타났다. 헌은 앞에서 일어난 동요에는 관심이 없이 내 이야기에만 집중했다.

"그 사람이 누구였는데요? 그 정도면 나도 알 것 같은데?" 헌은 다시 핸드폰을 들여다보았다. "어디 보자, 배우 이름이 있네요. 우영민, 이 사람은 제가 아는 배우인데…… 나이가 육십 대니까 아닌 것 같고, 아아, 승온준인가?"

사람들의 환성이 더더욱 높아졌다. 나는 발꿈치를 살짝 들고 환호성이 열리는 구심점을 들여다보았다. 일제강점기 지식인처럼 구불구불한 앞머리를 내린 얼굴이 언뜻 스치더니, 하얀 셔츠 위에 멜빵을 멘 남자의 어깨가 보였다. 남자는 옆에 선 다른 두 남자와 대화를 나누는 중이었다. 앞에 선 남자 중 한 명은 영화제 기획위원인 지광은이었다. 우리보다 앞서서 온 모양이었다. 나는 손가락으로 멜빵을 멘 남자를 가리켰다.

"맞아, 승온준."

하지만 나의 시선은 모두가 주목하는 인기 배우의 얼굴에 쏠려 있지 않았다. 화면이 아니라면 쉽게 보기 어려운 그의 얼굴을 지나, 그가 이야기하는 두 남자 중 광은이 아닌 다른 한 명에게로 쏠렸다. 더 키가 크고, 안경을 쓰고, 날카롭게 보이지만 어떨 때는 연약하게도 보이는 얼굴.

삼 년 전의 나라면 우연이라고 생각했을 것이다. 어쩌면 인연이라고 생각했을 것이다. 하지만 그후에 나는 알게 되었다. 그와 내가 관련된 일에 우연도, 운명이 만들어준 인연도 없었다는 것을.

나는 안성현 씨가, 여기 군산에서, 그것도 영화 촬영장에서, 톱배우 승온준과 무엇을 하고 있는지 궁금해졌다.

❧

"의외네요. 여기서 만나다니."

나는 2층 복도에서 짐짓 놀란 척 말을 건넸다. 예상했다는 듯 인사를 건네는 것도 이상할 것이었다.

"재인 씨야말로 의외네요." 성현은 어깨를 으쓱했다. 그의 시선이 나의 모자부터 운동화까지 훑었다. "어울리는데요."

나도 모르게 두 손을 올려 모자의 리본을 만졌다. 평소에도 실크 스커트를 자주 입는 편이지만 이렇게 장식적인 옷은 또 달랐다.

"어색하죠. 코스프레 같고."

성현의 눈길이 나를 지나쳐 옆으로 향했다.

"뭐, 다들 같이 입고 있으니까. 위화감은 없네요."

'다들'이라는 말에 유난히 강세가 들어간 것 같은 어감이었다. 내 바로 뒤에 서 있던 헌도 자신이 그 '다들'에 포함되었다는 것을 깨달은 눈치였다. 헌은 성현을 향해 고개를 끄덕했다. 성현도 마주 고개를 숙였다.

삼십 분 전, 저택의 문 앞에서 성현은 나와 헌을 보고도 그다지 놀란 표정 없이 잠깐 기다려달라는 손짓을 했다. 그 신호를 무시하려고 한 건 아니지만, 순정이 인파를 피해서 급히 투어단을 저택 안으로 이끌었다. 승온준을 더 구경하려던 사람들 몇몇이 뒤에 처졌지만 결국은 다들 집 안으로 들어왔다.

일제강점기 때 포목상이 소유했다던 이 집은 해방 직후 소유주 이름을 따 현진원 가옥이라고 불렸다. 신흥동에 있는 다른 적산 가옥인 히로쓰 가옥과 구조가 유사했다. 일식과 서양식이 뒤섞인 2층 목조 가옥이 연못이 있는 너른 정원 한가운데 우뚝 서 있었다. 언뜻 보기에는 본채와 별채가 별개로 서 있는 집 같지만, 자세히 보면 서로 복도로 연결되어 있었다. 이곳은 한동안 대중에게 공개되지 않고 개인 소유로 남아 있다가, 〈무고의 저택〉 촬영장으로 쓰인 후 격년으로 한 번 열리는 영화제를 포함한 일정 기간에만 개방되었다.

투어단은 정원의 돌길을 따라 걸어서 건물 안으로 들어왔다. 세로줄 무늬가 있는 유리문은 이미 열려 있었다. 반들반들하게 닦은 복도 위로는 원형 창틀 속 격자 모양 햇빛이 비쳐 들었다. 마룻바닥에서는 우리가 걸을 때마다 경계하듯 끽끽 소리가 울렸다.

외관에서 바라볼 때보다는 내부가 놀랄 정도로 넓었다. 건물 밖에서 판단할 때는 일제강점기 당시의 양식을 보여주는 가옥으로 보였지만, 안은 일본식과 서양식의 혼합이었다. 1층은 다다미가 깔린 너른 방이 하나에 작은 온돌방 두 개가 배치되어 있고, 2층에는 격자 창호문 뒤에 다다미방 둘, 기다란 복도로 이어진 별채에는 서양식 방이 두 개 있었다. 나와 헌, 성현은 오른쪽 별채의 계단을 올라 2층으로 향했다. 동선은 거기서부터 관람하여 본채로 이어지고, 다시 아래로 내려오는 순서였다.

"이번 영화 촬영용으로 새로 꾸민 건가?"

동양식 격자 미닫이문 너머 서양식으로 침대와 의자가

놓인 방을 카메라로 촬영하면서 헌이 말했다. 스테인드글라스가 끼워진 복도 방의 창에서 햇빛이 들어와 어두운 방 안으로 비쳐 들었다. 그도 그럴 것이 이런 혼합된 형태는 집의 외관과는 어울리지 않는 면이 있었다.

나는 문 너머 방을 들여다보려고 목을 쭉 뺐다. "글쎄, 영화 〈무고의 저택〉 때도 이런 구조였던 것 같긴 한데. 그때도 특이하게 여겨졌어."

"맞을 겁니다." 성현이 내 뒤에서 대답했다. "온준 씨가 그러더라고요. 이전하고 집이 하나도 달라진 게 없다고."

승온준의 이름이 들리자 앞에 가던 사람들이 획 뒤를 돌아보았다. 공교롭게도 녹색 드레스 일행이었다. 지금은 흰 블라우스를 입은 노란 단발머리 여자의 눈매가 날카로워진 느낌이었다. 아까까지만 해도 검은 가방을 메고 있었지만 지금은 어디에 맡긴 모양인지 차림이 한결 가벼웠다. 성현이 온준의 이름을 말하는 방식에 대수롭지 않은 친밀감이 있었기 때문에 그 점이 더 주목을 끌었다.

나는 목소리를 죽였다. "안 그래도 궁금했는데, 승온준 씨와는 어떻게 아는 사이예요? 아까 얘기하는 거 봤어요."

"아, 그게……." 성현은 잠시 망설이는가 싶었지만, 곧 결심한 듯 나직한 목소리로 말했다. "의뢰인입니다. 말씀드릴 수 있는 건 여기까지."

묻기는 했지만 그가 여기 온 이유를 이렇게 곧이곧대로 말해주리라는 건 예상하지 못했다. 나는 살짝 미소를 지었다.

"놀랍네요. 성현 씨가 먼저 일이라고 말해주고."

웃음에 뼈가 있다는 건 성현도 모르지 않을 것이다. 그는 천천히 대답했다.

"저번에도 말했잖아요……. 크리스마스 때. 이제 재인 씨에게 거짓말을 하거나 어물쩍 넘기거나 하는 일은 하지 않을 거라고."

나는 그의 눈을 보았다. 그 순간에 나는 어쩌면 이 기회를 이용해보겠다는 나쁜 마음을 먹었는지도 모른다. 혹은 그의 말이 진심인지 시험해보고 싶다는 생각.

"그 의뢰라는 건 혹시 나와……."

"엄마야!"

별안간 옆에서 터져 나온 비명에 질문을 끝까지 맺지 못한 게 다행일 수도 있었다. 네댓 명이 동시에 내지른 듯 목조 저택의 마룻바닥이 삐걱거릴 만큼 커다란 소리였다. 나는 말을 하다 말고 그쪽으로 고개를 돌렸다. 앞에 서 있던 헌이 한 팔을 뻗어서 잠깐 기다리라는 몸짓을 해 보였다.

비명을 지른 건 앞서 가던 투어단 사람들이었다. 녹색 드레스의 이동화가 본채 2층의 다다미방 중 작은 쪽 방 앞에 서서 날카롭게 말했다.

"뭐야, 씨…… 사람 놀라게! 누가 저런 걸 저기 놔두고 난리야!"

지금은 회색 원피스를 입었지만 아까의 커다란 쇼퍼백을 그대로 멘 파마머리 여성이 한 발 뒤로 물러서며 고개를 흔들었다. 그 고갯짓에 따라 쇼퍼백의 커다란 꽃잎이 함께 흔들렸다.

"뭐가…… 좀 기분은 나쁘네요. 저긴 원래 꽃병 있어야 할 자리 아닌가."

아까 스쳐 갈 때 이름표를 본 바로는, 파마머리 여자의 이름은 공지형이었다.

남색 양복 위에 여전히 검은 비니를 쓴 남자가 쭈그려 앉은 채로 손가락 하나를 들어 가리켰다.

"그런데 저거 뭐죠? 목이 부러진 건가?"

단발이 코를 찡그렸다.

"맞는 거 같은데요. 그리고 그 옆의 건…….."

나는 헌의 어깨 너머로 고개를 뺐다.

"뭐야? 왜 그러는 거래?"

헌이 조용히 속삭였다.

"저 방 안에 뭐가 있나 봐요. 별일은 아닌 것 같긴 한데."

헌이 자기 뒤에 붙어 오라는 듯 손짓하며 먼저 발을 떼었다. 나는 헌이 새끼 사자를 보호하는 암사자 같은 태도로 나서는 게 좀 재미있다고 생각하면서도 뒤를 따라갔다. 고개를 돌려 보니 성현은 앞에서 일어난 소동을 듣지 못한 듯 반대편 복도 끝에 서서 창문 너머로 정원을 내려다보고 있었다. 아래에서 벌어지는 영화 촬영에 정신이 팔린 것 같기도 했다. 누군가를 바라보는 것 같기도 했다.

복도 반대편, 모인 사람들 너머로 다다미방 안이 들여다보였다. 다다미 한쪽에 단을 높여 만든 듯한 자리, 일본어로 도코노마가 있었고 위 벽에는 담쟁이덩굴이 그려진 액자가 하나 걸렸다. 그리고 그 아래, 보통은 꽃병을 놓아두는 자리에는 종이로 만든 인형 세 개가 놓여 있었다. 인형에는 어설프게나마 이목구비까지 그려져 있었다. 그중 한 인형은 여성을 표현하려는 듯 머리카락까지 붙어 있었고, 머리가 한쪽으로 꺾여 있었다. 짧은 머리의 인형 하나는 다리가 뒤틀려 있었다. 그리고 세 번째 인형에는 커다란 못이 박혀 있었다. 하지만 사람들에게 공포를 준 건 인형 그 자체가 아니었다. 인형 안에 빽빽하게 흘려 쓴 빨간색 글씨가 공포스러운 분위기를 더했다.

녹색 드레스가 사람들 들으라는 듯 큰 소리로 외쳤다.

"아유, 기분 잡쳐."

금속성의 새된 목소리, 억센 말투가 다른 사람의 기분을 더 잡치게 한다는 생각은 하지 않는 사람이었다. 하긴 저 말은 그런 사람이나 내뱉을 수 있는 말이기도 했다.

파마머리가 비니 남자의 어깨를 쿡 찌르며 말했다.

"뭐가…… 저기 뭐라고 써 있는 거래요? 나는 근시에 노안이라서 잘 안 보여."

눈이 좋은 사람이라도 잘 보기 어려운 거리였다. 방 안으로 들어가지 않는다면. 비니 남자는 출입금지선을 넘어 안으로 들어갈 정도로는 궁금하지 않은 모양이었다.

"제가 가서 가지고 올게요. 전 가이드니까 양해 좀 해주세요."

순정이 투어단 사람들 사이를 비집고 방문 앞에 섰다. 우리는 순정을 위해 옆으로 비켜났다. 사람들의 소란에 아래층에 있다가 기획위원인 광은과 함께 2층으로 뛰어 올라온 모양이었다. 순정은 다다미방의 출입금지선 앞에서 잠깐 망설이다가 무릎을 꿇고 엎드렸다. 신발로 다다미를 밟지 않으려는 모습이었다. 순정은 그 자세 그대로 고개를 들어 뒤에 서 있던 광은을 보았다.

"이렇게 하면 괜찮겠죠?"

광은은 잠깐 망설이기는 했지만 사람들의 눈이 쏠리자 고개를 끄덕였다. 순정은 무릎이 배길 걱정도 하지 않고 그대로 기어서 도코노마에 놓인 인형을 향해 갔다. 순정은 목 부러진 인형을 거침없이 집더니 뒤를 돌아보았다.

"자요!"

순정이 인형을 던지자 다들 엇, 소리를 지르며 한 발 더 물러섰다.

사람들은 미신을 믿지 않는다고 하면서도 미신적 물건을 함부로 다루는 건 꺼린다. 이번도 마찬가지였다. 종이 인형이라도 거침없이 던지는 건 꺼림칙하다. 다행히 광은은 담담하게 받았다.

"이거 물에 젖었나, 축축하네."

"그러네요."

순정이 다리가 꺾인 인형을 들어 잠깐 보는가 싶더니 다시 광은에게로 던졌다. 나머지 하나는 본인이 손에 들고 도로 뒤로 기어서 나오더니 바닥을 딛고 일어섰다.

"뭐라고 써 있는 거지?"

호기심 어린 눈길이 순정과 광은의 손안으로 모였다. 순정은 큰 눈을 가늘게 뜨고 인형의 얼굴에 적힌 빨간 글자들을 읽었다. 물에 번진 글자들이 피처럼 흘렀다.

인형 자체는 언뜻 보면 조잡하게 만들어진 듯하지만 손이 많이 간 형태였다. 나는 일부러 그로테스크하게 보이려고 조잡하게 만들었나 생각도 했다. 아무렇게나 쓴 붉은 글자가 괴기스러운 분위기를 더했다.

"삼 년 전 저주, 머리가 떨어져 죽어…… 갑자생, 죗 값…… 이게 다 무슨 소리죠?"

순정이 묻자 광은은 자기가 든 인형들도 살폈다.

"비슷한 글자가 있는 것 같은데요. 갚아라. 여기는 을해 생…… 이라고 쓰여 있어요. 그런데 왜 젖어 있지."

"저주 인형." 노란 단발머리 여자가 불쑥 말했다.

이름표로 봤을 때 여자의 이름은 소진이었다. 소진의 말 에 분위기는 순간 한겨울의 처마 끝 고드름처럼 날카롭게 얼어붙었다.

"삼 년 후에 세 명이 죽는다는 그 이미지랑 똑같네."

파마머리 여자는 자기도 모르게 입을 열었다가 스스로 놀란 듯 입을 막았다.

"형선호"라고 쓰인 이름표를 단 비니 남자는 여유 있는 척 카메라를 흔들었지만 얼굴에는 불쾌한 기분이 감돌았다.

"이거 뭐야, 호수에 빠진 감희연 저주……? 아니, 당신 들이 그걸 어떻게 알아?"

녹색 드레스의 이동화는 순정과 광은, 나와 헌을 매섭게 노려보았다. 나는 우리가 우리도 모르는 커다란 잘못을 저질렀나 싶어 어리둥절했다. 누구의 잘못도 아닌 일에 자 신만의 이유로 화를 내는 사람이 있다.

다음 순간 이동화가 소리쳤다.

"이거 장난치는 것도 아니고. 사람 놀리는 것도 아니고, 뭐 이래? 내가 어디 가만두나 봐! 당장 인터넷에 올릴 거야!"

이동화는 몸을 휙 돌리더니 복도에 섰던 사람들을 밀치고 본채 계단 쪽으로 걸어갔다. 오래된 집이 무너질까 걱정될 기세였다. 투어단의 다른 세 사람은 경계하는 눈빛으로 서로를 바라보았다. 광은은 난처한 건지 짜증나는 건지 알 수 없는 표정으로 순정을 한번 보더니 인형들을 가방 속에 쑤셔 넣으며 여자를 불렀다.

"이동화 씨! 잠깐요!"

"아, 더워." 형선호가 답답한 듯 비니를 벗더니 머리를 한 손으로 누르며 복도를 걸어갔다.

공지형은 이마에 흘러내린 곱슬머리를 넘기며 웃었다. "재미있네." 그러나 눈은 정반대의 이야기를 하고 있었다. "아유, 별일도 아닌 걸로 난리는. 우리도 가요, 소진 씨. 왜 저래. 찔리는 거라도 있나."

공지형은 총총거리는 걸음으로 형선호가 향한 쪽을 향했다. 소진은 뭔가 할 말이 있는 사람처럼 옆에 선 순정을 돌아보았다.

"저기……."

이마를 찡그리며 인형을 들여다보고 있던 순정이 고개

를 들더니 반사적으로 생긋 웃었다.

"네?"

격자 창틀이 가르는 파란 하늘 위로 구름이 흘러가듯 소
진의 얼굴에도 무언가 스쳤다.

"아니에요."

소진은 몸을 돌려 노란 단발머리를 찰랑거리며 다른 일
행을 따랐다.

뭔지는 알 수 없지만 모두가 숨기는 게 있는 것만은 확
실했다. 나는 사람들의 꼬리를 잡아 본채 2층 끝의 계단으
로 향했다. 계단은 낮에도 좁고 어두웠다. 바로 앞에는 소
진이 뛰듯이 내려가고 있었다. 나는 한 단 아래로 발을 내
리려다가 흠칫했다. 나무 계단 바닥에 물이 떨어지고 있었
다. 어디서 물이 나오는 거지? 고개를 들어 천장을 올려다
보았다.

다음 순간 발밑이 흔들리며 앞에 보이던 노란 단발머리
가 훅 앞으로 꺼졌다.

인형이 발견되었을 때 들렸던 소리가 마룻바닥을 울렸
다면, 이번에는 집이 울릴 정도의 고함이었다. 동시에 뭔
가 바닥에 쿵 떨어지는 소리와 함께 내 앞의 사람들이 소
리를 질렀다. 사람들은 계단 아래로 몸이 쏠리면서 앞으로
굴렀다. 낡은 목조 계단이 흔들리며 우지끈 부서지는 소리

가 났다. 성현의 다급한 목소리가 귀를 스쳤다.

"재인 씨, 위험……!"

내가 무너진 계단으로 발을 내딛기 직전, 누군가의 팔이 내 허리를 안았다. 나는 계단 난간을 붙들어 간신히 균형을 잡았다.

고개를 들었을 때 계단 맨 위에 선 순정과 성현의 모습이 모였다. 두 사람은 재난 영화 속 간신히 살아난 조연 커플처럼 입을 벌렸고, 성현은 순정이 넘어질까 걱정했는지 그의 어깨를 가볍게 잡고 있었다. 나는 머리 각도를 더 틀었다. 헌의 눈빛은 걱정스러웠고, 내 허리를 잡은 손에선 힘이 풀리지 않았다. 당장 눈앞의 위험이 파도처럼 천천히 물러나자, 혼자 사는 사람으로서 최근에 타인과 이렇게 거리 없이 접촉한 적이 있었나 하는 질문이 물밑 바닥처럼 모습을 드러냈다. 지금 이 어색한 감정의 근원을 잘 알 수 없었지만, 성현이 그런 눈으로 보지 않았으면 좋았으리라는 생각은 했다.

화면 가득히 활짝 웃는 감희연의 얼굴이 클로즈업으로 떠올랐다. 어딘가 모르게 익숙한 인상이었다. 그 때문에 인기 배우가 되었으리라. 이웃집 여자 친구 같은 친근한 이미지. 단상에서는 핀 조명을 받은 장주은 감독이 마이크를 향해 엄숙히 말했다.

"단편에서 맺은 희연과의 인연은 〈무고의 저택〉까지 이어졌습니다. 마지막에는 다른 작품을 해보자며 같이 기획하고 있었죠. 이제 그 기회는 이 세계에서는 사라졌지만 다른 세계가 있다면 거기서는 함께 일할 수 있겠죠."

장 감독의 엄숙한 목소리가 홀 안에 울리자 어둠 속 관객들 사이에서 훌쩍거리는 소리가 조금 커졌다. 나는 감희연을 사건 이후 나중에야 알게 된 쪽이었지만, 뭉클한 덩어리가 목 안으로 치밀어 올랐다. 옆에 앉은 헌이 내게 손수건을 건넸다. 울진 않겠지만 일단 손수건을 눈에 갖다대며 머리를 돌렸다.

오후에 있었던 감희연 추모 행사는 구 조선식량영단 군산출장소 건물 2층에서 열렸다. 규모는 작았지만, 추모사를 전달한 장 감독의 명성 덕인지 사람이 많이 몰렸다. 나는 장 감독의 선의가 감희연의 팬들에게는 위로가 되었으리라 생각하면서도, 한편으로는 행사의 무게중심이 바뀐 것 같아 안타깝다는 마음도 들었다. 관객들 중 많은 이가 장주은 감독을 만나러 온 영화 팬임이 분명해 보였다. 그들은 미소를 띤 얼굴로 화면보다는 단상에 서서 연설하는 장 감독의 얼굴에만 주목했다. 어떤 사람이 자기도 모르게 박수를 쳤고, 몇몇 진지하게 듣던 사람들이 혀를 찼다.

　나는 박수를 친 사람이 누구인지 돌아보다가 뒤편 그늘에 선 순정을 보았다. 순정은 입을 꾹 다물고 허공을 응시했다. 딱히 화면을 보는 것 같지도 않고, 사람들을 보는 것 같지도 않았다. 부상자들을 따라 병원에 갔다가 추모 기념식장으로 급하게 돌아온 모양인지 아까까지만 해도 야무지게 묶었던 머리카락이 비어져 나와 얼굴 옆으로 떨어졌다.

　오래된 주택이지만 목조 계단이 그렇게 우르르 무너질 줄 몰랐다. 내가 본 건 그뿐이었다. 나중에 파악하기로는 맨 아래에 있던 이동화 씨가 녹색 드레스 앞자락을 밟으면서 앞으로 고꾸라졌고, 바로 붙어서 따라 내려오던 지광은 씨와 부딪쳐서 굴렀다. 그 바람에 오래된 목조 난간이 쪼개지면서 계단이 부서졌다. 바로 뒤에서 내려오던 형선호 씨의 발이 그 구멍에 빠지면서 아래로 떨어지는 동시에 연쇄적으로 계단이 무너진 것이었다. 다만 높이가 높지 않았고, 공지형 씨와 소진 씨는 다른 사람들 위로 떨어져서 상대적으로 부상이 크지 않았다. 그렇지만 맨 아래에 깔린 이동화는 의식을 잃었다. 곧 구급차가 도착해서 그녀를 실어 갔고, 다른 사람들은 순정과 성현과 함께 투어단 승합

차를 타고 병원으로 향했다.

성현이 병원까지 따라간 이유는 정확히 모르지만, 아마 원래 보험 조사원이었으니까 관련이 있지 않을까, 생각하는 순간 행사장 문이 살짝 열렸다. 바깥에서 기다란 세모꼴 빛이 비쳐 들어오는가 싶더니 성현이 모습을 드러냈다. 성현은 잠시 두리번거리다 문 옆에 섰다. 나는 어정쩡하게 한 손을 들어 보였지만 그는 나를 보지 못하고 그 자리에 서 있었다. 전체적으로 행사장이 어두웠지만 성현은 영사기 옆에 서 있어서 푸른빛 속에서 그의 옆얼굴이 보였다. 나는 그의 눈길을 따라갔다. 그 끝에 있는 사람은 지금은 흐트러진 머리를 풀어서 손가락으로 빗어 내리고 있는 순정이었다. 순정의 얼굴은 잘 보이지 않았지만, 머리를 내린 윤곽은 아까와 달리 조금 낯설었다.

마지막으로 질문을 던진 삼십 대 중후반의 남성은 감희연보다는 장 감독의 차기작에 더 관심이 있어 보였다.

"동굴을 배경으로 한 작품을 찍으신다고 알려졌는데요, 여기 군산에도 최근에 일제강점기에 만들어진 비밀 동굴이 많이 발견되지 않았습니까? 혹시 여기 오신 것도 그것과 관련이 있습니까?"

속마음은 몰라도 눈빛만은 부드러운 장 감독도 이번만은 매섭게 질문자를 쳐다보았다.

"아뇨, 감희연 배우 추모행사를 위해서만 왔습니다. 군산 동굴에도 물론 관심이 있지만, 그건 지금 여기서 말할 일이 아니라고 생각합니다."

눈물을 훔치던 관객 중 한 명이 고개를 숙인 채로 "예의 없어"라고 중얼거렸다. 하지만 질의에 답하는 장 감독의 모습을 사진으로 찍는 사람들이 여전히 많았다. 아마도 한두 시간 후면 '#오컬트영화제', '#장주은감독' 등의 해시태그를 붙인 채 SNS에 주르르 올라올 사진들일 것이다.

식순을 모두 마치자 행사장에 불이 들어왔다. 몇몇은 갑자기 주위가 밝아지자 멋쩍어하며 거울과 티슈를 꺼내어 눈물을 닦기도 했다. 다른 사람들은 휴대전화로 행사장에 붙은 감희연의 활동 당시 사진을 찍었다. 전체적으로 추모하는 경건한 분위기가 있었지만, 어떤 사람들은 서로 슬슬 눈치를 보면서 일어서 장주은 감독에게 사인을 받으려 몰려들었다.

장주은 감독에게 인사하러 갈 수 있게 사람들이 줄어들길 바라며 나와 헌은 행사장을 둘러보았다. 감희연 어렸을 때부터 활동 막바지까지의 사진 액자 아래에는 팬들이 쓴 편지라든가 아크릴 판 등이 놓여 있기도 했다. 그녀가 떠난 지 삼 년인데 아직도 기억하는 그들의 마음이 느껴져 약간 뭉클하기도 했다. 행사장 맨 끝에 있는 사진은 나도 처음 보는 것이었다. 아래 붙은 설명에 따르면, 감희연의 군산 3부작이라고 할 만한 세 번째 영화를 위해 카메라 테스트를 했을 때의 사진이라고 했다. 군산항에 늘어선 배들 너머로 보이는 푸른 바다와 그 앞에 선 감희연의 소녀 같은 미소가 잘 어울렸다. 감희연의 트레이드마크라는 인디언 보조개가 잘 보이는 사진이었다. 그 앞에는 분홍색과 흰색의 꽃이 놓여 있었다. 문득 꽃의 이름이 궁금해진 나는 식물 이름을 알려주는 앱을 켜보았다가 흠칫 놀라 뒷걸음질 쳤다. 옆에 있던 헌이 의아한 눈빛으로 쳐다보았다.

"왜 그래요?"

"이거 협죽도야. 독이 있는 꽃이라 관상용으로 팔지 않을 텐데, 어떻게 구했지?"

헌이 가까이 가서 들여다보았다. 헌이 손을 뻗자 나는 얼굴을 찡그렸다.

"만지지 마. 손에 닿는 것도 위험할 수 있어."

"이거 조화인데요. 되게 잘 만들었네."

나도 꽃잎에 살짝 손을 대보았다. 확실히 종이의 질감이 느껴졌다. 그럼에도 실제 꽃잎처럼 수분을 머금은 듯 약간 촉촉하기도 했다.

"그러네."

"재인 씨!"

사인을 마친 장주은 감독과 그녀의 어시스턴트인 박예준이 나와 헌을 보고 손을 흔들었다. 우리는 사람들을 지나서 그들을 향해 걸어갔다. 예준이 특유의 진지한 얼굴로 걱정스럽게 물었다.

"재인 씨, 아까 큰 사고가 있었다면서요? 괜찮으세요?"

"네. 저는 괜찮아요. 다치지도 않았고. 다만 문화재인 집 계단이 무너져서 어떨지…….."

장 감독이 안심하라는 듯 손을 내저었다. "애초에 그 집 2층 계단은 〈무고의 저택〉 영화 촬영할 때 손상이 심할까 봐 임시로 개조한 거야. 원래 난간 같은 건 따로 잘 보존되어 있는 걸로 알아. 괜찮을걸."

헌이 한숨을 내쉬었다. "다행이네요. 재인 씨가 걱정 많이 했어요."

"둘 다 소심하게 착해서." 장 감독이 웃으면서 헌의 머리를 토닥거렸다. 헌의 키가 훨씬 커서 체구가 작은 장 감독은 발꿈치를 들어야 했다. "광은 씨가 계단 가설된 거라고 얘기 안 했나? 그 사람이 더 잘 알 텐데."

"지 선생님은 병원에 갔다가 아직 안 오셨어요." 내가 대답했다. "여기 안 계신 거 같은데."

장 감독이 눈을 가늘게 뜨고 행사장을 훑었다.

"그 사람이 여기 없을 리가. 오컬트영화제 기획단에서 일한 것도 감희연 추모 행사 때문인데. 이걸 맡아서 추진한 것도 그 사람이고. 병원에서 못 나올 정도가 아니라면……. 아, 저기 있네."

장 감독은 행사장 한쪽을 향해 손을 흔들었고, 손에 붕대를 감은 지광은이 달려오며 고개를 꾸벅했다.

"아이고, 감독님. 죄송합니다. 초반을 좀 놓쳤습니다."

"다쳤다면서요. 괜찮아요? 크게 다치신 분은 없고요?"

"저는 손목만 조금 삔 정도라서요. 다른 분들도 다 괜찮습니다. 의식을 잃은 분만 오늘 입원하시고요."

"다행이네. 광은 씨 아니면 성사되지 않았을 행사인데 본인이 빠지면 섭섭하지."

나로서는 처음 듣는 얘기였다. 나는 의구심이 들어 예준을 쳐다보았다. 예준은 내 궁금증을 알아차렸는지 몸을 숙여 내 귀에 대고 조용히 말했다.

"지광은 씨가 전에 감희연 배우 매니저였어요……. 마지막까지. 지금은 승온준 배우 소개로 일한다고 들었어요."

"진짜요?" 나는 놀라서 예준을 올려다보았다가 헌에게 물었다. "넌 알았어?"

헌은 고개를 저었다. "알았을 리가요. 그 배우 얘기도 오늘 처음 들었는데."

나는 고개를 갸웃했다. "순정 씨는 알았으려나. 참, 순정 씨는 어디 갔지?"

몸을 돌려 순정을 찾아보려는 와중에 뒤에서 낮은 목소리가 들려왔다.

"두 사람 다 몰랐군요. 제가 말해줄 것을."

돌아보자 성현이 그 자리에 서 있었다. 성현은 예준을 향해 눈으로 인사하고 잠시 정중하게 기다렸다. 내가 재빨리 두 사람을 소개했다.

"아, 이쪽은 장주은 감독님의 어시스턴트이자 영화 비평가인 박예준 씨이고, 이쪽은⋯⋯." 나는 잠시 머뭇거렸다. 그를 뭐라고 설명해야 할지. "제 친구인 안성현 씨예요."

"보험 조사원이시래요."

헌이 간결하게 더하면서 나를 담담하게 바라봤다. 평범한 조사원은 아니겠지만 나도 그 이상은 알 수 없기에 그 말을 부정도 긍정도 할 수 없었다.

소개란 어려운 일이다. 우리는 누군가를 안다고 생각하고 서로 초면인 사람들에게 설명해주지만 그만큼 타인을 잘 알지 못한다. 소개를 하는 사람도, 소개를 받는 사람도.

"안 선생님!" 광은이 장 감독과의 이야기 중에 몸을 돌리고 성현을 반가이 맞았다. 손이 멀쩡했더라면 두 손이라도 맞잡을 기세였다. "덕분에 아까 일 잘 처리했습니다. 안 선생님 없었으면 손님들 항의를 어떻게 처리했을지."

"아까 온준이가 데려왔다는 분?"

장 감독이 흥미롭다는 눈으로 성현을 아래위로 살폈다. 나는 장 감독의 눈에 그가 어떻게 보일지 궁금했다. 성현은 예의 바르게 허리를 살짝 숙여 인사했다.

"안성현이라고 합니다." 성현은 광은 쪽으로 다시 눈길을 돌렸다. "그러지 않아도 그 일로 드릴 말씀이 있는데요."

광은이 걱정스럽게 눈을 찡그렸다.

"이동화 씨가 다시 난리 쳐요? 아까 정신 들었을 때 저주니 음모니 헛소리했잖아요."

"그게 마냥 헛소리만은 아닌 것 같습니다……."

성현은 다시 목소리를 낮추고 주변을 살폈다. 그는 애매하게 말했다.

"아무튼 보통 손님들은 아니더라고요. 저도 피해자는 많이 만나봤지만……." 그는 고개를 절레절레 저었다.

장 감독과 예준은 자신들이 들을 얘기가 아님을 직감하고 다른 손님들과 인사를 나누겠다며 물러섰다. 행사장에서 사람들이 많이 빠져나갔지만 장 감독을 기다리는 팬들이 한쪽에 있었다. 헌이 우리도 자리를 비켜줘야 하는 게 아닌가 하는 물음을 담고 내 얼굴을 쳐다보았으나, 나는 왠지 그 자리를 뜨고 싶지가 않았다.

"저희가 들어도 괜찮겠죠? 행사와 관련된 일이면 저도 알아야 할 것 같고요."

업무에 대한 책임감과 못된 호기심이 뒤섞였다.

성현과 광은은 마주 보다가 거의 동시에 고개를 끄덕였다. 성현이 설명했다.

"이동화 씨 말로는 이게 사고나 우연이 아니라 자기를 해치려는 음모라는 겁니다."

광은이 붕대를 감은 자기 팔을 들며 학을 떼듯 고개를 저었다.

"처음에는 제가 자기를 죽이려 했다고 고래고래 소리 지르고 난리도 아니었어요. 본인이 드레스 밟아서 넘어진 거라는 인정을 안 하고."

"동기는요?" 내가 불쑥 물었다. "이유도 없이 사람들이 자기를 죽일 음모를 꾸민다는 생각은 하지 않을 것 같은데요. 편집광이 아니라면요."

성현이 두 주머니에 손을 넣고 피곤한 표정을 지었다.

"머리를 부딪쳐서 CT를 찍었지만 다른 이상은 없었습니다. 정신적으로 문제가 있는 사람도 아니고. 그 사람은 자꾸 저주라는 말을 합니다. 자세히 설명은 안 하고 채팅 방 어쩌고 하면서……."

"그런데 저주 이야기가 처음이 아니라면서요." 성현이

주제에 비해 현실적인 어조로 말했다. "어젯밤 투어단 술
자리에서 술에 취한 이동화 씨가 저주와 감희연 배우에 대
해 떠들었다고 다른 사람에게 들었습니다."

　광은은 약간 심각한 표정으로 고개를 끄덕였다.

　"아, 그러고 보니 어젯밤부터였네요. 미신을 좋아하는
분인 건지, 뭔가 찔리는 일이 있는 건지. 계속 저주 얘기를
떠들어서 다른 사람들이 눈살을 찌푸리긴 했어요."

　"저주라······."

　나는 아까 계단 앞에서의 광경을 머리에서 그려보았다.
노란 머리가 앞에서 쓰러지고, 그다음에 연속적으로 울렸
던 소리.

　"그런데 지 선생님은 앞에 넘어진 이동화 씨 때문에 걸
려서 넘어졌다고 하고······ 다른 사람들은요? 다 같이 연
쇄적으로 넘어진 건가요? 계단이 무너져서?"

　광은이 오른손으로 머리를 긁으려다가 붕대를 감았다는
걸 깨닫고 다시 내렸다. 아까부터 다쳤다는 사실을 계속
잊는 듯했다.

　"그게, 자꾸 뒤에서 떠밀렸다는 거예요. 누가 밀었다고."

　나는 정말로 대답이 올 거라고 기대하지 않고 물었다.

　"누가 밀었다는 거예요?"

　헌이 이상한 얼굴로 나를 내려다보았다. 나도 생각에 잠

겨서 헌의 얼굴을 올려다봤다. 사람들이 도미노처럼 우르르 넘어졌다. 그렇다고 한다면 넘어지지 않은 마지막 도미노가……

"아하, 여기 있었네요. 당신이죠? 왜 이런 거죠?"

갑자기 불쾌한 목소리가 내 귀를 찔렀다. 큰 소리를 지른 건 아니지만, 다른 사람 다 들으라는 듯이 높고 선명한 목소리였다.

돌아보자 침착한 척 입꼬리를 올리고 억지 미소를 띤 남자가 서 있었다. 비니 남자, 형선호였다. 아니, 아까 비니를 썼던 남자라고 해야 한다. 지금은 맨머리라 M자형 이마가 그대로 드러났다. 그가 내 앞에 서서 한 손을 들자 헌과 성현이 동시에 앞을 막아섰다. 형선호는 나머지 한 손을 마저 들어 자기가 손댈 마음이 없다는 것을 보이려 했다.

"워워, 왜들 이래요. 제가 여자를 때리기라도 할까 봐요? 제가 그렇게 바닥은 아니거든요. 물론 상대에 따라서 참교육이 필요할 땐 다르지만."

누구보다도 이성적이고 논리적인 척하지만 결국은 자기가 맞는다는 말을 하고 싶어 하는 젊은 남자의 전형적인 말투였다. 헌은 그보다 어리지만 더 어른스러운 태도로 물었다.

"무슨 말입니까?"

비니를 벗은 형선호는 아까보다도 더 작게 보였다. 그는 잠깐 움찔했지만 기죽은 티를 내지 않으려고 헌의 어깨 너머로 검지를 들어 나를 가리켰다.

"저 여자분, 무슨 취재한다는 사람, 저분이 계단에서 다른 사람들을 밀었잖아요? 고의인지 실수인지 모르겠지만. 어쨌든 책임질 사람이 있는데 기획단에서 단순히 치료비 정도로 퉁치려고 하면 안 되죠. 사회에는 원칙과 정의가 있는데."

여기서 말하는 '저 여자'가 나라니 놀랄 일이었다. 그의 목표는 알 만했다. 크게 다치지는 않았지만 일정이 어그러지고 불쾌하다. 그러니까 자신의 심리적 불쾌함에 대해 뭐라도 배상을 받고 싶은 것이다. 거기에 만만한 타깃은 바로 그들 뒤에 있었던 무사해 보이는 나였다. 내가 자기 나이 또래의 여자라는 것도 타깃으로 뽑히기에 적합한 요건일 것이었다.

형선호 뒤로 파마머리를 질끈 묶은 공지형, 커다란 배낭을 메고 있어 더욱 체구가 작아 보이는 소진의 모습이 보였다. 그들은 다시 본인 옷으로 갈아입은 상태였다.

공지형이 한마디 거들었다. "맞아요. 넘어지는 바람에 가방에서 물병이 열려서 쏟아져서 옷도 다 버렸다고요." 그러면서 축축한 쇼퍼백을 한 번 두드렸다.

"세탁비는 드리겠습니다." 광은이 나섰다. "그래도 도재인 씨 책임이라는 건 받아들이기 어렵고요."

형선호는 느긋한 척 말했다.

"그럼 주최 측이 책임을 져야죠. 뭐, 정신적 배상이라는 것도 있고."

배상이라는 말에 공지형도 눈을 부라리며 말을 정신없이 쏟아놓았다.

"정신적 배상이 필요하죠. 저주 인형이 나타난 것도 그렇고. 이거 정말 불길한 거 아니에요? 거기 죽은 사람 생년월일까지도 쓰여 있었잖아요. 누가 우리 넘어지라고 저주라도 했나? 음모 아니에요?" 공지형은 잠시 말을 고르더니 계속 말을 이어갔다. "그리고 저는 형선호 씨 절대로 안 밀었어요."

아무도 공지형에게 책임을 묻지 않았지만, 그녀는 먼저 선부터 긋고는 옆에 선 단발머리 여성의 팔을 살짝 건드렸다.

"이 여자…… 소진 씨도 뒤에서 밀려서 넘어졌다고 말했다고요. 그럼 누구겠어요? 바로 뒤에 있는 사람이지. 저 사람이 아니라면 정말 저주겠죠."

공지형은 어깨를 으쓱하더니 고개를 바닥에 떨구고 혼잣말처럼 중얼거렸다. 여기서 중요한 건 '혼잣말처럼'이라는 태도였다. 내게 직접적으로 하고 싶진 않지만, 꼭 들었으면 하는 말.

"여자가 자기 잘못이 있으면 직접 나서서 해결해야지. 남자들 뒤에 숨어서 약한 척. 정말 저런 여자들이 여성 인권에 제일 도움이 안 된다니까."

헌의 눈이 가늘어졌다.

"저기요."

성현은 헌이 더 말하지 못하도록 재빨리 끼어들었다.

"배상 문제는 아까 병원에서 제가 설명드렸는데요."

나는 헌과 성현 두 사람의 어깨 위에 동시에 손을 댔다. 메신저가 마음에 들지 않는다고 메시지가 틀리진 않는다. 형선호와 공지형이 나를 타깃으로 삼았다면 내가 공격에 대응하는 게 맞았다. 두 사람은 내 신호를 알아듣고 옆으로 비켜섰다. 나는 숨을 훅 들이마셨다 내쉬고 형선호와 공지형 앞에 섰다.

"갑작스러운 사고에 놀라셨을 건 압니다만, 저는 밀지 않았어요."

공지형은 예상했다는 듯 쿡 웃었다.

"누가 자기 입으로 자기가 밀었다고 그러겠어요. 그럼 진짜 유령이 와서 밀었겠어요?"

"정말 아니에요. 제가 아니라는 증거도 있어요." 나는 헌을 가리켰다. "아까 이 친구가 카메라로 촬영했어요."

공지형은 약간 움찔했으나 다시 어깨를 으쓱했다.

"뭐가. 본인이 찍은 영상을 어떻게 믿어요."

형선호도 맞장구쳤다.

"그러니까. 사진은 나도 찍었어. 카메라 그거, 내 거랑 똑같은 브랜드죠. 괜히 장비 들고 다니면서 으스대고. 제가 관련 업계에서 일해서 좀 아는데, 기자님인지 뭔지, 어디 소속인지 어떤지는 모르겠지만, 첫인상부터도 수상하고. 매체 소속도 아니라면 더 의심스러운데. 우리 앞에서 감희연 얘기 들으라는 듯 떠든 것도 그렇고."

첫 번째, 나는 딱히 미신적이지는 않지만 고인을 그렇게 함부로 말하는 건 피하고 싶었다. 그런 사람과 말을 섞는 것도 꺼려졌다. 두 번째, 나는 대체로 나의 첫인상이 나쁘지 않은 편이라고 생각한다. 처음부터 남에게 수상한 사람이라는 말을 들은 적은 없다. 세 번째, 내가 프리랜서라는 이유로 내 신뢰도를 막 깎아내리게 놔둘 순 없다. 나는 불쾌한 기분의 한도 내에서 최대한 부드럽게 단발머리를 향해 물었다.

"소진 씨…… 라고 하셨죠? 말씀 좀 해주실래요? 제가 소진 씨를 밀었습니까?"

갑작스런 질문과 시선을 받은 소진은 커다란 배낭 아래

서 어깨를 움츠렸으나 대답했다.

"저분이 민 건 모르겠지만, 분명 뒤에서 무언가에 밀린 기분은 있었어요……. 다만 그게 사람의 손이 민 것 같진 않고, 거대한 바람이 훅 불었달까, 그런 느낌?"

소진은 눈을 굴렸다. 자신의 책임을 인정하고 싶지 않지만, 내게 확실한 책임을 미루지도 않는 회피적인 답변. 그 자체로 최선이라는 느낌이었다. 소진이 할 수 있는 건 여기까지였다. 나는 한숨을 쉬고 아무 말도 하지 않았다. 그게 신호인 것처럼 공지형이 누구에게라고 할 것 없이 의기양양하게 말했다.

"그게 무슨 말이죠? 뭐, 진짜 저주라도 된단 말인가요? 21세기에 가당하기라도 한 말이에요? 우리가 저주를 받을 짓이라도 했나?"

형선호가 옆에서 눈살을 찌푸리면서 공지형을 흘겨보았다. 그는 어떤 경우에도 남에게 책임을 뒤집어씌우고 싶은 사람이었다. 이 점은 내게 무기가 될 수 있었다. 어떤 경우에도 나는 먼저 공격하려 하진 않지만, 수세에 몰리는 상황에서 가만히 있지는 않았다. 무엇보다도 눈치챈 이야기를 마음에만 담아두지도 못했다.

"그러니까, 저도 궁금했습니다. 세 분은 무슨 저주를 받은 적이 있는 건가요?"

형선호는 간신히 기가 차다는 표정을 지을 수 있었고, 공지형은 입술을 꾹 다물었다. 소진은 땅바닥만 보았다. 형선호가 입을 열었다.

"헛소리로 시선을 다른 데로 돌리지 말고……."

"그러니까요."

나는 그의 말을 잘랐다. 형선호 같은 사람이 말을 길게 하도록 놔두면 안 된다. 발언권을 갖는 것 자체가 힘이고 자신이 상황을 장악했다고 믿는 사람이었다.

"저도 헛소리라고 생각했는데, 상황이 그러네요. 저주를 받을 만한 행동을 하셨을지도." 나는 성현을 쳐다보면서 목소리를 한 단계 높였다. "아까 채팅방 캡처본 받으셨다고 했죠?"

일단 도박을 해보았다. 저 사람들이 저렇게 저주에 민감하게 구는 건 분명히 이유가 있을 것이다. 물론 그 이유를 본인들도 모르고 있을 수 있다. 하지만 저주란 것의 속성이 그러하다. 그렇게 우스운 인형 하나에도 겁을 먹는다.

성현은 내 질문에 일 초 정도 망설였지만 맞장구를 쳐주기로 했다.

"네, 아까 이동화 씨의 핸드폰을 받았습니다." 진실을 얼버무리긴 해도 대놓고 거짓말을 하진 않는 사람으로서는 큰 협조였다.

"그걸 보면 관련성을 알 수 있겠죠."

나는 형선호의 눈을 똑바로 보았다. 그는 받아치려고 했으나 그 정도로 대담하지 못했다. 그는 내 눈을 피하면서 주위를 두리번거렸다.

"아니, 가이드는 어딨죠? 가이드가 관리를 제대로 못 했으면 그것도 배상 문제 아닐까요."

광은이 앞으로 나서면서 머리를 조아렸다.

"죄송합니다. 현장에서 제가 잘 정리하지 못해서. 투어단 관련 배상은 나중에 저희 쪽에서 협의해서……."

주최 측인 광은으로서는 어쩔 수 없는 선택이긴 했지만, 꺼져가는 불씨를 다시 되살린 셈이 되었다. 그들의 주장이 먹힐 가능성을 준 것이었다. 공지형은 여봐란듯이 다시 목소리를 높였다.

"그러네. 가이드가 우리를 병원에만 데려다주고, 그다음에는 모습을 안 보이고. 무슨 관리가 이래요."

나는 아까 순정이 있던 자리를 살폈다. 순정의 모습은 온데간데없었다. 이상하기는 했다. 다른 인원들을 관리하러 갈 수도 있지만 그렇다고 해도 얘기 한마디 남기지 않고 사라질 사람은 아닌 것 같았다. 어쩌면 광은이 있어서 괜찮다고 여겼는지도 모르겠다. 공지형은 계속 떠들어댔다.

"우릴 뭘로 보고. 온라인 커뮤니티에 올리면 이 영화제 어떻게 되겠어요? 이 사람들이 쓴 글이 베스트 게시판에 몇 번이나 갔는데…….."

공지형은 지금이라도 당장 글을 올리기라도 할 듯 핸드폰을 흔들어댔다.

그후에 일어난 사건은 외형 면에서, 그리고 흐름 면에서 급작스러웠다. 데우스 엑스 마키나랄까. 고전 비극에 등장하는 기계 장치의 신. 뜬금없이 등장하여 갈등을 풀어주는 신과 같은 존재, 혹은 구성상 장치. 다음 순간에 일어난 일은 그와 비슷했다. 부드러운 저음이 우리 뒤에서 울렸다.

"무슨 일이십니까? 광은 형, 무슨 일이에요?"

조명은 꺼진 지 오래였지만, 그에게서는 순간 휘광이 비쳤다. 그렇게 보였다. 나도 미인을 여럿 보았지만, 승온준에게는 피부 속에서부터 새어 나오는 광채가 있었다. 관리의 힘도 있겠지만 스타로서의 태도에서 우러나는 느긋함이 빛으로 환원된 느낌이었다.

저주니 뭐니 시끄럽게 떠들던 공지형도 입만 벌리고 쳐다볼 뿐이었다. 형선호는 승온준의 등장에도 여유를 잃지 않으려고 웃음을 띠었지만, 거기엔 이제 비굴한 기운이 감돌았다. 소진은 고개를 45도 정도만 들고 눈을 올려 승온준을 빤히 응시했다. 눈앞에 선 사람을 못 믿겠다는 표정이었다.

광은이 환멸을 난감함으로 가장한 표정을 지으며 앞으로 나섰다.

"아, 온준 씨. 그게 아까 사고 때문에 이분들이 배상을 요구하셔서요."

공지형은 재빨리 말을 도로 찾았다.

"뭐가, 우리가 언제 배상을 해달라고 했어요. 꼭 배상이 아니라, 그렇게 불미스러운 일이 있었으니까 잘 처리하고 사과를……."

승온준은 공지형에게로 한 발 다가갔다.

"저런, 큰일을 겪으셨군요." 그는 고개를 숙였다. "제가 이 영화제의 홍보 대사라 투어 기획에도 관여했는데 이런 사고가 생겨서 정말 죄송합니다. 어떻게 사죄해야 할지……." 그는 걱정을 담아 말했다. "몸은 괜찮으십니까. 어디 다치신 데는요?"

승온준은 연기력보다는 외모가 강점인 배우로 알려져 있다. 그럼에도 지금 그의 연기력에는 나도 감동할 지경이었다. 그의 눈빛에는 진심으로 미안한 기색이 있었고, 용서해줄 수밖에 없을 것 같은 호소력이 있었다.

공지형이 무엇을 원했든 승온준의 표정에는 그만한 가치가 있었다.

"저는 괜찮아요."

승온준은 광은을 돌아보며 말했다.

"그래도 이분들이 정밀 검사 받을 수 있게 해드려야 하지 않아? 여기 병원 말고 서울의료원 건강검진센터에 연락해서 전체 건강검진 예약해드릴까?"

형선호가 재빨리 말했다.

"아뇨, 저는 서울에 안 살기 때문에 그게 더 귀찮고요."

다음 말은 하지 않았지만 짐작은 가능했다. 병원에서 간단한 검진은 이미 마쳤으므로 그럴 비용이 있으면 차라리 현금으로 보상하는 게 나을 것이었다.

승온준은 눈치도 빠르고 행동도 빠른 사람이었다. 태도는 정중하기까지 했다.

"그러면 배상 문제는 나중에 의논하시고, 오늘은 호텔에서 편안히 쉬실까요? 광은 형, 호텔방도 업그레이드해드리고 저녁 식사도 예약하자."

형선호의 얼굴에 승리감이 떠도는 것을 보면서 나는 한숨을 지었다. 귀찮은 일을 자처한 이 스타의 희생정신에 경외감 반, 하지만 그 덕에 일이 더 커졌다는 괴로움 반이 섞인 한숨이었다.

저녁 식사는 무난히 흘러갔다. 승온준은 군산 외곽의 한 정식 식당 전체를 예약했고, 그 스케일에 불평꾼들도 압도되었다. 식사 후에는 은파호수공원 앞에 있는 호텔의 이그제큐티브 라운지로 옮겨갔다. 호텔은 규모는 작았지만 최근에 아르데코 스타일로 새롭게 단장했다고 했다. 나는 백년 전 스타일이 지금 이 조경과 딱히 어울리지도 않고 딱히 편안한 디자인도 아니라고 생각했지만, 추상적인 개념의 레트로를 되살리기에는 적당한 선택인지도 몰랐다.

이 호수가 감희연이 마지막으로 왔던 곳이라는 점만 마음에 걸렸다. 하지만 사람들은 낮의 저주 소동은 잊었는지 평온하게 시간을 보내고 있었다.

승온준은 라운지 한쪽에서 위스키 온더록스를 마시면서 성현과 형선호와 함께 한국의 영화 콘텐츠에 대한 이야기를 하는 중이었다. 형선호는 자기가 블로그와 각종 게시판에서 평론을 하며 유튜브에서도 활발하게 활동을 한다고 떠들어댔다. 공지형은 미술 관련 일을 한다고 자기를 소개했다. 온준이 그림을 그리느냐고 물었더니, 그건 아니고 자잘한 것들을 만드는 정도라고 말하고 의미심장하게 웃었다. 소진은 온준의 얼굴을 멍하니 바라보긴 했지만 고개를 끄덕인다거나 하는 반응은 전혀 없었다.

광은과 헌은 칵테일 잔을 하나씩 들고 군산 일대에서 새로 촬영한다는 장주은 감독의 영화에 대해서 이야기하는 중이었다. 헌이 장주은 감독이 기획한다고 하는 지하 동굴에 대한 이야기냐고 묻자, 광은은 자기는 잘 모른다면서 말을 돌렸다. 아마도 아직 엠바고 상태인 모양이었다.

투어단의 감정은 누그러졌지만 사실 모두의 마음엔 똑같은 의문이 있을 것이다. 어째서 승온준이 이렇게까지 하는가? 그가 영화제 기획단과 관련이 있다고는 해도 직접 수습할 이유는 없었다. 성현이라면 이유를 알지도 모른다.

성현과 나는 늘 일을 하는 현장에서 만났다. 심지어 사적인 상황이라고 생각했을 때도 그는 늘 일하는 중이었다. 그는 일하러 내가 있는 곳에 나타나고, 갑자기 인 바람처럼 마음을 흔들고 사라졌다가, 다시 일이 있으면 나타난다. 그가 그 사실을 굳이 감추지 않는다는 점이 발전일까. 내가 이번에는 그의 '일'이 아니라는 점이 발전일까.

성현을 바라보다가 헌과 눈이 마주쳤다. 헌도 나와 성현의 관계를 모르지 않을 것이다. 이 년 전 봄의 제주도를 기억할 테니까. 나는 괜히 누군가를 찾는 척 고개를 돌렸다.

그러고 보니 순정의 모습이 보이지 않았다. 광은 말로는 다른 투어단 일원의 저녁 일정을 끝낸 후에 합류한다고 했다. 이 시간까지도 일하는 여자는 나 혼자만이 아니었다.

은파 호수의 주제가인지, 애디슨 P. 와이먼의 피아노곡 〈은파〉가 라운지 안에 잔잔히 흘렀다 창가에 앉은 나는 사람들에게서 고개를 돌려 바깥을 내다보았다. 달은 둥글어졌고, 사월의 호숫가에 늘어선 나무들에선 벚꽃이 한창이었다. 호수의 서쪽에는 조명 전구로 장식된 다리에서 퍼져나온 빛이 물에 어렸지만, 호수 동쪽에는 달이 떠서 수면 위에 은빛이 길처럼 어렸다. 그 길을 따라가면 달까지 갈 수 있을 것 같은 생각이 들었다. 대나무 숲에서 나타났다가 구혼자들이 싫어 달로 돌아가고 이 세계를 모두 잊었다는 가구야 공주, 남편인 예를 두고 신선이 되어 하늘로 올라갔지만 그에게서 멀리 떨어지고 싶지 않아서 달에서 산다는 선녀 항아, 그리고 바위를 타고 흘러가버린 남편을 따라 저 먼 섬나라로 간 후 그를 만나 돌아오지 않는 세오녀. 모두 이곳에서 떠난 여자들이었다.

왜 이런 생각을 하고 있을까……. 문득 정신이 들어 돌아보니 여전히 여기 땅 위였다.

그리고 나는 낯익지만 이런 곳에서 만나기에는 어색한 사람의 얼굴을 바라보고 있었다.

하얀 발렌시아가 캔버스 가방을 멘 검은 셔츠 원피스의 여자도 나를 보고 아주 잠깐 당황했는지 라운지 문 앞에서 그대로 멈춰 섰다. 하지만 그녀는 손을 내밀며 내가 앉은 의자로 걸어왔다. 나는 의자 양쪽의 팔걸이를 잡고 일어섰다.

"재인 씨."

"윤정 사장님? 여기는 무슨 일이세요?"

"아, 일 때문에⋯⋯. 저 영화에 단역으로 출연하잖아요."

우리 건물 주인인 황윤정 씨가 영화에 단역으로 출연한다는 이야기는 우리 건물에 사는 필라테스 강사인 유마리 씨가 한 적이 있었다. 건물에서 나오는 세만으로도 생활비는 충분하겠지만, 누구에게나 하고 싶은 일은 있는 것이라 그 점 자체는 이상하게 여기지 않았다. 다만 동네를 떠나 다른 곳에서 만났다는 점이 새로웠다. 윤정은 여기서 무슨 일을 하는 건지는 대답하지 않았다. 헌이 고개를 돌려 우리를 바라보고 있었다. 눈치가 빠르니까 이전에 내가 말한 집주인이라는 것을 알아차렸을 것이다.

그때 온준이 벌떡 일어나 한 손을 내밀었다.

"오셨네요. 이리로 오세요."

사람들의 호기심이 윤정에게로 쏠렸다. 윤정은 침착하게 금속으로 가장자리를 두른 유리 탁자로 향했다. 성현이 자기가 앉아 있던 검은 의자를 내주었다.

온준은 건너편에 앉으며 사람들에게 설명했다.

"이분은 타로점을 봐주시는 분이에요. 저희 영화에도 출연해주시는데, 촬영장에서는 소문이 자자하시더라고요. 그래서 오늘 제가 와달라고 했습니다."

의외였다. 물론 타로점을 좋아하는 배우들도 많고, 제작자들도 주기적으로 다니는 점집이 있다는 말도 들었다. 부침이 심한 엔터테인먼트 업계니까 무언가 예언에 기대고 싶을 법도 했다. 하지만 왠지 승온준은 그런 유형의 사람은 아닐 거라고 막연하게 생각했다. 최근에 냉철한 회의주의자 변호사 같은 역할을 했기 때문일지도 모르겠지만, 점에 의지할 사람 같아 보이진 않았다.

또 의외인 점은 윤정이 타로를 본다는 것이었다. 금시초문이었다. 만약 윤정이 타로를 볼 줄 안다면, 작년 봄 빨래방에서 만났을 때는 왜 타로점을 보기 위해서 러시아 여자, 율리를 데려왔을까? 물론 중이 제 머리 깎지 못한다는 속담도 있고, 그사이에 타로를 배웠을 수도 있지만……. 하기는, 나는 늘 윤정을 분류하기 어려운 유형의 사람이라고는 생각했다. 지금도 그녀의 표정은 변함이 없었다.

나의 의문이 퍼져가는 동안 윤정은 보라색 벨벳 천을 꺼내 유리 탁자 위에 깔고 전문가처럼 카드를 쭉 펼쳤다. 전에 율리가 쓰던 것과 똑같이 뒷면이 황금색인 카드였다.

온준이 카드를 유심히 들여다봤다.

"이중 세 개를 뽑으라는 말이죠?"

윤정은 차분하게 대답했다.

"네. 뽑아서 한 장씩 순서대로 제게 주세요."

율리의 방식과 동일해 보였다. 온준은 고심해서 세 장을 뽑은 후, 뒤집은 채로 한 장씩 차례차례 윤정이 내민 손바닥 위에 놓았다. 윤정은 그 카드들을 도로 탁자 위에 내려놓았다.

"그러면 이제 질문을 말씀해주세요. 무엇을 알고 싶으신지."

온준은 잠시 손가락으로 턱을 톡톡 치면서 생각에 잠겼다. 무슨 광고 연기 같은 자세였다. 배우로서 오래 살다 보면 저런 몸가짐이 그의 본질이 되는지도 모른다.

"저의 질문은…… 제가 지금 준비하는 일이 있는데, 그걸 해도 될까, 하면 성공할까 하는 겁니다."

"흔한 질문이네요. 다들 그런 걸 물어보시죠."

윤정은 온준이 가장 먼저 고른 카드를 뒤집었다. 교서 같은 종이를 들고 무대 위를 위풍당당하게 걷는 왕의 카드였다.

"공교롭게도 과거를 가리키는 카드는 배우네요. 이건 타로 보시는 분이 배우라서 그런 것도 있고."

뒤에서 계속 위스키를 스트레이트로 마시던 형선호가

피식 웃었다. 어디서 흔한 수작을 하느냐는 웃음이었다. 사실 승온준이 배우인 걸 모르는 사람은 많지 않을 테니까. 윤정은 전혀 동요한 기색 없이 말을 이어갔다.

"하지만 이건 가장된 정체성을 의미하기도 하죠. 숨겨 놓은 비밀이 있고, 가면을 벗기가 두려웠는지도. 본인이 쓴 가면대로 생각 없이 살아간 과거의 모습을 말하는 것이기도 합니다." 윤정은 가만히 말했다. "과거에 비밀 때문에 누군가에게 상처를 준 적이 있었네요."

온준의 온화한 눈빛이 예상치 않은 바람을 맞은 사람처럼 잠깐 서늘해졌다. 하지만 그는 짐짓 웃으며 눈에 온기를 불어넣었다.

"이런 일을 하다 보니까 남에게 상처를 주기도 하고 그러더라고요."

윤정이 가운데에 놓인 두 번째 카드를 뒤집었다. 창을 든 남자가 시냇가에서 물을 마시는 유니콘을 공격하려 하고 있었다.

"이 카드의 이름은 죄책감이에요. 당신이 의도하지 않고 한 행동이 무고한 사람을 다치게 했고, 심지어는……." 윤정은 잠시 말을 끊었다 이어갔다. "죽였을지도 몰라요. 하지만 지금 이런 죄책감으로 행동하면 어떻게 하든 결과적으로 누군가 다치게 됩니다." 윤정은 이번에는 온준이 아닌 그 뒤에 모인 구경꾼들을 응시했다.

마지막으로 뒤집힌 세 번째 카드. 여자와 남자가 손을 맞대고 춤을 추었다. 두 사람의 시선은 서로에게서 떠날 줄 모르고, 여자는 꽃을 들었다. 공지형이 뒤에서 탄성처럼 말을 던졌다.

"어머, 연애 카드 같은 거 아니야? 온준 씨 좋은 소식 있으려나 봐요."

그녀의 말에 귀를 기울이는 사람은 없었다. 모두 윤정의 해석을 기다렸다.

"관계와 균형을 지키는 파트너 카드예요. 실제의 파트너를 만날 수도 있지만, 결국 내면과 외면 사이의 균형을 찾아야죠." 윤정의 말은 단호했다. "원하시는 일은 이루어질 것이고 갈등은 풀릴 거예요. 하지만 거긴 어떤 희생이 있어야 할 겁니다. 과거를 잊는다거나."

점의 내러티브는 대체로 모호하다. 어느 상황에서도 들어맞는 거대 서사 같다. 어떤 일이든 하고자 하면 희생이 있어야 하는 게 당연한 게 아닌가. 살면서 남에게 상처를 주지 않는 사람이 어디 있는가. 죄책감 없이 말끔한 사람이 많을 리가 있겠는가. 하지만 모호한 일반론을 예언으로 바꾸는 건 말하는 사람의 확신이다. 지금 윤정의 목소리에는 그 확신이 담겨 있었다.

온준은 마지막 파트너 카드를 들고 잠시 들여다봤다. 그는 입술을 일자가 되도록 꾹 다물었다가, 다시 힘을 풀고 전 세계 수천만 팬을 홀린 미소를 지었다.

"알겠습니다. 좋은 얘기네요. 감사합니다."

온준이 광은을 찾아 두리번거렸다.

"형, 제 지갑 어디 있어요? 복비 드려야죠."

광은은 구석에 서서 전화 통화를 하느라고 온준의 말을 듣지 못하는 듯했다. 성현이 대신 재킷 안주머니에서 지갑을 꺼냈다.

"제가 빌려드리죠."

"아, 복비는 내 돈으로 내야지 효과가 있는데?"

윤정이 카드를 다 뒤집은 다음에 두 손으로 뒤섞었다.

"복비는 받지 않겠습니다. 승온준 씨에게는요." 윤정은 카드를 다시 셔플하면서 눈짓으로 성현을 가리켰다. "한 명 더 봐드리죠. 어떠세요?"

성현은 윤정의 도전적인 눈빛을 받고도 꿈쩍하지 않았다. 그는 주머니에 손을 넣은 채로 어깨를 으쓱했다.

"아뇨, 저는 점을 안 믿습니다. 미신은요."

성현은 나를 보고 말하지 않았지만 그 말에 헌이 나를 힐끔 보았다. 나는 얼굴도 붉히지 않았고 헌의 시선을 알아챈 티도 내지 않았다. 모든 사람은 자신의 뜻대로 믿을

것과 믿지 않을 것을 결정할 수 있다. 물론 그를 어떻게 생
각할지도 나의 선택이다.

"제가 해볼래요."

온준이 자리에서 일어나자마자 공지형이 그 자리를 비
집고 들어가 앉았다. 윤정은 카드를 몇 번 뒤섞어 솜씨 있
게 셔플한 다음 역시 보라색 천 위에 쫙 펼쳤다.

"질문을 생각하면서 왼손으로 카드를 세 장 뽑으세요."

온준과 똑같은 방식으로 세 장의 카드가 선택되어 윤정
과 공지형 사이에 놓였다. 그사이 온준은 성현과 귓속말을
나눈 후에 조용히 자리를 떴다. 광은이 그를 따라가려고
하자, 온준은 조용히 한 손을 들어 그 자리에 남으라는 신
호를 주었다. 그가 살짝 문으로 빠져나갈 때 소진이 잠시
그의 뒷모습을 응시하는 것이 보였다. 형선호는 한쪽 벽에
설치된 바에서 위스키를 마시는 데만 관심이 있는 듯했고,
공지형은 타로술사에게 말할 질문을 고르느라 정신이 없
었다.

"뭘 물어보지? 아무거나 다 돼요?"

"장기적인 인생의 행로는 말씀드릴 수 없고, 임박한 결
정 같은 걸 물어보시는 게 좋아요."

"그럼 제가 지금 진행중인 일이 있는데 어떻게 되는지
봐주실래요?"

윤정은 공지형에게서 건네받은 세 장의 카드를 바닥에 내려놓은 후 이번에는 모두 한 번에 젖혔다.

첫 번째 카드에는 중세풍의 의상을 입은 두 명의 여자가 마주 보고 서 있었다. 한 여자는 금발 머리를 땋아 내리고 화관을 썼으며, 눈을 내리깐 다른 여자는 머리를 양쪽 옆에서 말아 올렸다. 두 번째 카드는 검은 십자가 아래에서 검은 두건을 쓴 사제들이 팔을 펼치고 선 모습이었다. 바닥에는 마법진과 같은 별이 그려졌고, 그 앞에는 청중들이 있었다. 세 번째 카드는 마을 광장에 칼을 쓴 여자가 있고, 점잖은 의상을 사람들이 여자를 보고 수군대고 있는 그림이었다. 개까지도 여자를 올려다보며 짖어댔다.

공지형은 자신이 뽑은 카드가 마음에 들지 않은 눈치였지만 애써 명랑한 소리를 냈다.

"첫 번째 카드가 예쁘네. 귀부인인가."

"맞아요."

공지형은 흐뭇한 미소를 지었지만, 윤정의 다음 말에 그 미소는 날아가버렸다.

"그렇지만 이 카드가 문제를 가리키는 과거 자리에 나오면, 경쟁이나 열등감이 될 수 있죠. 자신의 낮은 자아존중감을 뜻하기도 하고요."

윤정은 바로 옆 카드를 베이지색 네일을 바른 손가락 끝으로 톡톡 가리켰다.

"두 번째 카드는 검은 미사라는 카드예요. 여기 흑마술의 사제들이 의식을 벌이고 있죠. 우상을 숭배하거나 잘못된 미신 같은 데 빠지신 적이 있는 게 아닌지. 혹은 누군가를 해치는 모임에 끼었을 수도 있죠. 자기 뜻과는 상관없이. 그런 일들은 본인에게로 그대로 돌아와요."

감정이 실리지 않은 건조한 어투였다. 원래 불은 건조한 데에서 잘 옮겨붙기 마련이다. 윤정의 건조함이 공지형의 화에 불을 질렀다. 불쾌한 기분이 얼굴에 확 퍼졌지만, 공지형은 애써 누르며 마지막 카드를 가운뎃손가락과 집게손가락으로 짚었다.

"그래서 뭐가 어떻게 된다는 거예요."

윤정이 말했다. "일은 시작하시지 않는 편이 좋겠어요. 마지막 카드는 이 여자가 쓴 차꼬, 칼과 관련 있는 카드예요. 일이 어그러질 운이거나 구설수가 있다는 뜻이죠."

"뭐가 이래."

나쁜 점괘를 받고 화를 낼 거라면 점을 보지 않는 편이 좋다. 이런 사람은 자기 암시가 강해 나쁜 점괘에 지배당하게 된다. 하지만 점의 역설적인 면은 보통 이렇게 암시에 약한 사람들이 남에게 자기 확신을 대신 얻기를 바라기 때문에 점쟁이를 찾아가게 된다는 점이다.

공지형은 태연한 척 되도록 천천히 자리에서 일어났지만 불안해 보였다.

"그래요. 알겠네요. 참고는 하죠." 공지형은 복비를 준다는 말은 하지 않았다. "아유, 목말라. 나도 커피라도 한잔 마셔야겠다."

공지형이 바에 가서 형선호 옆에 앉는 동안, 윤정은 다시 한번 카드를 모두 뒤집은 다음에 대열을 흩어놓고 카드를 천천히 뒤섞었다.

"카드 보실 분은 더 없는 거죠?"

남은 사람은 나와 헌, 광은과 소진뿐이었다. 성현은 지형이 일어날 때 라운지 밖으로 나간 것 같았다. 우리는 우연찮게도 윤정을 둘러싸고 네 방향에 앉아 있었다. 모두가 동시에 고개를 저었다.

"그럼 제가 선물로 카드를 한 장씩 드릴게요."

윤정은 카드를 그러모아 쌓은 후, 우리 네 사람을 한 명씩 보았다. 카드 네 장이 뒤집힌 채로 각자의 앞에 놓였다. 나는 순간 거절할까도 생각했지만 아무 말 없이 받았다.

헌이 카드를 뒤집으려고 하자 윤정이 두 손바닥을 앞으로 하고 자기 가슴 높이로 들었다.

"안 돼요. 남이 보지 못하게 혼자만 보세요. 그래야 예언력이 강화돼요."

그러고는 남은 카드를 챙겨 들고 일어섰다. 회색 양탄자 위에 의자가 스르르 밀렸다. 내가 제대로 된 인사를 할 틈도 없이 윤정은 바람처럼 가볍게 라운지에서 떠났다.

"재인 씨는 집에서 봐요."

윤정이 라운지 문밖으로 나가고, 나는 다시 탁자에 앉은 세 사람에게로 등을 돌렸다. 그들 모두 자기의 카드를 응시했다. 그들이 어떤 카드를 뽑았는지는 알 수 없었지만 표정을 봐서는 그들이 원하는 카드가 아닌 게 분명했다.

"아, 늦어서 죄송합니다!"

순간 음울한 분위기를 깨는 명랑한 목소리가 라운지에 울려 퍼졌다. 사람들은 잠에서 깨기라도 한 것처럼 퍼뜩 정신을 차렸다. 순정이 생글생글 웃음을 띠면서 방 안으로 들어왔다.

"방을 업그레이드해달라고 해서 처리하느라고요. 이제 제가 안내해드릴게요."

순정이 광은과 몇 마디를 나누었고, 광은은 조용히 고개를 끄덕이며 사람들을 보았다.

"그럼 이제 다들 방으로 갈까요."

형선호를 포함해서 다들 의자에서 일어나 순정의 뒤를 따라 나갔다. 소진이 자기가 받은 카드를 테이블 위에 도로 놓는 모습이 보였다.

헌은 자기가 받은 카드를 주머니에 넣었다.

"우리도 가죠."

"그래." 나는 이렇게 대답했지만 헌의 뒤를 따르기 전에 탁자 위에 놓인 카드를 뒤집어 보았다.

소진의 카드는 골방의 수도사가 자기의 등을 채찍으로 내려치는 모습의 카드였다. 처녀자리와 전갈자리, 그리고 수성과 이제는 퇴출된 명왕성의 표시가 각각 카드 네 귀퉁이에 찍혀 있었다.

❧

호텔방 문의 벨을 누르기 전에 잠깐은 망설였다.

밤 12시가 넘었고, 모두 잠들었다. 이 시간에 다른 사람의 호텔방 문을 두드린다면 무례한 일이 아닐 수 없었다. 어지간히 친밀한 사이가 아니거나 어지간히 긴급한 사안이 아니라면 삼가야 할 것이었다.

내가 지금 찾아온 사람은 친밀한 사이라고 할 순 없었다. 개인적인 용건 한번 말해본 적이 없다.

내가 지금 말하려는 용건이 긴급한 사안일까? 어떤 일의 의미는 뚜껑을 열기 전의 상자와 같아서, 실제로 열기 전에는 알 수가 없다. 그렇지만 지금 물어보지 않는다면 기회가 없다. 내일이면 모두 헤어져 다시 각자의 길로 돌아가게 된다.

나는 벨에 올린 손가락에 힘을 주었다. 안에서 벨 소리가 울리더니 문이 조심스럽게 열렸다.

노란 머리카락 때문에 낯빛이 청회색으로 보였다. 고양이에게 밤새 쫓긴 쥐처럼 피곤한 얼굴이었다.

"늦은 밤 죄송합니다, 소진 씨. 물어보고 싶은 게 있어요. 확인하고 싶은 것도 있고."

그렇지만 나는 물어보고 싶은 게 뭔지 확실히 몰랐다. 다만 무언가 마음에 걸릴 뿐이었다. 그리고 지금 물어보면 대답을 얻을 수 있을 수도 있었다.

이그제큐티브 라운지에서 타로 카드를 봤을 때 마음속에 스친 추측일 뿐이었다. 문제는 자기 징벌의 예언이 아니었다. 카드를 바라본 소진의 얼굴이 파랗게 질렸기 때문이었다.

죄책감을 품고 사는 사람은 많다. 누구도 완전히 자유롭지 않다. 하지만 어떤 사람은 죄책감을 완전히 감추지 못한다. 그런 사람에게 죄책감은 열쇠이기도 했다. 그걸 잘 돌리면 그가 숨기고 있는 비밀의 방 안으로 다가갈 수 있다. 나는 지금 그 열쇠를 돌릴 참이었다.

소진은 즉시 대답하지 않고 뒤를 흘끔 넘겨보았다. 그때서야 나는 깨달았다. 한밤에 혼자 있으리라고 제멋대로 추정해서는 안 된다는 것을.

"너무 늦은 시간이죠. 실례했습니다."

나는 뒷걸음질 치며 돌아서려 했다.

"잠깐요." 소진이 작은 목소리로 말했다. "들어오세요. 그러지 않아도……."

소진이 말을 맺지 못하고 문 옆으로 물러섰다. 나는 하려던 말이 무언지 짐작할 수 없었지만 방 안으로 들어섰다.

승온준은 약속을 지켰다. 그는 투어단 참가자들의 방을 다 업그레이드해주었다. 그들은 원래 2인 1실 스탠더드 트윈룸에 묵을 예정이었지만, 지금은 널찍한 스위트룸으로 옮겨갔다.

문 앞의 좁은 입구를 지나 방 한가운데에 놓인 탁자가 보였을 때야 나는 소진이 망설인 이유를 깨달았다.

탁자 앞 1인용 의자에 성현이 서 있었다.

나는 놀라기도 하고, 놀라지 않기도 했다. 성현이 나와 비슷한 생각을 해내기는 쉬웠을 것이다.

사고 이후 내내 소진은 눈에 띄게 행동했다. 말이 없고 주위를 두리번거렸다.

무엇보다 나는 계단에서 소진의 뒤에 서 있었다. 내가 본 것을 성현도 보았는지는 모른다.

우리는 한 상황에서 같은 걸 바라보는 사람이라는 면에서는 공통점이 있었다. 그리고 그 사실을 타인에게 쉽게 털어놓지 않는다는 공통점도 있었다. 남에게서 나와 같은 면모를 본다는 건 반갑지만, 그게 나의 약점일 때는 아쉽기도 했다. 우리는 서로에게 쉽게 속마음을 털어놓지 않을 것이었다.

방으로 들어가자, 성현은 자기 의자를 내게 양보하고 자신은 뒤로 가서 책상 앞에 섰다. 소진은 내 앞 소파에 앉았다.

"저분한테는 제가 할 말이 있어서……."

소진이 성현을 올려다보자 그는 고개를 끄덕였다.

"따로 듣는 사람이 없는 데서 얘기하고 싶다고 하셔서 제가 이 방으로 왔습니다. 제 방에서 보는 것보다는 더 편하실 것 같아서."

그의 평소 성격치고는 지나치게 긴 설명이었다. 내가 무슨 오해라도 할까 걱정하는 것처럼. 나는 그런 일로 오해하지 않겠지만, 그가 이런 순간에도 그런 걱정을 한다는 점 자체는 인상적이었다.

소진은 잠시 두 손을 맞잡고 쥐어짜다가 핸드폰을 꺼내 탁자 위에 놓았다.

"이미 보셨겠지만요."

나와 성현의 눈이 마주쳤다. 우리가 아까 추모 상영회에서 했던 거짓말이 먹혔다. 소진은 우리가 이동화의 핸드폰을 보고 모든 사실을 알고 있다고 추측한 것이었다. 그래서 한밤에 성현에게 다 털어놓기로 결정했다.

나는 핸드폰의 화면을 들여다보았다.

"비공개 오픈채팅방이네요."

보통의 메신저 채팅방은 연락처에 등록된 사람들끼리 열 수 있지만, 오픈채팅방은 신상을 비공개로 한 사람들이 참여할 수 있다. 비번을 걸면 참여한 사람들끼리만 공유 가능하다. 서로 모르는 사람들끼리 채팅하는 만큼 특정 목적이 있기 마련이다. 나는 이 목적을 짐작할 수 있었다.

"감희연 배우…… 안티 채팅방이었군요. 그래서 고소까지 당한."

소진의 설명에 따르면 그들은 단순히 모여서 감희연에 대해 악플을 쏟아내기만 하는 채팅방인 것만은 아니었다. 조직적으로 루머를 만들고, 게시판에 올리고, 관련 게시글의 댓글마다 악플을 써서 여론을 나쁘게 만드는 것이 목적이었다. 감희연이 나온 영화의 장면을 캡처해서 우스운 밈으로 만들거나, 예능에 출연했을 때 태도 논란을 만들거나, 그런 내용을 기자에게 제보하기도 했다. 과거를 캐서 학교 폭력 논란이나 다른 물의를 일으킬 만한 일이 없는지

조사하기도 했다.

그들은 미움의 공동체였다. 일면식도 없는 한 사람을 끌어내리기 위한 모임. 악의로 부글부글 가득 찼다. 다른 이유는 없었다. 감희연이 〈무고의 저택〉으로 상을 받고, 승온준과 열애설이 나고, 악플이나 태도 논란에도 생글생글 웃는 게 싫었다고 했다.

"연기도 별로이고 외모도 뛰어난 편이 아닌데 분에 넘치는 인기를 얻는다고 생각해서…… 사람들이 막 칭찬하는 게 맘에 안 들었어요. 제가 좋아하는 배우랑 별로 어울리지도 않으면서……." 소진은 기어들어가는 목소리로 말했다. "저는 사실 적극적으로 활동은 안 했어요. 그냥 댓글 좀 달고…… 감상은 얘기할 수도 있잖아요. 구경만 했어요."

사이버 테러리스트들, 악플러들의 핑계가 그러하다. 댓글을 달고 자기의 의견만 말했을 뿐이라고. 그렇지만 그런 부정적 의견들이 살아 있는 사람의 마음에 어떤 독을 푸는지 직시하지 않았다. 소진은 나이에 비해 앳된 얼굴을 가진 평범한 회사원이었다. 그렇지만 한 사람의 인생이 망가지도록 구경만 했다. 아니, 검투를 보는 사람들처럼 관전했다.

"감희연이 마지막으로 죽고 싶다는 글을 올렸을 때 '정

그러면 죽으면 되잖아'라고 댓글 쓴 것…… 그건 후회하고 있어요."

삼 년 전, 감희연이 죽기 직전, 오픈채팅방 회원 몇 명이 고소를 당했다. 어떻게 신상이 밝혀졌는지는 모르지만, 다양한 온라인 커뮤니티에 글을 썼으니 밝혀지기도 쉬웠을 것이었다. 고소당한 회원들은 반성하기는커녕 더욱 은밀하고 조직적인 활동을 기획했다고 한다. 결국 감희연은 군산에서 호수에 빠졌고, 그후에 그로 추정되는 시체가 발견되었다는 소식을 듣고서야 그들은 멈췄다.

"기사가 나고 다음 날 밤이었나, 감희연의 영화처럼 저주를 받아서 세 명이 죽을 거라는 이미지가 올라온 건. 아까 인형을 보고 금방 알았죠. 그 이미지와 같았으니까요."

소진이 건넨 핸드폰 속에서 그 이미지는 시간이 지나서 볼 수 없었다. 하지만 짐작 가능했다.

"사람들이 저주를 믿었나요? 그냥 말 그대로 저주인 거잖아요, 분풀이 같은."

나는 동의를 구하듯 성현을 보았다. 그는 당연히 황당무계한 이야기라고 생각할 테지만 그대로 서서 아무런 내색 하지 않았다.

"당연히 아무도 안 믿었죠. 그런 걸 믿는 사람이 어딨어요. 그렇지만……."

한 달 전, 채팅방 참여자 중 두 명이 죽었다는 소식을 들었다고 했다. 소진은 믿을 수가 없어서 기사를 찾아보았다. 분명 그런 사고가 있었고, 그중 한 명은 정말로 채팅방 멤버였다.

"고소당했을 때 경찰서에서 만난 사람이었어요. 공시생이었는데, 고소 때문에 나중에 임용에 영향이 있을까 걱정했었어요. 저도 취준생이라 마찬가지였고, 두려웠죠. 그래서 연락처도 교환했는데…… 감희연이 죽는 바람에 고소가 취하됐어요. 솔직히……."

소진은 말을 맺지 못했다. 가만히 놔둘 수도 있었지만 나도 모르게 그 대신에 적절한 단어를 찾았다.

"안심했겠네요. 기뻤을 수도 있고."

소진은 고개를 푹 숙였다.

살면서 자기가 정말로 잘못했다고 반성하는 사람은 드물다. 반성과 후회, 진정한 사과와 속죄는 처벌과 후환을 두려워할 때만 생기는 감정이다. 자신이 사과를 해야 할 대상이 사라질 때 괴로워하는 사람도 있겠지만, 많은 사람들은 안심한다. 공시생도 소진도, 채팅방의 멤버들도 안심했을 것이다. 자기가 괴롭혔던 사람이 죽었으니 벌을 주러 올 사람도 없다. 하지만 대상이 사라졌는데도 여전히 징벌이 닥쳐온다면 이야기가 달랐다.

"하지만 그 저주대로 두 사람이 죽거나 다쳤으니까 찜 찜하셨겠네요."

사람들은 저주를 두려워하면서도 자기에게 불운이 닥쳐 오지는 않을 거라고 믿으려 한다. 그런 건 두려움도 되지 않는, 그저 찜찜한 마음에 지나지 않았다. 진정한 공포는 불운이 내릴 다음 정거장이 바로 자기 앞이라고 느꼈을 때 일어나는 감정이었다.

"공시생은 조이스란 대화명을 썼는데, 진짜 베란다에서 떨어져서 죽었다고……. 형설이라는 사람도 알아보니까 정말 교통사고였다고 다른 멤버가 그러더라고요."

나는 다시 채팅방을 들여다보았다. 소진의 말에 따르면 채팅방에서 화면 캡처본이나 영상, 구체적인 루머를 만든 게 조이스라는 사람이라고 했다. 형광등은 감희연의 연기 나 태도에 대한 비난을 합리화하는 글을 조직적으로 퍼뜨 려야 한다고 주장했다. 구연은 그저 대상이 불분명한 욕설 을 퍼붓거나 조롱하는 코멘트를 주로 달았다. 형설은 트위 터에서 유명한 사용자로, 주로 감희연의 팬들을 괴롭혀서 떨어져 나가게 만들었다. 네리움은 기억이 나지 않는다고 했다. 나머지 멤버들은 그저 동조하는 수준이고, 별말 없 이 구경만 하는 사람들도 있어 보였다.

감희연이 죽은 이후에 많은 사람들이 나갔지만 주요 멤

버들은 그대로 남아 있었다. 고소 소식을 공유하려는 목적이라고 했다. 공시생 조이스가 죽었다는 소식을 전한 건 히카리였다. 형설이 사고를 당했다고 확인해준 사람은 네리움이었다. 구연은 소식을 듣고 짜증을 냈고, 형광등은 헛소리라고 일축했다. 빌리는 별다른 반응을 보이지 않았다.

"여기서 빌리가 소진 씨네요. 다른 사람들은 아는 사이인가요? 연락하세요?"

"실명도 모르고 아무것도 몰라요. 저도 실제로 만나는 사람은 조이스뿐이었고……. 다들 대화명으로 부르고, 어떤 사람은 이름이랑 대화명이 관련이 있다고는 말했어도 사실 추측도 안 되고. 그런데 여기 와서 보니까……."

소진이 성현을 돌아보았다. 성현이 말했다.

"소진 씨는 투어단 사람들이 이 채팅방 멤버라고 추측합니다."

"정말 그런가요?"

성현을 찾아온 것도 바로 이 용건 때문이었다. 현진원 가옥에서 사람들이 저주 인형을 보고 보였던 반응, 아까 라운지에서의 태도를 생각하면 그렇게 생각해도 이상하지 않았다.

"일단 이동화 씨는 맞습니다." 성현은 건조하게 답했다.

소진이 소심하게 말했다. "어젯밤에 이동화 씨가 술 마시고 떠들어서 다들 조금은 눈치챘을 거예요. 저주 어쩌고 했거든요. 저랑 같은 방 썼는데 거기서도 계속……."

나는 손가락으로 핸드폰 화면을 톡톡 치면서 물었다.

"그 사람이 구연인가요."

동화 구연. 말투와 동화라는 이름, 구연이라는 특이한 단어의 연관성으로 추측해보았을 뿐이다. 성현은 고개를 한 번 끄덕이고 아무 말 하지 않았다.

"빌리는 소진 씨라고 했고…… 남은 사람은 히카리와 형광등, 네리움. 이름으로 봐서는 형선호도 공지형도 형광등은 될 수 있을 것 같지만. 그럼 누가 이 사람들을 불러 모았다는 거네요, 여기로."

"아무래도 의도적으로 그런 거죠? 어떡해요. 우리를 누가 어떻게 하려고. 아까 이동화가 넘어진 것도 우연 아니죠? 다른 사람 죽은 것도 설마……."

소진의 목소리에는 점차 공포가 깔렸다. 나의 쓸데없는 동정심이 이번에도 서서히 일어나는 것을 느꼈다. 동정은 그 사람이 받을 만한 가치가 있는가에 따라서 일어나는 감정만은 아니다.

우연일 리는 없었다. 저주 혹은 복수. 누가 의도를 가지고 그들을 한자리에 불러 모았다. 럭셔리 투어는 그들을 위한 선물이 아니라 미끼였다.

누가 뿌린 미끼인지, 그 의도가 무언지 성현은 알고 있을까. 나는 눈으로 물었지만 그의 턱은 굳어져 있었다. 그에겐 이것도 일의 일환일 것이다.

"그리고 아까 이런 게 왔어요."

소진이 오픈채팅방의 스크롤을 내려 맨 마지막 메시지를 보여주었다. 보낸 사람은 형광등이었다.

❧

꽃나무 가지 사이 어딘가에서 밤새가 울었다. 뒤돌아 올려다보니 호텔의 객실들은 대부분 불이 꺼진 상태였다. 모두 잠들어 있을 깊은 밤. 호수 주변의 상점들도 문을 닫아 어둠만이 끝없이 퍼진 가운데 군데군데 호수공원 바깥에서 스미는 가로등 불빛을 물안개가 삼켰다. 바람이 훑고 지나가자 어둠 속에서 벚꽃 잎들이 휘돌며 허공에 날렸다.

나는 앞서가는 성현의 어깨 위에 떨어진 꽃잎 하나를 보았다. 벌써 벚꽃 흩날리는 계절이었다. 꽃잎 하나에 삼 년 전의 기억이 실려 왔다. 성현을 세 번째로 만났던 날, 그의 이름을 처음 알았던 날, 서촌 거리를 걸었을 때 떨어지던 꽃잎. 나는 기억을 털듯 그의 셔츠 어깨 위에 떨어진 꽃잎을 살며시 주웠다. 그가 기척을 느꼈는지 등을 돌려 나를 보았다. 나는 왠지 그의 눈을 마주하기 싫어서 신발코를 보고 걸으며 질문을 던졌다.

"군산에 온 게 그 때문인가요? 이 악플러…… 채팅방 사건."

우리는 형광등이 나오라고 한 장소로 가는 중이었다. 성현은 위험할지 모른다며 앞서서 산책로를 걸어갔다. 소진이 받은 메시지의 내용이었다. 저주 사건의 진실을 알았으니 앞으로 무사하고 싶으면 새벽 2시까지 호텔에서 다리를 건너 반대편 지점까지 나오라고 했다. 소진은 그 말을 무시하기도 두렵고, 나가기도 두려웠다. 결국 나와 성현이 대신 나가기로 했다. 한밤이고 처음 와보는 곳이라 약속 장소가 어딘지 정확히 알 수 없기에 일단 문자메시지에 쓰인 대로 길을 따라갔다.

"그렇기도 하고 아니기도 합니다."

그렇게 애매한 대답은 하지 않기로 한 줄 알았는데, 사람의 본성은 변하지 않는다. 성현의 키워드는 신뢰와 의무이고 어떤 다른 감정도 그것들을 짓누를 순 없을 것이다. 그가 아직 나에 대한 어떤 감정을 품고 있다 해도 마찬가지였다.

"아까는 승온준 씨가 의뢰인이라고 했잖아요."

"맞습니다."

어둠 속에서 그의 등을 바라보는 건 낯설었다.

"승온준 씨가 그들을 불러 모았나요? 이 투어의 스폰서 중에 있다고 들었어요."

성현의 어깨에 살짝 힘이 들어가는 게 보였다. 그는 내 게 어디까지 말해줄지 계산중이었다.

"불러 모은 사람이 온준 씨는 아니지만 관련은 있었어요. 온준 씨가 제게 의뢰한 내용을 자세히 말하긴 어렵지만, 그 저주와 관련된 사건인 건 맞아요. 감희연 씨 사고 이후, 고소당했던 사람들이 계속 다치면서 저주라는 소문이 돌기 시작했죠. 고인의 이름을 엮은 기사도 나기 직전이라서, 온준 씨는 제가 그들을 만나서 보험 처리를 해주는 척하면서 뭔가 알아보길 바랐죠. 온준 씨는 아까 현진원 가옥에서 사고가 난 이후에 이들 모두가 그 채팅방 멤버라는 걸 알게 됐을 겁니다."

의뢰 내용이 그게 다는 아니겠지만, 성현은 모든 진실을 털어놓지 않는 한도 내에서 내게 거짓말은 하지 않았다.

"그들을 모은 사람은 따로 있다는 거네요. 저주 소동을 꾸민 사람."

대답은 명확했지만 성현은 굳이 말하지 않았다.

"괜한 짓……이죠."

"대담한 행동이었어요. 보는 눈이 그렇게 많고 의심도

사기 쉬운데. 그런데 저주 소동을 꾸민 게 승온준 씨가 아니라면, 그의 역할은 여기서 뭐죠?"

유인구를 던져보았지만 성현은 넘어가지 않았다.

"온준 씨는 잠든 사람의 평안을 지켜주고 싶은 거죠. 만약……."

성현은 뒷말을 삼켰다. 그렇다면 나는 그의 직업윤리를 지켜줘야 했다. 나는 저 멀리 호수 너머를 바라보았다. 거기 뭔가 있기라도 한 것처럼.

"그것도 사랑이네요."

약속 장소까지 가려면 다리를 건너야 했다. 불이 꺼진 다리는 한층 더 길어 보였다. 다리를 향해 꺾어 들어갔을 때 내 왼편으로 호텔이 보였다. 호텔 7층 어딘가에 헌이 잠들어 있을 것이다. 헌에게 내가 어디 가는지 알려두어야 할 것 같은 기분도 들었지만, 오늘 하루 피곤했을 그를 깨우고 싶진 않았다. 나도 어쩌면 이런 밤에 이 다리를 건너기보다 호텔에 남아 있는 편이 나았을 수도 있었다.

성현은 아치형 상부 장식이 있는 다리 입구에 멈춰 서더니 뒤돌아보았다. 그의 얼굴은 어둠 속에서도 또렷했다.

"저는 그런 분야는 잘 모르지만…… 아마 그런 걸 사랑이라고 부르겠죠."

성현은 내가 다리의 나무판 위에 발을 디딜 때까지 기다렸다가 말없이 옆에서 같이 걸어갔다. 내가 다리를 건널 때 무서워할지 모른다고 생각했는지도 모른다. 혹은 이전에 내가 다리를 다쳤을 때를 기억한 것일 수도 있다.

견고하게 지어진 다리지만 발밑이 슬며시 흔들거리는 것이 느껴졌다. 야간 조명이 꺼진 한밤의 다리를 건너자니 새삼스레 긴장되었다. 심장도 다리의 진동에 따라 흔들리는 느낌이었다. 밤이라서 그런지 심장 박동 소리가 호수공원 안의 그 어떤 소리보다도 더 크게 들렸다. 단순히 다리 때문이 아닐 수도 있었다.

호수를 가로지르는 동안 문득 머리를 스치는 생각이 있었다. 아까 윤정에게서 받은 타로 카드였다. 나는 카드를 받고 잠깐 놀랐었다.

"아까 타로 말인데요. 황윤정 씨, 우리 건물 주인이잖아요. 아시죠. 그것도 우연인가요?"

성현의 입가 근육이 살짝 굳어지는 것이 보였다. 그는 이번에도 계산중이었다. 하지만 피할 길은 없었다.

"우연은 아닙니다."

우리는 다리의 중간 지점을 건너는 중이었다. 내가 뭔가 더 물으려는 순간, 우리의 목적지라고 짐작되는 쪽에서 불빛이 잠깐 반짝였다. 핸드폰의 불빛, 사람이 둘 정도 보인 듯했다. 조약돌이 물에 빠진 것처럼 풍당 하는 소리가 나더니 곧이어 남자의 외마디 신음 소리가 물 위로 쏘아 보낸 총소리처럼 탕 터졌다 사라졌다. 곧이어 첨벙첨벙하는 소리도 들린 듯했다.

"뭐지? 지금 들었어요?"

나는 핸드폰의 전등 기능을 켜서 그쪽을 향해보았지만 보일 리가 없었다. 핸드폰 시계로는 새벽 1시 48분이었다.

"저도 들었습니다. 뭔가 빠지는 소리 같았는데."

성현의 목소리가 어둠 속에서 음울하게 울렸다.

"아까 그 사람이 소진 씨에게만 메시지를 보낸 건 아닐 겁니다. 그렇다면……."

우리는 불안스러운 눈길을 주고받았다. 불현듯 성현이 내 손을 잡았다.

"어서 가보죠."

그가 뛰기 시작하자, 나는 한 손에는 핸드폰을 들고 다른 손은 그에게 잡힌 채 얼결에 그를 따라 달릴 수밖에 없었다. 어두운데다 호숫가였다. 사 년 전 나는 다리를 다쳐 수술한 적이 있었다. 그래서인지 성현은 그 이후 나를 만날 때마다 내 걸음을 신경 썼다. 아마 지금도 그렇기 때문에 손을 잡았을 것이다. 물론 그가 손을 잡은 동기가 무엇이었을지 깊이 헤아려볼 겨를은 없었다.

밤에 호숫가를 뛰는 일은 쉽지 않았다. 그렇게 십 분이나 십오 분 정도를 뛰어갔을까, 한밤이라 사람의 흔적은 없었다. 형광등이 지정한 장소는 수변 산책로의 한 지점이었다. 그 사람은 우리에게는 물빛다리를 건너 쭉 걸어오면 자기를 만날 것이라고 했다. 어둠 속에서 노랗고 빨간 봄꽃들이 암살자처럼 숨어 있는 듯했다.

"어디 있을까요? 혹시 이 사이에 다른 길이 있나?"

나는 숨이 턱끝까지 차올라서 주변을 둘러보았다. 다리에서 바로 산책로로 이어지는 구역에는 도로 쪽으로 빠지는 길이 있었지만, 그 길로 나갔다면 어둠 속에서라도 누군가를 마주쳤을 수 있었다.

"아무도 지나가진 않았지만, 반대편으로 갔을 순 있겠죠. 하지만…… 그쪽 입구는 막혀 있어요. 빙 돌아가야 해서 이쪽으로 오는 것보다도 더 멉니다."

성현은 나의 손을 놓고 몇 발짝 앞으로 걸어갔다. 산책로에서 오른쪽은 나무가 무성한 숲으로, 벚꽃이 매달린 나뭇가지가 길 위로 드리워졌다. 다리에서 멀어질수록 물소리가 불길하게 들렸다. 어둠속에서 핸드폰 불빛에 기대어 더듬더듬 걷던 중 내 발밑에 뭔가 차였다. 나는 허리를 굽혀 그 물건을 주웠다.

검은 니트 비니를 손에 들고, 나는 성현을 향해 외쳤다.

"여기요, 이거 봐요! 이거 형선호 씨의 비니예요!"

내가 이 말을 하는 것과 동시에 어디에선가 사이렌이 울렸다. 소리는 점점 우리에게로 가까워지는 듯했다. 성현은 핸드폰 불빛을 풀숲 우거진 호수 기슭에 비추었다. 불빛은 풀이 짓밟힌 자국을 향했다.

"여기로 누가 내려간 것 같습니다."

"가까이 가면 위험해요!"

성현은 기슭 쪽으로 조심스럽게 발을 내디디며 핸드폰으로 호수의 검은 물을 비췄다. 미약한 빛이 호수 위를 스쳤다.

불빛이 스치고 간 검은 수면 위에는 수초 같기도 하고, 누가 버린 쓰레기 같기도 한 것이 언뜻 보였다.

"누군가 물속에 있어요!"

성현이 다급하게 외치며 웃옷을 벗으려 했다. 나는 그에게로 달려가 두 손으로 그의 오른팔을 잡았다.

"안 돼요, 지금 이렇게 들어가면 위험해요! 이런 어둠 속에!"

성현이 나를 돌아보며 왼손을 내 두 손 위에 얹으며 자신의 오른팔을 빼내려 했다.

"누가 빠졌어요. 괜찮아요."

나는 성현의 손을 꽉 잡고 놓지 않았다.

"괜찮지 않아요! 위험하다고요!"

성현의 검은 눈이 나를 향했다.

"정말 괜찮습니다, 저는."

그가 내 손을 잡은 손에 힘을 주어 나를 밀어내리려는 찰나, 우리가 온 방향과 반대쪽에서 빛이 비쳤다. 그와 함께 사람들이 뛰어오는 발소리가 들렸다.

"저기요, 여기예요!"

나는 보이든 말든 두 손을 흔들었다. 그에 화답하듯 굵직한 목소리가 울렸다.

"119 구조대입니다. 사람이 빠진 데가 어딥니까?"

"이쪽 기슭입니다. 이쪽으로 내려간 것 같아요."

성현의 대답이 떨어지자마자 구급대원 두 명이 모습을 드러냈다. 구급대원들은 우리를 지나쳐 황급히 호수 쪽으로 향했다. 성현과 나는 그들이 지나갈 수 있도록 두 발짝 비켜섰다. 성현은 다시 내 손을 잡았다.

"안 선생님?"

또 한 명의 구급대원이 달려가자 그 뒤에서 익숙한 얼굴이 보였다. 어둠 속에서 봐도 윤곽이 뚜렷하게 잘생긴 얼굴이었다.

밤의 호숫가는 물로 뛰어드는 소리, 사람들의 외침, 눈부신 불빛으로 요란해졌다. 익사 사건 현장이라면 톱스타가 있을 만한 곳은 아니었다. 곧 사건 소식이 퍼질 것이다.

승온준 옆에 선 지광은의 곤란한 표정을 보면, 그도 나와 똑같은 생각을 하는 게 분명했다.

❧

"맞습니다. 제가 그전에 형선호를 만났습니다." 호텔로 돌아가는 길에 승온준은 순순히 인정했다. "술에 잔뜩 취해 있어서 횡설수설하더군요. 십 분, 십이 분인가? 그 정도 그 사람 헛소리를 들어줬죠."

구급대원들이 호수로 들어가 형선호를 구했다. 그가 물에 빠진 과정은 알 수 없었지만, 술에 취했기 때문에 호수에서 금방 나올 수 없었던 모양이다. 구급대원들이 심폐소생술을 했지만, 의식이 돌아오지 않은 채로 병원으로 실려 갔다.

"실수로 물에 빠진 건 아닐 거예요."

나는 잇따라 온 경찰들에게 이렇게 말했다. 뭔가 첨벙하는 소리가 났지만 사람 같은 무거운 것이 빠지는 소리는 아니었다. 그 이후에 난 소리는 누군가 물속으로 걸어 들어가거나 헤엄치는 소리에 가까웠다.

승온준은 라운지를 떠나기 전에 형선호에게 약속 장소로 나오라는 협박 비슷한 말을 들었다. 약속 시간은 오전

1시 30분이었다. 다리를 건너서 자신이 있는 곳까지 오라고 했다.

"어째서 그 사람의 말에 응하신 거죠?"

나는 넘어지지 않으려고 조심스레 발밑을 보면서 물었다. 물에 빠진 사람을 본 후라 왠지 더 두려웠다.

우리는 아침에 경찰서에 출두해야 했다. 그전에 우리끼리라도 솔직히 이야기를 나눌 필요가 있었다. 나는 온준에게 물었지만, 눈은 광은을 향하고 있었다.

"어쨌든…… 희연이에 대해 알려줄 사실이 있으니 듣고 싶으면 나오라고 해서."

나는 한숨지었다. 마음 앞에서는 우리 모두 어리석은 선택을 한다.

"그럼 지 선생님은 그후에 따라온 건가요?"

광은은 성현의 눈치를 보았다. 성현이 천천히 입을 열었다.

"이 사람, 아마 말을 안 해도 대강은 알고 있을 겁니다."

실로 나는 알았다. 광은이 아니라면, 누가 이 투어단을 모았겠는가? 드레스를 밟은 이동화를 슬쩍 밀 수 있는 사람은 누구였겠는가? 무엇보다도 감희연의 생전에 고소한 이들의 명단을 갖고 있는 사람은 누구겠는가? 그들에게 복수하고자 한다면 동기가 있는 사람은 누구겠는가?

"채팅방의 히카리…… 처음에 저주 얘기를 꺼낸 사람. 지 선생님인 거죠?"

실제로 히카리만이 고소당한 사람 중 두 명이 죽거나 다쳤다는 사실을 알았다. 그가 굳이 안티 채팅방에 그 얘기를 했기 때문에 저주라는 공식이 만들어졌다. 히카리는 일본 애니메이션에 흔히 나오는 이름이지만, 신원을 숨기기에도 적당했을 것이다.

광은은 호수의 습기와 봄밤의 이슬에 축 늘어진 앞머리를 두 손으로 눌렀다.

"이미지를 올린 사람은 제가 아니었지만…… 맞아요. 고소 정보 수집하려고 그 채팅방에 들어갔다가, 그 사람들을 알게 됐죠. 교통사고 당한 사람은 다른 연예인 악플 건으로도 고소당했기 때문에 소식을 들었고, 죽은 사람은 부고 문자를 받았습니다."

광은은 그들이 너무 미웠다고 했다. 조직적인 악플에 하루하루 시들어가는 감희연이 안타까웠다고 했다. 몇 년 뒤에도 여전히 악플을 쓰고 다니는 사람들의 소식을 다시 들었을 때, 조여오는 공포를 그 사람들에게 전달하고 싶었다고 했다.

"그럼 투어에 초대한 건요?"

우리는 이제 호숫가를 벗어나 호텔로 들어가는 길에 접

어들었다.

"뻔뻔하게 초대에 응할지 알고 싶었고……. 보여주고 싶었습니다. 희연이를 기억하는 사람들 아직도 있다는 것. 이런 자들에게 희연이가 꺾이지 않았다는 걸 알려주고 싶었습니다. 납득하시지 않을 수도 있겠지만."

쉽게 생각할 수 있는 동기는 아니었지만 납득할 수 없는 이야기도 아니었다. 광은도 매니저다운 방식대로 자기의 배우를 아꼈을 것이다.

성현이 광은의 어깨에 손을 얹었다.

"괜한 데 돈을 쓰셨네요."

광은이 한숨을 지었다. 나는 좀더 냉정한 말투로 말했다.

"저주 인형까지 지 선생님 계획이었다면 더더욱 괜한 짓이죠. 그 때문에 형선호에게 빌미를 주었잖아요."

"아, 그건 제가 아닙니다!" 광은은 펄쩍 물러서며 두 손을 들었다. "진짭니다! 저도 그건 어리둥절했어요. 처음에는 무슨 세팅인가 싶었고."

"형 말이 사실이에요." 온준이 한마디 얹었다. "광은 형은 제가 곤란해질 일은 하지 않아요. 그런 소동을 일으켰다가는 제게 좋을 일이 없잖습니까."

예상과는 다른 대답이었다.

"그렇다면 형선호를 만나서 무슨 얘기를 하셨나요?"

'혹시'나 '설마'로 시작되는 문장은 붙이지 않았다. 말 그대로 승온준이 해결해야 하는 일이었다면 더 평화적인 방법이 많았을 것이다. 굳이 형선호를 해칠 일까지는 없었으리라.

"그 사람, 사이버 렉카 유의 연예인 가십 유튜버더라고요." 지광은이 이를 악물며 말했다. "구독자가 많은 건 아니지만 악질이에요. 온준이를 찍으면 조회수 수익이 꽤 쏠쏠하겠죠. 핸드폰으로 우리를 찍으려고 하더라고요. 감희연과의 관계, 저주 소동. 이렇게 만들어서. 결국 온준이가 입 다무는 대가를 주기로 하고 핸드폰 영상은 눈앞에서 삭제했습니다. 그리고 헤어져서 호텔 앞까지 거의 왔는데, 구급차가 오는 걸 보고 다시 돌아온 겁니다."

일리 있는 설명이었다. 그들이 갔던 길에 CCTV도 있을 테니 확인하기란 어렵지 않을 것이다.

해결되지 않은 질문을 안고 호텔 로비로 들어섰을 때, 적지 않은 사람들이 소파에 앉아 있다가 우리를 주목했다. 광은은 온준에게 슬쩍 눈짓을 했고, 둘은 나와 성현에게 가볍게 목만 끄덕여 인사를 하고 엘리베이터로 향했다. 승온준을 본 투숙객 몇 명은 수군거리다가 그가 엘리베이터를 타고 가자, 안 보는 척 그리로 향했다. 유명 배우를 본 경험이 놓친 잠을 보상할 것이었다.

자다가 일어나서 나왔는지 격자무늬의 파자마 바지 위에 회색 후드 재킷을 입은 헌은 머리를 헝클면서 천천히 걸어왔다.

"재인 씨, 어떻게 된 거예요? 전화를 해도 받지 않고."

밤에는 자동으로 방해 금지 모드가 되도록 설정해놓은 지라 전화가 오는 걸 알아차리지 못했다.

"미안, 전화 많이 걸었어? 알리려고 했는데."

"무슨 일이 생긴 줄 알고 방에도 가봤어요. 어떻게 된 거예요?"

헌이 후드 재킷을 벗어 나한테 둘러주었다. 그렇게 쌀쌀한 밤은 아니었고 카디건도 입고 있었지만 나는 어딘가 파랗게 질려 있었던 것 같았다. 성현은 그때서야 깨닫고 흠칫했다. 헌이 나와 성현을 번갈아 보고 어떤 짐작을 하는지는 모를 바가 아니었다.

"사고가 있었어."

소파 앞에는 소진과 공지형이 엉거주춤 서 있었다. 소진이 나와 성현을 향해 불안한 목소리로 물었다.

"무슨 일이에요? 구급차가 왔잖아요. 누가 다쳤어요?"

"형선호 씨가 사고를 당했어요. 술에 취해서 호수에 빠졌습니다."

성현이 사실 그대로를 전했다. 소진이 두 손으로 입을 막았다. 처음부터 느꼈지만, 어딘가 모르게 몸가짐이 만화 캐릭터를 닮았다.

"죽었어요?"

"아직 모릅니다. 응급실에 갔어요."

공지형은 눈만 크게 뜨고 뭐라 말하려 했지만, 목이 막힌 듯 아무 말 못 했다. 후드 티를 머리까지 뒤집어쓰고 안경을 쓴 순정이 종이컵을 들고 나타났다.

"자, 미지근한 물이에요. 이거 드세요."

순정은 종이컵을 공지형에게 건넸다. 공지형은 말없이 두 손으로 컵을 받았다.

"제가 손님들을 잘 체크했어야 했는데. 죄송합니다."

순정이 허리 굽혀 사과했다. 아무도 순정의 잘못이라고는 생각하지 않겠지만, 내겐 다른 생각이 있었다.

"공지형 씨."

공지형은 입에 든 물을 꿀꺽 삼키고 나를 쳐다보았다.

"형선호 씨에게 메시지 받지 않았어요?"

나는 일부러 소진이나 순정을 쳐다보지 않았다. 공지형의 눈만 똑바로 바라보았다.

"……받았어요." 마지못한 인정이었다.

"내용이 뭐였죠?"

공지형은 핸드폰을 보여주었다.

"1시 45분까지 다리 건너편으로 오라고 했어요. 채팅방 때문에…… 할 말 있다고."

공지형은 우리가 이미 채팅방에 대해서 파악했으리라는 건 전제했다. 숨길 생각도 하지 않았다.

승온준 1시 30분, 공지형 1시 45분, 소진 2시. 형선호는 십오 분 간격으로 빡빡하게 스케줄을 짜놓았다. 어떻게 약속 장소로 올지 경로까지 똑같이 지정했다. 형선호는 먼저 왔던 사람이 온 길을 돌아가다가 뒷사람과 만날 위험을 차단하기 위해서 사람들의 동선도 미리 정해놓은 듯했다. 그들의 영상을 따서 유튜브에 올릴 생각이었으리라. 형선호의 고함 소리가 난 건 1시 48분. 시간상으로는 형선호가 공지형을 만나기로 한 시각이다.

"형선호 씨가 뭐라고 하던가요?"

공지형은 고개를 저었다. "안 나갔어요."

나는 성현과 눈길을 교환했다. 공지형은 고집스럽게 한 번 더 말했다.

"안 나갔다니까요."

성현이 입을 열었다. "아침에 경찰이 CCTV를 확인할 겁니다. 무슨 일이 있었다면 지금 얘기하는 편이 나아요."

"다리를 건너간 건 맞지만 마음을 바꿔서 공원 밖으로

나갔어요. 술을 마셨더니 커피가 당겨서." 공지형은 종이 컵을 든 손으로 순정을 가리켰다. "순정 씨가 알려줬어요. 새벽에도 문을 여는 카페가 있다고. 편의점에 가도 되겠지만, 제대로 된 커피를 마시고 싶어서. 처음에는 마음을 못 정하고 다리로 건너가다가 바로 앞에 있는 입구로 나가서 한참 돌아서 갔어요."

드라마나 영화에서는 누군가 거짓말을 하면 얼굴에 표가 나고 금방 알아차리지만, 현실에서는 그렇지 않다. 대부분의 거짓말은 꽤나 그럴듯하고, 대부분의 진실도 믿을 수 없기도 하다. 누구든 거짓말을 할 수 있다. 티 내지 않고.

성현과 내가 소리를 듣고 다리 끝까지 가기까지 삼 분 정도 걸렸던 것 같다. 거기서 형선호가 빠진 곳은 호수 산책로에서도 숲과 가장 가까운 자리였다. 그 자리에서 공지형이 말한 다리 옆 출입구까지는 걸어서 칠팔 분 정도 걸릴 듯했다. 아슬아슬하긴 하지만, 공지형이 빨리 뛰었다면 우리와 마주치지 않고 그 문으로 빠져나갈 수 있었을지도 모른다. 하지만 형선호의 사고 현장에 있다가 그 문으로 왔다면 공지형의 모습을 멀리서라도 봤을 가능성이 높았다. 그 문으로 나가지 않고 다른 길로 갔다면 오히려 한참 더 어둠 속을 헤매야 한다. 가던 길로 되돌아와 다리를 지나쳐서 갔다면 숲을 넘지 않는 한 호수를 벗어날 수 있는 다른 입구가 없다. 한밤에 가기엔 어려운 길이다. 우리와 마주치지 않으려면 갔던 방향으로 계속 나아가서 반대쪽으로 가야 하지만, 그쪽도 역시 빠져나가는 통로까지 한참 걸어 나가야 한다. 문제는 카페 위치였다.

"카페는 어디예요?"

공지형은 내 질문에 불쾌해하지 않고 당당하게 카페 영수증을 꺼내 나에게 건넸다.

"무슨 교회인지 성당인지 맞은편에 있던데……. 카페 풀문로드였나 그랬어요."

영수증에는 구입 항목과 구입 일시가 적혀 있었다. 카페라테 한 잔, 오늘 새벽, 1시 57분. 내가 그 소리를 들은 후로부터 구 분 정도 지난 시각이었다.

"지도를 보면 그 말이 맞아요. 공지형 씨가 형선호가 빠진 후 우리가 건너온 다리 쪽으로 달려왔다면 봤을 가능성이 높아요. 여기 자살 사건이 몇 건 일어난 이후에는 다른 출입문들을 막아서, 나갈 수 있는 출입구가 몇 개 없어요. 어째서인지 이쪽에는 CCTV도 없고요. 그리고 우리가 걸어오던 방향으로 와서 다리 옆쪽 입구로 나갔다면, 형선호가 빠진 장소에서 입구까지의 거리도 있으니 2.5킬로미터도 넘을 것 같은데, 그런 길을 십 분 안에 뛰어가는 건 쉽지 않을 거예요. 게다가 처음 온 사람이 길을 단번에 찾아

갔다는 것도 이상하고요."

내가 핸드폰의 지도를 보면서 가리켰다. 모두 헤어진 후, 나와 성현, 헌은 나의 방으로 장소를 옮겼다.

"반대로 갔을 수도 있죠." 성현이 내게 가까이 서서 검지로 지도를 따라서 빙 그렸다. 반대 방향으로 호텔로 돌아가는 길이었다.

"이쪽에서도 밖으로 나가는 출입구까지는 거리가 꽤 돼요. 게다가 온준 씨랑 광은 씨가 형선호와 얘기를 마치고 돌아간 지 얼마 되지 않았을 때예요. 온준 씨, 광은 씨가 돌아오는 길에 마주쳤을 수도 있고, 무엇보다도 그쪽으로 나가면 카페에서 훨씬 더 멀어져요. 큰길까지 나가는 길이 더 멀잖아요. 길을 잘 알아서 아파트 사이로 헤치고 가면 모를까 역시 초행에 십 분 미만으로 뛰어가기란 쉽지 않죠."

"공원에서 나가자마자 택시를 탔다면요?"

나는 고개를 저었다. "그 시간에 그 외진 문 앞으로 들어오는 택시가 있을까요. 밤이니까요. 콜택시를 불러도 한참은 걸릴 거예요. 우연히 잡아타려고 해도 큰길까지 나가야 하고, 그렇다면 역시 거리는 마찬가지예요."

성현과 내가 머리를 맞대고 작은 핸드폰으로 지도를 들여다보면서 고심하는 동안, 그 모습을 지켜보던 헌은 자리에서 일어나 스트레칭을 했다. 나는 헌의 존재를 퍼뜩 깨닫고 고개를 들었다.

"아, 미안. 피곤하지. 가서 자도 돼."

"아뇨. 그러면 안 되죠."

헌은 성현을 똑바로 쳐다보았지만, 성현은 그 눈빛을 무심하게 받았다. 헌이 도전적으로 질문했다.

"그런데 왜 두 사람은 공지형 씨 말을 의심하는 거예요? 그 사람에게 동기라도 있어요?"

"나랑 성현 씨가 봤거든. 아니, 봤다기보다 들었어. 형선호는 혼자가 아니었어."

헌은 피식 웃었다.

"공지형 씨가 형선호를 해치기라도 했다는 거예요?"

평소의 헌답지 않은 말투였다. 지금 상황에서 마음에 들지 않는 점이 있다는 뜻이었다. 나는 그게 뭔지 알 수 있었지만, 지금은 모른 척했다.

그리고 말투는 내 마음에 들지 않았지만 헌의 질문은 타당했다. 공지형이 설사 형선호에게 무슨 얘기를 들었다고 해도 굳이 다치게 할 이유까진 없었다. 하지만 우리가 군산에서 겪은 일들이 다 이유로 설명되는 건 아니었다. 저주 인형도, 계단의 사고도, 형선호의 사고도.

아니, 이유가 있을까? 이를 다 묶을 수 있는?

나는 고개를 저었다.

"해친 건 아니지만 뭔가 봤을 수도 있지."

헌이 물었다.

"형선호 핸드폰은 봤어요? 승온준 씨랑 지광은 씨랑 얘기하는 거 핸드폰으로 찍으려다가 걸렸다면서요."

나는 성현에게 눈으로 물었다. 성현은 끄덕였다.

"핸드폰은 경찰에서 갖고 있습니다. 형선호를 구할 때 안주머니에 들어 있었어요. 물이 들어갔지만 복구할 수 있을지 봐야죠."

헌은 의자 옆에 기대어 눈 옆의 관자놀이를 긁으면서 잠깐 생각에 빠졌다.

"카메라는요? 현장에 없었어요?"

나의 머릿속을 스치고 가는 장면이 있었다. 형선호가 들고 다니던 동영상 촬영용 카메라.

"못 봤어."

"제가 유튜브에 올릴 동영상을 촬영할 거라면 그걸로 할 거 같은데. 조명도 없는 데서 야간 촬영할 거였잖아요. 그거 가격 싸지도 않고. 이삼백만 원은 할 거예요."

"그렇군요. 제가 내일 아침에 경찰에 말하고 주변을 살펴보겠습니다."

성현이 고개를 끄덕이며, 머릿속으로 메모하는 듯했다. 나는 아까 어둠 속에서 다리를 건널 때를 생각해보았다.

우리가 들었던 돌 같은 게 물에 빠지는 소리. 사람이 빠지는 소리는 아니었지만, 카메라라면.

모든 것은 추정일 뿐이었다. 그렇지만 이를 모두 꿰는 하나의 설명은 가능했다. 다만 아직도 내게 없는 단서가 있었다.

"성현 씨, 119에 신고한 사람은 누군지 알아요?"

"공중전화로 걸려 온 신고라고 들었습니다. 신고자는 젊은 여자분이라고 하던데. 119에서는 재인 씨라고 생각한 것 같더라고요. 경찰에서 내일 신고자 얘기 좀 들어보자고 하는 거 보니."

"네. 그렇군요."

벌써 4시가 되어가는 시각이었다. 나는 해서는 안 된다는 걸 알면서도 양손으로 두 눈을 문질렀다.

"우리 나가죠." 헌은 내가 의자에 벗어 걸쳐놓은 자기 후드 재킷을 집어 들었다. "재인 씨가 피곤할 테니."

성현은 나에게 뭔가 더 할 말이 있는 표정이었지만, 헌이 먼저 방을 나가자 그 뒤를 따랐다. 그는 나가면서 말했다.

"아침에 전화할게요."

경찰에 들러야 한다는 말이었지만 그는 이 말을 실제보다도 더 의미심장하게 했다. 나는 고개만 끄덕였다.

두 사람이 나간 후, 나는 창가를 향해 걸어갔다. 모든 방에서 호수가 보인다는 것이 이 호텔의 자랑이었다.

형선호가 빠진 호수 건너편은 어둠 속에 잠겨서 잘 보이지 않았다. 달은 아까부터 구름에 가려 보이지 않았다. 호수 둘레를 두른 나무의 벚꽃들이 그를 뒤따르는 듯 길게 뻗어 있었다. 달빛의 길, 꽃의 길. 그걸 밟고 여기서 탈출할 수 있다면. 하지만 마법도 아니고, 나타났다가 사라진 길이라는 게 과연 어디에 있었을까?

에스컬레이터를 타고 올라가 보니 장항선 역 안에는 서울로 향하는 투어단 일행 외에는 사람이 별로 없었다. 헌이 4번 플랫폼 앞에 서 있다가 나를 보고 손을 들었다.

"경찰 진술은 잘했어요?"

"본 대로만 말했지, 뭐."

사고에도 불구하고 오전 투어는 예정대로 진행되었다. 점심 이후에는 기차역에서 모여 각자 출발지로 헤어지는 일정이었다. 나는 투어에는 참석하지 못하고 아침에는 성현과 경찰서에 가서 어제 사건 내용을 진술해야 했다. 헌이 동행하겠다고 했으나, 나는 염치 불고하고 나 대신 오전 투어에 참가해서 사진을 좀 찍어달라고 부탁했다. 어제까지의 내용만으로도 기사는 쓸 수 있었지만 사진은 필요했다.

경찰에서는 신고자의 신원은 알 수 없다고 했다. 공중전화를 추적할 이유는 없었다. 경찰의 관점에서 이 사건은 그저 형선호가 취중에 물로 떨어진 사건이었다. 진술을 마치고 나오는 길에 성현이 역까지 데려다주겠다고 했지만 사양했다. 그에게는 아직 해야 할 업무가 남아 있었고, 군산에서 하루 더 머무를 예정이었다.

"서울에 가서 다시 봐요. 연락할게요."

내가 택시에 올라탈 때 그가 문을 닫아주면서 말했다. 우리는 다시 만날 수 있었다. 만나고 싶다면. 세계는 그렇게 우연한 만남으로만 이루어져 있는 것이 아니었고, 우리의 만남은 처음부터 그렇게 우연이지만도 않았지만, 그렇다고 오로지 만나기 위한 만남은 없었던 것 같다.

장항선 상행선이 천천히 플랫폼으로 들어와 멈췄다. 나는 헌보다도 앞서서 객차로 들어갔다. 우리 좌석은 바로 문 앞이었다. 헌은 내가 창가 자리에 앉도록 기다린 후에야 내 옆에 앉았다.

헌은 카메라를 꺼내 사진을 보여주었다.

"아침엔 경암동 철길 마을에 들렀어요. 소진 씨는 바로 서울 가실 거면 혼자 가실 수 있게 해드린다고 지 선생님이 말했는데, 남들과 떨어지는 거 싫다고 같이 있겠대요. 공지형 씨는 지치신 것 같긴 했는데 그래도 구경할 때는 기운이 좋아 보이시기도 했어요. 순정 선생님이랑 도란도란 이야기도 나누시고."

나는 카메라를 받아 뷰어를 펼치고 사진을 하나씩 넘겨보았다.

"사진 좋네. 의대 말고 사진학과 가도 될 뻔했어."

양옆에 70년대풍으로 꾸민 유사 레트로풍 소품숍이 늘어선 철길 위에 선 소진은 하루 만에 원래도 작던 체구가 더 작게만 보였다. 공지형은 가판대 앞에 쭈그리고 앉아 싸구려 액세서리를 고르고 있었다. 늘 메고 다니는 커다란 가방이 늘어져 가방에 끌렸다. 가방에 장식한 꽃도 시든 듯 힘없어 보였다. 순정의 사진도 한 장 있었다. 순정은 사람들이 관광하는 동안 야외 카페에 앉아서 책을 읽는 중이었다. 빨간색 책 표지가 어딘가 모르게 낯익었다.

나는 카메라를 도로 헌에게 건네주면서 물었다.

"이거 무슨 책인지 봤어?"

헌은 잠시 이마를 찡그리더니 뷰어를 이리저리 조작하여 사진을 확대해보았다.

"제목은……『언더그라운드 레일로드』인데요. 왜요?"

나는 그 책을 어디서 봤는지 떠올리기 위해 기억의 서랍을 이것저것 열어보았다. 그중 한 서랍에 그 책이 들어 있었다. 책의 내용을 설명하는 목소리까지도 함께 흘러나왔다.

기차가 곧 출발하기 직전이었다. 창밖을 내다보니 청년들이 기차를 놓칠까 봐 헐레벌떡 플랫폼으로 뛰어들고 있었다. 그런 정신없는 와중에도 그들은 와아 소리를 지르며 웃음을 터뜨렸다. 실수도 즐거운 시절이었다.

반대편 노선의 8번 플랫폼 앞 벤치에 홀로 앉아 있는 사람도 있었다. 길게 늘어뜨린 파마머리. 아마도 우리와는 반대 방향으로 가는 모양이었다.

나는 가방을 들고 자리에서 일어섰다.

"헌아, 먼저 서울로 돌아갈래? 나, 갑자기 급한 일이 생각나서."

내가 통로로 나가려 하자 헌이 일어서서 옆으로 비켜주면서 동시에 선반 위에 올린 짐을 꺼내려 했다.

"잠깐만요, 나도 같이 갈게요."

나는 한 손으로 헌의 팔을 잡았다.

"아니야. 미안, 나 혼자 다녀올게."

헌이 손을 올리다 말고 나를 내려다보았다. 나는 다시 한번 진지하게 말했다.

"나 혼자 다녀올게. 먼저 가."

헌이 말없이 한 발 물러났다. 나는 그 애 앞을 지나쳐 기차 객실 문으로 향했다. 계단을 내려와 허둥지둥 플랫폼에 발을 내딛자마자 기차가 출발했다.

반대 방향 8번 플랫폼의 벤치에 앉은 공지형은 그 무엇도 쳐다보지 않고 멍하니 앞을 응시하고 있었다. 선로에는 오지 않는 기차 대신에 봄바람이 감돌았다. 어디에선가 벚꽃 잎이 몇 개 날아왔다. 꽃잎들은 무심하게, 혹은 조심스럽게 공지형의 머리카락 위에 내려앉았다. 그녀는 눈치채지 못했다.

"공지형 씨."

내가 이름을 부르자 그녀는 눈을 들어 나를 보았다. 아직도 무언가 꿈에 잠긴 표정이었다.

입구에 "관계자 외 출입금지"라고 쓰인 안내판이 있었지만, 이미 그 건너편에 누군가 서 있었다. 부잔교를 건널 때 사슬이 움직이며 삐걱삐걱 소리를 냈다. 애원하는 것 같기도, 비난하는 것 같기도 한 소리였다. 나는 오늘 새벽, 호수 다리를 건널 때를 떠올렸다. 그때는 목적지가 있었다. 이쪽에서 떠나면 저쪽으로 갈 수 있다. 다리를 건너면 어디론가 갈 수 있다. 그러나 지금 건너는 이 다리는 어디에도 이어져 있지 않았다. 연결되었던 배는 이미 떠났다. 그 앞은 끝이 보이지 않는 바다이다. 자칫하면 그 속으로 굴러떨어진다. 하지만 바다 너머에도 보이지 않을 뿐 어딘가 도달할 곳은 있을 것이다.

순정은 부잔교 끝에 서서 항구 앞바다에 뜬 배들을 바라보고 있었다. 오늘은 머리카락을 묶지 않아서 바람에 몇 가닥이 휘날리다가 알이 큰 안경 위로 떨어졌다.

"순정 씨."

내가 부르고 한참 뒤에야 그녀는 뒤를 돌아보았다. 내가 걸어가는 동안 다리는 계속 미세하게 흔들렸다. 순정과 이야기를 하겠다는 내 결심도 그에 따라 삐걱거렸다.

공지형과 이야기를 나눈 후에 지광은에게 전화를 걸어

순정이 있는 곳을 물어보니 광은은 의아해하면서도 순정이 군산항 근처로 갔다고 알려주었다. 나는 어디에 있을지 알 것 같았다. 그 사진을 보았기 때문에. 나는 다리에 힘을 주고 흔들리지 않으려고 애썼다.

"물어보고 싶은 게 있어요."

"아직 안 가셨네요."

순정은 안경을 벗어서 셔츠 자락으로 닦더니 다시 쓰는 걸 잊고 손에 들었다.

"아까 공지형 씨와 얘기를 했어요. 순정 씨는 어디까지 알고 계셨나요?"

순정은 어깨를 으쓱했다.

"잘은 몰랐어요. 하지만 저주 인형 건이 마음에 걸려서, 형선호 씨 만나러 간다고 할 때 따라갔던 것뿐이에요."

내가 채팅방에 대해서 묻자 공지형은 순순히 말했다. 그녀가 채팅방의 네리움이었다. 나는 헌이 찍은 사진에서 공지형의 가방에 붙은 종이꽃을 보고 깨달았다. 감희연의 사진 앞에 놓였던 종이 협죽도 꽃. 공지형은 페이퍼 아티스트였다. 주로 만드는 건 꽃과 인형, 그렇다고 해서 유명인인 것도, 예술가로 인정받는 것도 아니었다. 방과 후 교실이나 문화센터에서 수업을 근근이 이어가는 시시한 아티스트라고 말하며, 공지형은 웃었다. 협죽도의 학명, 네리

움 올리앤더. 〈무고의 저택〉에서 감희연이 복수의 도구로
썼던 꽃이기도 했다.

채팅방을 보고 처음부터 이상하게 생각했다. 보통 사람
이라면 일축해버릴 저주 이야기를 다시 꺼낸 건 네리움이
었다. 공지형은 추모 상영회 직후 나를 탓하는 것 같으면
서도 실은 계속 저주 이야기를 반복해서 했다. 자꾸 되풀
이함으로써 저주가 있다는 것을 사람들에게 믿게 하려는
듯했다. 그리고 무엇보다도 그날 현진원 가옥에서 종이 인
형이 들어갈 만한 큰 가방을 멘 사람은 오직 공지형뿐이었
다. 최근에 감희연의 저주 소문으로 다시 설치는 악플러들
이 영화제에 나타날까 싶어서 속상하고 분한 마음으로 집
에서 종이 인형을 만들어 왔다고 했다.

그걸 어떻게 할까 고민하던 찰나에, 이동화가 술자리에
서 한 말을 듣고 결심했다. 현장에서는 다른 사람들이 승
온준과 촬영팀에 정신이 팔려 있는 김에 인형들을 꺼내서
생수병의 물을 부어 적셨다. 물에 빠진 효과를 주고 싶었
기 때문이다. 하지만 남들이 승온준을 보고 늦게 들어오는
사이에 일을 처리하느라고 서두르다 바닥에 물을 흘리고,
가방에서도 물이 샜다. 내가 저택 계단 앞에서 본 것도 그
물이었다. 계단에서 이동화가 미끄러질 때, 도미노처럼
넘어지도록 일부러 형선호에게 부딪친 것도 공지형이었

다. 당연하다, 나와 소진은 밀지 않았으니까. 적어도 내가 목격한 건 거기까지였다.

"참 어리석죠. 남에 대해서 함부로 말하는 사람들이 저 주에 대해서 겁먹거나 할 일은 없는데."

순정에게는 하나의 웃음에 다양한 표정을 담는 기술이 있었다. 가볍게, 환하게, 쓸쓸하게, 씁쓸하게. 얼굴을 바꿨어도 그 개성만은 남아 있었다.

"어리석기는 하지만……." 나는 공지형에게서 받은 종이꽃과 책 한 권을 가방에서 꺼냈다. "공지형 씨 입장에서는 나름대로 복수였던 거예요." 내가 건넨 꽃을 순정은 한 손으로 받고 가만히 바라보았다.

"참 예쁘죠. 공지형 씨가 감희연 씨를 처음 만날 때 자신이 직접 꽃을 선물했었대요. 너무 좋아했다고. 나중에 감희연 씨가 자기 방을 보여준 브이로그에서 그 꽃을 소중하게 간직한다는 걸 알고 기뻤대요. 감희연 씨가 좋아하는 얼굴이 너무 예쁘고 그걸 자꾸 보고 싶어서 지켜주고 싶었대요."

공지형은 감희연을 데뷔 때부터 지켜봐온 팬이라고 했다. 〈진달래 비누〉라는 작품에서 감희연을 보고 생전 처음으로 느껴보는 감정이 일었다고 했다. 용기를 내어서 팬미팅에 갔는데, 꽃을 받고 좋아해주었다. 그때부터 감희연의 활동을 열렬히 응원했다. 〈무고의 저택〉 출연 이후 상도 받고 지명도도 올라가니까 자신의 성취처럼 행복했다. 공지형은 자신의 인생에서 그런 종류의 행복은 느껴본 적이 없다고 했다. 연애를 할 때도 행복했지만, 다른 사람을 응원하면서 느낀 행복은 빛깔이 달랐다.

그런데 감희연이 악성 댓글 때문에 우울해한다는 말을 들었다. 봐서는 안 됐는데, 그런 댓글들과 자주 마주쳤다. 도움이 될 수 있을까 싶어 일부러 악플러들이 모인 안티 채팅방에 들어갔다. 자료를 수집해서 회사에 보낼 생각이었다.

"감희연이 죽은 후에도 그들이 반성하지 않는 게 너무 싫고 미웠어요. 그래서 마음이라도 불안하게 해주고 싶었다네요. 할 수 있는 게 그것밖에 없으니까요."

저주는 그 사람이 할 수 있는 유일한 복수. 아무것도 할 수 없으니까 저주의 말이라도 가슴의 못 대신 박아주고 싶었다. 저주란 믿지 않는 자에게는 아무것도 아니다. 하지만 저주받은 자에게 불운이 일어날 거라는 확신, 그 확신이 바로 불운을 만든다.

"효과 있었잖아요. 결국, 그 오픈채팅방에 있던 사람들이 죽었어요."

한 사람은 죽지 않았지만 지형은 그 사실을 몰랐다. 처음 두 번은 우연이었다. 죽었다는 소식을 듣지 않았다면, 공지형도 이 방법을 떠올리지 않았을 것이다. 우연이 두 번 겹쳤다. 하지만 공지형은 처음 두 번도 천벌이라고 생각했다. 그러니까 세 번째 천벌이 내리지 말라는 법은 없지 않은가.

바람이 순정의 앞머리를 천천히 스치고 바다 위로 날아갔다. 순정의 말도 그에 실려 저 먼 곳으로 향했다. 굳이 나에게 설명하려는 것이 아니었다.

"공지형 씨는 아무도 다치게 하지 않았어요. 제가 봤으니까요."

"맞아요. 다만 형선호의 카메라를 빼앗아 호수에 던진 것뿐이죠. 형선호는 감희연 씨 얘기로 다시 분란을 만들어 돈을 벌 생각이었으니까요. 음모론을 만들고 승온준과의 스캔들을 끄집어내고, 고인의 명예를 더럽히려고 했죠. 공지형 씨는 그걸 두고 볼 수 없었어요. 그리고 공지형 씨는 카메라를 건지러 간 형선호가 물에서 도로 나오지 못하고 허우적대는데도 그냥 보고 있던 것뿐이고요."

나와 성현이 들은 소리가 그것이었다. 물속으로 떨어진 카메라. 그 뒤를 따라 들어간 사람이 있었다.

공지형은 말했다. 그녀도 착하게만 살아온 사람은 아니었다고. 누군가에게 상처도 주었을 것이다. 하지만 악플러들은 타인이 상처받고 수렁에 빠져드는 걸 인생의 목표로 삼는 사람들이다. 형선호도 그런 인간이었다. 공지형은 눈물을 삼키며 말했다. 악플러들도 감희연이 고통 속에서 허우적대는 것을 그냥 보고만 있었지 않느냐고. 물에 빠진 사람을 오히려 더 밀어 넣지 않았느냐고. 자기도 형선호를 구할 생각을 하진 않았다고 했다.

"순정 씨는 형선호를 가만히 죽게 놔두지도 않았죠. 119에 신고했어요. 공지형 씨가 해를 입게 놔둘 수도 없어서, 거기서 도망치게 해줬어요. 자기가 아는 방식으로."

순정은 다시 내게서 등을 돌려서 먼바다를 보았다.

"어제 재인 씨도 직접 봤잖아요. 지형 씨는 카페까지 갔다 온 것뿐이에요. 그리고 호수와 카페의 거리상, 만약 공지형 씨가 카메라를 던졌다면, 거기까지 그 시간 안에 다녀올 수가 없겠죠."

"이상하다고 생각했어요." 나는 조용히 말했다. "한밤에 커피를 마시러 다리를 한참 걸어가서 거기까지 간다는 게. 호텔에서 바로 택시 타고 갈 수도 있잖아요."

"산책을 하고 싶었을 수도 있죠." 순정이 고집스럽게 말했다.

"마치 기다렸다는 듯이 영수증을 낸 것도 그렇고요. 다리 건너는 건 CCTV에 찍혔을 테니까 그것까지 부인할 순 없었겠죠."

"그러면 어떻게 그 시간에 거기까지 빨리 갈 수 있었겠어요? 축지법을 쓰는 것도 아닐 텐데."

"저도 몰라요. 하지만 이런 거라면요."

시선을 손에 들린 책으로 떨구었다. 군산항까지 오는 길에 동네 서점에 들렀다. 작은 독립 서점이었지만, 퓰리처상을 받은 유명한 책이어서 마침 구할 수 있었다. 나는 내용을 알고 있었지만, 한 번 더 살펴보았다.

"『언더그라운드 레일로드』. 19세기 중반 미국 남부에서 탈출한 흑인 노예들이 자유민으로 살 수 있도록 탈출시켜주는 비밀 통로와 안가를 이르는 말이죠. 이 책은 거기서 착안해서, 실제로 그런 지하철로가 있었으면 어떨까를 상상했어요."

오후의 햇빛 아래 바다가 갑자기 고요해진 것만 같았다. 사월의 공기는 가볍고, 순정은 왠지 더 투명하게 보여서 순간 공기 속으로 올라갈 수도 있을 것만 같았다. 순정이 증발하지 않은 건 그 책에 시선이 묶여 있었기 때문일지도 모르겠다.

"얼마 전 군산대학교에서 일제강점기 때 만들어진 동굴이 여러 개 발견됐죠. 아직도 미발견된 동굴이 많이 있을 거라고도 하고요. 만약, 만약에. 그런 동굴이 그때 호숫가 그 자리에 한 개가 있었다면, 그 동굴 건너편에 또 다른 통로가 있었다면."

장주은 감독의 차기작은 동굴과 관련된 것이었다. 어제 추모 행사에서도 같은 질문이 있었다. 일제강점기에 만들어져 산속에, 시가지에 숨겨져 있는 인공 동굴. 전국에 그런 땅굴은 많았다. 허공에 가상의 군산 지도를 그리며, 나는 손가락으로 줄을 그었다.

"우연찮게도 형선호가 빠진 호숫가 자리에서 카페가 있다던 성당 옆까지는 직선상에 있어요. 숲이 없다면 오 분만에도 갈 수 있죠. 돌아가지 않는다면, 거기 만약 동굴이 있어서 숲이 있는 자리를 통과할 수 있다면요.

"재미있는 상상력이네요."

순정이 웃을 때 다시 눈 밑 볼이 우묵하게 파였다. 예쁜 인디언 보조개였다. 내겐 아무런 증거가 없었다. 호수에 가서 지질학자처럼 동굴을 찾을 수도 없었고, 공지형에게 자백을 받지도 못했다. 그들이 내게 털어놓을 이유가 없는 얘기이기도 했다.

나는 기차역에서 나와서 공지형과 경찰서까지 동행했다. 나는 아침에 이야기 나눈 경찰의 명함을 건네주었고, 공지형은 그 이후로부터는 혼자 들어가서 해결하겠다고 했다. 자기가 카메라를 던졌고, 신고했다는 이야기를 하겠다고 했다. 그렇지만 그녀는 내게도 동굴의 존재 같은 건 말하지 않았다. 경찰에게도 말하지 않을 것이다.

"순정 씨는 싫겠지만, 인터넷에서는 사람이 없어도 사라지지 않는 기사가 있어요. 유명인이라면 잊힐 권리도 없죠. 감희연 씨에 대한 기사도 많이 있었어요. 어떤 유튜버들은 심지어 그녀가 투신했던 호수의 그 자리를 촬영해서 영상도 올렸어요. 아마 형선호 같은 사람이었겠죠."

어떤 블로그에는 음모론도 적혀 있었다. 감희연이 호수로 걸어가는 CCTV 영상은 있었지만 나오는 영상은 없었고, 현장에는 "모두 안녕"이라고 적힌 유서도 있었다. 며칠 뒤에 호수에서 여성의 시신이 한 구 인양되었다. 시신의 신원에 대해서는 다들 감희연으로 추정했지만, 자세히 따져보면 확실히 밝혀진 바는 없었다. 신원 불명이라고만 알려졌을 뿐이었다. 그 시체는 과연 감희연이었을까? 그런 음모론 블로그에서 감희연은 엘비스 프레슬리나 마찬가지였다. 몇 년 뒤에는 〈서프라이즈〉 같은 재연 프로그램에 나올 만한 이야기였다.

지광은이 저주에 대한 소문을 말한 것도 비슷한 동기였다. 안티 채팅방의 멤버들에게 두려움을 심어주고 싶은 마음도 있었지만, 감희연이 실제로 죽었다는 인상을 주고 싶어서였다. 거기에 논리적인 사고를 못 하도록 신비로운 분위기를 입히려고 했다. 사람들은 산 사람의 저주는 믿지 않아도, 죽은 원혼의 저주라면 믿기도 한다. 어리석게도, 산 사람의 저주가 훨씬 무서운 법인데도.

"만약, 누군가 그 호수에 들어갔다가 동굴을 통해 빠져 나가고 영원히 사라졌다면, 이 세계에서는 죽은 사람이나 다름없겠죠."

'죽은 사람'이라는 말을 해버린 것이 마음에 걸렸지만 순정은 딱히 언짢아하진 않는 눈치였다. 다만 부잔교 끝까지 걸어가서 바다 속을 들여다보는가 싶더니 다리의 끄트머리에 걸터앉아서 두 다리를 내렸다. 그 광경에 내 심장이 덜컥 내려앉았다. 순정이 순간 그리로 뛰어내리는 줄 착각했다. 하지만 거기 앉아 바다를 바라보는 순정의 표정은 평온했다.

"상상해봤어요? 내가 나로서 살아간다는 게 힘든 일이라는 걸? 내가 하는 일이 모두 부정당하고, 내가 실수하기를 벼르고 있는 사람들이 있다는 게."

순정의 입에서 나오는 단어들이 파도와 함께 흘러갔다. 바닷물에 흘려보내야 할 이야기였다.

"매일이 힘겨웠어요. 약을 먹고 잠들어서 다시 깨어나지 않았으면 좋겠다고 바라기도 하고…… 사람들 앞에서 갑자기 왈칵 눈물이 쏟아지기도 하고. 병원에 다녔지만 호전

되지 않았죠. 그때 촬영장에서 만난 단역배우에게 들었어요. 완전히 새로운 삶을 살게 도와주는 사람들이 있다고."

나도 일본의 르포 기사에서 읽은 적이 있었다. 빚이나 위협에 시달리는 사람들이 갑자기 실종되도록 한 뒤 다른 곳에 살게 도와주는 회사에 대한 이야기를. 그건 일본만의 이야기는 아닐 수도 있었다.

"때마침 군산 촬영 일정이 있었고, 적당한 방법이 있었고, 광은 오빠를 설득할 수 있었어요. 오빠는 저를 발굴한 사람이지만 제가 행복하길 바랐어요. 그다음에 시신이 나온 건 우연이에요. 고인과 그 가족에게는 불행이겠지만." 순정은 두 손을 모아 잠시 묵념했다. "제게는 운이 좋았어요. 해외에 가서 수술을 받고, 다른 사람으로 신분증을 얻었죠. 이전에 배우로 살았던 삶은 제게는 전생이나 다름없었어요. 저는 환생한 거죠."

"아쉬웠던 건…… 없나요?"

어떻게 생각하면 어리석은 질문이었다. 감희연은 학창 시절에 부모님 두 분을 다 여의었고, 유일한 가족인 할아버지조차도 〈무고의 저택〉 개봉 직후에 돌아가셨다.

"없어요……. 다시 태어난 거니까요. 전생의 일은 기억 못 하는 게 당연하잖아요. 다 잊었다면서요. 어제 황윤정 씨가 제게 이걸 주더군요."

순정이 주머니에서 꺼낸 건 모두에게 마지막 상징처럼 나눠준 타로 카드였다.

나는 마음을 굳게 먹고 순정의 곁에 가서 앉았다. 다리를 물 위로 내릴 때 심장이 크게 뛰었다. 누군가 우리를 보고 안전 수칙 위반으로 경찰에 신고할지도 모를 일이었다. 그렇지만 순정에게는 지금 누군가 옆에 있다는 감각이 필요할 수도 있었다.

순정은 내게 카드를 건넸다. 그 카드에는 알에서 깨어나는 사람이 그려져 있었다. 다시 태어나는 새로운 삶을 위한 카드였다. 나는 그 카드를 들여다보면서 중얼거렸다.

"그런데 왜 여기는……. 다 잊었다면서요……. 사람들이, 승온준 씨가 알아볼까 봐 그렇게 피했으면서."

항상 투어단과 함께하던 순정은 승온준이 있는 자리에선 늘 모습을 숨겼다. 광은이 미리 알려줬을 것이다. 아무리 얼굴을 바꿨다고 해도, 가까웠다면, 죽은 뒤에도 지켜주고 싶을 만큼 두 사람이 가까웠다면 알아볼까 두려웠으리라.

순정은 고개를 흔들면서 다정하고도 허무하게 웃었다.

"그 사람, 참 눈치 없는 것처럼 보여도 의외로 예민하거든요. 나중에 영화감독 하고 싶다고 했는데, 잘할 거예요. 알아챘을 수도 있겠죠. 나를 봤다면."

내가 아무리 되돌아보고 반성해도 버릴 수 없는 나의 단점. 나는 늘 사람의 마음이 궁금하다. 어떤 간절함으로 사람들이 이상하거나 새롭거나 위험하거나, 자기답지 않은 행동을 하는지 알고 싶다.

"그럼…… 희…… 순정 씨가 여기 온 건, 굳이 투어단 가이드를 자청한 건 승온준 씨 때문인가요? 그 사람이 온다고 해서."

순정은 잠시 아무 말이 없었다. 자기 마음속에 숨겨진 대답을 찬찬히 넘겨보는 듯했다. 그러다 고개를 저었다.

"아뇨. 그 사람은 보고 싶은 마음이 들면 언제든지 볼 수 있는 사람이잖아요. 텔레비전을 켜면, 인터넷을 열기만 하면. 심지어 무대 인사나 팬 미팅에 갈 수도 있죠. 이전처럼 만날 순 없어도, 얼굴을 볼 순 있어요. 그 정도면 충분히 괜찮죠. 그 사람도 저 없이 괜찮고 행복할 거예요. 타로 카드에서처럼 파트너를 만날 거예요. 제가 떠나기로 했을 때, 그런 이별은 이미 결정한 거니까요."

순정의 말투에는 바닷바람처럼 톡 쏘는 소금기가 어려 있었다. 하지만 다음 순간에 그 목소리는 다시 부드러워졌다.

"하지만 저를 좋아해줬던 사람들, 몇 안 되지만 저를 응원해줬던 팬들이 보고 싶었던 것 같아요. 그 사람들은 아직도 나의 죽음을 슬퍼하죠. 저를 진정으로 사랑하는 사람은 아무도 없다고 생각해서 떠나올 수 있었는데, 있었더라고요. 직접 얼굴을 한 번도 보지 못했어도 저를 사랑했던 사람들이."

순정은 잊었던 것처럼 한 손에 들린 꽃을 다시 유심히 바라보았다. 공지형은 솜씨가 좋은 페이퍼 아티스트였다. 섬세하게 만들어진 이 꽃에는 생명이 없다고 해도 살아 있었다.

"저의 일에 기뻐하고 슬퍼하던 사람들…… 제가 그분들을 떠난 거잖아요. 그분들을 실망시켰잖아요. 그래서 한 번이라도 가까이서 보고 싶었어요. 제가 찾지 않으면 우리는 이제 만날 수 없는 사이니까. 그렇게 미안한 마음을 전하고 싶었어요. 그리고 알리고 싶었어요. 사랑해줘서 고마웠다고. 저도 사랑했다고. 떠나고 나서야 알았지만."

순정은 지형이 남긴 꽃의 꽃잎을 하나씩 떼어 물 위로 떨어뜨렸다. 꽃잎들은 전해져도, 전해지지 않아도 괜찮은 편지처럼 바다 위에 떠내려갔다. 다시 길을 찾고 싶은 사람을 위한 조약돌처럼 점점이 흔적을 남기며 멀어져갔다.

"그 사람들까지도 감희연을 잊는다면, 아마 그녀는 이제 세상에는 영원히 사라진 존재가 되겠죠. 과거의 생은 완전히 지워지겠죠. 그때서야 저도 잊을 거예요. 그 사람들이 나를 완전히 잊는 그날에."

추모 행사의 어두운 조명 속에서 순정은, 희연은 자기를 기억하는 사람들의 얼굴을 하나하나 바라보았다. 전생에 사랑했던 기억의 잔상들을 보았다. 완전히 새롭게 태어난 삶 속에서도 이제 폐허가 되었다고 생각했지만 사라지지 않은 감정의 유적지를 걸었다.

이름도 모르는 사람들, 그중에는 말 한마디 건네본 적 없는 사람들도 있었다. 하지만 누구보다도, 본인보다도 그녀의 삶에 애정을 쏟았던 사람들이었다. 그녀의 삶이 작은 씨앗이라면 거기에 물을 주고 싹을 틔워 꽃을 피우고 열매를 맺게 했던 사람들이었다. 이제 그 잎이 떨어지고 시들어버렸대도 차마 뿌리째 뽑을 순 없었던 마음이었다.

물을 주는 사람만이 사랑하는 게 아니다. 그 물을 받고 자란 이도 그를 사랑한다.

그 마음들이 종이 꽃잎에 실려서 저 먼바다로 향했다. 아마도 다시 돌아오지 않을 것이었다.

봄밤은 불현듯 와 있었다. 다시 역에 도착했을 때는 기차를 기다리는 사람도 거의 없었다. 4번 플랫폼 앞 벤치에 앉아 있는 사람 한 명만이 있을 뿐이었다.

침침한 어둠 속에서 태블릿을 켜고 강의 노트를 읽는 남

자의 등 뒤에 어둠이 실렸다. 내가 그 앞까지 걸어가는 동안
그는 태블릿에서 고개를 들지 않았다. 피곤해 보였다. 나
는 그의 어깨를 톡톡 두드렸다. 헌은 고개를 들고 웃었다.

"왔어요?"

나는 그 옆에 앉았다. 목이 잠겨서 말이 잘 나오지 않
았다.

"어떻게 된 거야? 먼저 가라고 했는데. 내가 내린 다음
바로 기차가 출발했잖아."

"장항역에서 내려서 돌아왔어요. 어차피 기차 타고 갈
거 같아서."

"전화하지 그랬어. 기다리는 줄 몰랐잖아."

"일 보러 간다고 했으니까 다 보고 이리로 올 거라고 생
각했죠. 천천히 보라고."

혼자 기차를 타고 돌아가는 것은 대단한 일이 아니다.
나는 혼자 여행을 다니는 데 익숙했다. 기차에 올라타고,
자리를 찾아 앉고, 잠시 눈을 감으면 어느새 목적지에 도
착해 있을 것이다. 그러니까 지금 이렇게 왈칵 치미는 마
음은 내 여행이 외로워서가 아니었다.

"너무…… 오래 기다렸겠네."

"시험공부할 게 많아서 그렇게 힘든 줄 몰랐어요."

헌은 일어나서 두 팔을 쭉 뻗으면서 기지개를 켰다.

"힘들지 않은 사람치고는 팔에서 우두둑 소리가 나는데."

"아유, 벤치가 너무 낮아서 쭈그리고 앉아 있었더니."

헌이 내 어깨로 손을 뻗자, 나는 흠칫 놀랐다. 차가운 손가락이 머리카락에 가볍게 닿았다가 떨어졌다.

"어디서 이런 걸 달고 왔어요?" 그의 손가락 끝에는 하얀 꽃잎이 달려 있었다. "종이인가?"

나는 헌에게서 종이를 받았다. 순정이 떼어냈던 종이꽃의 이파리 하나가 묻어온 모양이었다. 전해지지 않아도 괜찮은 소식, 한번 가면 돌아오지 않을 줄 알았는데 돌아왔다. 나는 머리를 숙였다. 눈물이 솟는 걸 보이고 싶지 않았기 때문이다.

"왜 그래요? 어디 아파요?"

헌이 내 앞에 무릎을 꿇고 걱정스레 내 얼굴을 들여다보았다. 나는 헌의 눈을 볼 수가 없었다.

그가 이틀 동안 나를 따라온 건 영화에 관심이 있어서도, 여행을 하고 싶어서도 아니라는 사실을 나는 알았다. 이제 본과생, 학교 공부만도 바쁠 것이다. 그럼에도 어두워질 때까지 여기서 나를 기다렸다. 하지만 그 마음을 나는 모른 척했다. 모른 척만 하지 않았고, 이용했다.

그러나 받은 마음을 모른 척할 수는 없다. 일방적인 관계는 없다고 순정은 말했다.

"아니야, 그냥 힘들었나 봐."

"그래요. 그럼……." 헌이 뒤돌더니 내 앞에 털썩 주저 앉아서 등을 내 쪽으로 돌렸다. "여기 기대요. 기차가 올 때까지는 십오 분 정도 시간이 있어요."

내가 평소처럼 거절할 거라고 생각한 듯 그의 등이 약간 긴장한 것이 느껴졌지만, 나는 등에 이마를 살짝 댔다.

헌은 태블릿을 다시 켜서 복잡하고 어려운 단어들에 펜 슬로 밑줄을 그었다. 그가 숨을 쉴 때마다 내 머리도 그에 따라 같이 올라갔다가 내려갔다. 그 움직임에 내 숨소리도 같이 맞춰졌다.

잠깐이지만 졸았는지도 모른다. 꿈이었는지도 모른다. 내 입에서 중얼거림인지 한숨인지 모를 말이 나왔다.

"미안."

헌이 웃자, 그의 등에 닿은 내 이마에 작은 진동이 전해 졌다.

눈은 감고 있었지만, 그랬기에 바람이 불 때마다 그에 맞춰 빙글빙글 도는 꽃잎을 느낄 수 있었다. 나는 헌이 어 제 받은 타로 카드가 무엇이었을지, 꿈인지 깨어 있는지 모를 상태에서 잠깐 궁금해했다.

도재인의 '오컬트와 마술적 사고'

◯ 무고無辜한 무고巫蠱는 없다

요새 인터넷에서 저주 인형을 구입하는 젊은 세대가 늘어가고 있다고 한다. 저주 인형, 흔히 부두 인형이라고 불리기도 하는 이 물건은 종이나 천으로 만든 인형에 저주용 핀을 첨부하는 정도의 간단한 키트에서부터, 직접 제작할 수 있는 정교한 세트까지 다양하다. 대부분은 장난감에 지나지 않지만, 여기에는 누군가에 대한 증오를 풀어버릴 수 없는 현대인의 절망이 어려 있는 듯하다.

타인에게 해를 입히고자 하는 의도로 행하는 주술을 의미하는 저주는 다른 말로는 무고巫蠱라고도 한다. 한자에서 볼 수 있듯이 '무고'는 무속과 독이 결합된 단어이다. 독벌레들이 우글우글한 모양의 글자에서 이 행위의 섬뜩함을 엿볼 수 있다. 타인에게 초자연적인 방식을 이용해서 독을 쏘아 보내는 행위라고도 할 수 있겠다. 현실적인 방식으로 보면 저주를 한다는 건 누군가의 마음속에 독을 푸는 것과 같다. 불운이 닥쳐오리라는 암시를 거는 행위이다.

J. G. 프레이저는 『황금가지』에서 주술을 '접촉'과 '유사' 두 가지로 나누었다. 접촉은 그야말로 한번 접촉했던 사물은 서로에게 영향을 미친다는 감염의 원리이고, 유사는 비슷한 형태의 사물은 동일한 특성을 가졌다는 동종의 원리이다. 저주도 이 두 가지로 나눠볼 수 있다. 가령, 부두 인형을 이용한 저주라면 인형

과 그 인물의 동일한 형태를 이용한 유사 주술이라고 할 수 있다. 드라마 〈방법〉에서처럼 누군가에게 해를 끼치는 '방법'을 행하기 위해서 그 대상이 쓰던 물건이 필요하다고 한다면, 그것은 감염 주술이다. 감염이나 유사가 아니라도, 말로써 누군가에게 저주를 걸 수 있다. 언령을 이용한 저주라고 하겠다. 인터넷에서 흔히 볼 수 있는 악플도 일종의 언령을 이용한 저주이다.

　　저주는 과거로부터 범죄로 여겨졌지만 많은 사람들은 저주를 복수의 수단으로 쓰기도 한다. 누군가 자신에게 해를 끼쳤지만 쉽게 복수할 방법이 없을 때, 우리는 저주로써 타인의 불운을 바라기도 한다. 하지만 마법을 타인에게 이롭게 하는 백마법과 타인을 해치는 흑마법으로 나눈다면, 저주는 단연 후자에 속한다. 흑마법을 행하는 사람들은 그 주술의 결과가 자신에게도 돌아온다는 것을 기억해야 한다. 모든 행위는 우리의 마음에 어떤 감정을 남기고, 그것은 삶을 바꿀 수도 있다…….

에필로그

워시 라이프 빨래방의 불은 여전히 켜져 있었다. 365일 24시간 늘 불을 밝혀두는 곳이었다.

길을 찾는 사람에게 방향을 알려주는 등불.

새벽 2시, 오늘은 건조기만 한 대 돌아가고 있었다. 그 앞의 탁자에는 흰 원피스를 입은 윤정이 앉아서 책을 읽고 있었다. 노트북 가방을 메고 이불을 품에 안은 내가 건물 쪽 문을 통해 들어가자 윤정이 머리를 들고 나를 보았다.

"안녕하세요, 윤정 사장님."

"안녕하세요."

차분한 인사였다. 어쩌면 나를 만날 거라고 예상한 것

같기도 했다.

"겨울 이불 빨래하시나 봐요."

윤정은 내가 들고 온 세탁 바구니를 가리켰다.

"네. 이제는 정리해야 할 때이니까요."

윤정은 고개를 끄덕였다.

"그렇죠. 정리를 해야 또 새로운 걸 꺼내고."

동전을 넣고 버튼을 누르자 세탁기가 철썩철썩 물소리를 내며 돌아가기 시작했다.

세탁기의 동그란 유리에 얼굴이 비쳤다. 어깨 너머에서 책을 읽는 윤정의 얼굴도 고스란히 보였다.

군산에서 돌아올 때 기차 안에서 그림을 짜 맞추어보았다. 지난 일 년간 내가 의문을 품었던 파편들이 기차 철로를 따라 하나하나 줄지어졌다. 아직 완벽한 그림은 아니었고, 군데군데 빠진 조각이 있었다. 그건 본인에게 묻는다면 알아낼 수 있을지도 모른다. 하지만 내가 알아내야만 하는 일일까? 내게 질문할 권리가 있을까?

"누구 기다리세요?"

대답이 오기도 전에 나는 벌써 묻고 있었다. 기질은 이성을 앞선다.

"아뇨, 새벽 2시에 무슨 사람을 기다려요."

윤정은 페이지를 넘기다 말고 나를 보며 재미있다는 말

투로 대답했다.

"저번에는 새벽에 타로점도 치시고 그랬잖아요."

"아아, 그거. 그건 특이한 경우죠."

특이한 경우가 맞을 것이다. 매일 일어나는 일은 아니었으니까. 하지만 단 한 번만 일어난 일도 아니었다.

"저기." 나는 문 옆의 세 번째 세탁기를 가리켰다. 내가 이사 온 이후로, 이 빨래방에 온 이후로 한 번도 돌아가는 걸 본 적이 없는 세탁기. "저건 언제 고쳐지나요?"

"아아, 저거. 고친다 고친다 하고. 빨래방을 쓰는 사람이 많지 않아서 세탁기 두 대만으로도 충분하길래 그냥 놔뒀어요. 고쳐야죠."

여전히 재미있다는 말투였다. 윤정은 내게 핑계는 대도 변명을 할 마음은 없었다. 내가 사실을 알아내서 그걸 어떻게 이용하려고 했다면 이미 했으리라는 것을 알고 있기 때문이리라.

나는 창가 옆의 테이블로 가서 윤정의 옆에 앉았다. 작년 봄, 러시아 타로술사와 앉았을 때처럼 테이블 모서리를 사이에 두고 앉았다. 윤정은 이제 더는 무심한 척을 하지 못하고, 읽던 책을 덮었다. 책은 대프니 듀 모리에의 단편집이었다.

"저는 『레베카』밖에 읽지 않았는데, 재미있나요?"

내가 책을 가리키자, 윤정을 책을 들어 책등을 새삼스럽게 살폈다. 마치 지금까지 읽던 책의 제목도 몰랐던 것 같은 태도였다.

"재미있는 것 같아요.「몬테베리타」라는 단편이 인상적이었어요."

"무슨 내용인데요?"

"여자들이 산속으로 떠나는 얘기? 한번 볼래요?"

"그런 얘기를 좋아하시나 봐요." 윤정이 내게 책을 건넬 때, 나는 그녀의 기다랗고 하얀 손가락을 보았다. 손가락은 깨끗했다. 반지 하나 끼고 있지 않았다. "이전에 읽으신 책도 그런 얘기 아니었나요?『언더그라운드 레일로드』. 전에 저랑 바뀌었던 책 있죠."

윤정은 의자에 등을 기대며 팔짱을 꼈다.

"아아, 그거. 그러네요. 제가 그런 이야기를 좋아하나 봐요. 나도 몰랐네."

나는 책을 받아서 책장을 후르르 넘겼다. 글자들이 빠르게 스쳐 지나갈 때, 나는 대수롭지 않게 말했다.

"그래서 직접 하시는 거예요? 떠나고 싶어 하는 여자들을 도와주는 일?"

대답은 즉시 나오지 않았다. 윤정은 나와 시선을 마주치지 않고 의자에 앉은 채로 등받이에 두 손을 대고 턱을 괴

444 　새벽 2시의 코인 세탁소

었다. 그 자세로 창 너머 바깥을 보았다.

빨래방 옆 창문 밖 거리는 조용했다. 사거리의 지하철 공사는 계속되는 중이었지만 지금은 새벽이었고, 건물 앞을 서성이는 낯선 남자들도 없었다.

"그 군산에서 만난 사람. 보험 조사원이라는 분. 그분이 그래요?"

나는 고개를 저었다. "그 사람은 말할 사람이 아니에요. 순정 씨도 윤정 씨를 지목한 건 아니에요. 하지만 제가 직접 봤잖아요. 여기에서, 그 러시아 타로술사. 이름이……."

윤정이 엎드린 채로 입꼬리를 올렸다.

"율리."

"맞다, 율리라고 했었죠. 그 초보 점술사."

나는 주머니에서 핸드폰을 꺼내서 검색 창을 켜고 윤정 쪽으로 밀어주었다. 윤정은 움직이지 않고 그대로 있었다.

"그랬나요."

나는 윤정의 반응은 아랑곳하지 않고 말을 이었다.

"타로술사라고는 했지만, 율리라는 사람도, 윤정 씨도 마찬가지였어요. 정말로 점 같은 건 아니죠. 점괘 자체는 심볼론 타로 카드 가이드북에 있는 말을 읊은 것에 지나지 않아요. 타로술사라고 하기엔 새로운 해석이 없더라고요. 어쩌다 맞아떨어지긴 했지만."

"재인 씨는," 윤정 씨는 약간 졸린 목소리로 말했다. "의심이 많지만, 사람 말을 잘 믿는군요."

"물론 저도 알아요. 윤정 씨가 카드를 미리 준비했을 거란 정도는. 아마 승온준 씨에게 의심받고 있다는 것을 눈치챘겠죠."

군산 호텔 라운지에서 타로점을 볼 때, 윤정은 사람들에게 카드를 세 장씩 뽑게 했다. 사람들은 카드를 뽑아서 윤정에게 건넸지만, 윤정이 손바닥에서 꺼낸 건 미리 준비해두었던 세트였다. 사람들은 카드를 뽑을 때 그녀가 속일 거라고는 생각하지 않았던 듯했다.

승온준이 성현에게 의뢰한 건 아마 윤정을 조사해달라는 일이었을 것이다. 감희연의 죽음, 혹은 실종과 관련해서 윤정과의 연관성이 그의 귀까지 들어온 모양이었다. 성현이 크리스마스 때 우리 건물에 와서 일 때문이라고 한 것도 같은 이유일 것이다. 윤정이 살고 있는 곳을 파악해달라는 의뢰를 받았으리라.

"제가 장주은 감독에게 작년에 들은 말이 있어요. 촬영 현장에서 외국인 배우들이 사라진다는 말. 윤정 씨도 그 영화들에 단역배우로 출연했죠?"

이건 필라테스 선생님인 마리의 말을 듣고 그저 추측한 것일 뿐이었다. 하지만 윤정은 부인하지 않았다. 사실이었으니까. 대신 내가 굳이 말하지 않았던 이야기를 꺼냈다.

"재인 씨의 그 남자…… 안성현 씨, 그 사람은 처음에
는 아마 우리 시어머니의 의뢰를 받은 것 같은데."

성현은 내 남자가 아니었지만 반박하지 않았다. 성현의
동기는 직업 면에서도 감정 면에서도 내가 알 수 없는 일
이었으니까.

"시어머니, 자기 아들 목숨값으로 받은 돈으로 내가 뭘
하고 사는지 궁금하셨나 봐요." 윤정이 다시 피식 웃었다.
"내가 죽였다고 의심한 걸지도 모르지. 사실 내가 죽였어
도 이상하지 않아요. 아내를 때리고 나서 운동 잘했다고
앱에 기록하는 남자라면. 그런데 사고로 죽다니. 참, 저주
가 정말 효과가 있는 것인지."

윤정은 여전히 의자 위에 팔을 얹은 채로 고개만 돌려서
나를 보았다.

"재인 씨도 알아챘나요?"

나는 고개를 흔들었다. 내가 알아챈 건 율리라는 여자의
손 안쪽에 있었던 흐릿한 멍. 그리고 크리스마스 때 들은
마리의 이야기 속 베트남 여자의 얼굴 분장 사이의 공통점
이었다. 지나치게 연극적인 의상, 얼굴의 멍을 가릴 정도
로 짙은 화장. 윤정은 폭력적인 삶에서 도망치려는 여자들
을 영화 촬영장으로 데려왔고, 거기서 그들은 각각 다른

사람으로 분장해서 사라졌다. 세탁기 아래 떨어졌던 붉은 자국은 본디 얼굴을 가리기 위한 짙은 영화 분장용 화장품일 것이다.

『언더그라운드 레일로드』, 윤정이 속한 조직은 어디일지 모르지만 그 제목에 충실한 계획을 만들었다.

"저, 처음부터 이상하게 생각했어요. 건물 밑에서 무언가 울리는 소리. 정말 수맥 때문에 그런 느낌이 든다면 모를까. 가끔 한밤에 제 집 앞을 지나는 발소리도 그렇고요."

나는 우리가 앉은 반대편, 벽 쪽에 붙은 고장 난 대형 세탁기를 바라보았다. 윤정은 다시 의자에 등을 기대고 똑바로 앉았다.

"그리고 작년 봄, 율리를 만났을 때. 너무 이상했죠. 문은 잠겨 있는데 대체 어디로 들어온 걸까."

군산에서 순정에게 간략한 설명은 들었다. 윤정과 그의 동료들은 알려지지 않은 지하 동굴을 이용해서 순정을 빼돌렸다. 그리고 신원과 얼굴을 바꾸고 새로운 삶을 살도록 도와준다. 순정의 경우에는 유명인이라서 정말 죽은 것으로 하려면 대신할 사람이 필요했다. 병원에 있는 협력자가 무연고 사망자와 바꾸려고 했는데, 우연히 군산의 호수에서 시체가 나오면서 그럴 필요가 없어졌다. 하지만 급히 장례를 치르는 바람에 승온준의 의심을 샀다.

우리 건물이 있는 동네, 이 지역도 일제강점기 시절에 만들어진 지하 동굴이 여럿 발견되었다. 그중 몇몇은 공원이 되기도 했다. 하지만 여전히 발견되지 않은 동굴이 있어도 이상하지 않았다. 지하철역이 완전히 만들어지기 전까지는 지질조사가 완료되지 않을 것이다. 그중 하나가 우리 건물 뒷산에 있고, 그것이 우리 빨래방으로 연결된다고 해도 아무도 모를 수 있었다.

"러시아 타로술사를 만났던 밤, 저는 건물 쪽 문으로 들어왔고, 바깥으로 이어지는 문은 분명히 잠겨 있었어요. 그렇다면 사람이 들어올 입구라고는 없죠. 또, 그렇게 눈에 띄는 사람이 건물에 들어왔다간 CCTV 같은 데 걸리기가 십상일 거예요. 하지만 어떻게든 빨래방에 몰래 들어올 수 있다면, 추적자들의 눈을 피하기는 좋았을 거예요. 이 근처에 왔다가 갑자기 사라진 여자. 그리고 여기 들어와서는 세탁기에 미리 준비된 옷을 갈아입고, 건물 안쪽으로 연결된 문으로 나가, 계단을 통해 윤정 씨의 집으로 이동한 다음, 거기서는 다시 다른 사람이 되어 나가죠."

나는 자리에서 천천히 일어나 대형 세탁기로 향했다. 세탁기의 동그란 문은 거의 해치에 가까웠다.

"처음부터 이상하다고 생각했어요. 이런 건물 안에 있기엔 너무 대형 세탁기이고, 늘 고장이고."

이 건물은 '언더그라운드 레일로드'의 안가 중 하나였다. 추격자를 피해서 도망치는 사람들이 중간에 들르는 장소. 빨래방은 그 비밀 지하 철도와 안가를 이어주는 일종의 역이었다. 다른 세계로 이어지는 통로였다. 군산 호수의 지도, 거기에도 공원 숲 가까이에 있는 아파트 단지에서 어느 정도 떨어진 자리에 코인 세탁소가 하나 있었다. 그 코인 세탁소에서 문제의 카페까지는 직선 거리로 멀지 않다. 순정은 자세히 설명하지 않았지만 나는 그 유사점을 알 수 있었다.

헨젤과 그레텔의 마녀가 오븐에 들어갈 때의 기분이 이러했을까. 나는 고장이라는 안내문이 붙은 문을 열고 머리를 넣어보았다. 빨래방의 불은 밝았지만 그 안에 들어가니 어두워서 겁이 덜컥 났다. 끝이 막힌 동굴 같은 느낌이었다. 금속성 세탁기의 뒷면은 판판했다. 하지만 이곳을 두 손으로 밀면 밀릴 것 같았다. 그리고 그 너머에는……

"재인 씨."

조용한 목소리가 뒤에서 날아와 나는 흠칫 놀라며 뒤를 돌아보았다. 순간 여기에 밀어 넣어져 갇히는 것이 아닐까 하는 두려움이 없지 않았었다.

돌아보니 윤정이 웃고 있었다. 어둠이 없는, 다른 위협이나 두려움이 없는, 건조기에서 갓 나온 세탁물 같은 미소였다. 깨끗하지만, 지금 바로 걸치기는 어렵다.

나는 엉거주춤 뒷걸음질로 세탁기로부터 기어 나왔다. 굳이 문 뒤를 밀어볼 필요까지는 없었다.

"이래서, 너무 영리한 여자를 세입자로 들이면 안 된다니까."

반쯤은 포기한 말투였다. 나는 도로 내 의자로 들어가 앉았다. 유리 창문에 필름으로 붙인 빨래방 이름이 새롭게 보였다. 워시 라이프. WASH LIFE, 빨래하는 생활. 혹은 인생을 세탁하다.

"영리하다니요. 일 년 넘게 살면서 지금에서야 깨달은 일을."

다른 세입자 중에서도 눈치챈 사람이 있을지 모른다는 말은 하지 않았다. 내가 말한다고 윤정이 그만둘 사람도 아니었다. 윤정은 조용히 물었다.

"그래서 어떻게 할 거예요?"

나는 어떻게 하고 싶은지 생각도 해보지 않았다. 내가 여기서 뭘 어떻게 할 일이 있을까?

"좋은 동네고, 좋은 빌라예요." 나는 하늘색 LED 조명 아래서 푸르스름하게 빛나는 글자 위에 손가락을 대보았다. "이웃 간 소음이 없고, 수맥만 흐르지 않으면요."

윤정은 고개를 끄덕였다. "앞으로도 조용할 거예요."

남에게는 예언처럼 들릴지 모르지만 내게는 약속으로 들리는 말이었다. 약속은 늘 실현되는 건 아니지만, 실현되는 모든 약속에는 예언적 성격이 있었다. 마술적 사고를 하는 내게는 마음에 드는 말이었다.

작동중이던 건조기에서 이제 건조가 끝났다는 것을 알리는 소리가 울렸다. 윤정은 세탁 바구니를 들고 천천히 일어났다.

"빨래가 끝났네요."

윤정이 건조기 문을 열자, 빨래방 안의 공기가 살짝 따뜻해진 느낌이었다. 건조기 안에는 티셔츠 몇 벌과 수건 다섯 장이 들어 있을 뿐이었다. 그 정도라면 굳이 빨래방에 올 이유가 없었다. 아마도 윤정은 최소 한 시간은 여기에 있었을 것이다. 만나기로 약속한 사람을 기다렸든가, 아니면 약속은 하지 않았지만 찾아오리라 예상한 사람을 기다렸든가. 그 사람의 질문에 대답해주기 위해서.

나는 윤정이 세탁물을 갤 수 있도록 자리를 비켜주었다. 윤정은 차분한 얼굴로 세탁 바구니를 탁자 위로 가져와놓고, 도로 하나씩 꺼내 탁탁 털었다.

"제가 도울까요?"

돕겠다는 말은 진심이었다. 윤정은 잠깐 나를 바라보더니 고개를 한 번 끄덕였다. 윤정이 티셔츠와 수건을 털고

펴서 건네면, 내가 그걸 곱게 접어서 도로 윤정의 세탁 바구니 속에 넣었다.

"호텔 수건처럼 잘 접는데요."

"어렸을 때부터 빨래 개는 건 잘했어요."

세탁 바구니 속에 곱게 접은 빨래가 다 쌓였을 때도 내 이불은 여전히 세탁기 속에서 돌고 있었다. 나는 아직 사십 분은 더 이 빨래방에 머물러야 할 것이었다.

윤정은 자신의 세탁 바구니를 어깨에 메고 책을 들었다.

"그럼. 빨래하고 가세요."

"네, 그럼."

윤정이 문을 향해 걸어가자 나는 다시 탁자에 앉아 노트북을 가방에서 꺼냈다. 다음 오컬트 칼럼의 기획서를 써서 아침까지 보내야 했다. 세상의 사소하지만 주술적인 사건들에 대해서. 그러자면 또 무언가 신비롭지만 설명할 수 있는 일들을 찾으러 가야만 한다. 무엇이 있을지, 나는 다시 생각에 빠졌다. 한밤에 생각하기 너무 무섭지 않은 주제라면…….

"다 사이비는 아녜요."

갑자기 말이 날아와 잠시 주술적 세계에 빠졌던 나를 도로 확 잡고 끌어냈다. 고개를 들어 보니 윤정이 문손잡이를 잡은 채로 내 쪽을 보면서 서 있었다.

"네?"

"그 타로, 다 가짜는 아니라고요. 재인 씨는 둘 다 같은 카드가 나왔잖아요?"

"그랬죠."

지난봄 율리가 타로를 읽을 때 내가 뽑았던 카드, 이번에 윤정이 전해준 타로 카드. 공교롭게도 둘 다 같은 카드였다. 거울 속 두 명의 여자. 당신은 선택 사이에서 갈등한다는 예언의 카드.

"재인 씨는 안 믿을지 모르지만, 정말 우연이었어요. 그러니까 그 말 들어요."

우연이니까 믿으라는 말이 역설적으로 들려서, 나는 웃었다. 하지만 그 웃음은 윤정의 다음 말과 함께 도로 삼켜졌다.

"그러니까 선택해야 할 거예요."

문 앞에 서서 빨래 바구니를 메고 흰 원피스를 입은 윤정은 예언의 사자라기에는 지나치게 평범하고 차분했지만, 한편으로 예언은 늘 일상 속에 숨어 있는 것이기도 하다. 다만 우리가 모르고 지나칠 뿐이다. 나의 경우에는 심지어 숨어 있지도 않았다.

일상 속에 광맥처럼 드러난 진실을 집어내는 목소리에는 한밤의 고요를 울리는 힘이 있었다.

"재인 씨는 선택해야 할 거예요. 두 가지 선택지 중에. 두 사람 중에."

귀가 화끈거렸다. 나는 늘 관찰하는 사람이 동시에 관찰당하는 사실을 잊고 만다. 내가 윤정을 보았다면, 윤정도 나를 보았을 것이었다. 나와 헌을, 나와 성현을. 보지 않을 수 없었을 것이었다.

윤정이 군산에서 어디까지 보았는지는 알 수 없었다. 곧 빨래방 문이 닫혔다.

이제는 빨래방에 나뿐이었다. 세탁기에서 나는 물소리가 파도처럼 밀려와서 내 마음을 철썩 치고는 돌아갔다가 다시 밀려왔다. 나의 심장과 세탁기만이 고요 속에서 움직이고 있었다.

나는 다시 한번 유리창을 바라보았다. 'WASH LIFE'라는 상호 아래의 문구가 새삼 눈에 들어왔다. 파란 글자로 쓰인 "당신의 가장 깨끗한 선택"이라는 글귀.

세상에 쉬운 선택은 없다. 선택지가 둘밖에 없다고 할지라도. 그렇지만 인생에서는 보통 둘 중 하나를 골라야 하는 일이 가장 중대한 결정이기도 한 법이다. 둘 다 가질 수는 없으니까. 그렇게 선택을 하게 된다. 나의 삶을 깨끗이 하기 위하여.

이불은 세탁이 끝나면 깨끗해질 것이다. 따뜻하게 말리

고, 탁탁 털어서 주름을 편 후에 고이 접어서 옷장에 넣어 놓고 치워둘 수도 있다. 그렇게 정리가 될 수 있다. 이불이라면. 나는 나의 감정도 저 이불 같기를 바랐다.

작 가 후 기

새벽 2시의 코인 세탁소와 떠나는 여자들

내가 처음 코인 세탁소를 이용한 건 학생 시절 미국 기숙사에서 살았을 때였다. 처음으로 집을 떠나 살게 되었고, 낯선 곳이라 아는 사람도 친구도 거의 없었다. 외국의 땅에서 하는 공부는 쉽지 않았고, 당시의 나는 운전도 하지 않았기 때문에 갈 수 있는 곳도 없었다. 학교에 갔다가 다시 기숙사로 돌아오는 쳇바퀴 같은 생활의 연속이었다.

당시 내가 살던 기숙사는 옆방과 화장실을 공유하는 구조였다. 내 옆방에는 대만 학생이 살고 있었는데, 그의 방에는 손님이 자주 찾아오기도 했고 심지어 좁은 방 안에서 전기 쿠커를 이용해 요리를 해서 나눠 먹기도 했다. 반면 나는 아무도 부르지 않았고, 방에서는 텔레비전을 보거나 공부를 하거나 잠을 자고 가끔 스낵을 먹는 것 말고는 아무엇도 하지 않았다. 기숙사 지하에는 오락실이나 컴퓨터실이 있었지만 그곳에 가는 일도 좀체 없었다. 하지만 빨래는 해야 하니까 오락실 옆 코인 세탁소에는 종종 갔다. 다른 사람들이 많이 오지 않는 새벽에. 보통은 빨래를 넣어놓고 자기 방에 가서 기다리다가 다시 가지러 오는 사람들이 많았지만, 나는 여러 대의 세탁기가 돌아가는 가운데, 구석에 놓인 탁자에 앉아서 공부를 하거나 책을 읽으며 음악을 들었다. 세탁기 속 물이 출렁이는 소리와 함께 '어스, 윈드 앤드 파이어'나 데이비드 포스터가 만든 곡들을 들었던 것 같다.

고독한 시절이었다. 떠난다는 말에는 늘 고독이 어려 있다. 지금의 나는 다시 돌아왔지만, 그때 집을 떠나서 고독한 상태에는 묘한 즐거움도 있었다. 자립의 즐거움, 몰입의 즐거움, 멀리 있다는 즐거움. 새벽 2시의 코인 세탁소에서 내가 느낀 감정이었다. 그때의 나는 열심이었고, 외로웠고, 힘들었고, 희망에 차 있었다. 내가 '나의 오컬트한 일상' 시리즈를 이어가려고 할 때 떠올린 모티브였다.

이전 작에도 떠나는 여자의 이야기가 있다. 『나의 오컬트한 일상 ─ 가을·겨울 편』의 5장 「크리스마스에는 집으로 돌아온다」의 주인공 진남 이야기이다. 귀신 들린 집, 등류당의 하녀 진남이 더 큰 세계를 만나고 싶어서 그리움

을 두고 떠나는 이 챕터를 독자들이 좋아해주셨다. 특히
이 구절을 인상 깊게 꼽아주셨던 분들이 많았던 것 같다.

자기가 가고 싶은 길을 씩씩하게 떠난 사람도 가끔은 두고
온 것을 돌아볼 때가 있다. 아니, 늘 마음에 둔 그리움이 있
어도 계속 나아가는 삶이 있다. 그런 삶을 선택한 이들은 강
한 사람들이리라. (『나의 오컬트한 일상 – 가을·겨울 편』,
253쪽)

나는 늘 떠나는 여자들의 이야기를 좋아했다. 콜럼 토빈
의 소설 『브루클린』처럼, 여자들은 자신의 한계를 짓는 고
향에서 떠나고 싶지만 늘 마음 한편으로는 매여 있다. 그
럼에도 떠나는 여자들이 있다. 『새벽 2시의 코인 세탁소』
에서는 우리 주변의 사소한 미스터리와 함께 이렇게 이전
의 삶을 떠나고 싶었던 여자들, 그런 여자들을 돕는 다른
여자들의 이야기를 썼다.

이 책에는 각각 환생, 방망이와 같은 도구를 이용한 강
령, 거울이나 반사체를 이용한 카톱트로맨시, 그리고 저
주 인형과 관련된 네 편의 단편이 실렸다. 프롤로그와 에
필로그로 이어지는 '세탁소'라는 모티브를 포함해서, 모
두 물과 거울 등의 투명한 반사체를 이용한 트릭들을 담았

다. 이 세계와 저 세계 사이를 넘나드는 관문이 되는 바다와 호수, 거울에 관한 이야기이며, 이를 이어주는 신비한 지하 통로에 관한 이야기이다.

첫 단편 「아름다운 꿈 깨어나서」에서는 전생의 사랑이 바다로부터 돌아왔다. 두 번째 「구름 뒤 은빛 햇살을 찾아」에서는 바다에 빠진 여자의 원혼이 도둑맞은 기억을 찾아준다. 세 번째 「거울 속의 남자」는 거울이 알려주지 않은 미래, 눈과 함께 녹아버린 사랑이 다시 크리스마스에 돌아온다. 「물 위의 꽃잎」은 호수에 빠져 죽은 여자가 되살아난 이야기인 동시에, 완전히 떠나는 이야기이기도 하다.

하나의 삶에서 완전히 빠져나가 다른 삶으로 떠나고 싶은 사람들은 많다. 삶을 깨끗하게 세탁하고 싶다는 욕망이 우리를 여기서부터 다른 곳으로 끌고 간다. 문워터 빌라의 사장 황윤정도 그런 욕망을 가진 사람이었고, 그래서 이 빨래방 영업이 시작된 것이기도 하다. 몇 년 전 『인간 증발: 사라진 일본인들을 찾아서』라는 프랑스 르포르타주를 읽었을 때, 사람들이 사라질 수 있도록 도와주는 비즈니스에 흥미를 가졌다. 물론 주민등록제가 있는 한국의 현실에서는 이런 실종 자체의 구현이 훨씬 어렵지만 그렇기에 소설적 상상력이 필요했다. 타의가 아니라 스스로 사라지고 싶은 사람들이 현재의 삶에서 탈출하도록 도와주는 현대의 '언더그라운드 레일로드'라는 상상이다.

그러나 오래 입어서 익숙해진 옷에는 기억의 흔적이 남는다. 우리는 미련이 많은 인간이라 이 생과 저 생을 가르는 물을 건널 때 반드시 뒤를 돌아보고 만다. 이런 마음을 우리는 사랑이라고 할지도 모르겠다.『새벽 2시의 코인 세탁소』또한, 전작처럼 일상 로맨스 미스터리이다. 여기서 말하는 로맨스는 통상적인 개념과는 다를지 모른다. 하지만 삶을 건너서라도 다시 돌아오고 싶은 이에 대한 마음이 있다면, 그건 다 사랑이 아닐까. 가족처럼 가까운 존재일 수도 있고, 고백하지 못한 대상일 수도 있고, 연인도 가족도 아니지만 나를 그런 이들보다 더 살뜰히 사랑해준 사람들일 수도 있다. 그런 마음에 대한 이야기를 쓰려고 했다.

그리고 여전히 호기심이 많고, 오지랖이 넓고, 다정하게 용감한 도재인의 이야기를 이어가고 싶었다. 이 작품에서 재인은 두 명의 자아, 두 개의 선택, 두 사람 사이에서 갈등한다.『새벽 2시의 코인 세탁소』는 여러 사람의 마음의 행로를 헤아리는 탐정이지만, 자신의 마음 깊은 곳은 아직 알지 못하는 재인의 사랑에 관한 이야기이기도 하다.

한 권이라는 분량의 한계상, 이야기의 흐름상, 재인의 마음이 아직 도착지를 찾지 못한 채로『새벽 2시의 코인 세탁소』는 끝을 맺는다. 하지만 재인도 언젠가는 이런 갈

등을 떠날 것이다. 다음에 시리즈가 이어진다면 그 마음의 종착지를 독자 여러분과 같이 보고 싶다.

보이지 않는 곳에서도 재인의 여행은 계속 이어지고 있다. 매번 새롭고 신비로운 현상을 찾아, 그 뒤의 마음을 찾아 떠나는 오컬트한 모험은 바로 우리의 일상이기도 하다. 매일 떠나고 싶은 사람들, 그리운 마음을 두고 새 삶을 향해 떠나온 사람들을 응원한다. 재인과 여행자인 여러분 모두에게 신의 가호가 함께하기를.

2023년 봄,
박현주

OCCULT SPOT MAP

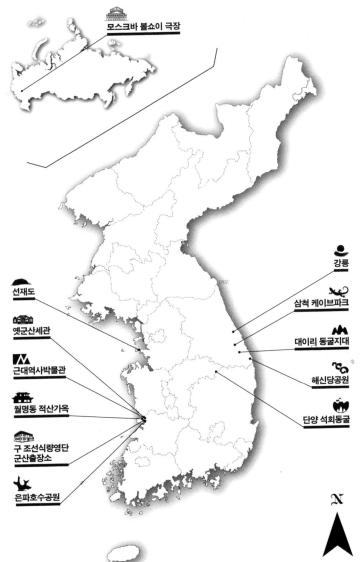

모스크바 볼쇼이 극장

선재도

옛군산세관

근대역사박물관

월명동 적산가옥

구 조선식량영단
군산출장소

은파호수공원

강릉

삼척 케이브파크

대이리 동굴지대

해신당공원

단양 석회동굴

N

참 고 문 헌

프롤로그

'심볼론 공식 웹사이트' https://www.symbolon.cards/
『오컬트, 마술과 마법-고대 주술부터 현대 마법까지 오컬트 대백과사전』
　크리스토퍼 델, 장성주 옮김, 시공사, 2017

1장 아름다운 꿈 깨어나서

『전생 이야기-역행최면 여행』 최준식, 엄영문, 모시는사람들, 2013
『당신, 전생에서 읽어드립니다』 박진여, 김영사, 2015
『괴담』 라프카디오 헌(고이즈미 야쿠모), 심정명 옮김, 생각의나무, 2007
『언더그라운드 레일로드』 콜슨 화이트헤드, 황근하 옮김, 은행나무, 2017
『왜 우리는 미신에 빠져드는가』 매튜 허트슨, 정은아 옮김, 소울메이트,
　2013
『윤회-행복한 삶을 위한 마음철학』 지나 서미나라, 강태헌 옮김, 파피에,
　2012
『로미오와 줄리엣』 3막 3장, 셰익스피어 (번역은 저자)

『알렙』 보르헤스 전집 3, 호르헤 루이스 보르헤스, 황병하 옮김, 민음사, 1996

'한국향토문화전자대전'-방망이점 놀이 http://www.grandculture. net/ko/Contents?dataType=99&contents_id=GC011D030703

'한국민속대백과사전'-방망이점놀이 하는 소리 https://folkency.nfm. go.kr/kr/topic/detail/776

'한국민속대백과사전'-꼬대각시 https://folkency.nfm.go.kr/kr/ topic/detail/645

'지역N문화', 이야기자료, 전국단위 민속놀이-불행하게 살다 간 꼬대각 시의 영혼을 불러 점치는 꼬대각시놀이 https://ncms.nculture.org/ folkplay/story/4385?jsi=

'문화유산채널'-삼척 해신당의 전설 https://www.k-heritage.tv/ko/ M000000328/bbs/view?pstNo=1628

3장 거울 속의 남자

스뱌트키와 러시아 성탄절에 대해

'패스포트매거진' http://www.passportmagazine.ru/article/2477/

'Russia Beyond' https://www.rbth.com/articles/2013/01/06/ christmas_season_fortune_telling_-_russian_style_21443

광각거울에 대해

'사이언스타임즈' https://www.sciencetimes.co.kr/news/사각지대- 없는-자동차-뒷거울-특허/

'올림푸스 생명과학'-빛의 반사 서론 https://www.olympus- lifescience.com/ko/microscope-resource/primer/lightandcolor/ reflectionintro/

4장 물 위의 꽃잎

'한국민속대백과사전'-무고 https://folkency.nfm.go.kr/kr/topic/
　detail/2099

『어우야담』 유몽인, 이월영 옮김, 한국문화사, 2001

『흑마술 수첩』 시부사와 다쓰히코, 임명수 옮김, 어문학사, 2017

『도해 흑마술』 쿠사노 타쿠미, 곽형준 옮김, AK커뮤니케이션즈, 2015

『인간증발 – 사라진 일본인들을 찾아서』 레나 모제 저, 스테판 르멜 사진,
　이주영 옮김, 책세상, 2017

에필로그

『대프니 듀 모리에-지금 쳐다보지 마 외 8편』, 대프니 듀 모리에, 이상원
　옮김, 현대문학, 2014

그 외 '도시 땅굴'에 관한 많은 기사와 영상 보도를 참조했습니다.

새벽
2시의
코인세탁소

초판 발행 2023년 4월 17일

지은이 박현주

책임편집 박을진 ∣ **편집** 임지호 김유진
표지디자인 이혜경디자인 ∣ **본문디자인** 이원경 ∣ **표지일러스트** 뾰얀
저작권 박지영 형소진 오서영
마케팅 정민호 김도윤 한민아 이민경 안남영 김수현 왕지경 황승현 김혜원
브랜딩 함유지 함근아 박민재 김희숙 고보미 정승민
제작 강신은 김동욱 임현식 ∣ **제작처** 영신사

펴낸곳 (주)문학동네 ∣ **펴낸이** 김소영
출판등록 1993년 10월 22일 제2003-000045호

주소 10881 경기도 파주시 회동길 210
문의 031-955-1918(편집) 031-955-2696(마케팅) 031-955-8855(팩스)
전자우편 editor@elmys.co.kr ∣ **홈페이지** www.elmys.co.kr

ISBN 978-89-546-9945-7 03810

엘릭시르는 출판그룹 문학동네의 장르문학 브랜드입니다.